VERGEET ME NIET

EEN KANTOORROMANCE MET NEPRELATIE

SYNERGY
BOEK 5

MICHELLE MCCRAW

1

MIMI

IK WAS ALLES VERGETEN. Behalve zijn mooie ogen.

Blauw en rond, hoewel de tequila de details had doen vervagen. Ik kon me de precieze tint niet herinneren, of dat er spikkels in zaten. Alleen blauw. En een bril. Een Clark Kent-bril. De hanglamp die boven ons hing schitterde op de glazen.

De vorm en kleur van het montuur waren vaag in mijn herinnering, maar ik was tweeënnegentig procent zeker dat het geen ronde, metalen was, zoals die van Byron. Zelfs zo dronken als ik was, zou ik de andere kant op zijn gerend.

Hoe lang had ik in zijn ogen gestaard terwijl we in die bar in Divisadero Street zaten? Het voelde als uren, maar de tequila. Zoveel tequila.

Een flits van een herinnering: blauwe ogen die zich bezorgd samenknepen en een grote hand die mijn arm vastgreep om me op de barkruk in evenwicht te houden. En nog een flits, hoewel die aan me voorbij fladderde, net buiten bereik. Zijn blik die zich in me boorde, serieus en intens. Iets werd in mijn hand gedrukt.

Ik keek naar mijn handpalm alsof het er nog zou zijn. Maar er was niets, behalve een lelijke plastic ring met een oplichtende nep-diamant zo groot als een walnoot. Toen ik erop tikte, flikkerde hij zwak in neonroze. Als getuige van Bree had ik de regel ingesteld: geen vulgair prullaria op haar vrijgezellenfeest. Maar een van Bree's andere vriendinnen had een zak vol plastic troep meegenomen. En na een paar shotjes tequila kon de regel me niet meer schelen. Ik trok de ring van mijn vinger en liet hem op het aanrecht vallen.

Vervloekte kater. Ik wreef over mijn slaap, maar dat deed niets om de strakke band om mijn hersenen te verzachten.

Hoewel ik me niet veel van zijn uiterlijk herinnerde, wist ik nog wel hoe de mysterieuze man van gisteravond me had laten voelen. Interessant. Verzorgd. Veilig. En ik had zo hard gelachen dat mijn buikspieren nog steeds een beetje pijn deden.

Al zou dat ook van het overgeven kunnen komen.

Het gezoem van mijn telefoon tegen mijn keukenaanrecht veroorzaakte een nieuwe pijnscheut ergens in de buurt van mijn kiezen.

Ik plukte de goedkope, fuchsia sjerp eraf – de tekst erop was 'Hot Mess', en was *dat* even waar gebleken? – en gooide hem opzij. Ik graaide de telefoon van het aanrecht en kneep één oog dicht om naar het scherm te kijken. Bree. Ik ramde op de opneemknop.

'Waarom ben je al zo vroeg wakker?'

Ze kreunde, haar stem klonk schor. 'Ik moest de pot omhelzen. Jij hebt net zoveel gedronken als ik. Hoe is het met jou?'

'Hetzelfde.' Hoe was mijn adem? Ik kon niet bij mijn presentatie aankomen met een walm van uitgebraakte tequila. Ik hield mijn hand voor mijn mond, ademde uit en snoof. Muntachtig fris. Ik propte een cupje in het koffiezetapparaat en drukte op de startknop.

'Mimi,' jammerde mijn beste vriendin, 'was dit niet makkelijker toen we in de twintig waren?'

'Het drink Gedeelte of het katergedeelte?'

'Allebei. Ik herinner me dat ik op zaterdagavond uitging en dan op zondag mimosa's dronk tijdens de brunch. Als ik nu alleen al aan champagne denk – of aan sinaasappelsap – wil ik alweer kotsen.'

'Ik denk dat een heleboel dingen anders zijn nu we boven de dertig zijn.' Zoals de rare huiduitslag rond mijn mond die ik had moeten bedekken met een extra laag foundation. Het leek verdacht veel op baardschurft, hoewel ik me absoluut niet herinnerde dat ik met iemand had gezoend. 'Hé, herinner je je nog veel van gisteravond?'

'Ugh, niet echt. Zeker niet na de derde ronde tequilashots.'

Derde ronde? Ik pijnigde mijn trage geheugen, maar het was een waas van Bree's hoofd achterover in de lach, het gegiechel van de andere meiden, en die bril met daarachter een paar twinkelende blauwe ogen.

Het lampje van het koffiezetapparaat ging uit en ik pakte mijn mok. De bittere geur ervan deed mijn maag verkrampen. Ik zette hem terug op het aanrecht. 'Heb je een leuke tijd gehad?'

'Ja. Bedankt dat je er was. Ik weet dat je het druk had met het verlovingsfeest van je broer gisteren.'

'Ik zou je vrijgezellenfeest voor geen goud hebben willen missen. Daarvoor zijn we al te lang vriendinnen.' We waren beste vriendinnen sinds we elkaar hadden ontmoet in de bioscoop bij *The Incredibles*. Beide families hadden geweigerd om met ons mee te gaan. Voor mij was het de derde keer, voor haar de vijfde. We hadden een band geschept omdat we ons allebei zo met Violet identificeerden, ook al wisten we toen nog niet hoe we dat moesten verwoorden. Naarmate onze vriendschap zich verdiepte, raakten we geobsedeerd door Spider-Man, Henry Cavills Superman en alle Avengers.

Dus ook al verspilde ik normaal gesproken geen tijd op feestjes, ik had mijn hele weekend omgegooid om zowel op Ben's feestje als op dat van haar te kunnen zijn, en had ik op vrijdagavond doorgewerkt om mijn presentatie af te maken.

'Godzijdank hebben we een dag om bij te komen voordat we weer aan het werk moeten,' zei ze.

Ik mompelde en haalde mijn presentatie uit mijn tas, om het

nog een laatste keer te controleren. De strakke cirkeldiagrammen, de lijngrafieken met mijn prognoses. Er was niets waar de perfecte Larissa een vinger op kon leggen, en we zouden haar baas, Jackson Jones, helemaal inpakken. Die toevallig ook een hoge pief was bij Synergy, waar ik werkte.

'Oh, nee,' zei Bree. 'Dat is geen ik-ga-terug-naar-bed-*hmm*. Dat is een ik-ga-tien-mijl-hardlopen-*hmm*.'

Ik grinnikte. 'Je weet dat ik een hekel heb aan hardlopen. Ik moet vandaag eigenlijk werken.'

'Op een zondag?'

'Het is voor de stichting. We hebben over een halfuur een brunchvergadering in de Missie en ik presenteer het budget voor volgend jaar aan Jackson Jones.'

'Wacht, je wordt hier niet eens *voor betaald*?'

'Nee.' Hoewel, als ik ooit mijn broertje zou kopiëren en van mijn passie mijn betaalde baan zou maken, ik af en toe een dag vrij zou kunnen hebben. 'Hustle-cultuur, je weet wel.'

'Ugh, kom bij mij niet aan met die onzin. Je bent een mensch. Je doet het voor... voor de kinderen.'

Ik wist dat ze bijna *voor mij* had gezegd. Het was waar dat ik als vrijwilliger bij de stichting was begonnen voor mijn beste vriendin. Sinds die keer dat ik die eikel, Anthony Anker, haar op onze eerste dag in de brugklas Knipoog Barbie hoorde noemen. Ik had hem op zijn gezicht willen slaan, de stoot willen uitproberen die mijn broer me de zomer ervoor had geleerd, en er *absoluut* zeker van willen zijn dat Anthony de tic van mijn vriendin nooit meer belachelijk zou maken, maar Bree had me tegengehouden, ze had gezegd dat hij het niet waard was om voor na te blijven. Maar al die jaren later was ik mijn vrijwilligerswerk blijven doen omdat ik echt hield van het werk dat de stichting deed voor kinderen met Tourette. Kinderen zoals Bree was geweest.

Ik stond net op het punt mijn mond open te doen om de spanning met een grapje te doorbreken toen ze zei: 'Heb je nagedacht over wat we gisteravond hebben besproken?'

Terwijl ik naar mijn poster van Doctor Strange staarde, zocht ik naar een herinnering aan iets anders dan tequila, schaterlachen en dansen. Dansen? 'Je zult mijn geheugen even moeten opfrissen.'

'Je herinnert het je niet?' Shit, ze klonk gekwetst. 'We hadden het erover dat jij de laatste vrijgezel bent in onze vriendengroep. Je beloofde te proberen om—'

'Dat betwijfel ik.' Ik draaide mijn mok op het aanrecht tot het handvat in een precieze hoek van vijfenveertig graden stond. 'Je weet hoe gefocust ik nu op mijn carrière ben. En op de stichting. Ik heb geen tijd voor afleiding.'

'Een afleiding zoals Byron, bedoel je? Die vent was een enorme eikel. Er zijn massa's goede mannen, Mimi. Mannen die je helpen en niet je promotie stelen.'

'Ik heb geen hulp nodig. Ik kan het helemaal alleen redden.' De woorden kwamen er scherper uit dan ik had bedoeld.

'Ik weet het, ik weet het. Alles wat je nodig hebt, is slimheid, gedrevenheid...'

'En zelfvertrouwen,' maakten we samen af. Mijn moeder had die woorden ongeveer een miljoen keer gezegd.

'Je moeder is getrouwd,' zei Bree.

'Zij is de beste milieuadvocaat van de staat. Ik zou mezelf nooit met haar vergelijken. En alleen omdat jij over een week het jawoord geeft, betekent niet dat het voor iedereen geschikt is. Ik wil me eerst in mijn carrière bewijzen.'

'En die jeuk stillen met onenightstands?'

Ik hief mijn kin, ook al kon ze me niet zien. 'Er is niets mis met mijn vrijblijvende avontuurtjes. Ik krijg alle voordelen, geen ruzie over naar wiens werkborrel we moeten gaan en waar we de feestdagen doorbrengen.'

'Het is best fijn om iemand te hebben om de feestdagen mee door te brengen, weet je.'

Ik leunde met mijn heup tegen het aanrecht. Het was me niet ontgaan hoe zacht de ogen van mijn moeder werden toen mijn broer op haar Chanoekafeest verscheen met zijn verloofde. Ze droegen bijpassende lelijke Chanoeka-truien. Zelfs mijn koude, zwarte hart smolt een beetje bij hoe schattig ze samen waren.

Ik? Ik kon moeilijk een van mijn avontuurtjes vragen om naar het feest van mijn ouders te komen nadat ik voor zonsopgang uit zijn appartement was geglipt en niet meer op zijn appjes had gereageerd.

'Wat, wil je dat ik met een plus één naar je bruiloft kom?'

'Nee!' Haar lach was hoog en geforceerd. 'We hebben het definitieve aantal al doorgegeven aan de cateraar. Maar je ontwijkt het onderwerp. Zelfs Ben—'

De intercom zoemde, wat me redde van de toespraak van mijn beste vriendin over hoe zelfs mijn broertje eindelijk de ware liefde had gevonden. Ze had gelijk over al dat gekoppel. Er ging geen week voorbij zonder een uitnodiging voor een bruiloft, een vrijgezellenfeest of een verlovingspartij. Als iemand me een geboortekaartje zou sturen, zou ik weer gaan kotsen.

'Sorry, Bree. Er staat iemand voor de deur.' Het was waarschijnlijk Ben die even langskwam om te kijken hoe het met me ging. Al was hij, toen ik hem gistermiddag voor het laatst zag op zijn verlovingsfeest, zelf ook behoorlijk aangeschoten.

'Succes met je grote presentatie. Ik weet dat je het gaat rocken. Bel me daarna?' Ze maakte een kusgeluidje voordat ik verbrak.

Ik liep naar de intercom. Het was typisch Ben om me een zak ontbijtbroodjes te brengen om de alcohol op te nemen. Mijn maag borrelde.

'Hé,' zei ik in de speaker terwijl ik hem binnenliet.

Ik opende de deur op een kier en liep terug naar de keuken om mijn presentatie in mijn tas te stoppen. Toen verstijfde ik. Ben had nog een sleutel. Waarom zou hij de zoemer gebruiken?

Toen ik me omdraaide, vulde het antwoord mijn deuropening. Bijna twee meter aan gebruinde huid, blond haar, een gladgeschoren kaaklijn die glas kon snijden, en ogen zo blauw als de Grote Oceaan op een zeldzame zonnige dag. Mateo, de vriend van Ben en de neef van zijn verloofde. Ik staarde naar zijn gespierde schouder waar zijn te strakke zwarte T-shirt aan vastklampte. Naar zijn gezicht kijken was als in de zon staren. Oogverblindend helder en mooi. Te knap om echt te zijn. En vandaag had ik geen afleiding nodig in de vorm van een flirterige dubbelganger van Thor.

'Goedemorgen, bella,' zei hij en stapte mijn appartement binnen.

Ik rimpelde mijn neus bij de vage geur van sigarettenrook die met hem mee naar binnen zweefde. Ik kende Mateo lang genoeg om geen vlinders in mijn buik te voelen. Iedereen in zijn wereld – man, vrouw, oud, jong – kreeg een flirterige bijnaam. Hij was een speler voor iedereen, en het betekende niets.

Bewijs hiervan: gisteren op Bens feestje had hij een praatje gemaakt met Marlee, Bens beste vriendin op het werk. Ze was de mooiste vrouw die ik ooit had ontmoet, met haar gladde, honing-kleurige haar en gevoel voor mode. Maar ze was bezet, en dat wist Mateo. Toch had ik hem een paar keer over haar hoofd naar me zien kijken. Alsof hij wilde dat ik merkte met wat voor soort persoon hij omging. Nooit met iemand zoals ik. Tegen mij was hij stil en afstandelijk.

Waarom was hij hier eigenlijk vanochtend? Hij was nog nooit bij mij thuis geweest, zelfs niet met Ben.

'Waarom ben je hier?' Ik sloeg mijn armen over elkaar. 'Zijn de zwemkledingmodellen die je nog moet verleiden op?'

Zijn sprankelende grijns zakte in. Hij leek... gekwetst? 'Ik kwam kijken hoe het met je ging. Voel je je goed vanochtend?'

'Prima,' zei ik. 'Hoewel ik eigenlijk haast heb— wacht. Wat weet jij van gisteravond?'

Zijn donkerblonde wenkbrauwen fronsten. 'Herinner je het je niet?'

Ik dacht terug aan gisteren. Ik was al aangeschoten toen ik gehaast van Bens verlovingsfeest naar het vrijgezellenfeest van Bree was gegaan, dat al aan de gang was. Had Ben dat gemerkt en Mateo gestuurd om op me te letten? Dat was typisch iets wat mijn broertje zou doen.

Ik herinnerde me niet dat ik Mateo in de eerste bar had gezien.

Of de tweede. Ik herinnerde me de hoekbank, de ronde tafel bezaaid met shotglazen, Bree's schaterlach, sprankelende plastic tiara's, knipperende kerstlichtjes rond het raam, en de kamer die om me heen draaide terwijl de drankjes maar bleven komen.

'Nee. Waarom? Was je erbij?'

Zijn mondhoeken krulden naar beneden. 'Herinner je het je niet?'

'Zou dat moeten?' Ik zou het me zeker hebben herinnerd als hij in de bar was geweest. Bree's vriendinnen zouden hem tot koning van hun hof hebben gemaakt. Ze zouden hem hebben gevleid, hem hebben aangeraakt, met hem hebben geflirt op een manier die me de kriebels bezorgde. Ze kenden Mateo niet zoals ik. Hij mag dan wel zo knap zijn als een fitnessmodel, maar hij was zo diep als een plas water.

Hij leek in te zakken. Toen plakte hij een schaduw van zijn gebruikelijke plagerige glimlach op zijn gezicht en hield een witte bakkerszak omhoog. 'Ik heb ontbijt voor je meegenomen.'

Mijn maag keerde om. 'Nee, bedankt. Kater. Ik heb koffie nodig.'

'Nee.' Hij liep langs me heen. 'Je hebt koolhydraten nodig. Suiker. Heb je gemberthee?'

Ik haastte me om hem bij te houden, maar zijn brede schouders en de stank van sigaretten vulden mijn hele keukentje. Mijn keel brandde. Ik had geen tijd voor nog een bezoek aan het toilet. Ik wapperde met mijn hand voor mijn gezicht. 'Sorry, maar je ruikt naar rook, en' – ik slikte – 'ik ben bang dat mijn maag daar niet tegen kan. Bedankt voor het langskomen, maar...'

Zijn gezicht betrok, maar hij zette de zak op het aanrecht voordat hij het keukenraam openduwde. Goh. Ik dacht dat het dichtgeverfd zat.

'Beter zo?' Hij bleef er even naast staan, alsof hij zichzelf kon luchten.

Ik haalde diep adem, de koude, frisse lucht inademend. 'Beter. Bedankt.'

'Nu, voor je maag.' Hij opende een bovenkastje. 'Je hebt iets met gember nodig. Of cactusvijg?'

Cactusvijg? 'Nee. Ik leef in de echte wereld waar we koffie drinken als we een kater hebben. Bedankt voor je komst, maar ik moet me klaarmaken.'

'Klaarmaken?' Hij deed het kastje dicht en draaide zich naar me toe. 'Je ziet er perfect uit.'

'Dank je.' De woorden kwamen er vlak en automatisch uit. Dat soort dingen zei hij tegen iedereen. In mijn oversized zwarte trui en spijkerbroek was ik allesbehalve perfect, zeker niet vergeleken met een halfgod als Mateo. Het was duidelijk dat hij zijn lichaamsbouw onderhield met dagelijkse trainingen. Hij was het type man dat boerenkoolsmoothies zou drinken met zijn even knappe ondergoedmodel-partner. Die sprak over supplementen en herhalingen en het omgooien van cactusvijg.

Niet dat daar iets mis mee was. Het was gewoon anders. Ik trainde liever mijn hersenen met spreadsheets, aangedreven door een zak chips met zout en azijn. Boerenkool sloeg ik over.

'Ik moet gaan. Naar een vergadering. Ik eet daar wel.' Ik wrong me langs hem heen de keuken in om hem weg te jagen.

'Ja, je vergadering met Larissa en Jackson. Moet je niet eerst eten?'

'Mijn… mijn wat? Hoe weet jij daarvan?'

Hij keek naar de zak en mompelde iets.

Juist. Ben moet het gisteren op het feestje hebben genoemd. Geef hem een paar drankjes en niets was meer geheim. Niet dat mijn vergadering voor de stichting een geheim was, maar het waren absoluut niet Mateo's zaken.

'Oké, goed gesprek, maar ik weet zeker dat jij wat spieren hebt die nog vormgegeven moeten worden.' Dat was niet zo. Ze waren absoluut perfect, maar zijn ego had geen streling van mij nodig. 'En ik moet weg.'

'Je kunt het gezeik van Larissa beter aan als je niet met een hongerklop aankomt. Probeer deze. Ze zijn heerlijk.' Hij pakte de bakkerszak, maar toen zijn arm de mijne schampte, schrok hij op.

De zak stootte tegen mijn kop koffie en gooide hem om. Donker-
bruine vloeistof gutste over het aanrecht, recht op mijn papieren
af.

'Nee!' Ik sprong op om ze te pakken, maar Mateo's stevige
lichaam blokkeerde de weg. Koffie trok in de papieren, smolt mijn
perfecte cirkeldiagrammen en veegde mijn prachtige lijngrafieken
uit. 'Shit, Mateo. Dat is mijn presentatie voor' – ik keek op de klok
aan de muur – 'voor mijn vergadering die over een kwartier
begint!'

'Kun je nieuwe printen?' Hij pakte de theedoek en depte op de
papieren, maar het enige wat dat deed was de vlek overbrengen
op mijn smetteloze ecru theedoek. Paniek kneep mijn keel dicht.

'Niet doen! Stop.' Toen ik zijn arm pakte, deinsde hij achteruit.
Het natte papier scheurde.

Zelfs als ik het papier op magische wijze binnen een kwartier
droog kon krijgen, zou een cirkeldiagram dat met plakband aan
elkaar hing niemand imponeren. Mijn presentatie, en mijn kans
om indruk te maken op Jackson Jones, was verpest.

'H-het spijt me, Miriam.'

Mijn lichaam werd heet en mijn woede kookte over. 'Verdomme, Mateo. Ik kom te laat en nu heb ik geen presentatie. Ga
uit de weg.' Ik gooide de papieren in de prullenbak. Ik had geen
tijd om naar kantoor te gaan en ze opnieuw te printen. Ik zou het
op het scherm moeten laten zien. Behalve—

Tot mijn afgrijzen keek ik naar de koffie. Het had mijn tas
bereikt. Met mijn laptop erin. Toen ik hem eruit trok, droop er
koffie uit de hoek.

'Shit!' Ik rukte de verpeste handdoek uit Mateo's handen en
depte langs de rand. *Alsjeblieft, alsjeblieft,* alsjeblieft, *start op.* Ik
zette mijn laptop op een droog deel van het aanrecht, klapte hem
open en drukte op de aan-uitknop. Een paar pixels lichtten op,
daarna werd het scherm zwart.

Ik ramde op de aan-uitknop en dit keer gebeurde er helemaal
niets. 'Godverdomme!'

Zijn gezicht was bleker dan mijn theedoek. 'Kan ik iets doen?'

Ik klemde mijn kiezen op elkaar. 'Ga. Weg.'

'Ik… ik kan Lito vragen… ik bedoel Cooper… om je een nieuwe laptop te bezorgen—'

'Nee!' Hij mocht dan Mateo's favoriete neef Miguelito zijn, maar voor mij was hij Cooper Fallon, de baas van de baas van mijn baas. Geen haar op mijn hoofd die eraan dacht hem te laten weten dat ik mijn Synergy-laptop had verpest. Zijn humeur was legendarisch en zelfs zijn aanstaande schoonzus was misschien niet veilig voor een van zijn beruchte uitbranders. 'Ga gewoon weg.'

'Maar ik—'

'Weg!' Ik wees naar de deur.

Hij kromp ineen en schuifelde weg. Mijn appartementsdeur klikte dicht terwijl ik mijn overleden laptop in mijn doorweekte tas propte.

Wanhopig keek ik weer naar de klok. Ik zou zeker te laat komen. Zowel Larissa als Jackson Jones zouden niet onder de indruk zijn. En morgen zou ik mijn baas om een nieuwe laptop moeten vragen.

Bedankt, Mateo.

2

MIMI

WE HADDEN AFGESPROKEN in zo'n hip, fancy tentje waar de koffie fairtrade en biologisch was en de lekkernijen – als je ze zo kon noemen – koolhydraatarm en keto-vriendelijk waren. Een plek die Larissa aansprak, die praktisch niets at en nooit een spinningles oversloeg. Ze hoorde thuis in dezelfde klasse als onze donateurs; altijd tot in de puntjes verzorgd, geen blond haartje dat verkeerd zat.

Ik wou dat ik op haar leek.

Maar vandaag was ik precies het tegenovergestelde. Bezweet, buiten adem en tien minuten te laat, zonder presentatie om aan hen te laten zien. Alleen mijn kapotte laptop in zijn doorweekte tas en een bonkend hoofd vol cijfers.

Ik was er voor drieënzestig procent zeker van dat ze me zou ontslaan. Hoewel, kon je iemand wel ontslaan uit een vrijwilligersfunctie? Hoe dan ook, ze zou me niet de lof geven waar ik zo naar hunkerde. Niet dat ik het verdiende.

Het aroma van kaneel en nootmuskaat van de met kerstkruiden op smaak gebrachte koffie deed mijn maag omdraaien. Ik slikte. Overgeven ten overstaan van Jackson, Larissa en de andere vrouw aan hun tafel zou de kers op de taart van mijn ellende zijn.

Ik haastte me naar hen toe. 'Sorry dat ik te laat ben.'

Larissa hoefde geen woord te zeggen. De opgetrokken wenkbrauw en de manier waarop ze haar steile, platinablonde haar naar achteren gooide, zeiden alles. Ik herinnerde me de laatste keer dat ik haar had teleurgesteld, toen ik om meer tijd had gevraagd om een onkostendeclaratie te verwerken, omdat ik tot over mijn oren in het werk zat voor de maandafsluiting van Synergy. Ze had haar gebruikelijke, mierzoete voorkomen laten varen om met een ijzige toon te zeggen: *We hebben het hierover gehad, Miriam. Ik moet op je kunnen rekenen.*

En ik had haar weer teleurgesteld. Dit keer in het bijzijn van haar baas. De strakke lijn van haar roze lippen raakte me recht in mijn weke, toegeeflijke kern. Mijn wangen gloeiden.

'Ga zitten, Miriam. Laten we beginnen,' zei ze koeltjes.

'Sorry,' mompelde ik, terwijl ik mijn laptoptas van mijn schouder liet glijden. Ik had vandaag niet eens een goed excuus. Alleen een kater en de fout die ik had gemaakt door orkaan Mateo in mijn appartement toe te laten.

'Maak je geen zorgen.' Jackson leunde achterover in zijn stoel en strekte zijn lange benen uit onder de tafel. Hij rolde zijn schouders onder zijn vervaagde zwarte Santana T-shirt. 'Meestal ben ik degene die te laat is. Het voelt goed om voor een keer niet de luilak te zijn. Mag ik je voorstellen aan mijn zus, Natalie.'

Dat hij me een luilak noemde, gaf me een steek in mijn borst. Ik zette een wankele glimlach op en stak mijn hand uit. 'Miriam Levy-Walters. Maar iedereen noemt me Mimi.'

Ze stond op, op haar hakken een kop groter dan ik. Droeg ze hakken op een zondag? Haar magenta kokerjurk met lange mouwen accentueerde haar slanke figuur. Ze was blond, in tegenstelling tot haar donkerharige broer, en haar goudblonde haar was in haar nek opgestoken in een elegante knot. Hun ogen waren echter hetzelfde. Warme, chocoladebruine irissen, omrand door een overvloed aan donkere wimpers.

Ik veegde mijn bezwete handen aan mijn spijkerbroek af voordat ik haar de hand schudde. Ik wou dat ik in plaats daarvan een pantalon had gedragen. Als ik had geweten dat deสังคม-zus van Jackson erbij zou zijn, had ik meer nagedacht over mijn 'koffie drinken op zondag'-outfit. En laarzen gedragen in plaats van ballerina's. Ik voelde me Ant-Man naast haar.

Natalies handdruk was geruststellend stevig. 'Ik heb geweldige dingen over u gehoord. Ik ben blij dat de financiën in goede handen zijn.' Haar voorhoofd fronste, maar toen glimlachte ze. De overgang was zo snel dat ik niet zeker wist of ik haar wel had zien fronsen. 'Ik kijk ernaar uit om het werk te zien dat u aan de prognoses hebt gedaan.'

De achterkant van mijn nek jeukte. Vandaag zou ze geen geweldige dingen over me horen.

'Nat komt het team helpen met het gala. Koffie?' Jackson bewoog zijn voeten alsof hij wilde opspringen om het te halen. Een bazillionair als Jackson Jones die *voor mij* koffie haalt.

'Nee, dank u. Grappig verhaal...'

'In dat geval,' zei Larissa terwijl ze haar papieren recht legde, 'laten we de cijfers maar meteen afhandelen.'

Larissa was een toonbeeld in de non-profitwereld en had een prijs gewonnen voor haar vorige non-profitorganisatie. Maar blijkbaar waren cijfers haar zwakke punt. Ik had elke week vrijwilligerswerk gedaan bij Jacksons gloednieuwe stichting voor neurodivergente kinderen sinds hij ermee was begonnen, en op een dag had hij me voorgesteld aan de nieuwe directeur, Larissa. Hij had gezegd dat ze hulp nodig had bij het opstellen van een balans en vroeg mij haar te helpen, omdat hij wist dat ik accountant was bij zijn commerciële bedrijf.

Larissa had veel meer nodig dan een balans. Haar boekhouding was een ramp, maar ik had die op orde gebracht en ik was trots op wat ik had gedaan.

Nou ja, met uitzondering van de koffiecatastrofe van vandaag.

Ik slikte. 'Ik heb helaas slecht nieuws over de budgetpresentatie. Mijn laptop is ermee opgehouden en de printjes zijn geruïneerd.'

Ik kon mijn woede op Mateo niet meer oproepen. Ik was de dwaas die hem had binnengelaten om in mijn huis rond te klungelen. Bovendien, als ik de papieren niet uit mijn tas had gehaald om ze in een vlaag van overmoed te bewonderen, waren ze misschien gespaard gebleven.

'Staan ze niet op de server?' vroeg Jackson. 'Ik kan ze wel even pakken. Ik ben ingelogd op het VPN.'

Ik kneep mijn ogen dicht terwijl de hitte van mijn gezicht naar mijn nek stroomde. 'Nee. Ik heb ze vrijdagavond thuis afgemaakt. Ik heb er niet aan gedacht om ze te uploaden.'

'Je had ze naar me moeten mailen.' Larissa's stem was zo scherp als de steek van een wesp. Het was niet de eerste keer dat ze me eraan herinnerde niets aan het toeval over te laten. Dat deed zij nooit. Nou ja, behalve die bonnetjes dan.

Ik keek naar mijn schoen. Ik had me eerder in की vingers gesneden en was bang geweest dat Larissa met de eer voor mijn werk zou gaan strijken. Maar dat was belachelijk. Ze was misschien autocratisch en een slordige boekhouder, maar ze was geen dief. Niet zoals Byron. Als ik de presentatie naar haar had gestuurd, hadden we tenminste iets gehad om aan de Joneses te laten zien.

'Ik dacht dat jullie boekhoudtypes altijd de puntjes op de i zetten. En dat alleen creatieve types zoals ik het verpesten.' Jackson grinnikte.

Door de koude knoop in mijn maag kon ik de humor van de situatie niet inzien. 'Het spijt me.'

'Wat is er mis met je laptop?' vroeg hij.

'Koffie?' zei ik met een pijnlijk gezicht.

'Geef maar hier.' Hij kraakte zijn knokkels. 'Ik zal er wat magie op loslaten.'

'Nee, ik zal gewoon…' Maar ik kon zijn wenkende vingers niet weigeren. Ik haalde de laptop uit mijn tas en gaf hem aan hem.

Hij tskte terwijl hij het apparaat uit de doorweekte hoes haalde en het droogdepte met de zoom van zijn T-shirt.

Larissa schraapte haar keel. 'Kunt u ons op zijn minst de financiële prognoses samenvatten?'

'Zeker.' Ik trok de vierde stoel erbij en ging zitten. Jackson had de batterij al uit mijn laptop gehaald en was die aan het drogen met een papieren servetje, maar hij keek op toen ik begon te praten.

Ik probeerde met woorden de prachtige grafieken en diagrammen te schetsen waar ik zo hard aan had gewerkt. Maar na een paar minuten zag ik Jackson geeuwen achter mijn laptop, die hij als een tent ondersteboven op tafel had gezet. Larissa's blik was op haar telefoon gericht. Alleen Natalie glimlachte me bemoedigend toe.

Uiteindelijk rondde ik zwakjes af: 'Ik stuur u de presentatie morgen toe. Er staat een oudere versie op de server en als ik weer op kantoor ben, kan ik de definitieve prognoses recreëren.'

Larissa keek op van haar telefoon. 'We hebben die cijfers zo snel mogelijk nodig.'

'Natuurlijk. Sorry,' mompelde ik.

'En nu,' Jackson wreef in zijn handen, 'komen we bij het leuke gedeelte. Ik heb Nat hierheen gebracht zodat ze het feest kan redden.'

Het gala van de stichting was bepaald geen feestje zoals de verlovingsviering van Ben gisteren in zijn achtertuin. In mijn verprutste prognoses hadden we gepland dat het de helft van de jaaromzet van de stichting zou opbrengen. Er stond veel op het spel.

'Redden?' herhaalde ik.

'Een klein probleempje,' zei Larissa, met een wuivend handgebaar. 'De locatie heeft ons afgezegd. Maar ik heb een back-up.'

'Afgezegd? We krijgen de aanbetaling toch wel terug?' vroeg ik. Larissa had er contant om gevraagd, hoewel ik het had afgeraden.

'Aanbetaling? Ik denk niet dat we een aanbetaling hebben gedaan.' Ze stak haar neus in de lucht.

'Ik… natuurlijk hebben we dat wel gedaan. Toch?' Misschien had ik een contante opname voor iets anders goedgekeurd.

'Ik denk dat ik me dat wel zou herinneren,' zei ze.

'Ik zal de boekhouding nog eens controleren.' Ik keek weemoedig naar mijn kapotte laptop en de spreadsheets die hij gegijzeld hield.

Jackson zei: 'Hoe dan ook, aangezien het gala over twee maanden is, moeten alle hens aan dek. Daarom heb ik Nat erbij gehaald.'

'Ik heb mijn moeder geholpen met tientallen van dit soort dingen,' zei Natalie. 'We krijgen het wel voor elkaar.'

'Maar mijn gala wordt wel speciaal, hè?' vroeg Jackson. 'Niet een van haar dertien-in-een-dozijn-gala's in black tie.'

'Zeker.' Ze legde een hand op de arm van haar broer. 'We maken er iets van waar je trots op kunt zijn.'

'Ik help ook,' zei ik, terwijl ik naar alles greep wat mijn fouten goed kon maken. 'Ik was voorzitter van de galacommissie op mijn school.'

Larissa snoof. 'Een schoolgala is bepaald geen fondsenwervingsevenement van een miljoen dollar.'

Ik kromp ineen. Ze had gelijk. Ons budget was een honderdste van een procent daarvan geweest.

'Toch kunnen we je gebruiken. Bedankt, Mimi,' zei Jackson.

'We kunnen alle hulp gebruiken,' zei Natalie. 'Met een compleet nieuwe locatie en geen eten, hebben we niet veel tijd om te schakelen.'

Oh, wauw. Ik was vergeten dat de oorspronkelijke locatie, een hotel, inclusief catering van het eigen restaurant was. De donateurs verwachtten chique gerechten voor tweeduizend dollar per bord.

'Het wordt fantastisch. Je zult het zien, Mimi.' Jackson wrong een hoekje van een servet in een spleet van mijn laptop. 'De planningscommissie moet naar voren treden om de stichting te vertegenwoordigen. Ik ben goed, maar ik kan het niet allemaal alleen.' Hij flitste ons een oogverblindende glimlach, en als ik contant geld in mijn portemonnee had gehad, had ik het eruit gehaald en aan hem gegeven. Voor de kinderen.

'Feestjes zijn niet echt mijn ding.' Ik wou bijna dat ik het feest van gisteravond had overgeslagen. Dan zou mijn hoofd niet zo bonken alsof Larissa het had bewerkt met mijn kapotte laptop.

Jackson leunde naar voren. 'Maar mijn feestjes zijn ieders ding. Toch, Nat?'

Ze rolde met haar ogen. 'Nauwelijks. Ik zal ervoor zorgen dat u zich op uw gemak voelt op dit gala, Mimi. Beloofd.' Haar glimlach was zo vriendelijk dat ik knikte.

Ik had altijd de voorkeur gegeven aan de planning en het werk achter de schermen boven het daadwerkelijk bijwonen van evenementen. Op feestjes stond ik ongemakkelijk aan de zijlijn. Niet zoals Mateo, die altijd in het middelpunt van de belangstelling stond.

Bovendien, wat moest ik aan? Urgh, kleding was nog erger dan feestjes. Daar zou ik me later wel zorgen over maken. Eerst moest ik me concentreren op de reden van mijn aanwezigheid. 'Ik zal een herzien budget opstellen met de nieuwe locatie. Krijg ik de facturen van u, Larissa?'

Larissa wuifde met haar elegant bleke hand. 'Jackson betaalt het uit eigen zak. U hebt geen facturen nodig.'

'Maar,' zei ik, mijn hoofd schuin houdend naar Jackson, 'u zult de uitgaven afschrijven van uw belastingen. U wilt die toch zeker bijhouden?'

'Nou, ik...' Hij haalde zijn schouders op en wierp een snelle blik op Larissa. 'Larissa zei dat ze het zou regelen.'

Ik sperde mijn ogen wijd open om te voorkomen dat ik ermee zou rollen. Larissa raakte de helft van de bonnetjes kwijt voordat ze bij mij kwamen. Als zij probeerde iets met geld te regelen, zou ze het zeker verpesten en mij dan vragen het op te lossen. 'Ik zal haar helpen.'

Maar Larissa leek de hulp niet op prijs te stellen. Ze tuitte haar lippen weer. 'Echt, ik—'

'Hé!' viel Jackson in. 'Over hulp gesproken, wat dacht je ervan om Mimi te promoveren naar die openstaande positie van assistent-directeur? Haar financiële vaardigheden zijn een goede aanvulling op jouw non-profiterervaring.'

Mijn huid tintelde en mijn adem stokte in mijn borst. Was er een betaalde functie beschikbaar bij de stichting? Een waarvoor Jackson Jones dacht dat ik gekwalificeerd was? Assistent-directeur klonk als heel wat. En ik zou het nauwelijks een promotie noemen, aangezien ik momenteel een onbetaalde vrijwilliger was, maar ik was niet van plan de baas tegen te spreken.

Larissa glimlachte, maar het bereikte haar koele blauwe ogen niet. 'Ik dacht dat u zei dat ik de kandidaat mocht kiezen.'

'Oh.' Jackson verschoof op zijn stoel. 'Ja, natuurlijk.'

Het tintelen op mijn huid werd pijnlijk. Soms voelde het alsof hetgeen Larissa het fijnst aan me vond, was dat mijn werk gratis was. De presentatiefiasco van vanmorgen had mijn waarde in haar ogen niet doen stijgen.

'Ik zoek iemand met non-profiterervaring. Hoewel ik Miriam zou kunnen overwegen.'

De stem van mijn moeder klonk in mijn hoofd. *Kom voor jezelf op. Vraag om wat je wilt.* 'Dat zou ik geweldig vinden. Ik heb al een heleboel onderzoek gedaan—'

'Daar hebben we het later over.' Ze keek me niet aan, maar haar glimlach naar Jackson was zo zoet als limonade. 'Bedankt voor het idee.'

'Hebben we alles besproken?' vroeg Jackson. 'Nat en ik moeten Alicia en de kinderen ophalen voor de familiebrunch.'

Larissa bekeek haar papieren. 'Dat is alles wat op mijn lijstje stond. We komen over een paar weken weer bij elkaar, na de feestdagen. Natalie, als u mij uw ideeën voor het gala met de geschatte kosten wilt sturen, stuur ik het door naar Miriam om bij te houden.'

'Zal ik doen.' Natalie stond op en streek de kreukels uit haar jurk. 'Mimi, ik kijk ernaar uit om met u aan het gala te werken. Fijne feestdagen.'

'Fijne feestdagen,' zei ik, ook al was Chanoeka al weken voorbij. 'Ik kijk er ook naar uit.' Het klonk als veel extra vrijwilligerswerk, maar als ik het goed deed, zouden Jackson en zijn zus het opmerken. Larissa zou geen andere keus hebben dan mij te overwegen voor de functie van assistent-directeur. Ik zou eindelijk betaald kunnen krijgen voor mijn werk bij de stichting, mijn baan bij Synergy opzeggen en wat vrije tijd hebben. Misschien zou ik Bree zelfs een plezier doen en tijd vinden om te daten.

Jackson gaf me mijn laptop en de batterij terug. 'Laat het nog een paar uur uit de hoes, doe de batterij er weer in en probeer het dan.'

'Dank u.' Ik probeerde mijn volledige dankbaarheid in dat woord te leggen, niet alleen voor de hulp met de laptop, maar ook omdat hij voor me opkwam wat betreft de functie van assistent-directeur.

Hij knipoogde en draaide zich om om Natalie het café uit te begeleiden.

Larissa doorboorde me met een ijzige blik die ze het afgelopen uur vast had ingehouden.

'Kijk, het spijt me echt,' begon ik.

Ze controleerde of de Joneses het gebouw hadden verlaten. Met een ijskoude stem zei ze: 'Als je in aanmerking wilt komen voor de rol van assistent-directeur, moet je je niveau opschroeven, Miriam. Als je me nog een keer te schande maakt, moet ik je laten gaan.'

'Maar ik—'

Ze leunde dichterbij en haar stem zakte tot een fluistering. 'Ik zal elke non-profitorganisatie in de Bay Area voor je waarschuwen. Zelfs het dierenasiel zal je geen kattenbakken laten uitscheppen. Begrepen?'

Ik knipperde met mijn ogen bij haar onkarakteristieke grofheid. 'Ik… natuurlijk. Het was echt een ongeluk.'

Ze gaf me een kille glimlach. 'Vrouwen zoals wij kunnen ons

geen blunders als vandaag veroorloven. Neem mijn advies aan: wat dit ook heeft veroorzaakt, snijd het uit je leven.'

'Absoluut.' Ik knikte. Dat kon ik haar beloven.

Ze zweefde het café uit in een wolk van duur parfum en het geklik van roodgezoolde hakken.

Ik staarde naar de met koffie bevlekte servetten die Jackson rond mijn laptop had laten liggen.

Een serveerster haastte zich naar me toe. 'Dat wordt negen negentig.'

'Negen negentig?' Ik had nog geen zwarte koffie of een gluten-vrije biscotti gehad. Toch pakte ik mijn portemonnee.

'Die blonde dame heeft haar magere latte niet betaald.'

Ik gaf haar een tientje en vervolgens een paar losse dollars.

'Bedankt.' De serveerster veegde de lege mokken en servetten op haar dienblad en draaide zich om.

Het was te verwachten dat Larissa zich te veel bezighield met het beheer van een miljoenenstichting om zich druk te maken om de futiliteiten van lattes van tien dollar. De volgende keer dat ik haar zag, zou ik er met geen woord over reppen. Ik zou het een investering in de positie van assistent-directeur noemen.

Die ik wilde. Heel graag.

Niets zou me ervan weerhouden om dit gala tot een succes te maken en aan haar en aan Jackson Jones te bewijzen dat ik het materiaal voor assistent-directeur was.

Ik pakte mijn naar koffie ruikende laptop op.

Zelfs Mateo Rivera zou me niet tegenhouden.

3

MATEO

IK LIET MIJN identiteitsbewijs aan Bernard zien bij de ingang van de omheinde woonwijk van mijn tía.

'Heb je ook identificatie voor je vriend?' grapte de bewaker.

'Deze vent?' Ik wees met mijn duim naar de tweeënhalve meter hoge plastic sneeuwpop die uit het achterraam van mijn Jeep stak. 'Hij heeft geen ID nodig. Hij is Frosty de Sneeuwpop. Een fucking beroemdheid!'

Terwijl Bernard grinnikte, reed ik langzaam met mijn Jeep door de poort de heuvel op naar het huis van mijn tía.

Mijn beveiliger zat niet buiten in zijn SUV, waar hij hoorde te zijn. Dat deden ze nooit.

Dus hees ik Frosty er zelf uit en laveerde tussen de andere versieringen op haar gazon, dat zo groot was als een voetbalveld, met een oranje verlengsnoer over mijn schouder geslagen. Ik liep langs de enorme opblaasfiguren, een kerstman die 'ho, ho, ho' kon roepen en een sneeuwbol met een feestelijke palmboom erin. Ik aaide de neus van een van de plastic rendieren die de slee van een tweede kerstman trokken. Ten slotte sjokte ik langs datgene waar haar buren vast het meest opgetogen over waren: een levensgrote, verlichte kerststal, compleet met een paar kunsthars geiten, een koe, een ezel, twee liggende schapen en één staand schaap. De drie wijzen wachtten nog aan de andere kant van het gazon op Driekoningen in januari.

Toen ik het kale plekje vond waarover ze vorige week had geklaagd, zette ik Frosty neer en maakte hem vast met een paar haringen. Daarna plugde ik zijn snoer in en vond een leeg stopcontact op de overbelaste buitenverdeelkast. Ik klemde het gouden kruisje om mijn nek en stuurde een schietgebedje omhoog voordat ik de stekker in het stopcontact stak. In stilte bedankte ik wie dan ook toen de verlichte Frosty er niet voor zorgde dat de stoppen in de hele buurt eruit sloegen. Nee, haar tuin vol kerstzooi gloeide feller dan ooit.

Graag gedaan, rijke buren.

Ik stofte mijn handen af, liep de traptreden van haar veranda op en belde aan.

Carlo deed de deur open, met kruimels langs zijn zwarte fleecetrui. Hij deed niet eens de moeite om schuldbewust te kijken, niet zoals hij zou hebben gedaan als mijn neef hem in huis had aangetroffen in plaats van buiten, op de uitkijk voor haar klootzak van een ex.

'Hé, baas.'

'Speculaasjes?' vroeg ik, wijzend naar de kruimels.

De bovenkant van zijn wangen werd donkerder terwijl hij ze zorgvuldig in zijn handpalm veegde. 'Dat zijn mijn favorieten.'

'De mijne ook. Is ze in de keuken?'

'Ja. Peuk?' Hij graaide in de zak van zijn fleecetrui naar zijn pakje.

'Nee, bedankt.'

Toen hij de sigaret tussen zijn lippen zette en zijn wenkbrauwen optrok, schudde ik opnieuw mijn hoofd, hoewel mijn vingers jeukten om hem van hem af te pakken en een trekje te nemen. Ik had gezien hoe Mimi gisteren haar neus had gerimpeld toen ik haar huis binnenliep. Hoe ze bijna had gekotst.

Ik had mijn zenuwen de overhand laten nemen en buiten bij

haar appartement drie snelle trekjes genomen. Stoppen was verdomd moeilijk als elke trek een dozijn rooskleurige herinneringen opriep aan de tijd die ik met mijn papá doorbracht in zijn tabacaria.

Ik stak één hand in mijn zak en legde de andere op de voordeur.

'Ik doe even een controlerondje.' Carlo glipte naar buiten en ik deed de deur achter hem op slot, ook al ging ik er zo weer uit. Op bevel van mijn nicht.

Ik volgde de geuren van vanille, kruidnagel en kaneel naar de keuken. Het deed me denken aan het huis van tía Camelia op het eiland rond kersttijd. Ze gaf Papá en mij altijd lekkernijen mee naar huis. Mijn lichaam schokte bij de herinnering dat ik deze kerst niet met mijn familie op het eiland zou doorbrengen.

Maar tía Rosa was ook familie en ik plakte een glimlach op mijn gezicht voor haar. Ze schepte koekjes van een bakplaat op een stuk bakpapier op haar aanrecht.

'Hola, tía.' Ik dwong mijn heupen tot een nonchalante beweging, liep naar haar toe en kuste haar op haar wang.

'Mateo.' Boterzachte warmte vulde haar stem. 'Ik ben blij dat je langskomt. Zorg dat ik niet vergeet je er een paar mee naar huis te geven.'

Ik griste er eentje van het aanrecht en beet er knarsend in. 'Dat zou ik niet durven. Wil je zien wat ik voor je heb meegebracht?'

'Heb je iets voor me meegebracht?' Met fonkelende bruine ogen veegde ze haar handen af aan een theedoek.

'Een vervroegd kerstcadeau.'

Ik pakte een jas voor haar uit haar kast en hielp haar in de mouwen. Buiten schoot haar blik naar de sneeuwpop.

'Hij is perfect!' Ze klapte in haar handen alsof ze zes was en geen zestig.

'Je moet hem vanaf de straat zien.' Ik bood mijn elleboog aan, ze haakte haar arm door de mijne en we liepen de trap af en wandelden naar het einde van het trottoir.

Terwijl ze de nieuwe aanwinst voor haar kerstmenagerie

bewonderde, keek ik naar de huizen aan weerszijden. Militaire, strakke rijen doorzichtige lampjes omlijnden de dakgevels, ramen en veranda's. Beide deuren waren versierd met weelderige, groenblijvende kransen die meer moesten kosten dan mijn maandelijkse boodschappenrekening. Geen opblaasfiguur of plastic gazonornament te bekennen.

Maar ze zouden het niet wagen de vereniging van huiseigenaren te bellen over de moeder van Cooper Fallon.

'Gracias, hijo.' Ze trok aan mijn mouw en ik boog voorover voor haar kus.

'Het is niets,' mompelde ik.

'Het is niet niets.' Ze legde haar handen op mijn wangen zodat ik haar in de ogen keek. 'Je bent een goede jongen, Mateo.'

Maar ik kon haar blik niet vasthouden. Niet na wat ik Mimi's presentatie eerder vandaag had aangedaan. Mijn vingers wilden aan de ring om mijn rechterhand draaien, maar die was er niet.

Ze greep mijn hand vast. 'Ik wou dat je jezelf kon zien zoals ik je zie. Zoals Miguelito je ziet.'

'Miguelito?' snoof ik. 'Hij vindt me een id— ah, un tonto.'

'Als hij je un tonto vond, had hij je hier niet naartoe gebracht en je tot mijn hoofd beveiliging gemaakt.'

'We weten allebei dat jij geen beveiliging nodig hebt.'

'Ah.' Ze knipoogde. 'Dat weten wij. Mijn zoon niet. Dus hij betaalt jou, jij hangt wat rond met je favoriete tía. Dat is wat hij een win-winsituatie zou noemen.'

Ik probeerde naar haar te glimlachen, maar tía prikte altijd door mijn onzin heen.

Ze klikte met haar tong. 'Laten we naar binnen gaan. Ik zet koffie bij de koekjes en dan vertel je me wat je dwarszit.'

In haar keuken roerde mijn tía suiker door een kop sterke, zwarte koffie. 'Wat is er gisteravond met Miriam gebeurd? Ze zag eruit alsof ze op het feest een paar te veel op had. Lito en Ben maakten zich zorgen om haar.'

'Ze vroegen me haar te volgen.' Ik legde het koekje neer dat ik op het punt stond te verslinden. 'Wist je dat ze naar een vrijgezellenfeest ging?' Als ik dat had geweten, had ik meer dan alleen mijn blote knokkels meegenomen om haar te verdedigen tegen al die loerende kerels.

Ze schudde haar hoofd en fronste.

'Een despedida de soltera. Haar vriendin Breina trouwt volgend weekend. Ben en Miguelito gaan ook.' Ik herinnerde het me pas toen ik zag hoe Breina het glinsterende plastic tiara in Mimi's donkere krullen duwde en de sjerp over haar prachtige tieten drapeerde. Ik glimlachte bij de herinnering aan de manier waarop Miriam haar vriendin had geknuffeld, haar gebruikelijke formaliteit viel weg toen ze haar een slordige kus op haar wang gaf. Wat zou ik er niet voor over hebben als dat op mij gericht was? En dat was het, voor een korte tijd gisteravond.

'Ze werden behoorlijk dronken, maar ze waren samen en ze waren in orde. Totdat hun mannen kwamen opdagen.' Een grom maakte mijn stem schor. 'Ze brachten haar vriendinnen naar huis en lieten Mimi alleen. En de klootzakken die de hele nacht al cirkelden, dromden samen.'

'Maar jij was er.' Stralend klapte tía in haar handen. 'Je hebt haar gered como un caballero.'

'Dat weet ik zo net nog niet.' Ik boog mijn hoofd en herinnerde me hoe ik me achter een krant had verstopt totdat Mimi's vriendinnen vertrokken. 'Ik droeg mijn bril, geen harnas.'

'Oh.' Haar gezicht betrok. 'Maar zelfs met die lentes feos op kan niemand je weerstaan.'

'Niemand behalve Mimi.' Hoewel gisteravond heel even haar fonkelende ogen en die onverwacht stralende glimlach helemaal voor mij waren geweest. Ze leek voorbij mijn gladde buitenkant te kijken, naar de essentie van wie ik was. En ze vond het leuk wat ze zag. We hadden over van alles gepraat: hoe ze graag vrijwilligerswerk deed bij de stichting, hoe ze de directeur bewonderde. Hoewel Larissa, afgaande op wat Mimi zei, een sluw, manipulatief kreng leek. Ze had het zelfs gehad over haar ongemak dat ze als laatste van haar vriendengroep geen partner had.

Ik had gehoopt iets aan dat laatste te kunnen doen. Maar toen ik vanmorgen met mijn hoopvolle zak buñuelos opdook, had ik al snel door dat ze een gat in haar dronken herinneringen had ter grootte van Mateo. En nadat ik haar presentatie had verpest, haatte ze me nog meer dan voorheen.

'Ze herinnerde het zich niet. Dat ben ik. Onopvallend,' mompelde ik.

'Onopvallend? Nooit, cariño.' Tía legde een zachte hand op mijn arm. 'Ik ben gewoon blij dat ze, toen de alcohol die stok in haar reet wat losser maakte, eindelijk zag hoe geweldig je bent.'

'Tía!' piepte ik.

'Het is waar. Dat meisje moet wat losser worden. Ik weet het, ik weet het.' Ze wuifde mijn protesten weg. 'Je vindt haar leuk. Maar je moet toegeven dat ze een beetje… stijfjes is.'

'Gedreven.'

Ze schudde haar hoofd. 'Ambitieus.'

'Ze doet vrijwilligerswerk bij de stichting van Jackson Jones. Ze lijkt meer op Ben dan je zou denken.'

Mijn tante leek niet overtuigd. 'Soms denk ik dat Ben al het hart in die familie heeft gekregen.'

Mijn vingers tintelden. Ik sprong op en pakte de bakplaten. Ik liet een sopje in haar gootsteen lopen en schrobde de vette resten en aangekoekte koekkruimels eraf. Nee, Mimi had gisteravond juist heel veel hart getoond, vooral toen ze…

'Denk je dat ik het haar moet vertellen? Over de… de kus?' Ik kon bijna niet geloven dat het gebeurd was. Maar ik had vanochtend het bewijs gezien in de baardbrand die ze met make-up had proberen te verbergen. Hoe kon ze het vergeten zijn? Ik zou nooit vergeten hoe ze mijn naam smeekte, net voordat haar zachte lippen op de mijne landden. De smaak van haar – tequila, zoetheid en kaneel – toen ik mijn mond voor haar opende. Haar vormen in mijn armen, allemaal zachte rondingen die ik met mijn handen en mijn tong wilde verkennen.

'Zou je dat niet moeten doen?' Tía kwam naast me staan bij de gootsteen en legde een hand op mijn rug.

'Nee. Vooral niet na vandaag. Nadat ik haar presentatie heb

verpest.' De woede die in haar ogen flitste, had me geïntimideerd. Een boze Miriam Levy-Walters was vreeswekkend mooi.

'Je moet het goedmaken met haar. Dan kun je haar over gister-avond vertellen.' Ze wreef een cirkel op mijn rug. 'Je hebt zoveel verdriet in je leven gehad, hijo. Je verdient het om gelukkig te zijn. En als je Mimi wilt, ga er dan voor. Niemand kan jouw charme weerstaan.'

'Mimi wel,' mopperde ik tegen een plakkerige vlek op de laatste bakplaat.

'Zet dan een tandje bij.'

'Dat kan ik niet. Elke keer als ik het probeer, verpruts ik het.' Zoals toen ik haar paper had verscheurd.

'Onthoud dat zij ook maar een mens is. Niet een of andere heilige boven een altaar.'

'Is ze dat wel?' En ik maakte niet helemaal een grapje. 'Ze werkt fulltime en doet ook nog vrijwilligerswerk bij de stichting. En ze is de slimste vrouw die ik ooit heb ontmoet.'

'Jij bent ook slim. Je hoeft geen duur universitair diploma te hebben om dat te bewijzen. Jij zorgt voor Miguelito en mij.'

Ik snoof. 'Lito kan voor zichzelf zorgen. En Ben ook. En natuurlijk zorg ik voor jou. Je bent mijn favoriete tía.' En het dichtste dat ik nog bij een ouder in de buurt had, zei ik niet. Ze wist het.

'Je bent een goede jongen. Haar waardig. Laat het haar zien. Help haar zoals je iedereen helpt. Het ging vandaag dus niet goed.' Ze haalde haar schouders op. 'Probeer het opnieuw.'

Ik veronderstelde dat ik Mimi dat verschuldigd was nadat ik haar presentatie had verpest. 'Oké. Dat zal ik doen. Mag ik wat extra koekjes, alsjeblieft?'

Ze greep in de la naar een plastic bakje. 'Dat is mijn jongen. Verleid haar met eten.'

4

MIMI

TEGEN DE TIJD dat de fotograaf klaar was met ons, bruidsmeisjes, deden mijn wangen pijn van de stijve glimlach die op mijn gezicht geplakt was.

Bree en Josh, die moesten blijven voor nog meer foto's, zagen er net zo fris uit als toen ze elkaar vanmiddag voor het eerst zagen, toen hij onder haar sluier keek en ze niet konden stoppen met lachen. Nu staarden ze in elkaars ogen en deelden ze geheimen terwijl de camera klikte. Hun geluk was ronduit onfatsoenlijk.

Niet dat ik jaloers was.

Ik had een geweldige baan en bij de stichting een nog betere kans als ik indruk op Larissa kon maken met mijn werk voor het gala. Ik wou dat ze Bree's bruiloftsreceptie in de Conservatory of Flowers kon zien. Bree en Josh hadden iets in een tuin gewild, maar het zou te koud zijn voor hun bruiloft eind december. Dus had ik de serre voorgesteld. De kassen waren warm en stonden boordevol kleur en geur.

Het was mijn beste idee voor een evenement sinds ik de moeder van de populairste meid van de school, een wannabe socialmedia-influencer, had gevraagd om de gymzaal als show-case te versieren en had beloofd dat elke aanwezige haar zou taggen en haar posts zou delen. We hadden het meest extravagante schoolbal ooit.

Het vrijgekomen budget voor de versiering hadden we gebruikt om een chocoladefontein te huren. Dat was niet mijn idee – ik was allergisch voor chocola – maar ik had het goedgekeurd. En uiteindelijk had ik er spijt van. Een stel dronken middelbare scholieren en gesmolten chocola is geen goede combinatie. Als voorzitter van de schoolbalcommissie kreeg ik persoonlijk tientallen stomerijrekeningen van boze ouders.

Mijn maag rammelde. Ik had niets meer gegeten sinds een kop koffie en een hap van een gebakje terwijl vanochtend ons haar werd gedaan. Ik sloeg het aanbod van een ober voor een glas champagne af en liep naar het buffet met hapjes.

Nog voor ik ook maar een kaastaartje kon pakken, overstemde de al te bekende geur van Paco Rabanne de aardse, bladachtige geur van de kas en keerde mijn maag zich om. Ik verstijfde, twee meter van de buffettafel vandaan, en wenste dat de potpalm rechts van me dik genoeg was om achter te schuilen. Maar het was een schriel dingetje en de zachte bladeren boden noch beschutting noch verdediging. Ik draaide me om, wetende wie daar zou staan.

Vroeger vond ik zijn glimlach schattig, maar nu zag die er slijmerig uit, een flits van gebleekte tanden. Hij zag er zoals altijd onberispelijk uit, zijn pak gestreken en zijn das geknoopt in zijn gebruikelijke halve Windsor.

Hij zette zijn ronde bril recht en legde zijn arm om het middel van een vrouw. Ze was tenger, woog waarschijnlijk nog geen vijftig kilo als ze doorweekt was, met een wipneusje en zijdezacht haar. Het was alsof Byron opzettelijk mijn exacte tegenpool had gekozen.

'Mimi. Grappig om je hier te zien,' zei hij, terwijl hij zich uitstrekte om me recht in de ogen te kunnen kijken. Op mijn hakken was ik even lang als hij.

Ik slikte om wat vocht in mijn mond te krijgen. Ik wou dat ik de champagne niet had afgeslagen.

'Ik ben een van de bruidsmeisjes.' Ik wees naar mijn marineblauwe satijnen bruidsmeisjesjurk alsof hij dat nog niet wist. 'Wat doe jij hier?'

Hij trok de vrouw tegen zich aan. 'Dit is Tanya. Ze is de nicht van Josh. De wereld is klein.'

'De wereld is klein,' herhaalde ik.

Tanya glimlachte onzeker.

Niets van dit alles was haar schuld en nu was ze familie van Bree. Ik stak mijn hand uit. 'Leuk je te ontmoeten, Tanya. Ik ben Mimi. Bree en ik zijn al beste vriendinnen sinds we elf waren.'

Haar hand lag slap in de mijne, en ik voelde me plotseling te veel. Te dwingend, te groot, te luid. De onzekerheid die me had verlamd nadat Byron die baan van me had gestolen, kroop terug in mijn hart, koud en stekelig. Hij had nooit om me gegeven. Ik was een dwaas geweest om te denken dat hij dat zou kunnen.

'We missen je bij SquawkClip,' zei hij. 'Niemand kan de maandafsluiting zo snel doen als jij.'

Het stekelige gevoel ebde weg. 'Da-'

'Je had in het team moeten blijven. Dan had ik je mijn assistent gemaakt.'

'Wacht. Wat?' Ik knipperde zo hard met mijn ogen dat mijn nepwimpers in de knoop raakten. 'Jouw assistent?'

'Je zou mijn rechterhand kunnen worden. Er rapporteren nu zeven mensen aan mij.'

Mijn borstkas ging op en neer van alle woorden die ik wilde zeggen. Wilde schreeuwen. Ik verdiende die baan. Zelfs Byron had me verteld dat ik hem verdiende. Maar hij had achter mijn rug om zijn netwerk ingezet en de baan voor zichzelf geclaimd.

Ik hield alles binnen. Ik kon geen scène schoppen op de bruiloft van Bree. Niet voor Tanya, die nu deel uitmaakte van haar familie.

'Ik ben gelukkig waar ik nu ben. Ik ben senior accountant in een fantastisch team. En ik geloof in de missie van Synergy.'

'SquawkClip is de populairste en meest exclusieve socialmediasite met video's die er is. Iedereen wil een uitnodiging.'

'Dat weet ik.' Ik had de site in populariteit en media-aandacht zien stijgen sinds ik was vertrokken. Maar ik had me altijd een hypocriet gevoeld toen ik bij een bedrijf werkte dat samengestelde videofeeds van prachtige mensen promootte waar je alleen op uitnodiging toegang toe kreeg. Mijn tiener-ik zou die video's hebben verslonden als chips en me er achteraf net zo misselijk door hebben gevoeld.

Byron haalde zijn schouders op. 'Jammer dat je vrijwilligerswerk je altijd afleidde van je betaalde baan. Je zult hogerop komen als je je ogen op de bal houdt. Het is ironisch dat je als accountant zo onzorgvuldig met je eigen tijd en geld omgaat.'

Ik perste mijn lippen op elkaar om de boze woorden binnen te houden. *Denk aan Bree.* Ik wierp een blik op Tanya.

Hij duwde zijn bril op zijn neus. 'Als je van gedachten verandert en terug wilt komen, bel me dan.'

De gedachte om voor Byron te werken, of voor het bedrijf dat hem boven mij verkoos, ontstak een vuur in mijn binnenste. Toch glimlachte ik. 'Zeker.'

'Hé,' Ben gleed op zijn nette schoenen naar me toe, een beetje buiten adem. Hij moest gerend hebben toen hij me met mijn ex zag praten. Zijn lip krulde. 'Byron.'

'Ben.' Byron knikte kort met zijn hoofd. Hoewel ze ongeveer even lang waren, slaagde hij erin om op hem neer te kijken. Toen we een relatie hadden, was hij nooit dapper genoeg geweest om er iets van te zeggen, maar het was duidelijk dat hij neerkeek op Bens gebrek aan een hbo- of wo-diploma en een professionele baan.

Hij wist niet dat Ben nu zowel een diploma als een geweldige carrière had. Noch mijn broer, noch ik zou de moeite nemen hem dat te vertellen. Byron was de moeite niet waard.

Hij keek van de een naar de ander. 'Ben je hier met je broer?'

Ik beet op mijn lip om een grimas te onderdrukken. 'Nee, ik—'

Cooper kwam naar ons toe, twee glazen champagne in zijn

handen. Hij gaf er een aan Ben en bood de andere aan mij aan. Ik nam hem aan, dankbaar dat ik iets kon vastgrijpen dat niet Byrons nek was.

Bens gezicht straalde. 'Schat, dit is Byron, de ex van Mimi. En...?'

'Tanya,' zei ik.

Cooper schudde hun handen. 'Leuk om jullie te ontmoeten. Ik ben Cooper.'

Byrons mond viel open. 'Cooper *Fallon?*'

Cooper gaf hem een afgemeten glimlach en verstrengelde zijn vingers met die van mijn broer. Ja, ik was ook verrast toen Ben een relatie kreeg met zijn miljardairbaas, die om de week in het financieel nieuws stond.

Byron knipperde met zijn ogen. 'Dus met wie ben jij hier, Mimi?'

Het koude, stekelige gevoel kwam terug, zelfs in de warme kas. Waarom had ik er niet aan gedacht om iemand mee te nemen, wie dan ook? Mijn laatste onenightstand, die vent die ik in november op een avond na het werk in het vriesvakpad had ontmoet. Hoe heette hij? Van? Vin? Ik had zijn nummer in de prullenbak gegooid.

Was ik vorig weekend maar niet zo dronken geweest, dan had ik mijn kans bij mijn mysterieuze man niet gemist. Ik zette het glas champagne achter een bromelia met rode punten.

'Ik ben hier alleen,' zei ik.

Tegelijkertijd zei Ben: 'Ze is hier met ons,' en hij stak zijn kin vooruit. 'Je laat haar met rust als je weet wat goed voor je is.'

Dat was typisch mijn broer, altijd zijn hart op de tong. 'Ben—'

'Valt hij je lastig, Mimi?' vroeg Cooper.

'N-nee,' zei Byron. 'Ik wilde alleen maar gedag zeggen.'

'Dat heb je gedaan,' zei Ben, terwijl hij voor me ging staan. 'En nu opdonderen.'

Byron zette zijn bril recht en keek me boos aan alsof de overbezorgdheid van mijn broer mijn schuld was. Toen draaide hij zich op zijn loafer om en liep weg, Tanya achter zich aan slepend.

'Dat was niet—' begon ik.

'Gaat het, meis?' vroeg Ben. 'Je werd zo bleek, ik maakte me zorgen.'

'Het gaat goed. Hij overviel me. Dat is alles.'

'Goed. Hij is het niet waard.'

Ik keek van Ben naar zijn verloofde. 'Hebben jullie het naar je zin?'

Cooper toverde een snelle glimlach tevoorschijn. 'Natuurlijk.'

'Hij liegt.' Ben haakte zijn arm door die van Cooper. 'Pas op voor mam. Ze heeft met de moeder van Bree gepraat en nu heeft ze de trouwkoorts te pakken. Ze probeerde ons onder druk te zetten om een datum te prikken.' Bens glimlach was geforceerd. 'Daar zijn we nog niet klaar voor.'

Ik zou hem later moeten vragen waarom hij eruitzag alsof iemand hem een van de bruidsmeisjesboeketten had laten opeten. 'Mij zal ze niet lastigvallen. Ze heeft altijd gezegd dat ik eerst mijn carrière moet opbouwen. Bovendien zijn jullie praktisch al getrouwd.'

'Ik denk dat mijn verloving iets in haar heeft losgemaakt. Ze vroeg waar Bree haar jurk vandaan had.'

Ik slikte. De warme kas en de geur van lelies overweldigden mijn zintuigen. 'Ik moet even een luchtje scheppen.'

'Wil je dat we meekomen?' Mijn broer deed een stap in mijn richting.

Ik hield mijn handen omhoog. 'Nee. Ik heb alleen een momentje voor mezelf nodig.'

Ik draaide me om op mijn knellende pumps en baande me een weg door de stralende gasten, de hand in hand lopende stelletjes die de liefde vierden, richting de uitgang. Ik was nog niet klaar om te trouwen. Maar misschien had Bree gelijk. Misschien was ik niet meer zo gelukkig single. Het zou zeker fijn zijn geweest om iemand te hebben om een arm om me heen te slaan toen Byron me confronteerde. Iemand om me staande te houden tegenover zijn minachting.

Iemand die lief en zorgzaam was zoals mijn mysterieuze man.

Op de een of andere manier had ik dat verpest. Er stond geen nieuw nummer in mijn telefoon. Ik had mijn appartement overhoop gehaald en niets gevonden behalve een neongroen, piemelvormig rietje en een condoom nog in de verpakking waarop stond 'Slechte beslissingen leveren goede verhalen op'.

Ik duwde de deur open en stapte naar buiten om mijn longen te vullen met koele, frisse lucht.

Maar de lucht was niet fris. Een man stond zes meter verderop in de daarvoor bestemde zone, een sigaret tussen zijn lippen geklemd.

Zijn brede schouders en zwarte T-shirt waren hartverscheurend en zo onmiskenbaar bekend dat ik niet kon doen alsof ik hem niet herkende.

Daar ging mijn momentje om mezelf te herpakken.

5

MATEO

VROEGER, toen ik nog in de winkel van mijn papa werkte, wist ik het altijd als iemand op het punt stond een slof sigaretten of een sigaar uit de doos bij de kassa te stelen. Zelfs als ik met mijn rug naar ze toe stond, gingen de haren in mijn nek overeind staan.

Dat voelde ik nu ook.

Langzaam draaide ik me om van de plek waar ik de camelia's had staan bewonderen. Ik haalde de sigaret van mijn lippen en blies een lange stroom blauwe rook uit.

Mimi stond rillend in de deuropening van de serre. Haar mouwloze jurk had de kleur van een maanloze middernacht thuis op het eiland.

Ik schoot naar de peukenpaal en gooide hem in mijn haast bijna om. 'H-hallo.'

Ze trok haar neus op. 'Stalk je me?'

'Eh.' Ik zette de paal recht en gooide mijn peuk in de opening. 'Ah, nee. Ik rijd voor Ben en Miguelito.'

Ze sloeg haar armen over elkaar, wat zonde was. Door de hart-vormige halslijn kwamen haar borsten geweldig uit. Hoewel ik meer kans had om iets intelligents te zeggen als ik niet naar haar prachtige tieten staarde.

'Ik dacht dat je beveiliger was, geen chauffeur.'

Ik haalde mijn schouders op. 'Ik doe wat mijn neef vraagt.'

Ze keek weg en ik zag dat haar vingers trilden. Dat deden ze vanochtend ook toen ze weigerde de buñuelos te eten die ik had meegebracht.

'Alles goed met je?' vroeg ik. 'Heb je al iets gegeten? Of… of heb je het koud?' Shit, waarom had ik mijn jas in de auto laten liggen? Ik deed een paar stappen naar haar toe. Ik verlangde ernaar haar in mijn armen te sluiten zoals ze die avond in de bar had toegelaten.

'Het gaat prima.' Ze hield haar handen voor zich op, alsof ze een boze geest wilde afweren.

Ik moest wel stinken als een asbak. Ik deed een stap achteruit.

Haar schouders zakten. 'Bedankt voor de kruidenkoekjes die je met Ben hebt meegestuurd. Ze waren heerlijk.'

'Natuurlijk. Mijn tante is de beste kokkin die ik ken.'

Toen ze weer rilde, zei ik: 'Je moet naar binnen gaan, waar het warm is. Tenzij je mijn jas wilt lenen? Die ligt in de auto.'

Ze schudde haar hoofd.

'Heb je honger? Ik haal wel een bord voor je.' Ik wees met mijn kin naar de deuren achter haar.

Ze snoof. 'Zo zou je er nooit levend uitkomen. Niet als je er zo uitziet.' Ze maakte een cirkel met haar hand naar het zwarte T-shirt dat ik altijd droeg als ik voor mijn neef werkte.

Ik streek mijn hand eroverheen alsof ik het op magische wijze in een pak met stropdas kon veranderen. Misschien zou ze dan respect voor me hebben. Zou ze me aankijken zoals ze afgelopen zaterdagavond had gedaan.

Nee, dat had ik verknald. Ik was geweest wat ik altijd was. Leuk tijdverdrijf. Vergeetbaar. Niet de moeite waard om te houden.

'Sorry dat ik niet gepast gekleed ben. Ik had niet verwacht…'

'Nee, ik bedoelde...' Ze perste haar lippen op elkaar. 'Ik bedoelde hoe je spieren er in dat shirt uitzien.'

Ik kon er niets aan doen. Ik spande mijn spieren. Het ging net zo automatisch als ademhalen.

Maar Mimi reageerde niet zoals mensen gewoonlijk deden. Dat had ze nooit gedaan.

'Ik heb een paar minuten voor mezelf nodig,' zei ze, en ze zag er kwetsbaarder uit dan ik haar ooit had gezien. 'Snap je?'

'Niet echt. Ik haat het om alleen te zijn.' Ik trok mijn lippen op in een ironische glimlach. Maar ik zou haar het enige geven waar ze om vroeg. 'Ik begrijp het. Ik ga wel in de auto zitten.'

Haar donkere wenkbrauwen fronsten, maar ik deed wat ik had gezegd. Ik draaide me om en liep terug naar de SUV. Ik sloot mezelf op en probeerde niet naar haar te kijken terwijl ze daar rillend stond, meer genietend van het alleen zijn dan van mijn gezelschap.

6

MIMI

BENS FRUSTRATIE UITTE zich in het gefladder van zijn handen voordat hij mijn schouders pakte en me op mijn wang kuste. 'Bedankt dat je gekomen bent.'

Ik omhelsde hem. 'Alles voor jou, Benny.'

Een week na Bree's bruiloft had ik mijn zondagochtendritueel van het schoonmaken van mijn appartement laten vallen om zijn SOS-berichtje te beantwoorden, en hij wachtte me op onder het druipende afdak buiten het buurthuis waar hij vaak vrijwilligerswerk deed.

'Dit is nogal wat, Mimi. Adem diep in.'

Ik wist niet of hij die laatste woorden voor zichzelf of voor mij bedoelde, maar ik zoog de koude lucht naar binnen toen hij met een dramatisch gebaar de dubbele metalen deuren van de gymzaal opengooide.

Binnen in de gymzaal klonk het alsof er een wedstrijd van de Warriors aan de gang was. Geschreeuw en het gepiep van sportschoenen weerkaatsten tegen de houten vloeren en de muren van sintelblokken. Sommige tieners, de stillere, schreeuwden in groepjes tegen elkaar. Een groepje was bezig met een soort hanengevecht, waarbij de kleinere kinderen op de schouders van hun vrienden zaten en elkaar met zwembadnoedels sloegen. Tussen hen door waren tegelijkertijd een potje basketbal en een potje voetbal aan de gang.

In de verste hoek wurmde Mateo zijn brede schouders in een onheilspellend uitziende kring die zich rond een of andere ongeregeldheid vormde.

'Ik had vijf vrijwilligers moeten hebben,' schreeuwde Ben in mijn oor.

'Zijn ze allemaal in bed gebleven?' schreeuwde ik terug. Ik begon me af te vragen waarom ik dat niet had gedaan.

'Buikgriep. Ze zijn allemaal naar hetzelfde feestje geweest op kerstavond. Godzijdank zijn jij en Mateo hier.'

Ik graaide in de zak van mijn regenjas naar mijn sleutelbos met het veiligheidsfluitje eraan, maar ik viste iets anders ronds en metaalachtigs op. Ik schoof het om mijn duim om het veilig te bewaren en graaide in mijn andere zak.

Toen ik het fluitje aan mijn lippen zette, wist Ben dat hij een stap achteruit moest doen. De kinderen die het dichtst bij ons stonden niet. Ik liet een schelle fluittoon horen en ze sloegen hun handen voor hun oren.

'Hé!' Ik moest het een paar keer roepen en onderstreepte het met nog een paar schelle fluittonen, maar de balspellen stopten. Mateo suste eindelijk de ruzie in de hoek en de gezichten van vijftig tieners keerden zich mijn kant op.

Toen ik hun aandacht had, brulde ik: 'Luister naar Ben. Hij heeft de leiding.'

Ben was zo verstandig om Mateo en de balspelers te vragen hem te helpen de kinderen in teams te verdelen voor maffe estafettes. Ik ging naar de andere kant van de gymzaal, waar de introverte types zich hadden afgesplitst, en moedigde hen voorzichtig aan om teams te vormen. Als het niet voor mijn broer was geweest, zou ik in de verleiding zijn gekomen om me bij hen op de tribunes te voegen en mijn favoriete Steve-en-Bucky-fanfictie op mijn telefoon erbij te pakken, maar dit was

Bens dag. Hij zou ervoor zorgen dat iedereen het naar zijn zin had.

Pas uren later, toen de kinderen hun eerste energie kwijt waren en zich in groepjes hadden gevormd om te knutselen en te praten, leunde ik eindelijk tegen een sportmat die aan de muur hing. Het middagzonlicht scheen in scherpe stralen door de hoge ramen en flitste op mijn duim, wat me herinnerde aan de aanwezigheid van de ring. Want dat was het, een ring. Een bekraste gouden band die eruitzag alsof hij al wat jaren had meegemaakt.

Wat deed die in vredesnaam in mijn zak?

Ik kneep mijn ogen tot spleetjes en de manier waarop hij het licht ving, kraakte iets open in mijn gedachten, als een koevoet in een vastgeverfd raamkozijn. Mijn mysterieuze man, zijn blauwe ogen donker en ernstig achter zijn bril, die de warme cirkel in mijn handpalm drukte.

'Bewaar hem goed,' had hij gezegd. 'Voor me.'

Ik streek er met mijn vingertop overheen. Ik had hem belabberd goed bewaard door hem in de zak van mijn jas te vergeten. Ik had hem tenminste nog. Maar hoe moest ik hem teruggeven aan mijn mysterieuze man? Ik had de contacten op mijn telefoon wel honderd keer gecontroleerd. Er stond geen *Man, Mysterieuze, Vreemdeling, Blauwogige*, of zelfs *Kent, Clark* in.

'Hallo.'

Ik sprong op en bedekte reflexmatig mijn duim en de ring met mijn vingers. Als Mateo wist wat er op het vrijgezellenfeest van Bree was gebeurd, zou hij me als beveiligingsspecialist de les lezen en me een preek geven over het ontmoeten van mannen in bars als ik aangeschoten was.

Ik keek met toegeknepen ogen naar hem op en probeerde mijn irritatie te verbergen. Fantaseren over mijn mysterieuze man was zelfs beter dan de meest pikante Stucky-fanfictie, en hij had me gestoord.

'Waarom praat je tegen me?' Ik trok mijn lip op. 'Minstens vijf van die meiden zijn ouder dan achttien en oud genoeg om mee te flirten. Houd je vooral niet in voor mij.'

Zijn blauwe ogen puilden uit alsof ik hem een klap had gegeven, en een schuldgevoel stak de kop op in mijn buik. Waarom was ik altijd zo'n kreng in zijn buurt? Dat verdiende hij niet. Tenminste, niet altijd.

Hij glimlachte met samengeknepen lippen. 'Ik kwam je bedanken voor je hulp aan Ben vandaag. Ik maakte me zorgen om hem met al die snotneuzen.'

'Snotneuzen?' Ik zette mijn stekels op. 'Het zijn gewoon kinderen. Ze zijn al anderhalve week vrij vanwege de vakantie en ze vliegen tegen de muren op. Net als jij en ik op die leeftijd.'

'Hé.' Hij deed een stap achteruit en hield zijn handen voor zijn borst. 'Ik bedoelde het niet beledigend. Ik was ooit ook zo'n snotneus. Ik weet precies hoe de situatie uit de hand had kunnen lopen.'

'O. Zeker.' Het was niet moeilijk om me een tienerversie van Mateo voor te stellen. Zijn jongensachtige uiterlijk, gemakkelijke geflirt en losse bewegingen lieten hem jonger lijken dan hij was.

Alsof ik het hardop had gezegd, werd hij rood. 'Ik, ah. Bedankt dat je je fluitje hebt meegenomen en de stem van het gezag was die ze nodig hadden.'

'Geen probleem. Ben weet dat hij me kan bellen wanneer hij me nodig heeft.'

Mateo knikte en plotseling verloor zijn gezicht zijn jongensachtigheid. Die blauwe ogen boorden zich in me op een manier die me aan... iets deed denken. Waarschijnlijk aan de laserblik van zijn neef. Ik kreeg kippenvel van mijn hoofdhuid tot aan mijn tenen. Ik stopte mijn hand met de ring in de zak van mijn spijkerbroek.

'Mateo!' schreeuwde Ben vanaf de andere kant van de gymzaal. 'Help eens even?'

Ik rukte mijn ogen los van Mateo. Ben stond naast een rek met basketballen, maar een paar kinderen speelden afpakkertje met de laatste. Het leek alsof ze het voor de lol deden, maar ik was blij dat Mateo er was om de kansen voor Ben gelijk te trekken.

'Neem me niet kwalijk,' zei Mateo, 'maar ik moet even een paar domkoppen op hun plek zetten.'

Hij rende weg, zijn sportschoenen piepten als een waarschuwing. De kinderen gaven de bal aan Ben zodra ze de gespierde Mateo zagen naderen.

Nadat de kinderen vertrokken waren en Mateo de auto ging halen, plofte Ben naast me neer op de gymvloer.

'Moe? Ik weet dat vandaag heftig was.'

'Nee, het gaat wel.' Ik rolde met mijn schouders. 'Waar kan ik je mee helpen?'

'Niks.' Hij wees naar de lege gymzaal, de ballen, hoelahoeps en oeroude stepjes netjes opgeborgen in hun rekken. 'Kom je bij ons eten?'

Eten met Cooper en waarschijnlijk Mateo klonk pijnlijk. 'Wat dacht je van een restaurant? Alleen wij tweeën?'

'Een tent met een verwarmd terras zodat ik Coco kan meenemen?'

De gedachte aan Bens hond, en zijn vacht, deed mijn ogen prikken.

'Ik heb je de hele dag geholpen. Geen terras. Geen hond.'

Ben hapte theatraal naar adem. 'Coco is een lieve, lieve jongen. De enige reden dat hij niet je beste vriend is, is dat je allergisch bent.'

'Laat me je vertellen, ik heb de mist van de allergiemedicijnen niet gemist sinds je verhuisd bent.' Ik verstijfde. Allergiemedicijnen.

'Ik denk dat ik mezelf gedrogeerd heb,' zei ik.

'Wat? Vandaag?' Ben tuurde in mijn ogen.

'Die avond van je feest. Ik had mijn allergiemedicijnen genomen voordat ik naar je feest ging, en daarna ging ik naar het vrijgezellenfeest van Bree. Ik denk dat de medicijnen het effect van de drank versterkten. Ik was behoorlijk dronken en ik… ik herinner me niet veel meer.'

Hij werd lijkbleek. 'Denk je dat er iets gebeurd is?'

'Ik werd alleen wakker in mijn huis, nog in mijn kleren. Er leek niets... mis te zijn.'

Hij blies zijn adem uit en grijnsde toen. 'Niets mis? Ik *denk* dat dat maar goed is ook. Al zou je wel wat meer *mis* in je leven kunnen gebruiken.'

'Moet jij zeggen.' Ik sloeg mijn armen over elkaar. 'Ik hou van mijn geordende leven.'

Ben mompelde iets wat verdacht veel leek op *saaie leven*.

'Hé, je bent praktisch getrouwd met de meest geordende persoon die ik ooit heb ontmoet. Er is niets mis met geordend.'

Zijn ogen fonkelden ondeugend. 'Niet als het samengaat met een moordlijf en een tong die...'

'Baas van de baas van mijn baas,' herinnerde ik hem eraan, ineenkrimpend. 'Waar wil je naartoe?'

'Vette hamburgertent,' zei hij zonder aarzelen. 'Dat eet ik nooit als Cooper er is. Je weet wel, zijn lichaam is een tempel enzo. Ik bedoel, dat *is* het ook.' Een dromerige blik verscheen op zijn gezicht. 'En ik aanbid daar als een baptist op zondag.'

Ik schudde mijn hoofd. 'Wacht, waar is Cooper?'

'Hij moest naar Singapore.' Ben zuchtte.

'De week na kerst?'

Hij haalde zijn schouders op. 'Hij is een hoge pief in het bedrijfsleven, je weet wel. Het kapitalisme neemt geen vakantie.'

'Hoe was jullie eerste kerst samen?'

'Goed.' Hij grijnsde. 'We gingen naar Rosa, en ze had het meest geweldige eten gemaakt. Ik zou je niet eens kunnen vertellen wat de helft ervan was, maar het was heerlijk.' Hij wreef over zijn buik. 'Mateo had een hemelse broodpudding gemaakt. Ik hou niet eens van broodpudding. Pudín de pan, noemden ze het.'

'Mateo,' mopperde ik. Hij was overal. Op Bree's bruiloft toen ik een momentje alleen nodig had. In mijn appartement toen ik mijn presentatie moest voorbereiden. Hitte steeg op van mijn borst naar mijn nek. Ik had de achterstand die ik bij Larissa had opgelopen door mijn verprutste presentatie nog niet goedgemaakt.

Toen ik haar de bijgewerkte financiële gegevens had gestuurd, was haar antwoord kortaf. En er werd met geen woord gerept over de functie van adjunct-directeur.

'Ik snap niet waarom je hem niet mag. Hij is knap, geestig en zo ongeveer de aardigste vent die je ooit zult ontmoeten.'

'Geestig?' Ik snoof. Ik keek naar de deuren van de gymzaal, maar we waren nog steeds alleen. 'Die vent is een spierbundel die met moeite twee zinnen achter elkaar kan zeggen.'

'Ik weet niet waar je het over hebt. Hij vertelde moppen bij Rosa en we lagen allemaal dubbel van het lachen.'

Ik schudde mijn hoofd. 'Dan moet ik je maar op je woord geloven. Bovendien heeft die vent een hekel aan me.'

'Een hekel aan je? Hij hield niet op met over je te praten. Over hoe mooi je was, helemaal opgedoft op Bree's bruiloft. Over hoe slim je bent.'

Ik snoof. 'Je moet te veel kerstpunch op hebben. Echt niet dat hij zo over me heeft gepraat. Hij vindt me een enorme nerd.'

De eerste keer dat ik Mateo had ontmoet, kort nadat hij naar San Francisco was verhuisd om leiding te geven aan Coopers beveiligingsteam, was ik zo overweldigd geweest – ik had geen idee dat er zulke prachtige mensen bestonden buiten superheldenfilms en fitnesstijdschriften – dat ik een van mijn sullige wiskundegrapjes had gemaakt, die over de oneindige wiskundigen.

Hij had me een seconde met open mond aangestaard en toen iets over het weer gezegd. Het had me pijnlijk aan Byron herinnerd. Hoe hij altijd had gefronst bij mijn wiskundige woordspelingen. Hij had gezegd dat ze me belachelijk lieten klinken, alsof ik te hard mijn best deed.

En Mateo dacht hetzelfde. Dat ik een nerd was. Een onaantrekkelijke. Ik betrapte hem er altijd op dat hij staarde naar de delen van mij die Byron haatte: mijn kont, mijn dikke dijen. Byron had me ooit een set fitnessbanden voor mijn verjaardag gegeven. *Booty Busters*, stond er op het etiket.

De gespierde Mateo moet ook gevonden hebben dat mijn kont een opdonder nodig had.

Maar ik was klaar met praten over Mateo. Er knaagde iets achter in mijn hoofd wanneer ik aan hem dacht. 'Herinner me er eens aan wanneer je met je nieuwe baan begint.'

'Het is eigenlijk gewoon een voortzetting van de stage die ik deed. Maar mijn officiële, fulltime startdatum is de vierde.'

'Kijk jou nou, meneer Volwassen,' plaagde ik hem. 'Een diploma en een grote-mensen-baan.'

'Hé, directieassistent zijn is een grote-mensen-baan!'

Niet volgens mama. Maar ik zei het niet. Ze zette Ben nooit zo onder druk als mij. Ze wist dat vrouwen het moeilijker hadden dan mannen. Zoals ze me al honderden keren had verteld, moest ik, omdat ik niet staand plaste, harder werken om mezelf te bewijzen, om te verdienen wat zij zomaar in de schoot geworpen kregen. Zelfs mijn broer Ben had van een wisselvallig arbeidsverleden, de langste bacheloropleiding ter wereld en een beetje hulp van zijn miljardairvriendje een geweldige baan bij een stichting gemaakt, waar hij precies deed wat hij wilde. Terwijl ik een jaar lang gratis had gewerkt, mijn avonden en weekenden had opgegeven en moeite had om Larissa ervan te overtuigen dat ik het waard was om in dienst te nemen.

'En jij?' vroeg hij. 'Nog ontwikkelingen op het banenfront?'

'Eigenlijk…' Ik beet op mijn lip. 'Er komt een fulltime functie vrij bij de stichting van Jackson.'

'Met al je vrijwilligerswerk, plus je financiële ervaring, moet dat een uitgemaakte zaak zijn.'

'Ik weet het niet. Ik heb niet de beste indruk gemaakt op Larissa. Of op Jackson. En het is een functie als adjunct-directeur. Ik ben maar een senior-accountant bij Synergy.'

'Wil je dat ik met wat mensen praat? Ik zou Cooper kunnen vragen om met Jackson te praten. Of ik zou het zelf kunnen doen. We zien hem en zijn gezin de hele tijd.'

Ik nam Ben op van zijn overhemd tot aan zijn spijkerbroek.

Was dat een *vouw*? Zelfs zijn sneakers waren zonder een schrammetje. Ben had iemand die zijn was deed. En een echte baan bij een stichting die risicojongeren hielp. Die was groter en gerenommeerder dan die van Jackson, dus het was geen functie als adjunct-directeur zoals die waar ik voor ging. Nog niet. Toch was mijn broertje me in veel opzichten voorbijgestreefd.

Ik kon geen gebruikmaken van zijn connecties om verder te komen. Nee, ik moest eerlijk zijn tegen mezelf. Ik was te trots om de hulp die hij aanbood aan te nemen. Te trots om toe te geven dat ik de hulp van mijn jongere broer nodig had.

'Nee, bedankt. Ik doe het zelf wel.'

'Weet je het zeker? Het is geen enkele moeite. Mensen in dat wereldje doen dat de hele tijd.'

'Ben,' grinnikte ik. 'Jij hoort nu bij dat wereldje. Maar ik red me wel, bedankt. Ik zoek zelf wel uit hoe ik indruk maak op Larissa en die baan helemaal alleen verdien.'

'Ik weet dat je het kan. En ik ben zo trots op je dat je deze verandering doorvoert. Het zou makkelijk zijn geweest om bij Synergy te blijven opklimmen. Er is moed voor nodig om eerlijk tegen jezelf te zijn over wat je uit je carrière wilt halen.'

'Soms voelt het als een slecht idee. Weet je, wij accountants zijn een vrij conservatief slag mensen.' Ik probeerde te lachen, maar het geluid bleef in mijn buik steken.

'Dit kan je,' zei hij. 'En als iemand het verdient om gelukkig te zijn, dan ben jij het wel.'

Zeg dat maar tegen Larissa. En tegen de mysterieuze man die net zo snel uit mijn leven was verdwenen als hij erin was gekomen.

Ik streek over de ring aan mijn duim. Een aanwijzing. Al was ik te realistisch om te denken dat zelfs mijn mysterieuze man me voor altijd gelukkig kon maken.

Maar die baan bij de stichting? Als ik die binnenhaalde, zou ik mijn waarde bewijzen aan mam. Aan iedereen.

En dan zou ik voldaan zijn.

————

IK HAD DE gouden ring van mijn mysterieuze man aan een ketting om mijn nek gehangen. Het was om hem veilig te bewaren, precies zoals ik had beloofd, niet omdat ik het warme gewicht ervan tegen mijn hart genesteld fijn vond.

Om half zes op de eerste werkdag van het nieuwe jaar, aaide ik erover waar hij onder mijn oversized zwarte blouse lag, terwijl Larissa de vergaderruimte op de eerste verdieping van Synergy overzag en zuchtte.

'Ik wou dat we een permanent kantoor voor de stichting konden vinden. Maar elk gebouw dat ik heb bekeken is zo onopvallend en saai.'

'Ik weet zeker dat u iets vindt wat u mooi vindt. Uiteindelijk.' Hoewel ze al een jaar aan het zoeken was en ik begon te denken dat haar eisen te hoog waren. 'Tot die tijd kan ik wanneer ik maar wil een ruimte bij Synergy krijgen. En de koffie is gratis.'

Haar neusvleugels trilden alsof ze de aangebrande koffie-vanhet-eind-van-de-dag rook, maar ze zei: 'Je doet je best.'

Het klonk bijna als een compliment, maar het was niet genoeg voor mijn hebzuchtige, naar bevestiging hunkerende zelf. Ik opende mijn mond om aan te bieden haar een frisdrankje te brengen of wat ik ook maar uit de pauzeruimte kon ritselen, maar ze onderbrak me.

'Miriam, ik denk dat ik laatst per ongeluk het café heb verlaten zonder te betalen. Heb jij mijn rekening betaald?'

De latte van tien dollar. 'Ja, maar dat gaf niet,' loog ik.

'Ik betaal mijn schulden. Stuur me je PayMo-gebruikersnaam, dan betaal ik je terug.'

'Oké, geen probleem. Maar nu we het toch over declaraties hebben, ik heb nog steeds de bon nodig van—'

'Hé, sorry dat ik te laat ben.' Natalie haastte zich naar binnen, er zoals altijd onberispelijk uitzag in een witte – wit! – wollen blazer en pantalon. Ze had het figuur van een model, langer dan ik en slank, en ze zag eruit alsof ze net van de catwalk was gestapt. Een felrode Prada-tas bungelde aan haar schouder.

'Geen enkel probleem.' Larissa's glimlach voor Natalie was warm en kleverig als een kaneelbroodje. 'We zijn zo blij dat u erbij kon zijn.'

Natalie schudde Larissa's hand, en daarna de mijne. Haar grijns was aanstekelijk. 'Leuk je weer te zien, Mimi. Jackson heeft me je begrotingsprognoses gestuurd. Het detailniveau was indrukwekkend.'

Een warme gloed begon net onder de ring bij mijn borstbeen en verspreidde zich door mijn borst. Het was niet zoals die keer dat een van de populaire meiden had ontdekt dat ik goed was in wiskunde en deed alsof ze mijn vriendin was zodat ik haar met trigonometrie zou helpen. Het leek in niets op Larissa's nauwelijks waarneembare dankbaarheid. Natalie's oprechte lof toverde een glimlach op mijn wangen.

Ze plofte haar tas op de vergadertafel en haalde wat papieren tevoorschijn. 'Ik heb alvast nagedacht over het gala. En een budgetvoorstel.' Ze wierp me nog een snelle, samenzweerderige glimlach toe.

Larissa ging aan het hoofd van de tafel zitten. 'Miriam, kun je een flesje water voor me halen? Wilt u iets, Natalie?'

'O.' Natalie fronste haar voorhoofd. 'Nee, bedankt. Ik wacht wel met beginnen tot je terug bent, Mimi.'

Larissa maakte een wapperend gebaar met haar hand. 'Maak je geen zorgen. We praten haar later wel bij. Miriam is een snelle leerling.'

Mijn handen balden zich tot vuisten. Ik herinnerde mezelf eraan dat ik op het punt had gestaan haar iets aan te bieden, en schudde mijn vingers los. Bovendien had ze me net een compliment gegeven.

'Ben zo terug,' zei ik. Ik jogde naar de pauzeruimte en pakte drie flesjes water uit de voorraad in de koelkast. Ik veronderstelde dat bij een uitgeklede organisatie als de stichting een adjunct-directeur misschien ook als manusje-van-alles fungeerde. Maar toen ik mijn accountancydiploma had gehaald en het CPA-examen had afgelegd, had ik me niet voorgesteld dat ik een baan zou willen waar ik water haalde. En nu deed ik het gratis. Een koude rilling liep over mijn huid.

Toen ik weer binnenkwam, bogen Natalie en Larissa zich samen over iets op Larissa's laptopscherm.

'Zie je wel? Ik zei toch dat de countryclub zou werken,' zei Larissa. 'Het heeft alle ruimte die we nodig hebben.'

'Zeker. Het is een beetje generiek, maar dat kunnen we aankleden met bloemen. Goed gedaan dat je op zo'n korte termijn iets hebt geregeld,' zei Natalie.

Larissa's lippen werden een streepje, maar ze knikte. 'We kunnen ons contract met de bloemist aanpassen. Miriam regelt dat wel. Zij blinkt uit in administratieve taken.'

Ik had het me niet moeten aantrekken. Ik was immers slechts de financiële vrijwilliger voor de stichting en, in het verlengde daarvan, het gala. En ik zou alles doen wat nodig was om het gala te laten slagen. Toch kromp mijn borstkas ineen.

Natalie keek me aan. 'Ik wed dat jij de creatieve onderdelen ook leuk zou vinden, Mimi. Wil je me helpen het eten uit te zoeken? Het zal moeilijk worden om op zo'n korte termijn een cateraar te vinden, maar het proeven zal leuk zijn.'

De warmte laaide weer in me op. Eindelijk een kans om iets zinvols bij te dragen. 'Ja hoor. Heb je al ideeën?'

Ze schoof een papier naar me toe. 'Ik heb offertes van vijf cateraars. Vallen deze binnen de perken?'

Ik keek vluchtig naar de getallen. Op één na vielen ze allemaal binnen mijn voorspelde budget. 'De eerste is wat aan de hoge kant, maar de rest ziet er goed uit.'

Een mondhoek van haar trok op in een scheve glimlach, waardoor ze op haar broer leek. 'Ik denk dat ik ze wel kan overhalen om met de juiste prijs te komen als zij onze voorkeur hebben. Ik zou ze liever nog niet afschrijven.'

'Dat is eerlijk. Ik weet dat we een kwaliteitsfeest moeten neerzetten, maar we moeten ook de kosten drukken zodat het geld naar de kinderen gaat.'

Natalie grijnsde. 'Goed gevoede donateurs zijn gelukkig. En vrijgevig.'

'Is hun vrijgevigheid positief gecorreleerd aan de hoeveelheid voedsel?' Mijn wiskundige grap viel in het water. Beide vrouwen keken me wezenloos aan. 'Ik bedoel, als we de bestelling verdubbelen, zijn ze misschien dubbel zo vrijgevig.'

Natalie gaf me een flauwe glimlach. 'Eigenlijk besteden mensen op dit soort evenementen meer tijd aan netwerken dan aan eten. Maar ze vinden het wel fijn als het eten er mooi uitziet.'

'Oké. Ik weet niet hoe goed ik ben in het uitzoeken van mooi eten dat rijke mensen negeren, maar ik zal het proberen.'

Larissa's asblonde wenkbrauwen trokken samen. 'Ik wil dat je dit serieus neemt, Miriam. Dit gala is belangrijk voor de stichting.'

'Natuurlijk!' probeerde ik mijn woorden te vinden. 'Ik zal me er honderd procent voor inzetten.' Wat niet helemaal waar was. Ik had minstens één procent van mijn aandacht nodig om op te staan en te bewegen. Nog eens vijf procent om te eten en voor mijn hygiëne te zorgen. En minstens veertig procent voor mijn echte baan boven. Maar Larissa leek geen verstand te hebben van cijfers.

En daarom had ze me nodig. Zelfs als ze wenste van niet.

Misschien had ik niet zo overhaast een van de matrozen moeten willen zijn waar Jackson om had gevraagd. Ik maakte meer kans op promotie als ik mijn hoofd koest hield en cijfers produceerde.

Werken aan het gala was een risico. Als het een succes was, zou Jackson weten dat ik had geholpen. En met zijn steun zou Larissa mijn sollicitatie voor de functie van adjunct-directeur moeilijk kunnen weigeren. Maar als we het gala verprutsten, zou Larissa mij tot haar zondebok maken, en zou het voor haar makkelijk zijn om haar dreigement uit te voeren en ervoor te zorgen dat ik bij geen enkele andere liefdadigheidsinstelling aan de bak zou komen.

Risico was niet mijn ding. Daarom was ik in de eerste plaats accountant geworden. Elk bedrijf had accountants nodig. Het geld was goed en de werkgelegenheid was stabiel.

Maar stabiel was niet meer genoeg. Ik wilde iets meer. voldoening. Het gevoel iets goeds te doen in de wereld. Kinderen helpen.

Ik wierp weer een blik op Larissa. Haar voorhoofd was nog steeds gefronst. Toen ving ik Natalie's hoopvolle glimlach op, die zo op die van haar broer leek.

'Ik zal jullie niet teleurstellen,' beloofde ik.

Natalie omhelsde me. 'Het wordt geweldig. Met jouw financiële inzicht, mijn oog voor ontwerp en Larissa's' – ze slikte – 'leiderschap, kunnen we niet mislukken.'

'Leden van het comité hebben verantwoordelijkheden op de avond van het gala. Miriam, je moet je… gepast kleden.' Larissa's koude blauwe blik gleed van mijn pluizige haar-aan-het-eind-van-de-werkdag naar mijn wijde zwarte tuniek en vormeloze zwarte pantalon.

'Ik weet zeker dat ze iets heeft om aan te trekken,' zei Natalie gehaast. 'Of… of ik kan met je gaan winkelen! Dat wordt zo leuk!'

Designerkleding en handtassen waren niet mijn ding – accountant, weet je nog? – maar ik wist zeker dat de tas die Natalie zo nonchalant op tafel had geslingerd in de vier cijfers liep. Een winkeltrip met Natalie Jones klonk duur en vernederend.

'Ik heb wel iets om aan te trekken,' loog ik. Ben zou me wel helpen. Hij bood altijd aan om me een make-over te geven. Dat zou ik hem niet laten doen, maar hij kon me wel helpen een avondjurk te vinden die niet meer kostte dan mijn huur.

'Geweldig!' Natalie klapte in haar handen. Haar telefoon zoemde op tafel en ze keek ernaar. 'Moeten we vandaag nog iets bespreken? Mijn broer is er om me op te halen.'

'Jackson?' Dat was een vreemde manier om het te zeggen, aangezien hij de hele dag in het gebouw had gewerkt.

'Nee, mijn andere broer, Andrew. Ik neem hem mee uit eten.'

'Over eten gesproken, dames, vergeet niet de naam van jullie plus-een voor het gala door te geven,' zei Larissa.

'Een plus-een?' Dit klonk als het soort wiskunde waar ik niet van hield. De ring leek tegen mijn huid te branden.

'Iemand om mee aan tafel te zitten tijdens het diner. De comitéleden worden verspreid over verschillende tafels, zodat de donateurs ons kunnen bereiken. U wilt toch vast wel een bekend gezicht naast u hebben.'

Ik had geen tijd om met iemand te daten, laat staan iemand te vinden om mee te nemen naar een evenement. Zou Ben met me meegaan? Maar hoe zielig zou het zijn om mijn broer mee te nemen?

Niet zo zielig als alleen komen opdagen, zoals ik op de bruiloft van Bree had gedaan.

'Ik… ik heb niemand.'

'Je hoeft niet per se met iemand een relatie te hebben om een date mee te nemen.' Ze tuitte haar lippen. 'Verleid ze met gratis eten.'

Mijn wangen werden koud. Zeker, ik hield net als iedereen van een gratis maaltijd, maar was *dat* wat ze van me dacht? Omdat ik niet in haar rijkeluiswereldje hoorde, keek ze op me neer. Was dat de reden dat ze niet met me wilde werken?

'Ik kan een date voor je vinden,' zei Natalie. 'Ik ken heel veel mannen. Of… vrouwen?'

De warmte stroomde terug naar mijn gezicht. 'Bedankt.' Hoe aardig het ook was dat ze het aanbood, de mannen die Natalie kende zouden waarschijnlijk nog meer hun neus voor me ophalen dan Larissa. 'Geef me een paar dagen om mijn netwerk aan te spreken' – en met 'netwerk' bedoelde ik de paar nummers die ik had bewaard van mijn onenightstands – 'en dan laat ik je weten of ik hulp nodig heb.'

'Zeker, geen haast.' Natalie grijnsde.

'Het gala is over zes weken. Valentijnsdag. Wacht niet te lang, anders zijn alle goede al bezet.' Larissa grinnikte.

Geweldig. Ik wist in mijn achterhoofd dat we het evenement

op 14 februari planden, maar tot ze het aanstipte, had ik er niet over nagedacht om iemand uit te vragen op Valentijnsdag. Elke man met gezond verstand zou de andere kant op rennen. En normaal gesproken zou ik een man aanmoedigen om op te passen voor de wanhopige single vrouw op een Hallmarkfeestdag.

Maar deze keer was ik de wanhopige single vrouw.

7

MATEO

VEROVER HAAR MET ETEN.

Terwijl ik in de kleine hal van Mimi's gebouw tegen de brievenbussen leunde, klemde ik de draagtas die mijn tía me had gegeven tegen mijn borst, in de hoop hem warm te houden. Het zou lang niet zo verleidelijk zijn na een rondje in de magnetron, maar we naderden zeker het punt waarop tía's beroemde pollo guisado koud zou zijn.

Een stel schattige hipsters hadden me het gebouw binnengelaten. Ik had de sleutel die Ben me had geleend kunnen gebruiken om mezelf binnen te laten en het eten in de oven op te warmen. Thuis op het eiland deden we dat soort dingen de hele tijd. Maar Mimi had hoge muren om zich heen gebouwd en ik moest haar grenzen zo veel mogelijk respecteren.

Jezus, wat had ik zin in een sigaret. Ik staarde verlangend door de glazen deur naar buiten. Het zou zo makkelijk zijn om even naar buiten te stappen en er een op te steken, om mijn trillende vingers te kalmeren. Maar dan zou ik naar sigaretten ruiken en Mimi zou dat vreselijk vinden. Bovendien had ik mezelf beloofd dat ik zou stoppen. Ik was er ook sterk genoeg voor, zelfs na al die jaren.

Waar bleef ze? Mijn neef was een gedreven manager bij Synergy, en hij was meestal rond zeven uur thuis. Ik moest het eens met hem hebben over hoe hard zijn bedrijf Mimi liet werken.

Al betwijfelde ik of ze dat zou waarderen.

De voordeur ging open en ze kwam binnenwaaien, haar donkere krullen vielen in haar gezicht en haar jas wapperde open. Het puntje van haar neus was rood, maar haar huid straalde. Ze was een zonnestraal die door de eeuwige bewolking priemde.

Ik kwam van de muur los en klemde de tas strakker vast. 'Goedenavond. Hoe was je werk?'

'Mateo?' Haar prachtige bruine ogen werden groot. 'Wat doe je hier? Is er iets met Ben?' Haar ogen waren roodomrand van vermoeidheid. Ik moest het hier beslist met mijn neef over hebben.

'Met hem is alles goed. Ik kwam voor jou. Ik heb eten voor je meegebracht. Mijn tía heeft het gemaakt.'

Haar maag knorde en ze legde er een hand op. 'Wauw, dat klinkt geweldig.' Ze snoof. 'Het ruikt ook lekker. Wat is het?'

'Ah-ah,' plaagde ik. 'Dat is een verrassing. Mag ik het voor je naar boven brengen?'

Het kleine fronslijntje dat ze tussen haar wenkbrauwen kreeg telkens als ze naar me keek, verscheen. 'Ik denk het wel. Maar waarom heb je niet eerst een appje gestuurd?'

Ik trok een grimas. Miguelito zei hetzelfde, ook al woonde ik aan de overkant van de oprit bij hem en Ben vandaan. 'Sorry. Thuis hoefde ik nooit iemand een bericht te sturen. In het dorpje waar ik woonde, kwamen mensen gewoon bij elkaar langs.'

'Nou, dat doen we hier in San Francisco niet. Gebruik de volgende keer je telefoon.'

Die kleine telefoontoetsenbordjes waren niet gemaakt voor mijn grote vingers. Mijn appjes stonden altijd vol met typefouten die de autocorrectie verhaspelde, en zonder mijn bril zag ik het soms over het hoofd. Maar voor Mimi zou ik het proberen. 'Alles voor jou, bella.'

Toen ze fronste, liep ik leeg. Meestal maakte mijn geplaag mensen aan het lachen. Maar Mimi doorzag mijn geflirt. Niks werkte bij haar. In elk geval niets van wat ik probeerde.

Ik sjokte achter haar aan de trap op, en we klommen naar de tweede verdieping. Ik wachtte terwijl ze haar sleutel in het slot stak en de lichten aandeed.

Haar appartement zag er hetzelfde uit als de laatste keer dat ik er was, de ochtend dat ik kwam kijken hoe het met haar ging na haar avondje drinken. Maar aangezien ik net bij mijn tía vandaan kwam, met haar overdaad aan kaarsen, kerststallen en kerstmannen, zag het er hier kaal uit. Zelfs ik had een slinger met veelkleurige lichtjes van een budgetwinkel boven de open haard in mijn huisje gehangen. Maar Ben vertelde me dat hun familie joods was, en ik had hem weken geleden de menora zien aansteken in zijn en Miguelito's huis.

Haar huis was netjes en saai, geen boek of snuisterij lag verkeerd. De meubels waren veel soberder dan die in Miguelito's gastenverblijf. De enige kleur in de ruimte kwam van de superheldenposters die op haar muren waren geplakt: Wonder Woman, Doctor Strange, Thor en anderen.

Ik zette het eten op het aanrecht. 'Vind je het goed als ik het opwarm?'

'Nee. Kom, ik zal je laten zien waar alles staat.'

'Maak je geen zorgen. Ik weet mijn weg in een keuken wel te vinden. Tenzij je koosjer eet? Ik zou niet je vlees- en melkgerei door elkaar willen halen.'

Haar vermoeide ogen lichtten even op en vernauwden zich toen. 'Nee. Ik eet geen varkensvlees, maar ik heb geen twee aparte serviezen. Gebruik maar wat je wilt. Ik ga me even omkleden.'

Ze liep weg en ik ademde uit. Voor de feestdagen had ze tegen me geschreeuwd. Misschien was mijn kerstwens wel uitgekomen.

Ik was niet van plan het kerstwonder te verpesten. Ik pakte een pan voor de stoofpot en zette die op het fornuis, toen vond ik een ovenschaal en zette de rijst in de oven om op te warmen. De pudín de pan ging ook de oven in. We zouden beginnen met de groene salade die ik had gemaakt.

Ik vond haar borden en bestek en dekte de tafel, waarbij ik de servetten in scherpe rechthoeken vouwde, zoals ik me voorstelde dat Mimi ze graag had. Ik plaatste de vorken en messen precies parallel. Net toen ik het boeket dat ik had meegebracht in een vaas aan het schikken was, kwam Mimi de keuken binnen.

'Wauw,' zei ze. Ze droeg pantoffels, van het soort dat een slepend geluid maakt als je loopt, plus een grijze legging en een oversized UCSF-sweatshirt. Haar haar was opgebonden in een losse fontein van krullen boven op haar hoofd.

Jezus, ze zag eruit alsof ze klaar was om in bed te kruipen. Ik wou dat ik het recht had om haar in te stoppen.

'Wauw,' herhaalde ik.

'O, eh, sorry.' Haar pasgewassen wangen werden rood. 'Gewoonte. Het was een lange dag.' Ze sloeg haar armen over elkaar. Had ze haar beha uitgedaan?

Ik hield een pannenlap voor me om de erectie te verbergen die tegen mijn dij drukte. *Verover haar met eten, tonto.*

'Alles is klaar. Ga zitten, dan schep ik het op.'

'Bedankt.' Ze kantelde haar hoofd alsof ze me probeerde te doorgronden, maar ze sleepte zich naar de tafel en ging zitten.

Ik schepte rijst en stoofpot op twee borden en bracht ze naar de tafel. 'Het is kip, geen varkensvlees,' zei ik.

'Dank je.' Ze leunde achterover in de stijve houten stoel. 'Het ruikt fantastisch.'

'Mijn tía is een geweldige kokkin. Bijna net zo goed als mijn vader was.' Ik ging op de stoel tegenover haar zitten.

'Was?' Ze pakte haar vork niet op, maar ademde de stoom boven het dampende bord in.

Shit, waarom was ik over hem begonnen? Eten bracht hem altijd in mijn gedachten. 'Hij is overleden.'

'Dat spijt me.' Ze deed wat mensen doen, medelijden verzachtte haar ogen.

Ik wilde haar medelijden niet. Hoewel ik al het andere van haar wilde. 'Het is lang geleden. Tien jaar. En ik was al volwassen toen het gebeurde. Hoe was je werk?'

Ze knipperde, toen trokken haar lippen naar beneden. 'Prima.' Ze pakte haar vork en schepte een hap rijst en stoofpot op.

'Echt? Je ziet er niet uit alsof het prima was. En je bent zo laat gebleven.'

'Het werk was prima. De vergadering van de stichting daarna was niet zo geweldig.' Ze sloot haar lippen om de hap eten, en haar ogen rolden omhoog. Ze kauwde en slikte. 'God, wat is dat heerlijk.'

'Wat is er gebeurd op de vergadering van de stichting? Het ging toch niet weer over je presentatie, hè?'

'Nee, nee.' Ze kauwde nog een hap van de stoofpot en neuriede. 'We hebben binnenkort een groot gala. Weet je wel, een chic feest. Ik heb me vrijwillig aangemeld om in de organisatie-commissie te zitten. Het is, eh, nogal een belangrijk iets voor de stichting. Bovendien moet ik ook echt naar het gala. In galakle-ding.' Ze wreef over de gerafelde manchet van haar sweatshirt.

'Wil je niet gaan?'

'Nee. Ik bedoel ja, dat wil ik wel. Het zal geweldig zijn om te netwerken. Jackson Jones zal er zijn, en ik wil indruk op hem maken. Er is een baan die ik zou kunnen krijgen. Een fulltime baan bij zijn stichting, en ik denk dat hij er voorstander van is om die aan mij te geven.'

'Een baan met meer geld?' San Francisco was duur. Iedereen had meer geld nodig. Behalve mijn neef en zijn miljardairs-vrienden.

Ze nam een slokje water en glimlachte, haar lippen glinsterden van het vocht. Ik schoot met mijn blik omhoog naar haar ogen, maar die waren net zo afleidend met hun hangende, slaperige oogleden die me herinnerden aan de avond in de bar, toen ze me uitbundig had gekust.

'Het is waarschijnlijk hetzelfde geld als ik bij Synergy verdien. Maar het is een baan die ertoe doet. De stichting helpt kinderen.

Neurodivergente kinderen. Ik had vroeger een vriend... Hoe dan ook, ik wil er deel van uitmaken. Ik wil slagen, maar ik wil ook dat mijn werk mensen helpt.'

Warmte borrelde in mijn borst op. Ik was gevallen voor Mimi's schoonheid en haar scherpe geest, maar nu ontdekte ik dat ze ook een zacht hart had. Ze was een engel.

'Maar...' Ze pakte haar vork en maakte een stukje aardappel los uit de stoofpot, maar prikte het er niet aan. 'Het is niet alleen formele kleding – en ik draag geen formele jurken – maar ik word ook geacht een plus-één mee te nemen.'

'Kleding is makkelijk, vooral in een stad als San Francisco.'

'Niet als je mijn figuur hebt.' Ze wuifde naar haar slobberige sweatshirt.

'Je zag er prachtig uit op de bruiloft van je vriendin. Je hebt een prachtig figuur. Als een vrouw, niet als een tandenstoker.'

Haar wangen werden zo rood als de rozen in de vaas. 'Eh... bedankt. Maar winkelen kan een uitdaging zijn.'

Ik zette mijn borst op. 'Ik neem je mee winkelen. Ik zoek een winkel voor je met jurken waar je dol op zult zijn.'

Ze trok een wenkbrauw op. Ik was duidelijk over de beschermende muur heen gesprongen die ze om zich heen hield.

'Ik... ik bedoel, als je wilt. Of ik kan het mijn tante vragen.'

Ze trok haar lippen opzij. Een misschien. Daar kon ik iets mee. Wat zou ik er niet voor over hebben om haar in nauwsluitende zijde te zien.

'En!' De gedachte schoot te snel door mijn hoofd om hem binnen te houden. 'Ik ga met je mee. Naar het gala.'

Haar ogen werden groot. Ik was te ver gegaan. Ik was met een voorhamer door die muur heen geramd. 'Ik bedoel, als je date. Een vriend.'

Ze beet op haar lip, en ik kon niet. Stoppen. Met. Staren. Ik herinnerde me hoe ze die nacht op mijn lip had geknabbeld. Hoe ze had gesmaakt. Maar zij herinnerde zich daar niets van. Ik moest me er op de een of andere manier een weg terug naartoe klauwen, en mijn gevoel zei me dat het gala de sleutel was.

'Ik weet het niet...'

'Ik heb een smoking.' Die had ik niet, maar mijn neef had er een heel rek vol van in zijn kast hangen, en we hadden dezelfde maat. 'En ik ben geweldig met mensen.'

Haar beide donkere wenkbrauwen schoten omhoog. Het was de absolute waarheid, hoewel ik niets anders dan onhandig was in de buurt van Mimi.

'En!' Als ik haar het woord *nee* liet zeggen, was het allemaal voorbij. Ik moest blijven praten, zodat ze niet de kans kreeg om het te zeggen. 'Ik ben een fantastische danser.'

Ze liet haar lip los, en die sprong rood en glanzend terug. Ze kneep haar ogen tot spleetjes. 'Is dat een eufemisme?'

Ik worstelde om een sexy grijns op mijn lippen te toveren, maar het zag er waarschijnlijk pijnlijk uit. 'Wil je dat het dat is?'

'Nee. Nee.' Haar wangen werden rood, niet vlekkerig zoals wanneer Ben bloosde, maar een egale magentakleurige blos over haar wangen en voorhoofd. 'Maar dansen? Denk je dat we moeten dansen op dat ding?'

'Moeten? Nee. Zouden we moeten? Absoluut.' Er was niets dat ik liever wilde dan haar in mijn armen houden, haar gezicht zo dichtbij dat het onscherp was. Ik zou mijn bril tevoorschijn willen halen om haar trekken te bestuderen, zoals ik in de bar had gedaan.

'Ik dans niet.'

Eén mondhoek van me krulde omhoog, en de woorden stroomden eruit als water. 'Hermosa, ik laat je er goed uitzien.'

Haar blik schoot naar mijn mond. Ze likte haar lippen. Toen, tot mijn verrassing, grijnsde ze. 'Moet ik je daarvoor op je woord geloven?'

Gracias a Dios. Mijn flirtkunsten deden het weer. Ik trok mijn wenkbrauwen op. 'Zin in een demonstratie?'

'Hier? Nu?' Haar ogen schoten door de kleine keuken.

'Wanneer je maar wilt. Ben kan voor me instaan. We hebben op het eiland gedanst.'

Haar mond vormde een *O*. 'Ben je homo?'

'Biseksueel. Maar ik beloof je, ik heb je broer nooit gekust.' Ik had erover nagedacht de eerste keer dat ik hem ontmoette, maar ik kwam er al snel achter dat, hoewel hij en Miguelito nog niet samen waren, mijn neef hem al als de zijne beschouwde. En toen ik Mimi ontmoette, ontdekte ik dat Ben niets meer was dan een bleke schaduw van zijn levendige zus. In een oogwenk viel ik voor haar weelderige rondingen, haar volle, koraalrode lippen, de intelligente flits in haar diepbruine ogen.

Ze kneep haar ogen tot spleetjes. Wat kon ik haar nog meer bieden?

'Ik breng je eten. Wanneer je maar wilt.' Ik gebaarde naar haar bijna lege bord. 'En… en ik stop met roken.'

'Alleen maar zodat ik je meeneem naar dit gala?' Ze hield haar hoofd schuin. 'Wat levert het jou op?'

Ik moest voorzichtig zijn in het mijnenveld dat ze binnen haar muren had aangelegd. 'Een kans om me op te doffen, met mensen te praten en tijd met jou door te brengen. Bovendien is eten met een vriend beter dan alleen eten.'

Ze was een paar seconden stil. Toen nog een paar. Uiteindelijk zei ze, 'Oké. Het is op Valentijnsdag. Maar dat betekent niets. Begrepen? We zijn gewoon twee mensen die zich opdoffen voor een gratis maaltijd. Een werkgerelateerde gratis maaltijd.'

'Vrienden,' zei ik, en stak mijn hand uit over de tafel.

Ze nestelde haar kleine, zachte hand in de mijne. Ik onderdrukte de drang om haar vingers naar mijn lippen te brengen en schudde in plaats daarvan eenmaal haar hand.

'Deal,' zei ze.

Met tegenzin liet ik haar hand los en verborg de vreugde die mijn gezicht in een dwaze grijns wilde trekken achter een neutrale uitdrukking. 'Deal.'

8

MIMI

IK WAS BEZIG met het neerleggen van kopieën van het galabudget toen Natalie binnen kwam stormen, tien minuten te vroeg. Haar laarzen tot over de knie stampten op de houten vloer van de vergaderzaal van Synergy op de begane grond. Ik had eruitgezien als een klein meisje dat zich had verkleed – als ze al een maat voor brede kuiten hadden – maar Natalie zag er onmogelijk lang en elegant uit.

'Kom hier', zei ze, terwijl ze met haar vingers wenkte. 'Ik heb een knuffel nodig.'

Ik wou dat ik een hekel aan haar kon hebben, maar het lukte me niet.

'Hoi, Natalie.' Ik legde de kopie van het budget bij de plek van Larissa recht en strekte me uit om haar te knuffelen. Ze was niet zo benig als ze eruitzag, en de knuffel voelde goed. Ik had me niet gerealiseerd hoezeer ik Ben en zijn gulle knuffels had gemist sinds hij was verhuisd.

Natalie omhelsde me stevig en ontspande zich toen. Na een paar seconden liet ze me los en deden we een stap achteruit. Met wat veel moeite leek te kosten, glimlachte ze. 'Goedemiddag.'

'Is er iets mis?'

'Alleen mijn stijfkoppige broer. Hij… laat maar.'

'Wie, Jackson?'

'Natuurlijk. Andrew is de liefste, redelijkste man die je ooit zult ontmoeten. Nou ja, behalve zijn rampzalige liefdesleven dan. Van mijn broer Jackson wil ik soms gewoon gillen.'

'Gaat het over het gala? Moeten we iets veranderen?' Ik griste de kopie van het budget weg. Het zou niet goed zijn om de oprichter boos te maken met een verkeerde keuze. Ik was dubbel zo kwetsbaar. Hij kon het op me afreageren bij mijn eigenlijke baan en bij de baan die ik hoopte te krijgen. Niet dat ik dacht dat Jackson rancuneus was. Tot nu toe was hij alleen maar ondersteunend geweest.

Byron was echter ook zo geweest, totdat hij me als een slang beet.

Natalie schudde haar handen uit. 'Nee, we hoeven niets te doen. Het was iets wat ik wilde dat *hij* deed. Maar het is goed. We lossen het wel op.'

'Oké. Als je het zeker weet.' Ik legde de papieren terug bij de plek van Larissa.

'Daar ben je.' Een diepe stem klonk vanuit de gang. Mateo vulde de deuropening met zijn brede schouders en onmogelijke lengte. Hij hield in elke hand een bruine papieren boodschappentas vast, de pezen gespannen in zijn ontblote onderarmen.

Waarom keek ik in hemelsnaam naar zijn onderarmen? Het gevaar school in zijn mond. Wat zou hij zeggen om me voor schut te zetten voor Natalie?

Naar zijn mond kijken was ook een fout, zoals ik vorige week in mijn keuken had geleerd, de avond dat ik had ingestemd hem als mijn date mee te nemen naar het gala. Zijn lippen waren vol en weelderig, en toen hij me die sexy, schuine grijns gaf, was mijn verstand op non-actief gegaan. In plaats van te denken aan alle redenen waarom het een slecht idee was, had ik me op zijn lippen geconcentreerd en me afgevraagd of ze net zo zacht zouden voelen als ze eruitzagen als ik er met een vingertop overheen zou gaan.

Toen ze opkrulden tot een glimlach, keek ik snel weg. Niet naar zijn mond kijken! Toen ik naar het verfrommelde papier in mijn hand keek, herinnerde ik me waarvoor we hier waren: een vergadering van het galacomité. En Mateo hoorde daar niet bij.

'Wat doe jij hier?'

Hij tilde de tassen op, waarbij zijn armspieren spanden. Een heerlijke geur zweefde de vergaderzaal in. 'Ben zei dat je vanavond een vergadering had. Ik heb eten meegebracht.'

Een een-op-eendiner met Mateo was één ding, maar Larissa, die me al niet mocht, blootstellen aan Mateo's onhandigheid was een vreselijk idee. Hoe aardig hij de andere avond ook was geweest.

Ik legde een hand op de mouw van zijn strakke zwarte compressieshirt en duwde hem terug de deur uit. God, zijn arm was als een rots. Een likbare rots.

'We hebben dit besproken', siste ik. 'Je zou me een berichtje sturen.'

'Heb ik gedaan', bromde hij.

Ik griste mijn telefoon uit mijn zak. 'Je stuurde me: *Ik ben sonnet.* Wat de hel betekende dat?'

Hij trok een grimas. 'Autocorrect en ik gaan niet goed samen. Ik bedoelde te zeggen: "Ik breng eten mee", maar…'

'Nee. Met ons gaat het goed. Bedankt. Ik weet zeker dat je dat naar Cooper en Ben kunt brengen. Ik heb geen honger.' Toen ik naar hem toe bewoog om hem het gebouw uit te begeleiden, protesteerde mijn maag met een gerommel dat zo luid was dat iedereen op de verdieping het gehoord moest hebben.

'Ah. Maar je weet niet wat ik heb meegenomen. En je wilt niet humeurig van de honger zijn tijdens je vergadering.' Hij schudde zachtjes met de tassen, en de geur van uien en paprika's lokte me.

Mijn maag rommelde opnieuw, maar ik smoorde het met een vuist tegen mijn buik. Ik wou dat hij niet zo lang was en ik mijn nek niet zo ver achterover hoefde te buigen om hem in de ogen te kijken. 'Ik ben niet humeurig van de honger.'

'Niet?', zei hij zacht. 'Of is er iets anders aan de hand?'

Die zachte toon in zijn stem, zo uitnodigend, zo pretentieloos, zorgde ervoor dat ik hem al mijn problemen wilde vertellen. Over hoe uitgeput ik was door het combineren van een fulltimebaan met vrijwilligerswerk. Hoe hard ik mijn best deed om Larissa een plezier te doen terwijl ik er zo weinig voor terugkreeg. Waarom moest hij zo... zo *aardig* zijn?

'Wat is dit?' Ik had niet gemerkt dat Larissa achter Mateo was komen staan.

Shit. Nu moest Larissa Mateo ontmoeten en zien hoe onhandig hij was. Ze zou hem waarschijnlijk van alle toekomstige evenementen van de stichting verbannen, vooral van het gala. Ik moest hem wegkrijgen. Ik legde een hand op zijn borst en duwde. Maar ik was als een mug die een mammoet probeerde te verplaatsen.

'Een ruzietje tussen geliefden.' Natalie sloeg haar armen over elkaar terwijl ze tegen de deurpost van de vergaderzaal leunde.

'Wat?' Ik draaide mijn hoofd abrupt om naar haar te kijken. Wat had ze gehoord?

'Hoi, Mimi's knappe vriendje.' Ze grijnsde.

'Hij is niet...'

'Ik ben Natalie Jones.' Ze negeerde mijn protest en stak haar hand uit.

Mateo zette een van de tassen neer en pakte haar hand vast. 'Mateo Rivera.' Hij wendde zich tot Larissa en schudde haar hand. 'En u moet de Larissa zijn waarover ik zoveel heb gehoord.'

Larissa's wangen werden roze en ze leek te smelten. En toen maakte ze een geluid dat ik nog nooit uit haar perfect omlijnde mond had horen komen. Ze giechelde, haar hand bleef in de zijne hangen. 'Larissa Lane.'

Wat. De. Hel. Ik moest deze situatie weer onder controle krijgen. En dat betekende dat ik van Mateo af moest. 'Mateo ging net weg. Ik zie je later, Mateo.'

'Waar heb je het over?' Natalie legde een hand op Mateo's

onderarm, en om de een of andere reden knarsten mijn achterste kiezen op elkaar. 'Hij heeft eten voor ons meegenomen. Ik laat iets dat zo lekker ruikt echt niet weggaan.'

Mateo trok zijn hand uit Larissa's greep en draaide zich terug naar Natalie, waarbij een mondhoek omhoogkrulde en een heus kuiltje in zijn wang verscheen.

'Deze lekkernij gaat nergens heen', zei hij.

Wauw. Zelfs de indirecte charme was al overweldigend.

Larissa wurmde zich langs hem heen de vergaderzaal in, en toen ze de gezaghebbende positie achter in de kamer innam, was haar koele masker terug. Ze zette haar handen in haar zij in een krachthouding. Ze trok een wenkbrauw op. 'Jij hebt iets met Miriam?'

Ik hoorde het ongeloof in haar stem, en heel even wilde ik hem voor me opeisen, om te laten zien dat alleen omdat ik liever op de achtergrond bleef en goed werk wilde leveren en daarvoor erkend wilde worden, het niet betekende dat ik geen man kon krijgen. Maar wie hield ik voor de gek? Mateo was op alle mogelijke manieren verkeerd voor mij. Ik geloofde niet dat het iets tussen ons zou kunnen worden. Larissa, die zowel scherpzinnig als succesvol was, zou het nooit geloven.

Net toen ik mijn mond opendeed om *nee* te zeggen, zei Mateo: 'Inderdaad. We gaan samen naar het gala.'

Larissa hield haar hoofd schuin, alsof ze het niet helemaal geloofde. Maar ze zei: 'Goed. Ik ben blij dat je iemand hebt kunnen vinden, Miriam.'

Voordat ik *we zijn gewoon vrienden* uit mijn mond kon krijgen, sprak Natalie.

'En hij heeft eten meegebracht. Wat heb je voor ons meegenomen, Mateo?'

'Empanadas van een geweldig Colombiaans restaurant hier in de buurt. Ik heb rund, kip, aardappel en kaas. Geen varkensvlees.' Hij wierp me een snelle blik toe.

Mijn maag borrelde hoopvol. Ik zou zelfs niet-koosjer hebben gegeten als het zo goed rook.

'Waar wachten we nog op?', vroeg Natalie. 'Laten we eten terwijl we vergaderen.'

Deze situatie was uit de hand gelopen. En daar begonnen mijn tanden van te jeuken. Ik klemde ze op elkaar. We zouden het gala-budget bespreken. Ik had er drie onberispelijke kopieën van. Een dinervergadering met Larissa en Mateo zou voor vijfentachtig procent zeker in een ramp eindigen. Maar er was niets aan te doen, want Mateo zette de tassen op het dressoir en begon bakjes eten eruit te halen.

Natalie riep 'ooh' en 'aah' bij elke keuze. Zelfs Larissa gluurde in de aluminium bakken. Mateo maakte voor hen beiden een bord met eten naar hun wensen. Het heerlijke aroma vulde de verga-derzaal, en ik slikte.

Natalie en Larissa gingen met hun eten zitten, en voordat ik kon bedenken hoe ik de vergadering weer onder controle kon krij-gen, presenteerde Mateo me een bord. 'Ga zitten', zei hij. 'Eet. En praat dan.'

Ik ging op mijn gebruikelijke plek links van Larissa zitten. Mateo zette flesjes water voor ons allemaal neer en zorgde er vervolgens voor dat we een besteksetje en een servet hadden.

'Ik laat jullie dames weer aan het werk', zei hij.

'Nee, blijf', zei Natalie. 'Pak een stoel. En een bord. Je kunt niet zomaar eten afleveren en weggaan. Blijf een paar minuten bij ons. Toch, Mimi?'

'Eh, ja hoor.' Ik was er eenenzeventig procent zeker van dat dit op een ramp zou uitlopen, maar ik was niet zo'n monster om het eten dat hij had meegebracht op te eten en hem zonder iets weg te sturen.

Hij trok een wenkbrauw naar me op, en toen ik geen bezwaar maakte, maakte hij een bord voor zichzelf en ging op de stoel links van me zitten.

Ik staarde naar mijn bord. Het zag er absoluut prachtig uit, een paar empanadas op zes uur, rijst en bonen op tien en twee uur. Een kommetje groene salsa in het midden.

'O.M.G. Dit is heerlijk.' Natalie nam nog een hap en rolde met haar ogen. 'Wie heeft dit gemaakt, en cateren ze ook grote evenementen?'

Mateo grinnikte. 'Tres Hermanas in de Tenderloin. En ja, ze cateren. Mijn tía zei dat ze de hele tijd bruiloften in haar kerk doen. Ze kent de eigenaren.'

'Die moeten we hebben. Vind je ook niet, Mimi?', zei Natalie.

'Maar... maar we hebben al een cateraar gekozen.' Zij en ik hadden ons volgepropt tijdens afspraken die we het hele weekend achter elkaar hadden gehad, en ze had zelfs bij de dure cateraar afgedongen tot het binnen ons budget paste. 'Ik heb een cheque voor de aanbetaling uitgeschreven.'

Larissa zei: 'Die heb ik ze nog niet gegeven.'

'Niet?', vroeg ik. 'Ik heb u de cheque maandag gegeven.'

Ze wapperde met een hand alsof een cheque met vijf cijfers niets betekende. 'Ik vind dat we met deze mensen moeten praten. Latijns-Amerikaans eten zal uniek zijn en een meer memorabele ervaring. We kunnen de decoraties erop afstemmen. Ik denk aan papieren bloemen, piñata's, maraca's...'

'Of...'

Mateo's stem naast me deed me schrikken en ik stootte mijn waterflesje om. Gelukkig zette ik het recht voordat er meer dan een paar druppels op mijn kopie van het budget vielen. Dat nu verouderd was. Ik depte het droog met mijn servet.

'Je zou met orchideeën kunnen decoreren. Of, als die te duur zijn, anjers en rozen in felle kleuren. Dat geeft het een frisse, tropische sfeer zonder al te overdreven te zijn.'

Ik hapte naar adem. 'We hebben de decoraties en de bloemen ook al gebudgetteerd.'

Larissa wuifde mijn protest weg. 'Dat kunnen we wel regelen met de decorateur. Toch, Natalie?'

'Geen probleem. Gina is gewend aan genoeg grillen van mijn moeder, dus hier kan ze wel mee omgaan.' Ze draaide zich weer naar mij toe. 'Ik weet zeker dat we het binnen hetzelfde budget kunnen passen. Het zal niet veel extra werk voor je zijn, dat beloof ik.'

'Ik heb mensen nodig die creatief en flexibel zijn', zei Larissa, haar stem stak. 'Ik denk dat Mateo misschien beter geschikt is voor het galacomité dan jij, Miriam.'

'Wacht', zei hij. 'Ik probeer niets over te nemen.'

Mijn maag kromp ineen. De situatie was maar al te bekend. Een man die binnendrong en een baan inpikte waar ik hard voor had gewerkt. Misschien was het niet Mateo's bedoeling geweest, maar hier stonden we dan. Alweer. Ik staarde naar mijn bord. Het eten had eerst heerlijk gesmaakt, maar nu vulde bitterheid mijn mond.

Ik schoof mijn bord van me af. 'Ik bedoelde het niet... Ik regel het wel.' Het heronderhandelen van de contracten en het bijwerken van het budget zou tijd kosten die ik niet had ingepland, maar nu Larissa's goedkeuring aan een zijden draadje hing, zou ik dag en nacht doorwerken als het moest.

Langzaam, terwijl Larissa en Natalie hun borden leegaten, maakten ze met z'n drieën de planning die we de afgelopen week hadden gemaakt en het budget dat ik zorgvuldig had samengesteld, ongedaan.

De absolute druppel was toen Mateo zei: 'Ik ken een fantastische bachata-band. Een collega van me, Carlo, speelt er in zijn vrije tijd trompet.'

'We hebben de aanbetaling voor de jazzband absoluut betaald', zei ik.

'Daar kunnen we onderuit', zei Larissa. 'Het verlies van de aanbetaling is het waard om een authentieke ervaring te creëren.'

'Maar dat is vijfhonderd dollar die de kinderen niet krijgen.'

'Miriam.' Larissa keek me strak aan. 'Het is een klein deel van het totale galabudget. Ik zeg je steeds dat je naar het grotere geheel moet kijken. Dat is wat ik nodig heb in een adjunctdirecteur.'

Ik kromp ineen. Shit, het was niet Mateo die me de das om had gedaan. Dat had ik zelf gedaan.

'Aandacht voor detail is belangrijk', zei Mateo. 'Ik weet zeker dat u dat ook nodig hebt.'

Ik draaide mijn hoofd abrupt om naar hem te kijken, en de brede glimlach die hij naar Larissa had laten zien, wankelde.

'Toch?', zei hij, zijn blik niet van de mijne afwendend.

'Ik veronderstel van wel', zei Larissa. Maar geen van beiden nam de moeite om zich tot haar te wenden. Zijn blauwe ogen fonkelden met iets warms, als een helderblauwe hemel in september. Mijn gedachten flitsten terug naar een ander paar blauwe ogen die naar me luisterden, die me erkenden. Mijn Mysterieuze Man. Ik wou voor de zoveelste keer dat ik hem niet was kwijtgeraakt. Dat hij hier naast me zat in plaats van Mateo.

Mateo was gewoon weer een man als Byron, die alleen aan zichzelf dacht zonder rekening te houden met wat ik wilde. Ik begreep Mateo's agenda nog niet, maar het stond de mijne in de weg. Mijn Mysterieuze Man zou hier nooit zijn binnengestormd en al mijn plannen hebben ontmanteld.

hij zijn keel. 'Carlo's band is op zoek naar hun grote doorbraak. Ze geven je waarschijnlijk wel een goede deal. Voor de publiciteit. Ik zou met ze kunnen praten?'

'Ja, graag.' Het bevel was terug in Larissa's stem. 'Herinner me eraan om u mijn kaartje te geven, Mateo.'

'Natuurlijk.' Met wat een enorme inspanning leek, sleepte hij zijn blik van mij af naar Larissa.

'En u zit aan mijn tafel bij het gala', zei ze.

'Zolang het dezelfde tafel is als die van Miriam', zei hij. 'Vergeet niet, ik ben haar date.'

De stilte duurde lang genoeg dat ik weer naar Larissa keek. Haar lippen waren samengeknepen op een manier die meestal problemen voor mij betekende.

Toen gaf ze Mateo – niet mij – een glimlach die er pijnlijk uitzag. 'Dat kunnen we regelen.'

Shit. Mateo en Larissa aan dezelfde tafel op het gala? Waarschuwingslichten flitsten in mijn brein. 'Maar u zei…'

Haar ogen vernauwden zich onheilspellend. 'Dat kunnen we regelen, Miriam.'

Mateo's spieren spanden zich naast me aan. 'Ik moet jullie lieve dames maar weer aan de planning laten.'

Ondanks de protesten van Natalie en Larissa verzamelde hij de lege borden en mijn halfvolle. Hij pakte de restjes in en beloofde ze in de koelkast van de pauzeruimte te laten zodat Larissa ze mee naar huis kon nemen.

Haar flirterige glimlach toen ze haar kaartje in zijn hand stopte, ontging me niet.

Met een laatste raadselachtige blik op mij, beende Mateo weg, de geur van het heerlijke eten dat ik niet had kunnen eten met zich meenemend.

Toen hij wegging, zoemden de tl-lampen op een manier die me uitholde. Het moet de uitputting zijn geweest die me dof en vlak deed voelen.

'Dus.' Ondeugd danste in Natalie's blauwe ogen. 'Jij en Mateo.'

'Ik dacht dat je met niemand uitging', zei Larissa.

'Dat doe ik ook niet. Ik bedoel, Mateo is mijn date voor het gala, maar...' Maar wat waren we? We hadden gezegd dat we vrienden waren, maar dat waren we niet eens.

'Het is nieuw!' Natalie klapte in haar handen. 'Ik hou van dat gevoel van een nieuwe relatie. De spanning in je buik, de wilde seks...'

'Seks? Er is geen seks! We zijn gewoon...'

Natalie snoof. 'Jullie hadden buiten praktisch seks tegen de muur. Als jullie nog niet met elkaar naar bed zijn geweest, kan dat niet meer dan één date duren.'

Nee. Nee, nee, nee. Ik had dit pad eerder bewandeld. Met Byron. Voordat ik had geleerd dat daten met een collega eindigde in liefdesverdriet en verraad. En nu werkten Mateo en ik samen in het comité. Waarvan ik hoopte dat het zou uitgroeien tot een vaste baan bij de stichting. 'Eén date? We...'

Larissa onderbrak me. 'We kunnen zijn hulp wel gebruiken nu we voor een Latijns-Amerikaans thema gaan.'

'Maar Mateo is niet Latijns-Amerikaans. Hij is...'

'Maakt dat uit?', zei Larissa. 'Het is allemaal hetzelfde. We hebben hem nodig, Miriam. Verpest dit niet.'

Nou, shit. Onze gala-vriendendate was op de een of andere manier geëxplodeerd tot iets dat de baan die ik zo wanhopig wilde, kon maken of breken. Ik kon het me niet veroorloven om het te verpesten.

9

MATEO

IK ZWAAIDE NAAR Carlo op de veranda van mijn tía toen ik uit mijn Jeep stapte. Hij hield een dampende mok omhoog, een van de vrolijke rode uit haar keuken.

Goed. Dan kon ik hem het nieuws van gisteravond persoonlijk vertellen.

'Hola, Carlo,' zei ik terwijl ik de veranda op stapte.

Terwijl we wat stonden te kletsen, stak hij een sigaret op en bood me er een aan uit zijn pakje. Ik sloeg het zonder moeite af. Ik wilde niet naar rook ruiken als ik Mimi vanavond op kantoor zou opzoeken om haar te vertellen dat Carlo's band meedeed.

Gisteravond, toen ik haar vergadering binnenliep, had ik gezien hoe ze naar mijn lippen keek. Deze date naar het gala zou ons dichter bij elkaar brengen. Mijn ongemakkelijkheid in haar buurt begon weg te smelten. Ik kon haar eindelijk voor me winnen, iets wat ik al wilde sinds ik haar voor het eerst had ontmoet.

Ik zou die lippen weer kunnen kussen.

Maar zover waren we nog niet. Alles tussen ons was zo breekbaar als de chique beeldjes in de porseleinkast van mijn tía.

Zeker omdat ik het akelige voorgevoel had dat ik haar gisteravond tijdens haar vergadering boos had gemaakt. Omdat ze nooit genoeg at, had ik haar te eten willen geven. Maar ik was te ver gegaan en de situatie was volledig uit de hand gelopen. Het was niet mijn bedoeling geweest om voor te stellen dat ze het eten, de versieringen en het entertainment zouden veranderen. En ik was al helemaal niet van plan geweest om in het comité te belanden. Maar de harde schittering in Larissa's ogen vertelde me dat als ik me nu zou terugtrekken, het voor Mimi alleen maar erger zou worden.

Dit was mijn kans om indruk op haar te maken, om te bewijzen dat ik niet de mislukkeling was die zij dacht dat ik was. Om de ramp die ik van haar presentatie had gemaakt goed te maken. Om de band die ze vergeten was opnieuw op te bouwen.

Toen Carlo zijn sigaret uitdrukte, vroeg ik: 'Dus wat doe jij met Valentijnsdag?'

Hij gaf me een grijns van jewelste en fladderde met zijn wimpers naar me. 'Vraag je me uit?'

Ik snov en gebaarde naar zijn grijzende haar en bierbuik. 'Je bent echt mijn type niet.'

Hij legde zijn hand op zijn hart. 'Je kwetst me.'

'Rot op. Goed. Jouw band...'

'We hebben die avond een optreden. We zijn het voorprogramma van Banda Reina del Lirio in The Fillmore.'

'Nee, nee, nee. Zeg het af. Ik heb een klus voor je.'

'Afzeggen?' Zijn ogen met de zware oogleden werden groot. 'We hebben dit optreden vorig jaar geboekt.'

'Luister, ik betaal de boete, wat die ook is. Maar ik heb het nodig dat je dit voor me doet. Speel op het evenement van de Jones Foundation. Het is een benefiet voor neurodivergente kinderen. Heb jij niet een neefje met dyslexie?'

Hij rolde met zijn ogen. 'Verdomme, Mateo. Je weet precies mijn zwakke plek te vinden. Ik moet met de jongens overleggen.'

'Echt? Nadat ik je dit luizenbaantje heb bezorgd? Waar tía je haar speciale warme chocolademelk brengt?' Ik rook de kaneel, zelfs boven de aanhoudende rook van zijn sigaret uit.

'Oké.' Hij slaakte een zucht. 'Ik zorg er wel voor dat de jongens akkoord gaan. Het betaalt goed, toch?'

'Daarover.' Ik kromp ineen. 'Je moet het laten lijken op een goede deal. Ik pas het verschil wel bij. Beloofd.' Het was een geluk dat Cooper me gratis in zijn gastenverblijf liet wonen. Dit gunst voor Mimi zou me wat gaan kosten.

'¡Dios mío! Je maakt me kapot, man. Maar...' hij stak zijn handpalmen uit. 'Ik doe het. En nu staan we quitte. Begrepen?'

'Claro. Maak nu dat je wegkomt. Je dienst zit erop. Alles rustig gisteravond?'

'Zo stil als een graf, man. Niet dat ik de baan niet waardeer, maar denk je niet dat de buurtwacht en het beveiligingssysteem hem buiten de deur houden?' Carlo knikte naar de camera die op de voordeur gericht was.

'Als ik het goed heb begrepen, is Rosa's ex een hardnekkige cabrón. Hij is afgelopen zomer op Coopers kantoor verschenen.'

'Ah. Laat hem maar hopen dat hij zijn lelijke smoel niet laat zien terwijl ik dienst heb.' Hij kraakte zijn knokkels op een onheilspellende manier. 'Niemand komt aan onze Rosa.'

Ik knikte. 'Ga maar naar huis. En neem die peuk mee. Ik wil niet dat Cooper hem ziet.' Met mijn geluk zou Miguelito denken dat hij van mij was, en zou hij er nooit over ophouden.

Hij haalde een servet uit zijn zak en pakte het uiteinde van zijn sigaret op. Toen gaf hij me de mok en draafde naar zijn truck.

Ik klopte op de voordeur en liet mezelf toen binnen met mijn sleutel, terwijl ik riep: '¡Hola, tía!'

'Mateo?' Haar stem klonk hoog en gespannen. Ze kwam uit de keuken.

Verdomme, was ze gevallen? Ik knipperde een gruwelijke herinnering weg van mijn vader die op de vloer van zijn slaapkamer lag, de eerste keer dat de tumor zijn hersenen een opdonder had gegeven.

Ik sprintte naar de keuken en speurde alle vier de hoeken af, maar mijn tía lag niet uitgestrekt op de tegels. Ze stond op haar tenen op haar opstapje en reikte naar een bovenkastje.

Mijn hart vertraagde zijn razende ritme, zelfs toen ik me naar haar toe haastte. 'Kom daar vanaf, tía. Je valt nog.'

Pas toen ze met beide voeten veilig op de grond stond, haalde ik weer adem. 'Waarom zou je dat doen? Je had Carlo of mij moeten roepen.'

'Ik heb het daarboven gezet. Dan moet ik het er ook weer af kunnen pakken.'

'Wat heb je nodig?' Ik tuurde het kastje in.

'De molcajete. Ik maak kip met mole poblano.'

Ik vond de stenen kom en zette hem op het aanrecht, terwijl het water me al in de mond liep. 'Maak je dat vandaag?'

Ze strekte haar hand uit om over mijn wang te aaien. 'Het is je favoriet, hè?'

'Zeker weten.' Ik grijnsde. Het was geen gerecht dat ik ooit in mijn jeugd had gegeten, maar tía had het recept geleerd van een van haar Latino vriendinnen hier in Californië, en ik was er al snel verslaafd aan geraakt. 'We hebben iets te vieren. Ik heb een date met Mimi.'

'Echt? ¡Que fantástico! Natuurlijk heb je dat. Ze zou wel gek zijn om je af te wijzen. Ik wil er alles over horen. Was het door het eten dat ik had meegestuurd?'

'Nou, dat en haar baas. Hoewel, is zij echt haar baas als het een vrijwilligersfunctie is? Hoe dan ook, ze werkt aan dit grote feest en ik ben per ongeluk een van hun vergaderingen binnengevallen. Van het een kwam het ander, en nu regel ik niet alleen een cateraar en Carlo's band voor ze...'

'Ah!' Ze klapte in haar handen. 'Je hebt ze ingepalmd, hè?'

'Nou, ja, ik denk het wel.'

'Dat is mijn jongen, un caballero encantador.' Ze aaide over mijn wang. 'Dus wat is het probleem?'

Ik had buiten de deur van de vergaderruimte staan wachten.

Hoewel Mimi opkeek tegen Larissa, vertrouwde ik haar niet en ik wilde er zeker van zijn dat ze zich gedroeg. 'Ze… ze denken dat we aan het daten zijn. Niet alleen dat we samen naar dat ene feest gaan als vrienden, zoals we hadden gezegd, maar echt aan het daten.'

Tía's wenkbrauwen schoten omhoog. 'Miriam ging hiermee akkoord?'

Dat had mij ook geschokt. 'Ja. En dat is het vreemdste. Ze werd zo… zo *onderdanig* in het bijzijn van Larissa. Ze is nooit onderdanig.'

'Hmm.' Ze plukte een pluisje van mijn trui. 'Soms gedragen mensen zich anders bij verschillende mensen. Mensen van wie ze denken dat die gezag over hen hebben.'

Ik pakte haar pols. Ik zou haar absoluut niet het gevoel geven dat ze zich moest schamen voor het jarenlang verdragen van het misbruik van Mick Fallon. 'Tía.'

'Wat is hier in *godsnaam* aan de hand?' De stem van Miguelito bulderde achter me, waardoor ik een gil gaf.

'Verdomme, Lito,' hijgde ik. Mijn hart was in mijn adamsappel geschoten.

'Niet vloeken in de buurt van mijn moeder.' Hij bukte zich en kuste haar op haar wang. 'Alles goed, Mamá?'

'Natuurlijk gaat het goed met me.' Ze gaf hem een tik op zijn borst. 'Je hebt ons allebei bijna een hartaanval bezorgd. Wat is er aan de hand?'

'Deze cabrón is vergeten de voordeur op slot te doen.'

'Ik riep hem zodra hij de deur opendeed. Hij dacht dat ik in de problemen zat.'

'Zat je in de problemen?'

'Natuurlijk niet.'

Hij keek me boos aan. 'Hoe vaak heb ik je al gezegd…'

'Altijd de deur op slot doen. Ik weet het, ik weet het.' Ik wreef over de plek boven mijn razende hart. Waarom had ik hem niet op slot gedaan? Ik wist beter dan de veiligheid van mijn tía op het spel te zetten.

'Hij was hier bij mij,' pleitte ze. 'Hij zou me verdedigd hebben.'

'Wat als hij zijn bende had meegenomen, hm? Dan kon Mateo je niet alleen beschermen.'

'Ik zou het proberen,' mopperde ik.

'Hij zou me verdedigen. En ik zou 112 bellen.'

Mijn neef kneep zijn ogen samen, en de duisternis in zijn blik wiste het mooie blauw uit. 'Geen fouten meer.'

Ik blies mijn adem uit. 'Begrepen.'

Ze trok aan zijn jasmouw. 'Waarom ben je hier op een werkdag, Lito?'

'Ik wilde je iets vragen...' Hij keek me woedend aan. 'Mateo, controleer het huis om er zeker van te zijn dat er niemand binnen is gekomen.'

'Maar, Lito, hij is familie. Wat heb je voor hem te verbergen?'

Alsof ze niets had gezegd, zei hij: 'Patrouilleer dan de omtrek.'

Ik rechtte mijn schouders. 'Begrepen, baas.' Hoewel ik, terwijl ik wegliep, binnensmonds speculeerde over wat er in zijn strakke reet gekropen was.

Maar terwijl ik met mijn favoriete wapen, een aluminium knuppel, in de rozenstruiken pookte, moest ik toegeven dat hij gelijk had met zijn kritiek. Als ik mijn vader had kunnen terughalen, had ik hem met mijn laatste ademtocht bewaakt. En als ik een gevaarlijke man had gehad om hem tegen te beschermen zoals mijn neef, was ik waarschijnlijk net zo geobsedeerd geweest door veiligheid.

Ik had het verkloot. Mijn neef had gelijk dat hij me niet vertrouwde. Ik wist al sinds ik klein was dat er iets mis met me was. Ten eerste was ik niet zo slim als de andere kinderen. Ten tweede...

Ik wuifde de gedachte weg. Wat maakte het ook uit? Rationeel gezien wist ik dat het niet mijn schuld was, maar een donker gefluister in mijn onderbewustzijn herinnerde me eraan dat als ik het waard was geweest om voor te blijven, mijn moeder ons niet verlaten zou hebben.

Ik tilde de knuppel op en tikte ermee in mijn linkerhandpalm. Ik was dat gebroken kleine jongetje niet meer. Ik was uitgegroeid tot een charmeur, precies zoals mijn tía zei. Mensen mochten me nu. En misschien, heel misschien, zou Mimi me ook leuk kunnen gaan vinden.

10

MIMI

WE WAREN NET bij het laatste punt op de agenda van de galacommissievergadering – het entertainment – toen Larissa me fronsend aankeek. 'Waar is Mateo?'

'M-Mateo?' Ik had hem sinds onze laatste vergadering niet meer gezien. Dat vond ik eigenlijk wel prima. Als ik niet bij hem in de buurt was, liep ik geen gevaar om voor zijn neppe charme te vallen. Bovendien had ik nog geen kans gehad om hem te vertellen dat Larissa en Natalie dachten dat we een relatie hadden. Ik was er drieënveertig procent zeker van dat het allemaal wel zou overwaaien en dat ik het hem nooit zou hoeven vertellen. Drieënveertig werd afgerond vijftig als je maar één significant cijfer gebruikte. En een zekerheid van vijftig procent was goed genoeg voor de weersvoorspellers.

'Hij zou ons een update geven over de mariachiband,' zei Larissa.

Natalie kwam tussenbeide. 'Ik dacht niet dat het een mariachiband was.'

'Niet? Mateo zei dat het een authentieke Latingroep was. We

hebben een band nodig, Miriam. Hoe staat het ermee? Je hebt toch een relatie met hem?'

Ondanks het verpletterende gevoel haar teleur te stellen, en de kans de baan van adjunct-directeur mogelijk te verliezen, kon ik nu in ieder geval het misverstand de wereld uit helpen. 'Eigenlijk...'

'Goedenavond, dames.' Mateo slenterde de vergaderruimte binnen. 'Sorry dat ik te laat ben. Ik kom net van mijn werk en moest me haasten vanaf de westkant. Wat heb ik gemist?'

Hij knipoogde naar Larissa, die een blos op haar wangen kreeg. Verdomme, een deel van die schittering moet ook op mij zijn afgestraald, want ik kreeg het er een beetje warm van. Of misschien was het de zwarte wollen trui die ik aanhad. Ik trok hem van mijn borstkas af.

'We waren...' Larissa schraapte haar keel om haar hijgerige stem te verdoezelen. 'We zijn er klaar voor om uw verslag over de band te horen.'

Hij leunde met een heup tegen de vergadertafel. 'Ze doen mee.'

'Geweldig. En het is een mariachiband?'

'Nee. Ze spelen bachata. Jullie zullen het geweldig vinden. Het is alsof ze de liefde bedrijven met je oren. Het dansen is sensueel, net als salsa.' Hij ging staan en demonstreerde een wiegende, zijwaartse beweging, terwijl hij zijn heupen rolde.

Onmiddellijk voelde ik de spookaanraking van zijn bekken tegen het mijne. Zijn krachtige hand in de ronding van mijn rug. De ruwe schuring van zijn dij die tussen mijn benen drukte. Het gefluister van zijn adem in mijn oververhitte nek. Ik liet mijn trui terugvallen tegen mijn klamme huid.

Larissa leunde achterover in haar stoel en knipperde met haar ogen. 'Oké, dan.'

'Jippie! Mimi en Mateo kunnen de dans openen.' Natalie klapte in haar handen.

'Wat?' Ik draaide mijn hoofd abrupt naar haar toe. Mateo had wel gezegd dat we moesten dansen, maar ik had gehoopt dat hij ongelijk had.

'De boel op gang brengen. Het wordt leuk als iedereen meedoet.'

Leuk? 'Maar ik dans niet.'

'Natuurlijk wel.' Larissa's stem duldde geen tegenspraak. 'Jackson zal onder de indruk zijn, nietwaar, Natalie?'

Ze grijnsde. 'Hij is inderdaad dol op dansen.'

'Hoewel, als je er niet voor in bent, kun je achter de schermen werken. Mateo kan je plaats in de commissie overnemen.' Larissa trok haar blonde wenkbrauwen op.

Ik wist wat *achter de schermen* betekende. Hoewel dat misschien was waar ik van nature de voorkeur aan gaf, betekende het ook geen contact met Jackson Jones. Mijn laatste kans op de baan van adjunct-directeur zou vervliegen als een rookwolkje van Mateo's sigaret.

'U hebt haar nodig in de commissie,' gromde Mateo. 'Mimi en ik hebben een relatie. Als zij eruit ligt, lig ik er ook uit. En dan neem ik de cateraar en de band met me mee.'

Wat? Waarom had hij dat gezegd? Mijn zekerheid van drieënveertig procent daalde naar nul. Mijn maag kromp ineen.

Larissa's ogen werden groot. 'Dat is niet nodig. Miriam zal wel dansen, nietwaar, Miriam?'

'Na-natuurlijk.' Voor de functie van adjunct-directeur, voor een kans om de hele dag met kinderen te werken, zou ik me in een met pailletten bezet turnpakje hijsen en als een Rockette de benen in de lucht gooien.

Mateo's stem bleef laag. 'Ik hou er niet van als Mimi bedreigd wordt. Vergeet niet, we zijn een totaalpakket.'

Een zware stilte daalde neer over de vergaderruimte totdat Natalie zei: 'Hoor je dat? Dat waren mijn eierstokken die explodeerden. Mimi, als jij en Mateo ooit uit elkaar gaan, verbrand ik mijn exemplaar van de girl code. Dan is hij van mij.'

'Ah, maar dat gaat nooit gebeuren,' zei Mateo, terwijl een

grijns zijn serieuze uitdrukking doorbrak. Zijn grote hand landde op mijn schouder en kneedde precies de plek waar zich een spanningsknoop had gevormd. 'Vanaf het eerste moment dat ik haar zag wist ik dat Mimi mijn eeuwige liefde zou zijn.'

Ik knipperde mijn ogen en keek op naar hem. Waarom deed hij dit voor me? Wat had hij erbij te winnen door de extra verantwoordelijkheid van de galaplanning op zich te nemen? Door die leugen over zijn *eeuwige liefde* te vertellen om me in de race te houden voor de baan bij de stichting?

'Wauw,' zei Natalie. 'Ik denk dat dat het meest romantische is wat ik ooit buiten een film heb gehoord.'

Haar telefoon zoemde op tafel en ze pakte hem op. Ze fronste ernaar. 'Een 112-berichtje van mijn broer Andrew. Ik moet ervandoor. Maar volgens mij waren we klaar, toch?' Ze trok haar wenkbrauwen op naar Larissa, en toen die geen bezwaar maakte, legde ze haar papieren recht en propte ze in haar tas.

Larissa fronste. 'Maar we zouden vanavond naar de drivingrange gaan.'

'Sorry. Mijn onderhoudsvriendelijke broer heeft wat onderhoudsintensieve problemen. Ik moet voorkomen dat hij iets doet waar hij spijt van krijgt.' Natalie beende naar de deur. 'Tot de volgende keer.'

Ik wou dat ik het zelfvertrouwen had om nee te zeggen tegen Larissa. Om haar mijn rug toe te keren zoals Natalie deed. Maar ik had Larissa harder nodig dan zij mij. Ik kon haar niets weigeren als ik in aanmerking wilde komen voor de baan van adjunctdirecteur.

Larissa zette een glimlach op die even nep was als haar wimpers. 'En jullie twee? Ik heb de afslagplaats al gereserveerd. Waarom gaan jullie niet mee? Om te laten zien dat er geen wrok is, trakteer ik.'

Ik trapte geen moment in haar berouwvolle uitdrukking. Bovendien zou ze de schijn van onze relatie zeker doorzien als ze Mateo en mij onder vier ogen zou zien. Ze zou weten dat zodra de contracten met de band en de cateraar getekend waren, ze zowel Mateo als mij zonder repercussies uit de commissie kon gooien.

'Ik speel niet,' zei ik.

Mateo spreidde zijn handen. 'Ik ook niet.'

Mijn schouders zakten opgelucht naar beneden. Ik was half bang geweest dat Mateo met Larissa mee zou willen gaan. Nu zouden hij en ik onze eigen weg gaan. Nadat we het over die *eeuwige liefde*-onzin hadden gehad.

Larissa stond op uit haar stoel. 'Je hoeft niet te kunnen golfen om op een drivingrange te slaan. Kom op, het wordt leuk. En, Miriam, golf is een vaardigheid die je moet leren als je ooit wilt slagen in het zakenleven.'

'Wa-waarom?' Communicatieve vaardigheden, dat begreep ik. Boekhouding, marketing, operationele kennis, dat snapte ik. Maar waarom was weten hoe je een klein wit balletje moest slaan een vereiste voor carrièreontwikkeling?

Ze trok een wenkbrauw op. 'Jij en ik hebben niet het privilege van Jackson en Natalie dat deuren voor ons opengaan vanwege onze naam. We moeten subtielere manieren vinden om mensen te beïnvloeden. Mensen sluiten meer deals op golfbanen dan in vergaderzalen.'

'Dat lijkt me niet juist.' *Of eerlijk.*

Ze haalde haar schouders op. 'Het is wat het is. Jouw moeder is toch advocaat?'

'Hoe wist u dat?'

'Het is mijn werk om meer te weten te komen over de mensen met wie ik werk. Ik wed dat ze golft.'

Ik rimpelde mijn neus. 'Eigenlijk wel, ja.' Geloofde mama wat Larissa zei? Genoot ze van golf niet voor de sport, maar voor de invloed die het haar gaf? Ik zou het haar vrijdag tijdens het eten moeten vragen.

'Nou, kom op. Ik zal je alles laten zien wat je moet weten.'

Haar blik bleef op Mateo rusten, en hoewel we niet echt een relatie hadden, balden mijn handen zich tot vuisten. Toen streek ik ze glad tegen mijn zwarte broek en stond op. Hij kon met iedereen flirten die hij wilde. Wat er ook tussen ons speelde, het was niet echt.

Bovendien had ik een groter probleem: golf. Ik zou niemand positief beïnvloeden door mezelf voor gek te zetten op de drivingrange. Maar als mijn beste poging om een golfbal te slaan de weg zou effenen naar de baan die ik bij de stichting wilde, zou ik zelfs zo'n malle Schotse baret met een pompon dragen.

Mateo waarschijnlijk ook. En hij zou het er nog sexy uit laten zien ook.

———

IN DE PARKEERGARAGE opende Mateo het portier van zijn Jeep voor me en hielp me omhoog te klauteren.

Hij pauzeerde aan de achterkant van het voertuig en hield zijn telefoon aan zijn oor. Hij sprak er kort in, luisterde een moment en streek met zijn hand door zijn haar. Zijn lippen bewogen weer, toen beëindigde hij het gesprek. Annuleerde hij zijn plannen? Had hij vanavond een date?

Hij opende het bestuurdersportier en stapte moeiteloos het hoge voertuig in.

'Kijk, het-het spijt me van dit alles.' Ik draaide mijn vingers in mijn schoot. 'Het wordt waarschijnlijk vreselijk.'

'Tja.' Hij haalde zijn schouders op terwijl hij achteruit het parkeervak uitreed. 'Zoals Larissa zei, het is wat het is.'

'Nou, ehm, bedankt dat je het doet. Weet je zeker dat je vanavond niets anders te doen had? Een date?'

Hij draaide zich om en keek me aan, zijn ogen vernauwend. 'Nee.'

Ik zakte achterover in de stoel. 'En het spijt me dat ze een verkeerde indruk van ons hebben gekregen. Natalie had op de een of andere manier het idee gekregen dat we een relatie hadden, en ik heb haar niet gecorrigeerd. En toen ging jij... jij ging erin mee. Waarom?'

Hij concentreerde zich op het maken van een scherpe bocht naar de uitgang. Toen hij de Jeep weer recht had, schoten zijn ogen van links naar rechts, op zoek naar auto's die onverwachts konden uitrijden. Uiteindelijk zei hij: 'Ik wil je helpen, Mimi. Je steunen in de organisatiecommissie, meer maken van onze vriendschap en onze date, wat je ook maar nodig hebt.'

'Heeft dit te maken met die dag dat je koffie over mijn presentatie morste?'

Hij stopte bij de uitgang van de garage en keek me aan. 'Misschien.'

Ah, schuldgevoel. Ik was dankbaar dat mijn moeder dat niet in mij had gestopt. 'Maak je er geen zorgen over. Echt. En je hoeft niet voor mij te doen alsof.'

Hij hield zijn blik op de weg, maar een mondhoek trok omhoog. 'Het is geen opoffering.'

'Echt? Want het lijkt nogal wat.' Ik zou het niet voor hem hebben gedaan. Of voor iemand anders dan Bree of Ben.

Hij haalde zijn schouders op. 'Als ik alleen maar hoef te doen alsof we het met elkaar doen, is het niet zo erg.'

'Het met elkaar doen?' piepte ik. Plotseling was er niet genoeg zuurstof in de auto. Ik richtte de ventilatieroosters op mijn vlammende wangen. 'Moeten we het met elkaar doen? Misschien moeten we ons verhaal op elkaar afstemmen.'

Daar was die scheve glimlach weer. 'Bella, als je met mij een relatie hebt, doen we het met elkaar.'

Het diepe gerommel van zijn stem veroorzaakte een geklop tussen mijn benen. Ik klemde mijn dijen tegen elkaar. 'Nee. Het is allemaal nog zo nieuw dat ik er nog niet klaar voor ben. We hebben alleen nog maar een relatie.'

Hij keek me aan. 'Maar ik heb je wel gezoend, toch?'

'I-ik denk het wel.' Zoenen was redelijk onschuldig.

'En hoe zit het met zoenen met tong? Hebben we dat gedaan?'

'Vraag je nu bij welk honk we zijn? Zitten we op de middelbare school?'

Zijn brede schouders spanden zich aan. 'Nee, ik wilde alleen even weten in hoeverre ik je mag aanraken.'

Mij aanraken? Ik reikte naar de knop van de airconditioning en draaide hem helemaal naar het blauwe gedeelte. 'Aanraken is niet nodig.'

'Waarom? Ben je gevoelig voor aanraking?'

De sissende klank van zijn vraag streek als een warme adem over mijn huid en veroorzaakte tintelingen in me. Ik drukte op de knop van het raam om het te laten zakken totdat ijskoude lucht over mijn wangen blies. 'Gevoelig?'

'Ik bedoel, vind je het vervelend?'

'Niet-niet echt.'

'Dan zou hand in hand lopen geen probleem voor je zijn? Ik denk dat ze wel van ons verwachten dat we elkaars hand vasthouden.'

'Dat is prima, denk ik.'

'Misschien een aanraking van je schouder, of je wang?'

Ik was geneigd om als een hond met mijn hoofd uit het raam te hangen. Bezweet aankomen op de drivingrange was geen gezicht. Maar verwaaid haar ook niet. Ik schraapte mijn keel. 'Ook prima, denk ik.'

'Goed.' Hij grijnsde. 'Daar kan ik wel iets mee.'

Een koele opluchting overspoelde me toen hij de parkeerplaats opreed van een locatie die ik goed kende: Pine Hills Golf Club, waar we vanwege Larissa's connecties het gala hielden.

Ik had misschien geen verstand van golf, maar het moest makkelijker zijn dan met Mateo in een auto rijden en praten over aanrakingen.

We parkeerden naast Larissa's BMW, en Mateo deed heel veel moeite om me uit zijn Jeep te helpen, zoals een echt vriendje misschien zou doen. Ik deed mijn best. Ik greep de hand die hij aanbood en glimlachte naar hem op. 'Bedankt.'

'Natuurlijk. Schatje.'

Ik kromp ineen bij het koosnaampje. Het klonk zo verkeerd als het van hem naar mij kwam.

Larissa deed haar kofferbak open. 'Mateo, help je me met mijn clubs?'

Met één krachtige beweging tilde Mateo de roze-roze tas uit haar auto en sloeg hem over zijn schouder alsof hij niets woog.

Ze liep voorop het landhuis in Spaanse renaissancestijl van wit stucwerk binnen dat dienstdeed als clubhuis. 'Aangezien we het gala gaan bespreken, betaalt de stichting voor de huur van jullie clubs.'

'Oh, nee,' zei ik. 'Ik kan de stichting hier niet voor laten betalen.'

'We boeken het af. Geen probleem.'

'Maar non-profitorganisaties betalen geen belasting. Er valt niets af te trekken.'

'Het is voor een legitiem zakelijk doel, Miriam. Het is net als de ontbijtvergaderingen die we hebben.'

'Maar...' Ik beet op mijn lip. Als ik de vergaderingen van de stichting organiseerde, deed ik dat bij Synergy omdat het gratis was en ze daar koffie en snacks aanboden.

Larissa had de leiding over zowel de stichting als de baan die ik wilde, dus hield ik mijn mond.

Toch weigerde ik de stichting te laten betalen voor de huur van de clubs, dus ik gaf mijn creditcard aan de vrouw achter de balie. Het kostte meer dan ik had gedacht – of zou moeten – maar ik zou bezuinigen op afhaalmaaltijden om mijn budget weer in evenwicht te krijgen.

Terwijl we onze clubs uitzochten, ging Larissa naar de kleedkamer. Ze kwam tevoorschijn in een kort golfrokje en schoenen met noppen. Haar lange, blonde haar was opgestoken in een vrolijke paardenstaart boven een witte zonneklep. Met onze clubs en een emmer ballen liepen Mateo en ik achter haar aan naar de lange strook groen gras. Aan de zijkanten stonden bomen die ook het uiteinde markeerden. Een rij golfers, voornamelijk mannen, stond opgesteld op plaatsen die werden gemarkeerd door gaasafscheidingen.

Op het vierkant van omgewoeld gras waar ze stopte, begroette een knappe, blonde man met vlijmscherpe jukbeenderen haar met een kus op beide wangen.

'Kijk eens wie we hier hebben!' Larissa haakte haar arm in de zijne toen ze zich naar ons omdraaide. 'Flavio, dit is Miriam van de stichting en haar vriend, Mateo. Jongens, dit is Flavio, mijn verloofde.'

Mateo schudde Flavio de hand. Net als Mateo was hij lang, fit en blond, maar de lijnen in zijn gezicht waren harder, scherper. Zijn blauwe ogen waren niet zacht of vriendelijk, maar fonkelend en zo hard als saffieren. Maar als hij sprak, had hij een Italiaans accent waarvan ik moest toegeven dat het sexy was.

Toen ik zijn hand schudde, overweldigde de geur van zijn eau de cologne me. Ik moest niezen. Larissa wierp me een ijzige blik toe en ik snoof en ging wat verder bij haar verloofde vandaan staan.

Terwijl Flavio zich opstelde bij de tee en Larissa naast hem poseerde, trok Mateo me achter een andere groep golfers opzij. 'Je had niet voor mijn clubs hoeven betalen. Ik had zelf wel kunnen betalen. Of ik had voor ons allebei betaald.'

'Nee. Het is mijn schuld dat je hier überhaupt moet zijn, terwijl je ook iets' – iemand? – 'anders had kunnen doen. Dan moet ik het ook betalen.'

'Je trok een gezicht' – Mateo vertrok zijn lippen en fronste zijn wenkbrauwen, een weerspiegeling van wat mijn gezicht gedaan moest hebben – 'toen Larissa zei dat de stichting zou betalen. Waarom?'

Ik schraapte met mijn ballerina over het gras. 'Elke dollar die de stichting binnenkrijgt, moet naar de kinderen gaan. Voor anti-pestprogramma's. Of zomerkampen. Niet voor golf. Ik wil geen geld van hun programma's afnemen.'

'En toch wil je een betaalde functie bij de stichting?'

'Dat is anders. De stichting heeft werknemers nodig om te kunnen functioneren. Dat kan niet alleen op vrijwilligers draaien.'

'De meeste vrijwilligers zijn niet zo ijverig als jij bent.'

Een blos steeg naar mijn wangen. 'Ik geloof in de missie van de stichting. En ik lever graag goed werk.'

Hij knikte. 'In alles wat je doet.'

Ik kneep mijn ogen tot spleetjes en keek naar hem op. Hij sprak alsof hij me kende. Alsof hij me zag.

'Kom op, jullie,' zei Larissa. 'Mateo, ik zal het u eerst voordoen.'

Mateo liet haar zijn voeten positioneren bij de tee. Toen corrigeerde ze zijn grip op de club en kwam daarbij ruim binnen zijn persoonlijke ruimte staan. Ik keek naar Flavio's reactie. Hij leunde nonchalant op zijn club en zwaaide af en toe naar de andere golfers. Geen jaloers type, dus.

Uiteindelijk ging Larissa voor Mateo staan en demonstreerde ze een slag. Was het echt nodig om zo met haar kont te wiebelen?

Maar Mateo keek niet naar haar. Hij hield zijn oog op de bal, haalde uit in een soepele beweging van zijn krachtige schouders en zwaaide door. De bal zeilde door de lucht, bleef langer hangen dan ik voor mogelijk had gehouden en stuiterde precies in het midden van de green neer.

Larissa hield een hand boven haar ogen en volgde de baan van de bal. 'Indrukwekkend.'

Mateo grijnsde. 'Uw demonstratie was succesvol.'

Ze streelde even haar ego. 'Kom hier, Miriam. Jij bent de volgende.'

Op een veel zakelijkere manier gaf ze me aanwijzingen over mijn houding en mijn grip. Toch voelde alles ongemakkelijk, en toen ik de club naar achteren haalde, gilde ze: 'Nee, nee, houd je linkerarm gestrekt!'

Ik verstijfde en keek naar mijn linkerarm, die tijdens de opzwaai was gebogen. Ik liet de club zakken en probeerde het opnieuw. Deze keer concentreerde ik me op het recht houden van mijn ellebogen terwijl ik doorzwaaide. Maar ik miste de bal volledig. Hij bleef op de tee liggen.

Mijn wangen gloeiden toen Larissa in de lach schoot. 'Ik lach je niet uit,' zei ze, terwijl ze de tranen onder haar ogen wegdepte. 'Dat is iedereen weleens overkomen.'

'Het lijkt er anders wel op dat je me uitlacht,' mompelde ik binnensmonds. Geweldig. Ik had een risico genomen door te gaan golfen met de persoon van wie ik hoopte dat ze mijn baas zou worden, en nu stond ik voor gek. Zou ze het me aanrekenen dat ik een teleurstelling was in golf? Zou dit falen al het andere wat ik deed bezoedelen? Gefrustreerde tranen prikten achter mijn ogen. Ik knipperde ze weg. Ik moest me maar bij boekhouden houden en sporten aan anderen overlaten.

'Als ik zo vrij mag zijn.' Mateo stapte achter me en legde zijn grote handen op mijn schouders om me te steunen. 'Misschien kan een andere amateur helpen.'

Hij duwde mijn voeten iets verder uit elkaar en liet me mijn linker tenen naar buiten wijzen. Toen vroeg hij me mijn heupen naar rechts te draaien terwijl ik de club naar achteren trok. Mijn lichaam voelde honderd procent ongemakkelijk aan.

Nog steeds achter me staand, plaatste hij zijn handen over de mijne op de club. Samen trokken we hem weer naar achteren, en toen leek het alsof de zwaartekracht het overnam, de club naar de bal en erdoorheen trok. De bal zeilde de green op, niet zo ver als die van Mateo, maar hij passeerde andere ballen die op het gras lagen.

'Het is me gelukt! Het is ons gelukt!' Hij had zijn handen nog op mijn armen, dus ik draaide me om en omhelsde hem, en het voelde als de normaalste zaak van de wereld toen zijn armen ook om mijn rug sloten.

'Dank je,' mompelde ik in zijn oor. 'Sorry, ik had het moeten vragen voor ik je omhelsde. Mag ik je wel omhelzen?'

'Natuurlijk.' Zijn zachte gefluister in mijn oor contrasteerde met het prikken van zijn stoppels tegen mijn kaak, en ik rilde.

'Je zei dat je niet speelde,' fluisterde ik terug.

'Ik golf niet meer, maar ik heb een paar keer gespeeld op het eiland. In het weekend werkte ik als caddie bij de club.'

'Een professional!' Op de een of andere manier waren mijn

vingers verstrikt geraakt in de golven achter op zijn hoofd. Ze waren zacht en dik en dempten mijn vingers. 'Je bent helemaal geen beginner, hè?'

Hij grinnikte. 'Ik liet Larissa geloven in haar eigen aanname.'

Ik fronste en leunde een beetje achterover om zijn gezicht te zien. De hoeken van zijn blauwe ogen kreukelden in een zachte uitdrukking. Had ik dat ook gedaan, wat Mateo betrof? Aangenomen dat hij een grote, domme spierbundel was en mijn gedrag daardoor laten leiden?

Hij had het me laten doen. Hij had het ons allebei laten doen. Hij had zijn vaardigheden, zijn ware ik, verborgen achter een flirterig masker. Wat verborg hij nog meer? En waarom dacht hij dat hij dat moest doen? Defensieve woede, zoals toen die eikel, Anthony, Bree belachelijk maakte in de brugklas, borrelde heet in mijn borst. Ik greep Mateo's haar vast alsof ik hem door elkaar wilde schudden omdat hij probeerde minder te zijn dan hij was.

'Geen openbare affectie, alsjeblieft.' Larissa's stem deed me schrikken. Ik was even vergeten dat we niet alleen waren. 'Niet op de baan.'

Shit. Ik was vergeten waar we waren, en ik hield hem vast met mijn handen in zijn haar verstrengeld alsof we op het punt stonden te zoenen. Zoenen was absoluut niet toegestaan in onze nep-relatie. Of op de golfbaan. 'Sorry,' mompelde ik.

Mateo deed het tegenovergestelde. Hij draaide me gemakkelijk in zijn armen zodat mijn rug tegen zijn borst nestelde. Zijn armen sloten zich om mijn buik. 'Kunt u het me kwalijk nemen? Flavio, u staat vast aan mijn kant.'

Flavio keek net lang genoeg op van zijn telefoon om grijnzend naar ons te kijken.

Het was belachelijk om ervan te genieten om in Mateo's armen geknuffeld te worden. Alles wat we deden – van samen in Mateo's auto rijden tot zijn gespeelde onwetendheid – was nep voor Larissa. Niet echt. Bovendien zou onze openlijke affectie voor de ogen van mensen bij haar club haar in verlegenheid kunnen brengen.

Ik wurmde me uit zijn greep. 'Larissa heeft gelijk. We zouden moeten, eh, slaan.'

'Oké.' Mateo liep een paar stappen weg en sloeg zijn armen over elkaar. 'Sla maar. Ik geniet wel van het uitzicht.'

Ik nam opnieuw mijn positie in bij de tee en keek uit over de green. Het was niet echt een bijzonder uitzicht. Een lange, vlakke grasvlakte omzoomd door wat armoedige groenblijvende planten. Waar had hij het over? Ik draaide mijn hoofd om over mijn schouder naar hem te kijken.

Zijn blik was vastgeplakt op mijn achterste in mijn rekbare zwarte werkbroek.

Ik schraapte mijn keel.

Zijn blik gleed loom omhoog langs de kromming van mijn ruggengraat naar mijn gezicht. Zijn grijns was obsceen en puur voor Larissa en Flavio. 'Maak je geen zorgen, schat. Ze begrijpen het wel.'

Met gloeiende wangen richtte ik mijn aandacht weer op de bal. Het was allemaal nep, had zijn *schat* me eraan herinnerd. Hij vond niet echt dat ik er goed uitzag of wilde me niet echt in zijn armen houden. Ik wilde dat ook niet.

Terwijl ik mijn portie golfballen wegsloeg, zei Larissa: 'Vertel eens, Mateo. Hoe zijn jij en Miriam een stel geworden?'

Ik miste de bal weer. Shit, we hadden geen achtergrondverhaal voor onze relatie afgesproken. Ik opende mijn mond om iets te verzinnen, maar hij was me voor.

'Ik denk dat u weet dat mijn neef en haar broer een stel zijn?' Hij wachtte op haar knikje voordat hij verderging. 'Het was Bens verjaardag, en er was een familiebijeenkomst. Mijn tante, Mimi's ouders, wat neven en nichten van Ben en Mimi. Een paar vrienden. Jackson Jones was er met zijn vrouw en hun kinderen.'

Ik herinnerde het me. Bens verjaardag was in juli. Mateo was net van het eiland overgekomen om Coopers beveiligingsteam te leiden. Miljardairs – en hun vriendjes – hadden blijkbaar beveiliging nodig.

'Dus Ben, die ik kende van zijn bezoek aan het eiland waar ik vandaan kom, stelde me voor aan zijn zus. Ze was die dag zo stralend, de zon scheen op haar donkere haar als vuur.'

Ik rolde met mijn ogen voordat ik de club naar achteren trok om te slaan. Dat was Mateo ten voeten uit, alles romantiseren. Mijn haar was die dag warrig geweest, en ik was vergeten een elastiekje om mijn pols te doen om het naar achteren te binden.

'Dus ik deed mijn gebruikelijke ding. Een praatje. Een beetje flirten. Ze vertelde me zelfs een grap.'

'Een grap? Mimi?' Larissa lachte.

'Ik weet hem nog steeds. Ik moest hem opzoeken omdat ik hem op dat moment niet begreep. Wilt u hem horen?'

'Absoluut.'

'Mimi, wil jij hem vertellen?' vroeg hij.

Ik leunde op de club. Herinnerde hij zich dat? 'Nee, vertel jij hem maar.'

'Oké. Dus een oneindig aantal wiskundigen loopt een bar binnen. De eerste wiskundige zegt tegen de barman: "Ik wil graag een biertje." De tweede zegt: "Een half biertje, alstublieft." De derde vraagt om een kwart biertje. Dit is het deel dat ik niet begreep. Waarom zou je om een deel van een biertje vragen?' Hij grinnikte. 'Maar de barman snapt het. Hij zet twee biertjes voor hen allemaal neer. En alle wiskundigen – vergeet niet, het zijn er oneindig veel – zeggen: "Is dat alles wat we krijgen?" De barman zegt: "Kom op, jongens. Ken uw limiet."'

Larissa stond, precies zoals ik had verwacht, met open mond. Flavio was helemaal weggelopen.

'Later vroeg ik mijn slimme neef wat het betekende. Hij zei dat het een calculusfunctie is. En ik heb het later opgezocht en geleerd over limieten van functies. Ik ben op school nooit tot calculus gekomen. Toch wist ik dat het een grap was. Dus ik counterde met een van mijn eigen grappen – een woordspeling.'

'Een woordspeling?' vroeg Larissa met een halve lach.

'Ik zei dat het moeilijk zou zijn om mijn eerste keer in San Francisco snel te ver-*mist*-en.'

Ze kreunde. 'Dat is verschrikkelijk!'

Ik trok een grimas, niet om de woordspeling, maar om de herinnering. Ik had gedacht dat hij mijn nerdy grap belachelijk maakte. De snob die ik was, had me niet gerealiseerd dat hij niet dezelfde academische kansen had gehad als zijn neef.

Mateo knipoogde naar me. 'Ik heb misschien gesuggereerd dat ik iemand nodig had om me warm te houden. Mijn gebruikelijke onzin.'

Ik was ervan uitgegaan dat hij me bespotte met zijn nep-geflirt. Sinds de puberteit had ik rondingen, en mijn kantoorbaan zorgde voor wat extra vulling op mijn kont. Mannen die er als Mateo uitzagen, flirtten niet met vrouwen die er als ik uitzagen. Of met vrouwen die calculusgrappen vertelden. Hij was een Adonis, en ik was... gewoon een doorsnee bedrijfsaccountant.

'Dus dat was het?' vroeg Larissa. 'Jullie zijn sindsdien samen?'

'Nee.' Ik voelde zijn bravoure achter me een beetje inzakken. 'Ze wees me af. Ze zei dat ik een betere jas moest kopen.'

'Dat meende ik serieus. Je droeg een shirt met lange mouwen als jas.' Ik sloeg de bal, en hij stuiterde over de green.

'Het was juli! Maar dat is mijn Mimi. Altijd even verstandig. Daarna kon ik niets meer bedenken om tegen haar te zeggen. Alles wat eruit kwam, was pijnlijk ongemakkelijk. Ze heeft me gebroken.'

Ik draaide me om. 'Ik heb je niet gebroken.'

Hij spreidde zijn handen. 'Jawel. Weet je niet meer hoe belachelijk ik me daarna bij jou gedroeg?'

'Niet echt.' Ik had aangenomen dat hij me zijn flirtgedrag of zijn aandacht onwaardig vond.

Hij sloeg zijn handen op zijn hart alsof ik hem had neergeschoten. 'Dacht je dat ik altijd zo was?'

Ik haalde mijn schouders op.

'Mimi, Mimi.' Hoofdschuddend slenterde hij naar me toe, slingerde een arm om mijn schouders, en na een korte aarzeling, drukte hij een kus op mijn slaap. 'Jij bent mijn kryptoniet. Alleen jij.'

Larissa wierp ons een guitige glimlach toe. 'Ik denk dat dit een klassiek geval is van tegenpolen trekken elkaar aan.'

Ik keek op in Mateo's gezicht. We waren inderdaad tegenpolen. Hij was lang en prachtig. Ik was klein en zag er normaal uit. Ik had aangenomen dat hij me een nerd vond, zijn aandacht onwaardig, maar misschien had ik me daarin vergist.

En nu had hij mijn hachje gered door te doen alsof hij mijn vriend was en er zelfs een overdreven verhaal aan toe te voegen waar Larissa van zwijmelde. Ik zou hem – enorm – iets verschuldigd zijn als dit allemaal voorbij was.

11

MATEO

EEN PAAR DAGEN nadat het me gelukt was Mimi niet voor schut te zetten in het bijzijn van Larissa op de drivingrange, was ik, zoals mijn neef Lito zou zeggen, voorzichtig optimistisch.

Fuck dat.

Ik stuiterde als een kind op weg naar een verjaardagsfeestje, terwijl ik met mijn kostbare pakketje in de glazen lift naar Mimi's verdieping in het Synergy-gebouw omhoogging. Als hoofd beveiliging van de CEO, Cooper Fallon — of, zoals ik hem noemde, mijn neef Lito — had ik een Synergy-pas en had ik geen begeleiding nodig om mijn meisje met eten te verrassen.

Ik had punten gescoord met de pollo guisado en de empanadas, dus probeerde ik het opnieuw met een gegarandeerde winnaar in mijn tas: de kip mole van mijn tía.

Ze zou wel honger hebben. Ze vergat altijd te eten. Ze zou me een van die voorzichtige glimlachjes geven, net als op de golfbaan toen ik haar liet zien hoe ze de bal moest slaan. Misschien zou ze me zelfs weer laten kussen. Ik had het gedaan als een aardigheidje voor Larissa en, eerlijk gezegd, ook een beetje voor mezelf, aangezien Mimi die avond niet zo stekelig was. Toen mijn lippen de gladde huid van haar slaap hadden geraakt, voelde dat zo goed dat ik haar het liefst in haar nek had gekust.

Dat had ik uiteraard niet gedaan. Dat zou voor Mimi te ver zijn gegaan. En zeker te veel in het bijzijn van haar baas.

Maar vandaag zou ik misschien weg kunnen komen met een kusje op haar wang, nog een vleugje van die vanillegeur van haar huid. Het was makkelijk geweest om mijn verlangen naar een sigaret te onderdrukken; elke keer dat mijn vingers trilden om er een op te steken, herinnerde ik me haar warme, kruidige geur en verdween het verlangen. Het enige wat ik wilde, was nog een kans om dicht bij haar te zijn. Mijn hand die haar heup streelde. Jezus, ik kon niet wachten om met haar te dansen op het gala.

De liftdeuren gingen open en ik stapte Mimi's verdieping op. Hoofden draaiden zich om toen ik langs de lage kantoortuinen liep en elke werknemer die ik passeerde, snoof hoopvol in de lucht. Tegen de tijd dat ik bij Mimi's bureau aankwam, loerde elk oog op de verdieping naar me vanachter varens en langs de zijkanten van computerschermen.

'Hoi', zei ik zachtjes, zodat ze niet zou schrikken.

Ze sprong toch op en stootte haar knie tegen de onderkant van haar bureau. Terwijl ze erover wreef over haar zwarte broek, draaide ze zich naar me toe. Haar ogen werden groot.

'Wat doe jij hier?' fluisterde ze.

'Ik heb lunch voor je meegebracht.' Ik tilde de tas op tot ooghoogte.

Haar blik schoot naar de tijd in de hoek van haar scherm. 'Het is twee uur.'

'Heb je al gegeten?'

Haar maag knorde en ze legde haar hand op haar slobberige grijze trui. 'Nee.'

Ik klikte met mijn tong. 'Daarom ben je zo...' Ik klemde mijn kaken op elkaar.

Ze zat een seconde in een stilte met samengeknepen ogen. Toen kwam ze haar hokje uit en wenkte me naar de personeelskantine. In de kleine witte keuken draaide ze zich fel naar me om. 'Waarom ik zo *wat* ben, precies?'

Ik was niet van plan het woord *chagrijnig* nog eens in haar buurt te gebruiken. Niet terwijl ze naar me gromde als een uitgehongerde leeuwin.

'Slim?' zei ik. 'Om te wachten tot ik je lunch kwam brengen?'

Ze wreef met een hand over haar gezicht. 'Dat was niet wat je wilde zeggen.' Ze haalde adem en slikte. 'Wat heb je meegebracht?'

'Ah.' Ik had haar weer voor me gewonnen met eten. Drie uit drie. 'Tía's speciale kip mole.'

'Mole?' Ze deed een stap achteruit alsof ik had gezegd dat ik een levende vogelspin voor haar had meegenomen. 'Wat zit daarin?'

Ik grinnikte en haalde het plastic bakje tevoorschijn. 'Ik dacht dat je een avontuurlijke eter was. Je vroeg me niet wat er in de pollo guisado zat.'

'Dat komt omdat ik niet dacht dat er chocolade in zat. En ik ben allergisch voor chocolade. Doet je tante chocolade in haar mole?'

'Ik… ik weet het niet. Ik heb haar het nooit zien maken. Ik heb er nooit over nagedacht.'

'Mensen met een voedselallergie moeten altijd nadenken over wat er in hun eten zit', snauwde ze.

Fuck, Ben had me gewaarschuwd dat ze allergisch was voor chocolade, maar het was niet in me opgekomen dat ze misschien zou reageren op de mole. Het gerecht was absoluut magisch. Maar ik stopte het terug in de tas. Mimi vergiftigen zou alle punten die ik had gescoord, tenietdoen.

'Het spijt me. Ik haal wel iets anders voor je. Wat zou je willen?'

'Niets. Het is goed zo.'

'Het is niet goed zo. Je bent…' Ik beet op mijn tong voordat het woord *chagrijnig* eruit floepte.

Haar wenkbrauwen verdwenen onder haar krullende pony. Ze

zette haar handen in haar zij. 'Ik ga vanavond wat drinken met mijn vriendin Bree. Dan eet ik wel wat.'

'O. Ah.' Woorden struikelden over elkaar op mijn tong. Wat kon ik zeggen dat haar niet op stang zou jagen? 'Weet je zeker dat dat een goed idee is?'

'Wat, met mijn vriendin uitgaan?'

Ik had met eigen ogen gezien wat voor goede *vriendin* Bree was geweest. Toen haar verloofde haar ophaalde, was ze naar buiten gestrompeld zonder acht te slaan op Mimi, die praktisch bewusteloos aan de bar lag. Ik kon er niet aan denken wat er met haar had kunnen gebeuren, alleen in een bar vol mannen die maar al te graag misbruik hadden gemaakt van een vrouw zo mooi — en zo dronken — als Mimi.

Maar ik was erbij geweest en ik had haar tegen die mannen beschermd. We hadden gepraat zoals we nog nooit eerder hadden gepraat. Of sindsdien. Ik had haar leren kennen. Ik was die avond een klein beetje verliefd geworden. En ze leek mij voor de verandering ook wel te mogen.

Jezus Christus, wat wenste ik dat ze zich de band die we hadden, herinnerde. Maar ik zou een idioot zijn om haar erover te vertellen. Ze zou me nooit geloven. Ze moest het zich zelf herinneren.

'Wees voorzichtig, oké? Zorg dat je eerst iets eet. En drink genoeg water.'

'Wat is er in godsnaam, Mateo? Ik ben een grote meid. Ik kan voor mezelf zorgen.'

'Niet als je drinkt.' Mijn zicht werd wazig toen ik me herinnerde hoe die ene man in de bar zijn hand naar haar schouder had uitgestoken. Ik had die eraf willen rukken. 'Je kunt niet tegen drank', snauwde ik.

Haar ogen werden groot en ze staarde over mijn schouder terwijl ze piepte: 'Hoi, Monique. Bijna tijd voor onze vergadering?'

'Inderdaad.' Een lange zwarte vrouw met een hoekige kaak kneep haar ogen tot spleetjes. 'Ik kwam even mijn koffie bijvullen.'

'Ik kom er zo aan.' *Dat is mijn baas*, lipte ze naar me.

Shit! Ik had haar leven weer verpest. Maar ik kon niets bedenken om het goed te maken.

'Ik ga maar.' Ik klemde de tas met het giftige eten onder mijn arm.

'Dat lijkt me een goed idee', zei ze somber.

Terwijl ik met de staart tussen mijn benen het gebouw uitsnelde, brandde mijn gezicht, zelfs in de kille middag van San Francisco. Ze zou me nooit vergeven dat ik haar een dronkenlap had genoemd in het bijzijn van haar baas.

Ik verdiende het niet om vergeven te worden. Ik verdiende haar niet.

Het enige wat ik kon doen, was het enige waar ik goed in was: haar beschermen.

$$12$$

MIMI

'WAT HERINNER JE je precies nog van je vrijgezellenfeest?' Ik liet de wijn in mijn glas walsen. Het was de eerste keer dat ik Bree zag sinds haar huwelijksreis en we zaten in ons favoriete hoekje bij het raam in onze vaste woensdagavondkroeg, die tot zeven uur hapjes voor de halve prijs serveerde. De wedstrijd van de Sharks schalde uit de televisies boven de bar en het stond er vol met turkooizen shirts.

Brees ogen werden groot en toen knipperde ze. 'O, alles. We hebben zo veel lol gehad! We waren hier allemaal, behalve jij. Jij was te laat. En je was al aangeschoten toen je binnenkwam. Weet je nog?'

'O, dat weet ik nog.' Hoewel ik me niet had gerealiseerd hoe dronken ik precies was. 'Ik kwam van het verlovingsfeest van mijn broer.'

'Dat is waar!' Bree wees naar me en nam toen een slokje van haar martini. 'Toen hebben we wat gedronken en daarna zei iemand dat we naar die andere kroeg moesten gaan.'

Dat was een van Brees collega's. Dus waren we met z'n allen in een paar taxi's gestapt en naar Divisadero Street gereden. Dat herinnerde ik me nog. Daar had ik de mysterieuze man ontmoet.

'Die bar was te gek,' zei ze, 'maar toen werd het laat en begonnen de mensen weg te gaan.' Ze pruilde.

'Jij ging weg,' merkte ik op. Ik pakte een treurige, koude mozzarellastick, maar ik had me al volgepropt met kippenvleugeltjes en gefrituurde champignons. Er paste echt niks meer bij. Ik liet hem weer op het bord vallen.

'Ja, Josh kwam me halen en heeft mijn dronken kont naar huis gesleept.' Ze giechelde. 'Ging jij niet naar huis?'

'Niet op dat moment. Er kwam een man naar me toe om met me te praten. Hij had een bril. Ik *denk* dat hij superknap was. Herinner je hem je niet?'

'Ik ben dan wel getrouwd, maar ik ben niet blind. Er was die avond hier een knappe man. Maar hij had geen bril.' Ze tikte op de tafel en haar ogen werden groot. 'Ik weet het weer! Hij verscheen een paar minuten na ons in de tweede kroeg. Maar hij kwam niet naar ons toe. Hij zat gewoon in een hoekje met een krant. God, ik wilde zo graag dat hij naar ons toe was gekomen.'

'Je bent getrouwd, weet je nog?' Kon haar knappe man mijn mysterieuze man zijn? Ik herinnerde me niet veel van zijn gezicht, behalve de bril, maar ik wist nog wel hoe ik me door hem voelde. Hij luisterde toen ik hem vertelde hoezeer ik op Larissa wilde lijken. Hij vertelde me dat hij ook een baas had die hij enorm bewonderde. We hadden een klik.

'Dus, ben je met deze mysterieuze man mee naar huis gegaan?'

'Ik denk het niet. Ik werd alleen wakker in mijn eigen huis. In mijn kleren. Maar ik had dit.' Ik trok aan het kettinkje om mijn nek en haalde de ring tevoorschijn die ik in mijn zak had gevonden. De eenvoudige gouden band was gekrast, alsof hij lange tijd was gedragen. Maar ik herinnerde me dat de mysterieuze man jong was, ongeveer mijn leeftijd.

'Een trouwring?' Brees ogen werden groot. 'Wat is dit nu weer, Mimi! Ben je in Vegas getrouwd?'

Ik lachte. 'Ik denk niet dat we tijd hadden om naar Vegas te gaan. En wat er ook gebeurt in romkoms, ik ben er vrij zeker van dat ze je niet laten trouwen als je ladderzat bent. Zelfs niet in Vegas. Ik denk dat hij hem aan mij heeft gegeven om te bewaren. Om... om...' Zijn woorden hingen net buiten mijn bereik.

Ik schoof de ring om mijn duim en draaide hem rond. Het was duidelijk een mannenring, veel te groot voor mijn vingers.

'Wauw. En nu moet je hem vinden en de ring teruggeven. Het is net het glazen muiltje van Assepoester!' Ze kantelde haar glas en dronk de laatste druppels alcohol op. 'Dan moet je met hem trouwen.'

Ik proestte het uit.

'Ik meen het. Het is zoiets als het lot.'

'Ik denk dat je te veel kerstfilms op de romancezender hebt gekeken.'

'Ja,' zei ze dromerig. 'Maar het is altijd de man die de stijve accountant is en geen kerstgevoel heeft.'

'Ik hoef geen kerstgevoel te hebben. Ik ben joods.'

'Er zitten niet zo veel joodse mensen in die films.'

'Nee.'

'Maar...' Ze rekte het woord uit op de manier waarvan ik wist dat ze net een vreselijk idee had gekregen. Op dezelfde manier als op de middelbare school, toen ze me vroeg om voor afleiding te zorgen terwijl zij de promotiesticker van het raam bij Taco Bell trok en ermee naar buiten rende. *Waarom* wilde ze die zo graag hebben? Uiteindelijk had ze de poging opgegeven om het me uit te leggen en was ze zonder de raamsticker naar buiten gelopen. Vijftien jaar later begreep ik het nog steeds niet.

'Maar?' moedigde ik haar aan.

'Het maakt niet uit dat we joods zijn. We kunnen die romantische films nog steeds leuk vinden. Waarin de vrouw wil dat het kerstfestival vlekkeloos verloopt en de man het hele terrein wil platgooien om een skiresort te bouwen, en ze toch verliefd worden en in de laatste scène hun kinderen meenemen naar het kerstfestival.'

Ik rimpelde mijn neus. 'Dat klinkt vreselijk. Zou een skiresort niet beter zijn voor de economie van de stad? Dan konden ze met hun kinderen gaan skiën.'

Ze hapte naar adem. 'Ik dacht dat je de duistere kant verliet en van je vrijwilligerswerk je baan maakte! Dat je een van ons werd!'

Ik schonk haar een halve glimlach. 'Niet iedereen kan een kinderverpleegkundige zijn en elke dag levens redden. De wereld heeft ook accountants nodig.'

'Je kunt accountant zijn en nog steeds de romantiek in de wereld zien.'

'O ja?' Ik streek met een hand over de treurig uitziende guirlande die onder het raam hing en een paar verweerde zilveren slierten vielen op tafel. Vijf van de lampjes in het snoer met gekleurde lichtjes langs het raam waren donker. Waarom hadden ze die troep drie weken geleden niet allemaal weggehaald?

Bree pakte de gevallen slierten op en legde ze in een zespuntige ster op tafel. 'Ik denk dat er hoop voor je is. Zodra we je mysterieuze man hebben gevonden, zal hij je romantische schakelaar omzetten.'

'Is dat een eufemisme?'

Ze grijnsde. 'Jazeker. Ik ben er zeker van dat je mysterieuze man een zeer getalenteerde—'

'Bree!' Ik keek naar de tafel naast ons, waar een groep dames van in de zestig zat. Een van hen droeg een bril met een rood montuur, een plastic tiara en een felroze veren boa. Net als Bree en ik letten ze niet op de wedstrijd op de televisie.

'—gesprekspartner is, wilde ik zeggen.'

'Dat wilde je helemaal niet zeggen.'

Ze haalde haar schouders op. 'Lood om oud ijzer. Het begint allebei met een G. Wil je nog wat drinken?'

Ik keek naar mijn grotendeels volle glas. Waarom moest Mateo gelijk hebben? De gedachte aan nog meer wijn deed mijn maag omdraaien.

'Wacht! Dat is hij! Dat is die knappe man!' Bree wees achter me.

Ik draaide me om in mijn stoel om te kijken, maar de Sharks

moesten iets spannends hebben gedaan, want de helft van de bar stond op en juichte. Ik zocht de schreeuwende gezichten af naar mannen met een bril, maar geen van hen was mijn mysterieuze man. Toen de rust was wedergekeerd, vroeg ik: 'Zie je hem nog?'

'Nee, ik raakte hem kwijt toen de Sharks scoorden. Ik zie hem nu niet meer. Sorry.'

'Hoe zag hij eruit?'

'Lang, gespierd, blondachtig. Een kaaklijn waar je glas mee kon snijden.' Ze zuchtte.

In Californië kon dat iedereen zijn. Van een willekeurige acteur tot Cooper Fallon tot de verloofde van Larissa. 'Droeg hij een bril?'

'Nee. Ik zei toch dat mijn knappe man geen bril had.' Ze keek op haar telefoon. 'Daarover gesproken, Josh is onderweg. Wil je een lift naar huis?'

'Ja, graag.' Als ze mijn mysterieuze man had gezien, was ik gebleven. Maar hij was hier niet.

'Hoe moet ik hem ooit vinden en dit teruggeven?' Ik trok de ring van mijn duim en stopte hem weer veilig tussen mijn borsten. Als ik hem zou vinden, kon hij mijn date voor het gala zijn. Mijn herinneringen waren vaag, maar ik had het vermoeden dat hij een vlotte prater was. Hij zou me nooit voor de ogen van mijn baas een alcoholist hebben genoemd.

'Je zou een "Gemiste Kansen" op Craigslist moeten plaatsen.'

Ik trok mijn wenkbrauwen op. 'Dat doet toch niemand meer?'

'Echt wel! Hoewel sommige berichten nogal verontrustend zijn.' Ze trok een grimas.

'Bree, wat is dit nou weer? Waarom zit jij op "Gemiste Kansen" te kijken?'

'Zo heb ik Josh ontmoet. Heb ik je dat nooit verteld?'

'Je zei dat je hem in de supermarkt had gezien en hem toen tegen het lijf was gelopen in een koffietentje. Het lot, zei je.'

Haar wangen werden roze. 'Ik heb misschien een berichtje geplaatst na de supermarkt. En dat koffietentje was misschien onze eerste date.'

'O. Mijn. God. Ik moet zeggen, dat is een beetje eng en lang niet zo romantisch als voorbestemde liefde.'

'Hé, ik volgde gewoon het advies dat je moeder ons altijd gaf. Ga voor wat je wilt. Hoe dan ook, denk erover na. Die "Gemiste Kansen"-oproep.'

Ik proestte het uit.

Bree gebaarde om de rekening. 'Deze man is het proberen waard, toch?'

Ik zuchtte en dacht terug aan die magische nacht. Nou ja, niet echt herinneren. Maar ik herinnerde me het warme gevoel dat hij me had gegeven. Het gevoel gezien en begrepen te worden. Een paar uur lang waren we het middelpunt van elkaars wereld geweest.

Shit. Brees romanticisme straalde na al die jaren eindelijk op me af.

Ik keek de bar nog een laatste keer rond. De enige bril stond op de neus van de oma naast ons.

Maar de ring aan zijn kettinkje was hoop. Een belofte. Mijn mysterieuze man en ik zouden elkaar vinden. Misschien op tijd voor het gala.

Mateo was een flirt, geen romanticus. Hij fladderde van persoon naar persoon en gebruikte zijn honingzoete praatjes bij iedereen. Wat hij ook had gezegd op de oefenbaan in het bijzijn van Larissa, hoeveel maaltijden hij me ook bracht, zijn hart was er niet bij betrokken en hij was zeker niet toegewijd aan onze nep-relatie. Hij zou het wel begrijpen als ik onze date afzegde.

Hij zou voor het einde van de dag wel iemand anders vinden om mee te flirten, om eten voor te brengen.

En dat zou prima zijn. Want ik zou mijn mysterieuze man hebben.

13

MATEO

IK TROK DE deur van de wijnbar open en zocht de ruimte af naar de galacommissie. Mimi zat met haar rug naar me toe, maar ik zou haar donkere krullen overal herkend hebben. Toen ik ze zag, begon mijn hart tegen mijn ribben te hameren. Waarom deed ik mezelf dit aan? Waarom had ik Larissa me in een situatie laten slepen waarin ik Mimi drie keer per week moest zien, terwijl elke afkeurende blik voelde als een mes in mijn borst?

Larissa zwaaide naar me en ik sjokte naar hun tafel toe.

Ik deed het omdat Mimi deze baan bij de stichting meer dan wat ook wilde. Omdat ze al haar tijd, niet alleen de uren na haar werk, wilde besteden aan het helpen van kinderen.

En omdat ik alles voor haar over had.

Als mijn vrienden op het eiland me nu konden zien, achter een vrouw aan lopend als een schoothondje, zouden ze me uitlachen. *De zwaardvis is eindelijk aan de haak geslagen,* zouden ze joelen. Verdomd, een jaar geleden zou ik zelf gelachen hebben als je me had verteld dat ik in een chique wijnbar zou staan om een feest te plannen waar ik geen bal om gaf en dat ik nooit zou kunnen betalen om bij te wonen, en dat allemaal voor een vrouw.

Maar mijn hart had er lak aan.

'Mateo!' Larissa stond op en gaf me een kusje op mijn wang. Nou ja, het had een kusje moeten zijn, maar haar lippen bleven een seconde te lang hangen, net lang genoeg voor haar hand om van mijn schouder naar mijn borst te glijden. Ze kneep in mijn borstspier.

Ik pakte haar hand vast en haalde hem van mijn lichaam af, waarna ik hem zachtjes terug langs haar zij bracht. 'Hallo, Larissa. Natalie. Mimi.'

'Je bent te laat,' zei Larissa met een licht pruilende mond. 'We hebben de bloemen zonder u gekozen.'

'Jullie briljante dames hebben mij niet nodig om bloemen uit te zoeken.' Ze hadden me voor niets nodig, maar ik speelde het spelletje mee als Larissa, die Mimi's baan in handen had, dacht van wel. Ik keek naar Mimi, maar ze hield haar ogen op de spreadsheet die haar laptopscherm verlichtte. 'En geen enkele bloem is zo lieflijk als jullie drie.'

Larissa fladderde met haar wimpers. 'Jammer dat ik nu moet gaan. Ik heb een afspraak bij de kapper.' Ze schudde haar massa steil blond haar, duidelijk hengelend naar nog een compliment.

Ik deed haar een plezier. 'U bent perfect. Geen enkele kapper zou u nog mooier kunnen maken.'

Ze glimlachte tevreden en legde haar hand op mijn arm. 'U bent zo lief. Dank u.'

Ik maakte haar hand los van mijn biceps en maakte er een handdruk van. 'Goedenacht, Larissa.'

'Dag, meiden. Tot maandag.' Met een zwaai van haar haren was ze weg.

'Zei ze niet dat ze verloofd was?' Natalie staarde naar mijn arm, waar Larissa erin had geknepen.

Mimi staarde naar haar spreadsheet. 'Hm-hm. We hebben haar verloofde ontmoet.'

Was ze jaloers? Ze vond me niet eens leuk. Of toch wel?

Jaloezie over een nepdate zou mijn voet tussen de deur

kunnen zijn. Ik legde mijn hand op haar schouder. 'Wees niet jaloers, schatje. Je weet dat mijn hart alleen voor jou klopt.'

Ze staarde naar mijn hand alsof ze hem eraf wilde schudden. Zou ze, nu Larissa weg was, onze schijn ophouden? Ik hoopte van niet. Ik was er nog niet klaar voor om haar niet meer aan te raken.

'De nacht is nog jong, dames. Zullen we nog iets drinken?' Ik trok Larissa's stoel dichter bij Mimi en ging erop zitten. Ik liet mijn hand van haar schouder over haar rug glijden tot hij op de sexy ronding van haar middel rustte.

Toen ze hem daar liet, maakte mijn hart een sprongetje.

'Ik heb een beter idee.' Natalie leunde voorover op haar ellebogen. 'Dansen.'

Mimi verstijfde onder mijn hand. 'Dansen? Ik dans niet.'

'Maar we moeten het leren. Voor het gala. Bachata.' Natalie wiebelde met haar schouders. 'Ik heb online een video gekeken, maar het is niet hetzelfde als een leraar hebben.'

Hoe graag ik ook wilde, ik durfde niet in haar middel te knijpen. Maar tijdens het dansen zou ik haar vrijelijk mogen aanraken, het zou zelfs van me worden verwacht. 'Wat zeg je ervan, Mimi? Zullen we vanavond wat oefenen?'

Ze fronste. 'Je kunt niet met ons allebei dansen. Waarom gaan jij en Natalie niet—'

'Mijn broer Andrew komt me ophalen,' zei Natalie stuiterend op haar stoel. 'Ik vraag hem of hij met ons meegaat. Met ons dansen is beter dan in zijn appartement zitten mokken.'

'Perfect,' zei ik. 'Ik ken een club in de Mission.'

'Geweldig. En daar is Andrew!' Natalie sprong op en sloeg haar armen om een blonde man van ongeveer mijn lengte, maar slanker. De pijpen van zijn dure wollen pak waren gekreukt bij de heupen, alsof hij de hele dag aan een bureau had gezeten. Zijn bleke huid zag eruit alsof hij in een maand geen daglicht had gezien. Iets met financiën, gokte ik.

'Mateo, Mimi, dit is Andrew.'

Ik stond op om haar broer de hand te schudden. Zijn handdruk was stevig en droog, en hij keek me met zijn volledige aandacht aan. Zijn lippen waren vol en sensueel, net als die van zijn broer, maar zijn blauwe ogen met lange wimpers hadden dezelfde vorm als die van Natalie. Een mooie jongen, helemaal mijn type. Maar met Mimi in de buurt was niemand mijn type.

'Mateo,' zei hij. 'Nat heeft over u gesproken.'

'O ja?' Ik grijnsde. 'Goede dingen, hoop ik?'

'Ze zegt dat u zich geweldig hebt ingezet voor dit galaproject. En dat u en Mimi hashtag-couple-goals zijn.' Hij maakte airquotes en stak toen zijn hand uit naar Mimi.

Ik keek hoe ze bij elkaar stonden. Andrew was waarschijnlijk Mimi's ideale man. Slim, rijk, werkzaam in haar vakgebied. Maar hun handdruk was kort en hij wendde zich tot zijn zus.

'Klaar om te gaan?' vroeg hij.

'Helemaal klaar. Maar je brengt me niet naar huis. We gaan dansen!'

'Dansen?' Zijn zandblonde wenkbrauwen schoten omhoog.

'Het wordt leuk. Dan kun je je zinnen verzetten—'

Hij trok haar in een halve omhelzing en wreef met zijn knokkels door haar haar. 'Niet zo doen, Nutter Butter.'

'O.M.G., Andrew. Ik ben vijfentwintig, geen twaalf.' Ze trok zich van hem los en haalde haar vingers door haar warrige haar. Haar wangen waren roze en haar wenkbrauwen gefronst in een gespeelde ergernis, maar haar glimlach was zo stralend als de zon.

Ik had nooit een broer of zus gehad, maar mijn nichtje Sara en ik plaagden elkaar op die manier. Een golf van heimwee overspoelde me. Dansen was precies wat ik nodig had.

Ik wreef in mijn handen. 'Laten we gaan. Ik rij wel met Mimi, en u neemt Natalie, Andrew?'

Ik gaf Natalie de naam van de club, en haar duimen vlogen over haar telefoon. 'We zien jullie daar!'

Buiten op de stoep sjokte Mimi naast me. 'Je hoeft dit echt niet te doen. Ik kan Natalie wel vertellen dat ik me niet zo lekker voel.'

'Voel je je niet lekker?' Ik keek haar aan terwijl we de straat overstaken naar mijn Jeep. Net als Andrew zag ze eruit alsof ze wel een dagje buitenlucht kon gebruiken.

'Nee, het gaat wel. Het is alleen...'

'Wat is er?' Ik opende haar portier en bood haar mijn hand aan om haar in de hoge stoel te helpen.

Ze greep hem vast en hees zichzelf op de treeplank. Hoe kon ze de energie die tussen ons stroomde niet voelen? Maar ze nestelde zich alleen in de stoel en ving mijn blik. 'Het was nooit mijn bedoeling dat dit zo uit de hand zou lopen. Ik wilde alleen maar een kans om mezelf te bewijzen aan Larissa. Niet om jou mee te slepen in een nep-relatie met daarnaast ook nog eens het plannen van een feest. En dansen. Ik weet zeker dat je moe bent van je werk.'

'Jij ook.' Ik wilde haar tere kaaklijn strelen, haar wang omhoog voelen krullen in een glimlach. Maar we waren alleen en er was niemand voor wie we de schijn moesten ophouden. 'Ik wil dit doen. Dansen wordt leuk. Je zult het zien. Bovendien moeten we oefenen voor het gala.'

Haar ogen vernauwden zich alsof ze pijn had. 'Moeten we voor al die mensen dansen?'

'Maak je geen zorgen. Je zult er goed uitzien. Dat beloof ik.' Ik deed haar portier dicht. Ik was altijd goed geweest in fysieke dingen: honkbal, surfen, dansen. Mijn zwakte in andere dingen, zoals school, had ik nooit erg gevonden. Tot Mimi.

Ze was stil tijdens de rit naar de club, dus zette ik wat muziek op om het ritme door ons te laten stromen. Toen ik opzij keek, tikte ze met haar vingers op het ritme op de armsteun. Goed. Ik wiegde met mijn schouders.

De club was een plek waar Carlo soms speelde, maar er was vanavond geen liveband, alleen een dj. Felroze en gele lichten flitsten over het podium waar ze achter haar mengpaneel meeswingde op de muziek. Een stel wervelde naast haar, met een vaardigheid die de mijne ver overtrof. Onder het podium oefenden rijen mensen hun passen in een open ruimte in het midden van de dansvloer. Avontuurlijkere paren draaiden langs de randen.

We vonden Andrew en Natalie aan de bar. Natalie gaf ons twee shotjes van iets donkerroods en verontrustend bekends.

'Wat is dit?' Mimi bekeek het met een verstandige mate van argwaan.

'De donderdagavondspecial. De barman noemde het Mama Juana.'

Ik lachte. Thuis noemden we het vloeibare Viagra. Mijn tante Camelia maakte een versie van rode wijn, lokale honing en kruiden die ze in haar tuin kweekte, en ze zwoer dat ik was verwekt nadat ze het had geserveerd op een familiefeest met varken aan het spit. Ik trok mijn wenkbrauwen op naar Andrew. 'Wees voorzichtig. Het is, eh, krachtig.'

'Wat?' schreeuwde hij boven de muziek uit.

'Stel je niet aan. Drink op.' Natalie stootte hem in zijn zij en sloeg haar drankje achterover. Hij volgde haar voorbeeld.

Ik klinkte mijn glas tegen dat van Mimi. 'Salud.'

Haar glimlach was nerveus. 'L'chaim.'

We sloegen de bitterzoete shotjes achterover.

'Dat is walgelijk. Net hoestsiroop.'

Het was niet zo goed als die van tía Camelia. De fles achter de bar had een belachelijk strooien hoedje als dop. Maar het hoge alcoholpercentage zou Mimi misschien wat losser maken.

'Nog een?' trok Natalie een vies gezicht.

'Ik leer je eerst de pasjes.' Een losse Mimi zou goed zijn, maar ik wilde haar niet weer een bar uit hoeven dragen.

Ik pakte Mimi's hand en baande me een weg door de dansende paren naar de lijndansers in het midden van de vloer. We gingen achter de laatste staan en keken een moment toe.

'Oké, zie je, het is een-twee-drie-tik, dan naar rechts, vijf-zes-zeven-tik. Kleine pasjes, en houd je voeten laag.'

Ik ging tussen Mimi en Natalie in staan. Met kleine, overdreven stappen demonstreerde ik het voetenwerk, en tegen de tijd dat ik de eerste set had voltooid, wiegde Natalie aan mijn zijde. Mimi en Andrew stonden aan de uiteinden en keken toe.

'Daar gaan we,' schreeuwde ik. Ik pakte Mimi's hand en schuifelde naar haar toe, haar aansporend om haar voeten te bewegen. Aarzelend begon ze mee te doen. 'Goed, goed,' prees ik haar.

De rij voor ons volgend, liet ik ze zien hoe ze naar voren moesten dansen, en daarna leerde ik ze de draaien. Natalie pikte het patroon op alsof het haar tweede natuur was.

Mimi niet. Ze vergat te tikken, miste de richtingsverandering en botste tegen mijn schouder. Ze stampte gefrustreerd met haar voeten. 'Ik zei toch dat ik niet dans!'

'Het is oké.' Ik draaide me om, met mijn rug naar de andere rijen en mijn gezicht naar haar. Ik hield mijn handpalmen omhoog en knikte dat ze haar handen op de mijne moest leggen.

'Naar links,' zei ik, en bewoog naar mijn rechts om haar te spiegelen.

Ze keek een paar sets lang naar haar voeten en de mijne.

Eindelijk, toen haar lichaam in het ritme bewoog, kneep ik in haar handen. 'Kijk op.'

Haar prachtige bruine ogen weerspiegelden de roze lichten boven het podium. Haar lippen bewogen terwijl ze stilletjes de passen telde. Daar zouden we later aan werken.

'Je doet het geweldig. Als ik in je handen knijp, kom je naar voren.' Toen ik voelde dat de rij achter me verschoof, verstevigde ik mijn grip op haar en terwijl ik achteruitging, trok ik haar naar me toe.

'En nu terug.' We deden de beweging andersom. Al snel bewogen we in de pas met de rest van de dansers. Van links naar rechts, van voor naar achter, draai, draai.

Ze was geen Carmen Miranda of zelfs JLo, maar haar voetenwerk haperde niet en haar heupen wiegden op een manier waar mijn broek strakker van ging zitten. Of misschien was dat de Mama Juana.

Toen de muziek veranderde, trok ik haar uit de rij naar de dansende paren.

'Wacht, wat doe je?'

'Je bent gepromoveerd,' zei ik. 'Je bent klaar voor de eredivisie.'

'Nee, dat ben ik niet! Ik ben nog maar een guppy.'

'Nu haal je zwemmen en honkbal door elkaar. Dit is dansen, en je bent er klaar voor.'

We begonnen met een simpele beweging van voor naar achter, en ik was weer op de veranda van mi abuela, aan het dansen met mijn nichtjes. De benauwde lucht van de club was niets vergeleken met de zeebries thuis. Toch zong ik zachtjes mee met de muziek en keek ik Mimi aan vanonder halfgesloten oogleden.

Haar blik hing ergens onder mijn kin. Ik veronderstelde dat dat de juiste plek was, aangezien ik onze draaien aangaf met mijn schouders en de spins met een verschuiving van mijn handpalm tegen de hare. Maar ik wilde haar blik op mijn gezicht, in mijn ogen, zodat ik kon zien wat ze dacht, hoe ze het vond om met me te dansen.

Ze zei iets, maar de muziek stond te hard. Ik leunde dichterbij. 'Wat zei je?'

Haar wangen werden rood. 'Ik zei dat je echt een goede danser bent.'

'Ah, dank je. Maar ik ben niet zo goed als zij.' Ik knikte met mijn kin naar het paar op het podium. Hij draaide zijn partner onder zijn arm door, waarna hij onder hun samengevoegde handen doordraaide. Ze bewogen samen alsof ze één geest deelden, als twee delen van hetzelfde lichaam.

'Misschien niet,' zei ze in mijn oor, 'maar je geeft me een veilig gevoel. Zelfvertrouwen.'

Ik werd warm vanbinnen. 'Zo hoort het ook. Ik ben de rank die jou ondersteunt. Jij bent de bloem, mooi en geurig.'

Ze rimpelde haar neus. 'Mooi? Nauwelijks.'

'Je bent een orchidee. Exotisch en delicaat.' Ik ademde de vanillegeur van haar haar in.

'Jij bent de mooie,' zei ze. 'Iedereen kijkt naar jou.'

Ik nam niet de moeite om te kijken. 'Nee, Mimi, ze kijken naar jou. Je bent hypnotiserend.'

Haar blik verstrengelde zich met de mijne; gouden sprankels verlichtten de donkere diepten als maanlicht op de oceaan.

'Waarom ben je zo aardig voor me?' Haar blik week af van de mijne. 'Aardig voor... voor iedereen.'

Ik trok haar uit de weg van een naderend, draaiend paar. 'Wat is het, Mimi? Ben ik aardig voor iedereen, of voor jou?'

'Allebei. Maar vooral voor mij?'

Ik grinnikte en bracht mijn lippen bij haar oor zodat ze het zeker zou horen. 'Ik ben blij dat je het eindelijk is opgevallen.'

'Maar ik begrijp het niet. Wat heb jij eraan? Wat is je bijbedoeling?'

'Bijbedoeling?' Ik deinsde terug. 'Ik wil alleen maar...' Was ze er klaar voor om het antwoord te horen? Dat ik *haar* wilde en niets anders?

Haar passen haperden. Verdwaald in haar ogen, stapte ik op iets zachts. Toen ik naar beneden keek, zag ik dat ik de neus van haar ballerina had verpletterd. Ik sprong weg, maar Mimi's ogen knepen zich dicht van de pijn.

Ik stopte met bewegen en liet mijn handen over haar schouders glijden. 'Sorry! Sorry dat ik zo onhandig ben. Gaat het?'

'Het gaat wel.' Maar ze hield haar gewicht van de voet die ik als een lomperik had geplet.

'Laten we een pauze nemen,' zei ik. 'Kun je lopen?'

Ze zette haar kin op. 'Natuurlijk kan ik dat.'

Toch hield ik mijn arm om haar heen terwijl ik haar van de dansvloer begeleidde. Ik hielp haar op een kruk naast een statafel.

'Kan ik iets te drinken voor je halen?'

'Alleen water, alsjeblieft.'

Toen ik terugkwam bij de tafel met twee ijskoude flesjes water, had ze haar telefoon tevoorschijn gehaald. 'Mijn taxi is er bijna.'

'Je taxi? Ik ben je taxi.'

'Nee, ik heb een deeltaxi gebeld. Ik heb al te veel van je avond in beslag genomen. Ik moet morgen werken.'

'Nee, Mimi. Ik breng je naar huis.'

'Nee. Blijf maar als je wilt. Ik weet zeker dat je een betere dans-partner kunt vinden dan ik. Bedankt dat je ons hebt meegenomen. Het was...' Ze stond op zonder de zin af te maken.

'Mimi, het spijt me zo. Kan ik een ijszak voor je halen? Wat aspirine?'

'Nee, dank je.' Ze legde haar hand even op de mijne, licht en koel als de motregen van San Francisco. Toen was ze weg en liet me achter in de donkere club, terwijl het zweet koud op mijn huid werd.

We hadden een klik op de dansvloer. Ik wist dat we die hadden. Ze had in mijn ogen gekeken alsof ze me echt zag, alsof ze me waardeerde.

En toen had ik het verpest. Ik was teruggekrabbeld toen ik haar had moeten vertellen wat ik voelde. Wat ik wilde.

Haar. Alleen haar.

14

MIMI

IK VOND HET heerlijk dat Ben er was voor het sabbatdiner. Het herinnerde me niet alleen aan de vele vrijdagavonden van vroeger, maar ik kon ook op hem rekenen voor wat afleiding als mama te veel werd.

Zijn verloofde Cooper daarentegen? Ik wou dat hij weer naar Singapore moest. Dan zou hij niet tegenover me aan de eettafel van mijn ouders zitten, met zijn blonde haar, blauwe ogen en brede schouders die me te sterk aan zijn neef deden denken.

Degene waar ik gisteravond voor was weggevlucht.

Ik dacht dat ik Mateo begreep. Ik dacht dat hij een van die mannen was wiens schoonheid slechts oppervlakkig was. Dat er onder die prachtige buitenkant niets anders was dan saaie leegte. Of, net als Byron, harteloze wreedheid.

Maar hij had me op mijn grondvesten doen schudden.

Hij had me ertoe verleid meer te zeggen dan ik van plan was. Ik vertelde hem dat ik me bij hem veilig voelde.

Hij reageerde door me mooi te noemen. Byron had me dat ook genoemd, maar het bleek dat hij zijn lieve woordjes had gebruikt om van me te nemen, nemen en nog eens te nemen, tot ik helemaal opgebruikt was.

Wat wilde Mateo? Zijn blik op de dansvloer was hongerig geweest. En verwarrend.

'Mimi, mag ik wat wijn voor u inschenken?' Coopers stem deed me opschrikken. Ik knipperde met mijn ogen. Mama zou me vermoorden als ze wist dat ik onze gast niet vermaakte terwijl zij, papa en Ben de laatste voorbereidingen voor het diner troffen in de keuken.

Hoewel de gedachte om de baas van de baas van mijn baas te vermaken behoorlijk intimiderend was.

'Een half glas, alstublieft.' Wat zou Cooper van de zoete koosjere wijn en de vrijdagavondtradities van onze familie vinden? Hoewel hij en Ben al meer dan zes maanden samen waren, was het vanavond de eerste keer dat Ben Cooper blootstelde aan een sabbatdiner van de Levy-Walters. Meestal was Cooper op vrijdagavond net terug van een reis en moe, gingen ze uit eten, of kwam Ben alleen.

Dit was een belangrijke avond voor mijn broer en zijn verloofde.

Cooper schonk mijn glas halfvol. Pas toen merkte ik dat hij bruisend water dronk. Nu ik erover nadacht, zag de champagne die hij op hun verlovingsfeest had gedronken er helderder uit dan wat er in Bens glas zat. En op de bruiloft van Bree en Josh had ik hem helemaal niets zien drinken.

Was het mogelijk om een van de etentjes van mijn familie door te komen zonder alcohol?

'Jackson Jones heeft me onlangs iets verteld,' zei hij.

'O ja?' Had zijn beste vriend en zakenpartner hem verteld over de functie van adjunct-directeur? Of had hij Cooper verteld dat ik mijn budgetpresentatie eerder die maand had verprutst? Had Monique hem verteld dat ik een dronkenlap was? Ik slokte de wijn op en wenste dat het iets sterkers was.

'Hij zei dat u een relatie hebt met mijn neef Mateo.'

O. Shit. Waarom had ik mezelf wijsgemaakt dat onze leugen

binnen de galacommissie zou blijven? En als Cooper het wist, betekende het dat Ben het ook wist. En het zou slechts een kwestie van tijd zijn voordat...

Mama hapte achter me naar adem. 'Mimi, heb je een relatie met iemand? Waarom heb je dat niet gezegd toen we elkaar deze week spraken?'

O, alleen maar omdat het totaal nep was en ik hoopte dat ze er nooit achter zou komen. Maar als ik de leugen toegaf, zou Cooper Jackson dan corrigeren? Dan zou Jackson het aan Natalie vertellen, die het misschien per ongeluk zou zeggen waar Larissa bij was. Als Larissa erachter kwam, zou ik direct uit de galacommissie worden gezet – en geen kans meer maken op de vaste baan.

Ik trok een grimas. 'Het is... het is nieuw.'

'Vertel me er alles over.' Mama smeet de schaal met challah neer en zonk in een stoel.

'Ah.' Ik keek naar Cooper, die tenminste de hoffelijkheid had om er schuldig uit te zien. Ik overwoog haar de waarheid te vertellen, dat het allemaal een list was. Dat had ik waarschijnlijk moeten doen. Maar haar ronde, bruine ogen waren zo hoopvol en haar glimlach had een verwachtingsvolle vrolijkheid die ik niet over mijn hart kon verkrijgen om te verpletteren. Ik zou het uiteindelijk wel moeten doen. Maar vanavond zou ik haar laten leven in de opwinding die haar op haar ellebogen naar voren deed leunen.

'Coopers neef Mateo en ik zien elkaar. Vrijblijvend. Het stelt niks voor.'

'Je bedoelt, vrijblijvende seks? Friends met voordelen? Neukma...'

'Nee! God, nee, mam.' Ik kneep mijn ogen dicht zodat ik haar of Cooper niet hoefde te zien. De baas van de baas van mijn baas.

'Dan...' Ik kende die toon. Er was nu geen ontsnappen meer aan het verhoor.

'We zijn laatst gaan golfen met Larissa en haar vriend. Eergisteren hebben we gedanst. En we gaan volgende maand samen naar het gala. Het stelt niks voor.'

Hoewel het even op de dansvloer voelde alsof het heel wat voorstelde. Tot ik me herinnerde dat we geen setje waren en in paniek raakte. Ik was blij dat hij op mijn voet had getrapt. De pijn herinnerde me eraan dat we water en vuur waren. Een paar magneten met dezelfde polarisatie. Eenen en nullen.

'Golfen, dansen en een gala? Dat zijn geen dingen die jij normaal doet, Mimi. Weet je zeker dat het niks voorstelt?'

'Zeker weten. Ik beloof dat het mijn carrière niet in de weg zal staan. Niet zoals...' Ik klemde mijn tanden op elkaar. Ik wilde mijn laatste mislukte relatie absoluut *niet* oprakelen. Zeker niet waar Cooper bij was.

'Ah, Mimi. Nu ik je broer zo gelukkig zie met Cooper, heb ik een nieuw perspectief gekregen.'

Achter me proestte Ben het uit. Hij liep om de tafel heen en zette twee kommen soep neer. 'Eerder dat Bree's bruiloft je op ideeën heeft gebracht. Visioenen van tule en witte rozen en de hora dansen. Geef maar toe.'

Mama tuitte haar lippen. 'Ik wil dat mijn beide kinderen gelukkig zijn. Ik kwam Breina's moeder vorige week tegen bij de dienst. Ze zei dat ze proberen een baby te krijgen.'

'Bree en ik zijn deze week nog wat gaan drinken!' zei ik. 'Echt niet dat ze proberen zwanger te worden.'

'Ze is boven de dertig. Ze zullen snel moeten beginnen.'

'Mam!'

'Wat? Ik dacht dat jullie allebei kinderen wilden.'

'Ooit. Niet nu, voordat ik mijn draai heb gevonden in mijn carrière.'

Ze keek naar mijn buik alsof er een houdbaarheidsdatum op gestempeld stond. 'Je weet dat ik het beste voor je wil. Vertel me nu over Mateo.'

Ben lachte. 'Die twee zijn als kat en hond.'

Cooper greep de hand van mijn broer en bracht hem tot

zwijgen met een blik vol stille betekenis. 'Nee, lieverd. Ze hebben een relatie.'

'Wat?' Hij ging op Coopers knie zitten. 'Jij en Mateo?'

Cooper bestudeerde mijn gezicht. Waarom had hij hier niet met Mateo over gesproken? Hij had zijn neef tot de orde kunnen roepen. En dan had ik het niet over mijn nep-relatie met mijn moeder hoeven te hebben, die het nooit zou laten rusten. Als Cooper niet de baas van de baas van mijn baas was, zou ik over de tafel springen en hem wurgen. Ik loog nooit tegen mijn broer.

Maar nu moest ik doorgaan. 'Ja.'

'Het is *nieuw* en *vrijblijvend*,' zei mama.

'O.' Bens lippen krulden omlaag. Hij hoefde geen woord te zeggen. Ik wist dat hij dacht aan de kom condooms naast mijn bed en de vrijblijvende scharrels die om de paar weken mijn appartement bezochten. Hij mocht Mateo wel, en dat *O* betekende dat hij dacht dat Mateo een van de mannen was die ik mee naar huis zou nemen als ik geil was en voor zonsopgang eruit zou gooien.

Maar dat kon ik niet doen met Mateo. Hij was een deel van het leven van mijn broer. Zijn familie.

Shit, waarom had ik hier niet eerder aan gedacht? Waarom had ik het laten gebeuren?

Godverdomme Larissa met haar feestplanning en haar geilheid voor Mateo en zijn Latijns-Amerikaanse galathema.

Ben en mama zagen het niet, maar Cooper mompelde *Sorry* naar me. Hardop zei hij: 'Over het gala gesproken, Jackson zegt dat u fantastisch werk levert in de planningscommissie.'

De spanning in mijn buik nam een beetje af. 'Dat is aardig van hem om te zeggen. Zijn zus Natalie doet het meeste werk en ik help haar. Plus de gebruikelijke financiële zaken.'

'Ik begrijp dat er een vacature is voor adjunct-directeur bij de stichting, en dat uw naam is genoemd,' zei hij.

Had Cooper dat gehoord? Betekende het dat Larissa me serieus overwoog? 'Dat had ik ook gehoord.'

'Wat is dit?' De donkere wenkbrauwen van mijn moeder verdwenen onder haar geföhnde pony. 'Een directeur?'

Ik was niet van plan geweest dat ze erover hoorde totdat ik de functie had gekregen, maar het was de afleiding van de Mateo-ondervraging waard. '*Adjunct*-directeur. En het is nog lang geen uitgemaakte zaak. Maar er is een functie en ik heb Larissa verteld dat ik geïnteresseerd ben.'

'Krijg je er meer voor betaald dan wat je bij Synergy verdient?' Haar blik was scherp.

Ik wilde dit gesprek absoluut niet voeren waar Cooper bij was. 'Um, ik…' Ik kromp ineen en keek Cooper aan.

'We zouden het jammer vinden u te verliezen,' zei hij, met een onleesbare uitdrukking. 'Maar we begrijpen dat onze werknemers hun passies moeten najagen, en soms is dat buiten Synergy. Hoewel ik graag denk dat Jacksons stichting nog steeds tot de Synergy-familie behoort.'

De spanning verliet mijn nek. 'Dank u. Maar, zoals ik al zei, ze zijn nog aan het overwegen. Larissa had vorige week een externe kandidaat voor een interview. Ik moet haar versteld doen staan met mijn werk voor het gala.'

'Weet je zeker dat een non-profit de juiste richting is?' vroeg mama. 'Het zou je uit de privésector kunnen halen. Je carrière-groei belemmeren.'

Ik wreef over de nieuwe steek in mijn borst. 'Dit is wat ik wil. Binnen een paar jaar, als ik meer ervaring heb, zou ik kunnen doorgroeien tot directeur.'

'Maar je bent nu senioraccountant, klaar om door te stromen naar management. En Synergy is een uitstekend bedrijf. Stabiel.' Ze glimlachte naar Cooper.

'Ik weet het, en het is geweldig voor me geweest. Maar ik denk dat mijn passie bij non-profits ligt. Met name kinderen helpen. De stichting doet geweldig werk met kinderen die Tourette en andere neurologische verschillen hebben.'

Mama knikte langzaam. Ze herinnerde zich hoe ik van school

naar huis was gekomen, trillend van woede wanneer een of ander kind Bree had uitgelachen.

'Het is een fantastische kans.' Ben stond op. 'Je zult het geweldig doen.'

Ik glimlachte naar hem. Onze passies leken op elkaar en zijn werk bij een stichting waar hij om gaf, had me geïnspireerd om over mijn eigen levensdoelen na te denken. Om ze opnieuw te evalueren. Om een betere versie van mezelf te zijn.

'Ik help papa de rest van het eten te halen,' zei Ben, terwijl hij om de tafel naar de keuken liep.

Ik schoof mijn stoel naar achteren, dankbaar voor een kans om te ontsnappen. 'Ik help je.'

'Nee. Blijf zitten. Je kunt de rust wel gebruiken,' zei hij met een lieve grijns. 'Je hebt jezelf helemaal afgebeuld met werk en vrijwilligerswerk.'

Ik glimlachte terug. Mijn broer was de liefste. Hoewel het krap was en ik geen privacy had, miste ik hem nu hij van mijn bank was verhuisd naar Coopers chique herenhuis.

'Laat mij maar helpen.' Cooper schoof zijn stoel naar achteren en stond op.

'Nee, u bent onze gast.' Mama wapperde met haar hand naar haar toekomstige schoonzoon. 'Bovendien zijn we bijna klaar.'

'Kun je hier geen goed personeel krijgen,' mopperde papa terwijl hij het gebraad binnenbracht.

'Sorry, pap,' zei Ben, en hij keerde terug naar de keuken.

Mama zei: 'We raakten aan de praat over Mimi's nieuwe baan. En het feit dat ze met Coopers neef Mateo uitgaat.'

'Ga je met iemand uit?' Hij zette het gebraad neer.

Mijn wangen werden heet. 'Het is...'

'Nieuw.' Mama rolde met haar ogen. 'En *vrijblijvend.*'

'Behandelt hij je goed?' vroeg papa.

Behalve dan dat hij probeerde mijn chocoladeallergie te laten opspelen. Hij was verrassend lief geweest over het golfen en over het gala. 'Dat doet hij.'

Hij glimlachte snel naar me. 'Dan ben ik blij voor je.'

'Bedankt, pap.'

'En wat is dat over een nieuwe baan?'

'Pap.' Mijn wangen werden nog heter. Waarom moesten we hierover praten waar Cooper bij was? 'Het is slechts een mogelijkheid.'

Hij wees met een ovenwant naar me. 'Ik wil meer horen over deze *mogelijkheid* als we allemaal zitten. Jeannie, laten we de rest van de schalen binnenbrengen.' Hij en mijn moeder verdwenen in de keuken. Ben volgde hen.

'Sorry dat ik erover begon,' zei Cooper. 'Ik wist niet dat u er nog niet met hen over had gepraat.'

'Het is oké. Ze maken zich zorgen om me, weet je?' Hij wist het waarschijnlijk niet. Waar zouden de ouders van Cooper Fallon zich zorgen over moeten maken? Hij leidde een populair Fortune 1000-bedrijf en was verloofd met een man van wie hij hield.

'Ik snap het. Ze willen u beschermen.'

Ik grinnikte. 'Eerder me pushen. Mama heeft me al vroeg geleerd dat vrouwen de middelen moeten hebben om zichzelf te beschermen.'

'Dat klopt.' Mama kwam binnen met een schaal gekookte aardappelen. 'Slimheid, gedrevenheid en zelfvertrouwen. Dat is wat nodig is om te slagen in een mannenwereld.' Ze doorboorde Cooper met een uitdagende blik.

'Absoluut. Ik weet dat ik veel privileges heb en ik probeer anderen te helpen die dat niet hebben.'

'Dat doet hij.' Ben bracht de erwten en wortelen. Hij zette de kom neer en kuste Coopers wang. 'Hij steunt elk vrouwenopvangcentrum in de Bay Area.'

Daar moest een verhaal achter zitten. Ik keek naar Coopers gezicht, maar het verraadde niets dan liefde voor mijn broer.

Papa bracht de salade. 'Laten we eten.'

'Eerst bidden,' herinnerde mama hem eraan.

Zelfs de sabbatliederen en -gebeden leidden mama niet af van haar ondervraging. Nadat we de challah hadden gezegend en iedereen een stuk had gegeten, fixeerde ze me van de overkant van de tafel. 'Adam, Mimi overweegt haar baan in de boekhouding op te geven om voor een non-profit te gaan werken.'

'Mam, ik verlaat de boekhouding niet echt. Ik neem mijn vaardigheden mee naar de non-profit.'

'Houd je je CPA-titel wel?' vroeg papa. 'Je hebt er zo hard voor gewerkt.'

'Natuurlijk wel.' Ik huiverde bij de gedachte het examen opnieuw te moeten doen. 'Ik neem er alleen maar meer verantwoordelijkheden bij.'

'Het is een goede carrièrestap.' Cooper schoof zijn glas wijn naar Ben. Hij had na de kiddoesj slechts een slokje genomen. 'Mimi kan doorgroeien naar andere gebieden — operationeel, management, ontwikkeling — waar ze bij een groter bedrijf als Synergy normaal gesproken niet aan blootgesteld zou worden.'

'Maar bij Synergy heeft ze stabiliteit,' zei mama. 'Een vastomlijnd carrièrepad.'

'Mam,' kwam Ben tussenbeide. 'De dingen zijn nu anders. Het is niet zoals toen jij je carrière begon. Toen je de ladder beklom. Mensen zijn tegenwoordig mobieler. Staan open voor verschillende carrièrepaden. Altijd aan het hosselen.' Hij glimlachte naar me over de tafel.

Mama trok een wenkbrauw op. 'Noem me geen boomer. Ik ben van generatie X. We hebben voor alles moeten krabbelen wat we hadden. Ik moest me een weg banen en vechten langs alle gevestigde boomers bij mijn firma. Die witte mannen met echtgenotes thuis die voor het huis en de kinderen zorgden. Mimi weet dat het voor ons moeilijker is. Niemand zorgt voor haar, klaar om haar naar het volgende niveau te trekken. Ze zal elke sport zelf moeten pakken en nemen. Maar' — ze glimlachte naar Cooper — 'Synergy zorgt voor zijn werknemers. Zal deze gloednieuwe non-profit hetzelfde doen?'

'Ik weet zeker dat Jackson daarvoor gezorgd heeft.' Zelfs

terwijl hij het zei, spande Coopers kaak zich aan, wat zijn zelfverzekerde woorden tegensprak.

'Misschien is Mimi niet zo geïnteresseerd in secundaire arbeidsvoorwaarden als wel in het helpen van mensen. In goed doen in de wereld,' zei Ben. 'Ik ben trots op haar dat ze kinderen wil helpen.'

'Ach, bedankt, Benny.' Ik hief mijn glas wijn naar hem. Hij knipoogde en deed hetzelfde.

'Toch,' zei Cooper, 'zou ik graag met Jackson willen praten over het carrièrepad en de beloning...'

'Nee.' Mijn hart sprong op in mijn keel. Wat zouden Jackson — en Larissa — van me denken als Cooper zijn gewicht in de schaal legde? 'Dank u. Ik zal het zelf uitzoeken voordat ik een aanbod accepteer. Dat beloof ik.' Ik knikte naar mama.

'Het is vriendelijk van u om het aan te bieden, Cooper. Ik ben blij dat Benny u gevonden heeft.' Mama straalde naar Cooper.

Ik kon mijn ogen niet van Ben afhouden. Zijn zachte uitdrukking van geluk, van pure, godvergeten gelukzaligheid, was iets wat ik nog nooit op zijn gezicht had gezien.

Hij had er alle recht toe. Hij had de bevredigende baan waar hij altijd van gedroomd had, plus een verloofde die hij aanbad en die overduidelijk de grond aanbad waar hij op liep. Hij had liefde en financiële stabiliteit. Mijn kleine broertje zat op de top van Maslows piramide van behoeften.

En waar was ik, de oudere zus die altijd haar zaakjes op orde leek te hebben? Nog steeds aan de onderkant, nog steeds werkend aan mijn financiële veiligheid. Zonder hoop op liefde.

Ik had mijn broer er altijd mee geplaagd dat hij zo makkelijk verliefd werd. Maar nu, hem zo transcendent gelukkig ziend, wilde een klein deel van mij wat hij had.

Ik prikte met mijn lepel in mijn matsebal. Ik had nooit gedacht dat ik jaloers zou zijn op mijn kleine broertje. Maar ik was het wel.

'Ik hoop dat je iemand als Cooper vindt,' zei mijn moeder, mijn eigen gedachten verwoordend. 'Nou ja, misschien niet zo goed als Cooper.' Ze lachte nerveus. 'Ooit, als je je draai hebt gevonden in je carrière.'

Hoe weinig ik me ook herinnerde van Bree's vrijgezellenfeest, ik herinnerde me wel hoe mijn Mystery Man me liet voelen. Het was op dezelfde manier als hoe mijn broer eruitzag: gezien en gekoesterd.

'Misschien ooit,' zei ik.

15

MATEO

IK KLEMDE HET boeket vast in de kleine lobby van Mimi's appartementencomplex. De roomwitte plumeria's met hun verlegen gele hartjes betekenden dat het me speet. Speet voor wat ik ook maar op de dansvloer had gedaan waardoor ze was weggerend. En ik was nog niet klaar om op te geven. Nog niet.

Wanneer papá iets deed wat mama irriteerde, bracht hij haar deze bloemen. Het had altijd gewerkt. Tot het op een dag niet meer zo was.

Geen van ons beiden wist waarom ze was weggegaan. Wat ik had gedaan, wat wij hadden gedaan, waardoor ze haar koffer had gepakt en midden in de nacht het eiland had verlaten. Papá belde haar een paar keer, maar na haar verpletterende verraad was hij nooit met bloemen aan haar deur verschenen.

Misschien was zijn fout dat hij met mij op het eiland was gebleven. Toen we hoorden dat ze was overleden, leek hij zo gebroken dat ik nooit de moed had om te vragen of hij er spijt van had dat hij niet harder zijn best had gedaan om haar terug te krijgen.

Mimi, met haar schoonheid, haar intelligentie, haar hart, was het waard om voor te vechten. Als ik mezelf maar niet langer in de weg kon staan en haar kon bewijzen dat ik het ook waard was.

Voordat ik de moed had verzameld om aan te bellen, stapte ze naar buiten, terwijl ze een beige gebreide sjaal om haar nek wikkelde. Ze keek geschrokken naar me op.

'Wat doe jij hier?'

Kut, ik was vergeten te bellen of te appen. Alweer.

'Ik kwam voor jou. Om mijn excuses aan te bieden. Voor de moedervlek. Voor alles.' Toen ik met het boeket zwaaide, raakte ik haar bijna in haar neus. Ik kromp ineen. *Rustig aan, Mateo.* 'Hoe gaat het met je voet?'

'Prima. Zijn die voor mij?' Ze deinsde achteruit toen ik de plumeria's naar haar toe duwde.

'Voor jou. Een zonnestraaltje op een sombere dag.' Er hing een fijne nevel tussen ons in, die net niet viel, maar ook niet veel zwaarder was dan de mist in San Francisco. Het glinsterde in haar haar en vormde kleine kraaltjes op haar wollen jas.

Ze nam het boeket aan en rook er voorzichtig aan. 'Hoe wist je dat plumeria's mijn lievelingsbloemen zijn?'

'O ja?'

'Ja, ze zijn rechttoe rechtaan. Zonder poespas. Eenvoudig.'

'Net als ik,' grapte ik.

Haar ogen vernauwden zich een seconde. 'Mateo, jij bent allesbehalve rechttoe rechtaan. Jij bent als... als een van die gekrulde orchideeën. Opzichtig. Moeilijk om thuis te houden.'

Ik deed alsof er een dolk in mijn hart werd gestoken. 'Au.'

'Je weet wat ik bedoel.' Haar wangen kregen een roze blos. 'Je bent te mooi voor dagelijks gebruik. Zoals de handgeschilderde schaal voor de challah van mijn moeder.'

Een compliment? Punt voor Mateo. Ik voelde de motregen niet meer. Alles was tropische zonneschijn en de geur van plumeria.

'Ga je weg?' vroeg ik. *Stom, Mateo.* Natuurlijk ging ze weg. Ze was net haar gebouw uitgestapt.

'Ik doe vandaag vrijwilligerswerk. Voor de stichting. Er is een evenement in de bibliotheek. De kinderen lezen voor aan dieren uit het asiel.'

'Heb je je allergiepillen ingenomen?'

'Jazeker... wacht. Hoe wist je dat ik allergisch ben voor honden?'

Dat had ze me die avond in de bar verteld. Ze had me veel dingen verteld, en ze was het allemaal vergeten. Het geheim drukte zwaar op mijn borst. 'Ben vertelde me dat je daarom niet zo vaak bij hen op bezoek gaat.'

'O, nou, ja, die heb ik ingenomen.' Ze trok aan een haarlok die vastzat in haar sjaal.

Er zat nog een pluk vast, en ik wilde die voor haar losmaken, maar ik durfde haar niet aan te raken. Ik stak mijn handen in mijn jaszakken.

'Ik moet gaan,' zei ze.

'Natuurlijk.' Shit, ze zou me haten omdat ik haar te laat liet komen. Mimi haatte het om te laat te zijn. 'Wil je dat ik die naar je appartement breng?' Ik wees naar de bloemen.

'Nee, ik... ik neem ze wel mee. Ik kan vast wel een vaas of een glas water vinden om ze in de bibliotheek in te zetten.'

Ik had zeker gescoord met de bloemen. Het gaf me de moed om te vragen: 'Mag ik met je meelopen naar de bibliotheek?'

Ze hield haar hoofd schuin. 'Eigenlijk kunnen we altijd wel meer vrijwilligers gebruiken. Zou je een uurtje kunnen blijven en een asieldier vasthouden terwijl een kind je voorleest?'

'Absoluut!' Nodigde Mimi me zomaar uit? Mijn grijns moest belachelijk breed zijn geweest. 'En ik ben zelfs al gescreend.'

'Heeft je eigen neef je gescreend voordat hij je aannam voor zijn beveiligingsteam?'

Inderdaad, die eikel. Familie betekende niets voor hem. Al had hij in mijn geval wel een punt. 'Ja, en ik ben goedgekeurd.'

'Oké dan. Laten we gaan.' Ze draaide zich om en liep stevig door over de stoep.

Met mijn grote passen haalde ik haar makkelijk in. 'Wat je doet is bewonderenswaardig, Mimi.'

'Wat? Bedoel je, accountant zijn?' Ze keek me van opzij aan. 'Of op een zaterdag een uurtje of twee helpen om kinderen meer zelfvertrouwen te geven bij het lezen?'

'Allebei. Ik ben nooit naar de universiteit geweest.' Ik had haar dat die avond in de bar verteld, maar dat was ze vergeten. 'Je carrière is indrukwekkend. En om daar dan nog bij op te tellen wat je doet voor de stichting en ander vrijwilligerswerk, dat toont je toewijding.'

'Dank je.' Ze rook aan de bloemen in haar arm. 'Ben heeft zo veel meer gedaan. Hij begon eerder met non-profitwerk. Ik volg gewoon in de voetsporen van mijn broertje.'

'Nee, dat doe je niet. Je baant je eigen pad. Op jouw manier.' Ze had me er die avond alles over verteld.

Ze neuriëde, waarmee ze het noch met me eens, noch oneens was.

Waarom zag ze het niet? 'Je hebt zo'n drive. Je kunt alles bereiken wat je wilt.'

Ze snoof. 'Dat kan iedereen.'

'Niet iedereen.' Ik niet. We stopten bij een oversteekplaats.

Alsof ze de gedachte uit mijn hoofd plukte, vroeg ze: 'Waarom ben je niet naar de universiteit gegaan?'

'Ik wilde wel. Was het altijd van plan geweest. Ik had zelfs een honkbalbeurs. Maar mijn vader werd ziek in mijn laatste jaar op de middelbare school. We waren altijd met z'n tweeën geweest, weet je? Nadat mijn moeder was weggegaan.' Ik reikte naar zijn ring, maar die zat natuurlijk niet aan mijn vinger. Ik stak mijn handen in mijn jaszakken. 'Ik kon niet naar de universiteit gaan en hem achterlaten, niet na alles wat hij voor me had gedaan. Hij had hulp nodig in zijn winkel. En thuis, toen hij te ziek werd om te werken. Dus ik bleef.'

'Wat is er gebeurd?'

Het stoplicht sprong op groen en ik stapte het zebrapad op. Ik had haar dit allemaal ook verteld, in die twee uur dat we hadden gepraat. Maar ik vond het niet erg om het te herhalen. Elke keer dat ik het zei, werd het een beetje makkelijker. 'Hij stierf een paar jaar later. En zijn behandelingen waren duur. Ik had geen geld voor de universiteit. Ik was toen te oud om nog te honkballen.'

Haar schouder raakte de mijne. 'Het spijt me. Van je vader. Ben is als oudere student naar de universiteit gegaan, weet je. Dat zou jij ook kunnen.'

Ik haalde mijn schouders op. 'Ik ben tevreden met wat ik doe. Ik help mijn neef. Ik bescherm mijn tante, die altijd voor me heeft gezorgd. Daar heb ik geen universiteit voor nodig.'

Ze keek me weer van opzij aan. Maar er klonk geen veroordeling in haar stem toen ze zei: 'Nee, dat zal wel niet.'

Ze stopte voor de bibliotheek. 'Weet je zeker dat je dit wilt doen? De literatuur is niet bepaald meeslepend. Het zijn voornamelijk prentenboeken.'

'Natuurlijk.' *Alles voor jou.*

Mimi hielp me om me als vrijwilliger in te schrijven, waarna de bibliothecaresse ons op kussens op de grond installeerde. Omdat Mimi iets minder allergisch was voor katten, vroegen we om een tweetal. Zij kreeg een dikke, bruine cyperse kat genaamd mevrouw Butternut, en ik kreeg een zwart katje genaamd Roger. Roger leek niet geïnteresseerd om rustig naast me te zitten en te spinnen zoals mevrouw Butternut bij Mimi deed. Hij klauwde naar mijn hand met zijn kleine, scherpe nageltjes, en zonk die vervolgens in mijn T-shirt en klom omhoog naar mijn nek.

'O nee,' zei Mimi lachend. 'Hij haalt je shirt aan flarden.'

'Eerder mijn huid.' De nagels van die kleine rotzak waren als scheermesjes.

'Hier, neem dit speeltje. Ik denk niet dat mevrouw Butternut het erg zal vinden.' Ze gaf me een plastic stokje met een paar veertjes eraan, vastgemaakt met een touwtje.

Zodra ik met het speeltje wiebelde, besprong Roger het. Ik trok het net buiten zijn bereik omhoog en hij sprong om het te vangen. Terwijl we wachtten op een kattenliefhebbend kind, liet ik het veertje voor hem dansen, en hij sprong er keer op keer achteraan terwijl Mimi, ongewoon voor haar, giechelde.

Al snel trok ons gedoe de aandacht van een jongetje met een dikke bril. Hij klemde een prentenboek onder zijn arm.

'Hoe heet je kat?' vroeg hij.

'Hij heet Roger.'

'Zoals een piraat? Jolly Roger?'

Ik hield het katje omhoog om in zijn ogen te kijken, en draaide hem toen naar de jongen. 'Hij ziet er voor mij wel uit als een piraat.'

De jongen lachte. Toen stak hij zijn hand uit naar Roger, die zijn kopje tegen de palm van de jongen stootte. Hij aaide het kopje van het katje. 'Hij is niet echt een stoere piraat.'

'Ik denk dat als je zo schattig bent als hij, je niet stoer hoeft te zijn om iemands buit te stelen.'

Mimi snoof, maar ik hield mijn gezicht strak. 'Wil je bij me zitten en hem voorlezen?'

'Ja, oké.'

Hij ging naast me op het kussen zitten en sloeg zijn benen over elkaar. Voorzichtig legde ik Roger in zijn schoot. Na het najagen van de veer leek het katje tevreden om zich op te krullen met zijn hoofd op de dij van de jongen.

De jongen sloeg het boek open en pauzeerde. 'Ah, ik heb dyslexie. Dat betekent dat ik niet zo snel lees.'

'Dat geeft niet,' zei ik. 'Ik ben zelf ook niet zo'n snelle lezer. En ik heb deze nodig.' Ik haalde mijn bril uit mijn zak. Die had ik nodig om te lezen sinds ik dertig was geworden. Ik zette hem op en grijnsde naar de jongen. De mijne was niet zo dik als de zijne, maar we hadden dit gemeen. Hij straalde naar me terug.

Mimi hapte naast me naar adem. Ugh, ik was vergeten dat ik mijn leesbril op moest zetten. Mijn tía noemde hem lelijk. Ik keek naar Mimi om te zien of ze me de bril had zien opzetten, maar dat had ze. Ze staarde me zelfs aan, met haar mond open alsof ze een spook had gezien.

16

MIMI

IK KLEMDE MRS. Butternut vast tot ze mauwde en kronkelde. Ik liet mijn greep iets losser, maar ik moest iets vasthouden, want

mijn

wereld

stond

op

zijn kop.

Zodra Mateo die hoornen bril opzette, stroomden de herinneringen terug.

Hoe ik naar hem toe leunde, onze ellebogen elkaar raakten aan de bar. Hoe onze schouders tegen elkaar stootten terwijl we lachten tot ik uiteindelijk tegen hem aan zakte en hij me overeind hield.

Die avond vertelde ik hem van alles. Alles over Bree en waarom ik een fulltimebaan bij de stichting wilde. Over hoeveel ik Larissa bewonderde, maar nooit indruk op haar leek te kunnen maken. Over mijn moeder en hoe ik haar trots wilde maken.

Hij vertelde mij ook dingen. Over zijn moeder die hen had verlaten toen hij jong was – zo jong! Over hoe Mateo en zijn vader elkaar daarna overeind hielden. Over hoe hij voor zijn vader zorgde. Hoeveel hij van hem hield. En hij had de ring van zijn vinger geschoven...

De ring. Inderdaad, zijn rechterringvinger was bleek aan de basis, waar een ring had moeten zitten. Ik streek over de afdruk ervan aan de ketting om mijn nek, onder mijn trui. Hij had hem aan mij gegeven om te bewaren. Zodat ik me die avond zou herinneren.

Zodat ik hem zou onthouden.

Ik zwoer dat ik het me zou herinneren, ondanks de tequila.

Toch had ik die belofte gebroken.

Ik was hem vergeten. Ik was alles vergeten. Behalve de vage herinnering aan een man met een bril die me aan het lachen had gemaakt. Een man die, althans dat dacht mijn door tequila verdoofde brein, het misschien wel waard was om mijn gedreven leven voor te onderbreken.

Mateo boog zich over het boek om te luisteren terwijl het jochie hem hakkelend voorlas. Hij aaide Roger langzaam, afwezig, hypnotiserend over zijn vacht.

Hij merkte niet eens dat mijn blinddoek was afgevallen. Dat ik hem nu zag. Dat hij, als ik niet tegen hem snauwde, lief, standvastig en vriendelijk was.

Mateo was mijn mysterieuze man.

En ik was de vrouw die hem had afgesnauwd. Die op zoek was gegaan naar iets anders, naar iemand beters, terwijl er een goede man recht voor me had gestaan en vriendschap had aangeboden. En misschien zelfs meer.

Mrs. Butternut krulde zich op en beet in mijn knokkel. Niet hard, maar hard genoeg om mijn aandacht te vestigen op het kleine meisje dat geduldig op me wachtte. Ze droeg een felpaarse legging en een sweater met *Max en de maximonsters* erop.

'Mag ik je kat een boek voorlezen?', vroeg ze.

Ik knipperde met mijn ogen. Ik was hier om kinderen voor te lezen, niet om naar Mateo te gluren. Mijn persoonlijke aardbeving had alleen voor mij de grond doen schudden. 'Natuurlijk. Dit is Mrs. Butternut en ik ben Mimi. Hoe heet jij?'

'Tara. Ik hou van boeken over dieren.' Ze hield haar boek omhoog, dat een hond op de kaft had.

'Ik ook.' Ik had altijd al een golden retriever gewild, maar die hadden we nooit gehad vanwege mijn allergieën.

Toen Tara naast me kroop, strekte Mrs. Butternut zich uit tegen haar dij. Ik wierp een snelle blik op Mateo.

Hij bekeek me vanachter die bril. Als je me vorige maand had gevraagd of brillen inherent sexy waren, had ik nee gezegd. Maar bij Mateo trokken ze mijn blik naar zijn vergrote, oceaanblauwe irissen en de lange wimpers die ze omkransden. Onder het simpele plastic montuur was zijn kaak ruig, sterk genoeg om de klappen die het leven hem had gegeven te incasseren. Zacht door de stoppels waarvan ik het gevoel kende van die avond, toen ik met mijn hand over zijn wangen had gestreken, mijn vingertoppen door de borstels had gekrabd.

Van het schurende gevoel op mijn wangen toen hij me kuste.

Ik tilde mijn hand op naar mijn bovenlip alsof de schrale plek van zijn baard er nog steeds zat.

Ik verbrak onze blik en rukte mezelf terug naar het hier en nu. Ik knikte en reageerde opgetogen op alle juiste momenten van het hondenverhaal. Ik prees Tara toen ze klaar was.

Net toen ik dacht dat ze haar boek naar het volgende huisdier zou brengen, vroeg ze: 'Woont Mrs. Butternut bij jou?'

'Nee. Ik ben allergisch. Van honden en katten moet ik niezen.'

'Bij wie woont ze dan?'

'Ze woont in het dierenasiel.'

Tara's gezichtje betrok.

Ik haastte me om eraan toe te voegen: 'Ik weet zeker dat het een heel fijn asiel is. Ze zit niet de hele tijd in een kooi.' Ik hoopte het tenminste.

Maar dat was het verkeerde om te zeggen. 'Ze woont in een *kooi?* Is ze helemaal alleen? Heeft ze ouders? Of speelgoed?'

'Ik… ik weet het niet…' Ik was nog nooit in het asiel geweest, geen enkele keer. Mijn ogen zouden dichtzwellen.

Mateo leunde naar voren. 'Mrs. Butternut mag naar de speelkamer waar speelgoed is. En ze is oud genoeg, dus ze heeft haar ouders niet meer nodig. Ze is volwassen. Ze kan op de kleintjes letten, zoals Roger hier.' Hij hield het slapende, zwarte katje in één enorme hand omhoog.

Wist hij deze dingen? Was hij in het asiel geweest? Ik hoopte het. Ik hoopte dat het verhaal dat hij Tara op de mouw speldde waar was.

'Woont Roger niet bij zijn ouders?'

O-o. Tara's stem was gestegen naar een piepend register dat klonk als de klarinet die Ben vroeger op de middelbare school speelde.

'Nee. Daarom zoekt hij een gezin om hem te adopteren.' Mateo's ogen waren droevig geworden.

Mateo had zijn ouders ook verloren. Eerst zijn moeder toen hij jong was. Toen zijn vader. Werkte hij daarom voor zijn neef? Beschermde hij daarom zijn tante? Voor de band met familie?

Tara strekte een vinger uit om Roger tussen zijn oren te aaien. Hij spon in zijn slaap.

'Ik weet het! Ik vraag aan mijn papa en mama of we hem mogen adopteren!'

Fantastisch. Het probleem dat als splinters onder mijn nagels had gevoeld, zou verdwijnen.

'Dat zou perfect zijn', zei ik. 'Waarom vraag je het niet meteen aan je ouders? Hier' – ik pakte het katje uit Mateo's hand en legde het in Tara's komvormige handen – 'houd hem voorzichtig vast terwijl je daarheen loopt. Lopen!', riep ik haar na terwijl ze weghuppelde.

'Probleem opgelost.' Ik draaide me naar Mateo. Maar hij fronste. 'Wat?'

'Ik weet niet zeker of je het zo makkelijk kunt oplossen. Roger is een levend wezen dat lid zal worden van iemands gezin. En gezinnen komen niet altijd zo makkelijk samen als de cijfers in je budget. Je weet wat ze zeggen over zwarte katten. Die brengen ongeluk. Niemand wil ze.' Hij staarde naar een plek op het tapijt.

'Dat is gewoon bijgeloof.' Waarom hadden we het over een kat terwijl mijn herinneringen aan die avond waren teruggekomen? 'Laat me Mrs. Butternut teruggeven aan haar begeleider. Breng je me dan naar huis?'

Hij vermande zich en glimlachte, waarbij hij zijn filmsterren-gebit liet zien, recht en wit en net een klein beetje onvolmaakt. Hoewel iets nog steeds de gebruikelijke helderheid in zijn blauwe ogen overschaduwde. 'Het zou me een genoegen zijn.'

———

DE HELE WEG terug naar mijn appartement bedacht ik een dozijn manieren om hem te vragen naar die avond in de bar. En verwierp ze allemaal weer. Waarom had hij me niet herinnerd aan ons gesprek, onze connectie? Waarom had hij me laten behandelen als een vreemde, en nog een vervelende ook? Waarom had hij alles wat ik naar zijn hoofd had geslingerd, gelaten over zich heen laten komen?

Tegen de tijd dat we mijn gebouw bereikten, had ik mijn moed nog niet gevonden, en ik kon hem niet wegsturen zonder iets te zeggen. 'Kom je even mee naar boven?'

Verrassing flitste over zijn gezicht. 'Zeker', zei hij. Hij hield de deur open en sloot die toen stevig achter ons. Zwijgend volgde hij me de trap op.

Het was mijn bedoeling geweest hem binnen te nodigen, hem een biertje aan te bieden en dan een manier te vinden om met hem te praten over wat ik me herinnerde, maar zodra ik mijn sleutel in het slot van mijn deur stak, werd mijn hoofd overspoeld met herinneringen aan die ochtend na het vrijgezellenfeest: zijn plotselinge verschijning met de zak van de bakker, de jacht op de cactusvijg, de gemorste koffie en mijn verpeste presentatie.

Zeker, hij was onhandig geweest, maar hij probeerde alleen

maar aardig te zijn. En ik was een pestkop geweest. Geen kater, zelfs geen gescheurd cirkeldiagram, rechtvaardigde dat.

De woorden vlogen eruit. 'Waarom? Waarom heb je me ermee laten wegkomen?'

'Waarmee?' Onder het tl-licht in de gang was de schaduw terug in zijn ogen, voorzichtig. Aarzelend.

Ik haatte het. Haatte dat ik de helderheid had gedimd door me als een eersteklas klootzak te gedragen. Dat hij verwachtte dat ik onbeleefd tegen hem zou zijn. Dat hij op de een of andere manier het gevoel had dat hij het verdiende.

'Met je te kleineren. Met zo'n eikel te zijn.' Ik leunde tegen de deur. 'Nadat we… nadat jij… na alles.'

Zijn ogen werden groot. 'Je herinnert het je?'

'Ja. Normaal gesproken word ik niet zo. Zo dronken dat ik dingen vergeet, bedoel ik.' Een scherp besef sneed door me heen en ik kromp ineen. Wat had hij van me gedacht? Ik moet die avond strompelend, laveloos dronken zijn geweest. 'Ik had die dag wat allergiemedicijnen genomen en… Je moet gedacht hebben dat ik een dwaas was. Je hebt voor me gezorgd. Deed je dat voor Ben? Omdat Cooper het je vroeg?'

'Ze vonden het allebei een goed idee dat ik een oogje op je hield. Maar, Mimi, ik deed het voor jou. Omdat ik om je geef.'

'Maar toen nog niet, toch?' Ik moest het allemaal logisch maken. De stijve, stille Mateo die ik eerder kende, degene die met iedereen flirtte behalve met mij, leggen over de aardige man die me had opgezocht na mijn avondje uit, die had aangeboden om met me naar het gala te gaan omdat ik een date nodig had.

'Natuurlijk wel.' Zijn blauwe ogen werden zacht en rond. 'Je bent de slimste persoon die ik ken. Zelfverzekerd. Mooi. Ik ben graag bij je in de buurt. Zelfs als ik je niet kan bijhouden. Zelfs als je niet zo blij met me bent.' Hij boog zijn hoofd.

Nee. De man met wie ik in de bar had gesproken, was vlot, grappig en vriendelijk. En ik zou hem nooit meer een minderwaardig gevoel geven.

'Kom hier.' Ik greep zijn hand en trok hem door de deuropening mijn appartement in. Ik ging op een armlengte afstand staan en zette mijn handen in mijn zij om te voorkomen dat ik hem aanraakte.

'Het spijt me.' Ik staarde naar een plek in het midden van zijn borst. 'Ik heb een fout gemaakt. Ik heb je verkeerd ingeschat. En ik was onaardig. Kun je het me vergeven?'

Zijn armen waren langer dan de mijne. Hij strekte zijn hand uit en met een dikke vinger tilde hij mijn kin op. 'Er valt niets te vergeven.'

Zijn ogen waren gespikkeld met goud, als een paar Caribische getijdenpoelen op het middaguur. Zoals een ondiepe poel was Mateo's oppervlak ondoorzichtig, reflecterend, en verborg het het leven, de intelligentie die in hem wemelde. Ik had geweigerd iets anders te zien dan de glanzende buitenkant. Ik had niet de moeite genomen om naar binnen te kijken, om te onderzoeken wat hij verborg.

Er was zo veel meer aan Mateo Rivera dan de zorgeloze flirt. Er was de gekwetste kleine jongen, verlaten door zijn moeder. De bange jongeman die zijn dromen van een universitaire studie had opgegeven om voor zijn zieke vader te zorgen. De verdrietige, eenzame volwassene die alles had laten vallen en vier tijdzones was verhuisd omdat zijn neef het hem had gevraagd.

De vriendelijke man die een dronken kennis had gered van mogelijke roofdieren in een bar. Die haar had gekust tot ze zich minder eenzaam voelde, haar naar huis had gebracht en haar haar roes had laten uitslapen.

Die geen woord zei toen ze vergat hem te bedanken.

'Dank je', fluisterde ik. Mijn blik daalde naar zijn lippen. Ze waren vol en roze. Ik herinnerde me hun zachtheid toen ik hem die avond kuste. Ik herinnerde me de beet van zijn stoppels tegen mijn wang. Ik herinnerde me zijn grote hand in mijn haar, die me dichterbij trok. Ik herinnerde me de harde druk van zijn borst en het grote hart dat daarbinnen tekeerging.

Het enige wat ik wilde was het opnieuw doen. Nuchter, dit keer, zodat ik zijn smaak, zijn geluiden zou onthouden, zodat ik ze allemaal kon catalogiseren. Zodat ik het nooit meer zou vergeten.

Hij kwam dichterbij tot zijn hand mijn kaak omvatte. Ik strekte me uit op mijn tenen, maar ik was nog steeds te kort om hem te bereiken, zelfs in mijn laarzen met hakken.

'Kus me? Nog eens?', vroeg ik.

'Ja.' Hij boog voorover tot zijn lippen een fractie van een centimeter van de mijne zweefden. 'Ja', mompelde hij. Eindelijk raakte zijn mond de mijne, zo licht als een vlinder. 'Ja', fluisterde hij, terwijl hij mijn lippen teder streelde.

Onze eerste kus in de bar was zo geweest. Lief en aarzelend. Een vraag en een antwoord. Terughoudend. Ingetogen.

Van mijn kant legde ik in de kus de vele excuses die ik hem verschuldigd was. Voor mijn onaardige gedachten en daden. Omdat ik was vergeten wat we hadden gedeeld en had gewenst voor iets meer dan de man die voor me opkwam, die me hielp indruk te maken op Larissa, die zich liet overhalen een chique feest te plannen. Die het allemaal voor mij had gedaan.

Ik sloeg mijn armen om zijn nek en trok hem dichterbij, mijn vingers plagend door de krullen in zijn nek. Ik gleed met mijn tong langs de naad van zijn lippen en drong naar binnen, hem proevend. Scherpe, peperige munt. En iets kruidigs. Kruidnagel misschien, of dat specerij dat mijn vader gebruikte voor zijn speciale appeltaart voor Rosj Hasjana.

Hij spon als Roger het katje en liet me binnendringen, zijn tong zachtjes tegen de mijne duwend, me iets achteroverbuigend over zijn arm. Ik hield me vast, ontmoette hem keer op keer, bedwelmd door zijn kussen, verloren in zijn smaak. Mijn knieën beefden en mijn kuiten trilden van het strekken op mijn tenen. Was ik maar langer, dan kon ik tegen hem aandrukken, mijn tintelende tepels tegen zijn borst wrijven, schrijlings op zijn dij gaan zitten en erop rijden om de hartslag tussen mijn benen te stillen. Maar met ons lengteverschil kon ik hem alleen maar strakker, dichterbij trekken en hem met mijn tong laten zien wat ik wilde doen als onze kleren uit waren.

Eindelijk, ademloos, trok ik me terug en hapte naar adem. 'Wauw.'

Hij kuste mijn mondhoek. Mijn kaak. Mijn oorlel. Hij ademde in mijn oor: '¡Caray!'

'Wat... wat nu?'

'Dat vraag je aan mij? Jij weet altijd wat je moet doen, Mimi. Wat wil je nu?'

Mijn lichaam had hem nodig, naakt en in mijn bed.

Maar mijn verstand wist beter. Ik had mijn allergiemedicijnen genomen en dat vertroebelde mijn oordeel. Zoals toen ik mezelf per ongeluk had gedrogeerd op de dag van de twee feesten. Ik moest dit langzaam aanpakken.

Mateo kon niet een van mijn one-nightstands zijn.

Hij was familie van Ben. Een deel van zijn leven. Ik kon hem niet meenemen naar mijn bed – of mijn bank – voor slechts één nacht, hoe erg mijn hart ook naar hem smachtte. Dat zou alleen maar slecht aflopen, met ongemakkelijk ontwijken op familiefeesten, met Coopers bezorgde blik, met Ben die alles probeerde glad te strijken en te hard zijn best deed om iedereen gelukkig te maken.

Ik moest er zeker van zijn dat dit was wat ik wilde. En het langzaam aanpakken.

Wilde ik een relatie met Mateo?

Als we voorzichtig waren, hoefde hij geen afleiding te zijn van mijn doelen. Ik was nu wijzer dan ik met Byron was geweest. Ik zou me door niemand meer van mijn pad laten afbrengen.

Mateo had me al geholpen met mijn doelen. Hij was mijn date voor het gala. En hij had geholpen met de planning, door een cateraar en een band voor ons te vinden. Misschien zou ik me zelfs vermaken op het gala, dankzij Mateo.

Hij verdiende meer dan een one-nightstand. En ik verdiende ook iets meer. Een kans op geluk. Op... partnerschap?

'Laten we uitgaan. Vanavond.' Ik zou me omkleden in kleren die niet onder de kattenharen zaten, en mijn hoofd zou helder worden. Dan kon ik een rationele beslissing nemen over met hem naar bed gaan. Over alle complicaties die dat met zich mee zou brengen.

'Ah.' Hij trok een pijnlijk gezicht. 'Ik werk vanavond. Wat dacht je van morgenavond?'

'Zondagavond? Ik moet de volgende dag werken...'

'We beginnen vroeg. Ik zorg dat je om tien uur thuis bent. Beloofd.'

'Oké.' Vierentwintig uur om af te koelen was verstandig. Ik strekte me uit op mijn tenen en drukte een kus op zijn lippen. 'Afgesproken.'

17

MATEO

'RAAK DE KERSTSTAL NIET AAN!' schreeuwde mijn tía naar me over haar gazon.

'Ik zou er niet aan dénken om de kerststal aan te raken', riep ik, terwijl ik voorzichtig om de kerstgroep heen liep en de reusachtige sneeuwpop naar het schuurtje sleepte. 'Niet voor Maria-Lichtmis. Ga terug naar binnen, tía. Alsjeblieft.'

'Zet je alles in de schuur?'

'Ja. Alfabetisch gesorteerd. Ga nu het huis in en doe de deur op slot. Anders maakt Miguelito me af.'

'Je weet dat ik nooit zou laten gebeuren dat hij een haar op je hoofd krenkt. Wees voorzichtig met Frosty. Ik heb er zo veel complimenten over gekregen.'

'Dat geloof ik best.' Ik wierp een blik op het huis van haar buren, net op het moment dat hun tuinverlichting aansprong en de villa in een antiseptisch, niet te geel, niet te blauw licht baadde. Hun kerstverlichting en hun enorme nepkrans waren op 2 januari al opgeruimd. Absoluut geen complimenten van die kant, zeker niet in de tweede helft van januari. Ik wachtte tot ze de voordeur dichtdeed en sjokte toen naar de achterkant van het huis, naar de schuur, waar ik de sneeuwpop naast de slee van de kerstman propte.

Toen ik terugliep naar de voorkant van het huis voor de rendieren, deed tía de deur weer open. Ik rolde met mijn ogen naar de bewolkte hemel en smeekte de Heilige Maria om mijn neef uit de buurt van zijn moeders huis te houden.

'Jongen, kom binnen. Ik heb chocolademelk met churros gemaakt.'

De warme chocolademelk en churros van mijn tante waren alle moeilijkheden met Miguelito waard.

Toen ik tegenover haar aan haar keukentafel zat en een vettige, bijna te hete churro in een warme mok donkere cacao doopte, bracht ze haar mok naar haar lippen, maar dronk niet. 'Hoe gaat het met Miriam?'

Dit was het moment waar ik de hele middag naar had uitgekeken - en tegenop had gezien. Een golf van warmte verspreidde zich over mijn gezicht, inclusief mijn lippen, waar ik nog steeds de afdruk van de hare voelde, als een brandmerk.

Toen ik een hap van de churro nam, explodeerden kaneel en chocola op mijn smaakpapillen. Ik genoot van het suikerzoete hapje in mijn mond. Op mijn tropische thuiseiland had ik er niet vaak van genoten, maar in het ijskoude San Francisco was de zoete traktatie een troost. Ik slikte het door en spoelde het weg met een slok dikke chocolademelk.

'Het gaat goed', zei ik. 'We hebben morgenavond een date.'

Haar wenkbrauwen gingen omhoog. 'Een date?'

'Ze herinnerde het zich. Van die avond in de bar. Dat we... gepraat hebben.' We hadden daar in de bar staan zoenen, maar dat ging ik mijn tía niet vertellen. Voor zover zij wist, was ik een brave katholieke jongen.

'Heb je al met haar geslapen?'

'Wat?'

'Mateo. Verhalen over jouw seksuele avonturen hebben me zelfs hier in de VS bereikt. Jij bent niet iemand die op een date wacht. Laat staan op de zegen van een priester.'

De puntjes van mijn oren werden gloeiend heet. 'Tía.'

'Dus, hoe was het?'

'We hebben niet… ik zou niet… niet met Miriam.'

'O?' Haar wenkbrauwen schoten weer omhoog. 'Wat is er anders aan haar?'

'Ze is…' Ik leunde achterover tegen het kussen. 'Speciaal.'

'Behalve dat ze immuun is voor je charmes en onbeleefd en afwijzend is, wat maakt haar dan speciaal?'

'Ze is niet onbeleefd! Ze is slim. En grappig als ze dat wil zijn. En ze geeft om kinderen. Gisteren hebben we vrijwilligerswerk gedaan in de bibliotheek en geluisterd naar kleine kinderen die voorlazen. Aan katten. Ook al is Mimi allergisch voor ze.'

Ze nam een slokje van haar drankje. 'Maar geeft ze ook om jou?'

'Ik… ik denk het wel?' In haar appartement had ze me gekust alsof ze het meende. En daarvoor, in de bibliotheek met dat jongetje naast haar en de kat op haar schoot, waren haar ogen zacht en warm geworden. Zoals de chocolademelk van tía. Ik had gehoopt dat ze zich een toekomst voorstelde waarin het ons eigen kind was dat tussen ons in zat, met onze eigen kat op haar schoot.

Te veel? Te snel? Toen ik die flits van herkenning, van herinnering, op haar gezicht had gezien, had ik me gretig alles voorgesteld. Een verlovingsring. Een witte jurk. Haar buik rond van onze baby.

Dat had ik nooit gewild. Vluchtige flirtpartijen en onenightstands waren genoeg voor me geweest.

Tot Mimi.

Ze fronste. 'Je bent een geweldige man, Mateo. Iedereen mag je. Maar—'

'Maar?' Ik zette me schrap.

'Maar je weet niet wat je zelf waard bent. Je laat mensen misbruik van je maken. Mijn zoon, bijvoorbeeld.'

'Miguelito is familie. Hij let op me. Hij zou nooit misbruik van me maken.' Zelfs terwijl ik het zei, wist ik dat het niet waar was. Lito gaf heus om me. Maar voor hem stond ik op de tweede plaats. Zijn moeder en Ben, zelfs zijn vriend Jackson, stonden bij hem op het hoogste niveau. Zij konden geen kwaad doen, en hij zou hemel en aarde bewegen om hen te beschermen. Ik? Niet echt. Maar toch, zei het niet iets over mij dat ik hem over me heen liet lopen? 'Hij betaalt me goed. En ik mag in zijn gastenverblijf wonen.'

Medelijden verzachtte Rosa's blik. 'Niño. Je bent zo veel meer waard dan dat. Laat niemand, niet Miriam en niet mijn zoon, je van het tegendeel overtuigen. Je lijkt zo op je vader. Mijn broer had een groot hart. Hij gaf het te makkelijk weg.'

'Je hebt het over mijn moeder, weet je.' Mijn toon was luchtig, maar een blos schoot over mijn wangen.

Ze sloeg een kruisje. 'Ik wil geen kwaadspreken over de doden - God hebbe haar ziel - maar ze verdiende jullie allebei niet.'

Misschien verdienden wij haar niet. In mijn herinnering was ze een engel met lang, blond haar, twinkelende blauwe ogen en een sprankelende lach. Hoe kon iemand als zij mij niet verdienen?

'Denk erover na. En denk erover na of Miriam het waard is om je grote, zorgzame hart voor op het spel te zetten. Hoor je me?'

'Sí, tía.'

Ze nam een slok van haar warme chocolademelk en staarde toen in de bruine diepte. 'Hoe lang blijf je?'

'Mijn dienst eindigt morgenochtend om zes uur.'

'Nee. Ik bedoel in de VS. Wanneer ga je naar huis?'

Ik haalde mijn schouders op. 'Niet over nagedacht. Ik vind het prima om voor Lito te werken.'

'Je weet dat ik geen bescherming nodig heb.'

'Welnee. Miguelito zei dat Mick—'

'Ik heb bijna twintig jaar met die man samengewoond. Denk je niet dat ik mezelf tegen hem kan beschermen?'

'Nou, ik…' Ik krabde in mijn nek. Ooit, toen ik een tiener was, waren zij en Miguelito op bezoek gekomen op het eiland; hij had een blauw oog, en ik had kunnen zweren dat mijn tía een blauwe plek op haar kaak had. Ze had lange mouwen gedragen, zelfs in de tropische hitte. En nu had Miguelito geld. Soms veroorzaakte geld evenveel problemen als het oploste.

'Je had een leven op het eiland', zei ze. 'Vrienden. Wat heb je hier?'

Mimi. Ik had Mimi hier. Maar had ik haar echt?

'Ik heb jou, tía. En mijn neef. En misschien, na onze date morgen, heb ik Mimi ook.'

Het enige wat ik wilde in het leven was familie. Liefde.

En die dag voelde het dichtbij genoeg om aan te raken.

18

MIMI

TIEN MINUTEN NA het begin van mijn eerste date met Mateo begon ik te twijfelen aan mijn besluit om met mannen uit te gaan.

Tot nu toe was hij met zijn vinger in mijn oorring blijven haken en had hij die bijna uit mijn oor getrokken terwijl hij me hielp mijn jas uit te doen; had hij mijn stoel aan tafel zo krachtig aangeschoven dat ik tegen de rand van de tafel botste, waardoor de borden rammelden en ik de aandacht van elke gast in het chique restaurant trok; en had hij mijn eerste glas wijn omgestoten – Godzijdank had ik witte besteld – toen hij de ober probeerde te wenken om te vragen of de temperatuur aangepast kon worden omdat ik het te warm had.

Hoewel het hem wel was gelukt om met de ober te flirten, die naar Mateo had geknipoogd toen hij een paar met spek omwikkelde vijgen voor hem neerzette. *'Van het huis'*, had hij gezegd alsof ik er niet eens was.

Ik kreeg de kriebels van het restaurant. Het zat vol met techneuten en hun gemanicuurde dates in spandexjurkjes. Die techneuten, onhandig en zonder manieren, gebruikten scherpe bevelen, met hun geld als dekmantel voor hun ongemak. Hun dates giechelden en lachten gemaakt, in een poging de buit binnen te halen, zodat ze volgend jaar thuis maaltijden konden eten die door een persoonlijke kok bereid waren.

Misschien was het hele gebeuren een vergissing.

Ik had onze date serieus genomen. Ik had een van de weinige rokken in mijn kast aangetrokken, een wijd uitlopende zwarte die net boven mijn knieën viel, met een witte blouse. Zeker, ik had hem voor de begrafenis van mijn bubbe gekocht, dus de blouse liet geen decolleté zien, in tegenstelling tot die van de dates van de techneuten. Maar ik droeg hakken, in hemelsnaam. Hakken die in mijn tenen knelden en me humeurig maakten. Oké, humeuriger. Toen hij zijn benen over elkaar sloeg, schopte Mateo per ongeluk tegen een van mijn voeten onder de tafel.

Ik nam een slokje van mijn tweede glas wijn en probeerde het menu te ontcijferen voor een geschikte keuze voor een eerste date. Vis of kip? Alles had een reductie, een schuim of een mousse en klonk ingewikkelder dan een van mijn spreadsheetformules.

Ik schraapte mijn keel. 'Eh, kom je hier vaak?'

Mateo gaf me een gespannen glimlach vanachter zijn menukaart. Hij droeg zijn bril en ik voelde me vanbinnen een beetje warm worden. 'Het is mijn eerste keer hier. Cooper raadde het aan toen ik hem vertelde dat ik een plek nodig had om een speciale date mee naartoe te nemen.'

Ik wapperde mezelf koelte toe met het menu. 'Zei hij ook wat hier goed is?'

'De filet.'

Filet klonk duur. En er zaten champignons bij, waar ik van huiverde. Ik bekeek het menu opnieuw en nipte aan mijn wijn, waarna ik opkeek naar mijn date. Hij klemde de dikke leren menumap zo hard vast dat die trilde. Hij had een drankje afgeslagen omdat hij moest rijden. Mateo staarde verlangend uit het voorraam, waar twee mannen sigaretten stonden te roken.

Mijn humeurigheid smolt weg. We zaten in hetzelfde schuitje. En we voelden ons allebei ellendig.

'Hé.' Ik reikte over de tafel en legde mijn hand op de zachte wollen mouw van zijn trui. 'Zullen we hier weggaan? Zo'n elegant maal hoeft van mij niet. Ik zou, eh… kunnen koken?' Mijn kook-kunsten beperkten zich tot pasta koken en er een pot saus over-heen gooien, maar dat moest beter zijn dan twee uur stijfjes aan deze tafel zitten. 'Of we kunnen een pizza halen.'

'Vind je het hier niet leuk?' Achter zijn bril werden zijn blauwe ogen groot.

'Ik… ik bedoelde niet…' *Shit.* 'Nee. Restaurants die geen prijzen op de menukaart hebben, geven me uitslag.'

Zijn schouders ontspanden. 'Het is vreselijk, hè? Ik maak wel eten als je eenvoudig eten niet erg vindt.'

'Eenvoudig eten klinkt geweldig.'

Na een korte woordenwisseling over de rekening betaalde hij voor mijn wijn en stapten we weer in zijn Jeep. Hij reed voorzich-tig, zonder plotseling gas te geven of hard te remmen, en zijn hoofd draaide van links naar rechts. Het verraste me dus toen hij zei: 'Het spijt me.'

'Spijt? Waarvoor?'

'Voor het restaurant. Ik wilde je een plezier doen. Indruk op je maken. In plaats daarvan heb ik je ongemakkelijk laten voelen. Het lijkt wel of ik niets goed kan doen in jouw buurt.' Zijn vingers verstrakten om het stuur.

En op dat moment stelde ik me hem niet voor als de char-mante, flirterige man die hij bij iedereen was, of als de onhandige, stuntelende kluns die hij bij mij was. Met een mentale gum veegde ik al die lagen weg om bij de bange, eenzame man daar-onder te komen. Degene wiens moeder hem had verlaten en wiens vader te vroeg was gestorven. Die een poeslieve façade gebruikte om zich met mensen te omringen, zodat hij niet alleen zou zijn.

Hoewel mijn familie zich te vaak met mijn zaken bemoeide, was het een geruststelling te weten dat ze er waren wanneer ik ze nodig had. Ik was blij dat Ben Mateo als deel van zijn familie had geadopteerd.

Ik wachtte tot hij stopte voor een rood licht en legde toen een hand op zijn schouder. 'Je hoeft niet zo je best te doen. Ik ben al onder de indruk, anders was ik hier niet.'

Hij draaide zich naar me toe. 'Echt?'

Ik knikte.

Hij leunde over de middenconsole, pakte de achterkant van mijn nek en trok me naar zich toe voor een korte, intense kus. Toen we elkaar loslieten, vlamden zijn ogen als blauwe bliksem. 'Dank je. Dat je dat zegt. Ik zal je niet teleurstellen.'

Hij verstrengelde zijn vingers met de mijne, en toen de auto achter ons toeterde, reed hij door, terwijl hij nog steeds mijn hand vasthield.

Een paar minuten later reed hij de heuvel op, de oprit van Coopers weelderige landhuis in aan de rand van Pacific Heights, waar de huizen wat meer ademruimte hadden. Overdag hadden we de oceaan kunnen zien.

'Word maar niet te enthousiast.' Zijn lippen vertrokken. 'Ik woon in het gastenverblijf.'

'Je woont bij Cooper?'

'Ja. We besloten dat het een extra bescherming voor je broer zou bieden.'

'Ben?' Het werd ijskoud vanbinnen. 'Waarom denk je dat iemand Ben kwaad zou willen doen?'

Hij haalde zijn schouders op en stuurde de Jeep een smal pad af, langs het hoofdhuis. 'Dat denk ik niet. Ik denk dat wat er op het eiland is gebeurd een vergissing was. Iets eenmaligs. Maar mijn neef beschermt degenen van wie hij houdt.'

'Wacht, wat is er op het eiland gebeurd?'

'Heeft Ben je dat niet verteld?'

'Duidelijk niet.' Hij was met een gebroken hart teruggekomen van zijn uitje met Cooper, omdat zijn vriend het niet voor hem had opgenomen toen het had gemoeten. Maar fysiek mankeerde hij niets.

'Een man heeft hem aangevallen. We denken dat hij alleen Mi... Cooper moest volgen. Iets met zijn bedrijf. Maar toen ging die kerel zijn eigen gang. Dat hondje, Coco, heeft je broer gered.'

'Dat zei hij. Dat Coco hem gered had. Maar ik dacht dat hij het over iets emotioneels had.'

'Coco heeft die kerel zo hard gebeten dat hij wekenlang mank liep. De aanvaller is hen volgens mijn neef gevolgd naar de VS. Maar toen zijn we hem hier in San Francisco kwijtgeraakt. Lito heeft me dus graag in de buurt. Voor het geval dat.'

'Dan ben ik daar ook blij mee.' Ik kneep in zijn hand, blij dat mijn broer iemand had die over hem waakte. 'Bedankt dat je hem beschermt.'

'Graag gedaan. Ik geef om hem. Je broer is een goed mens.'

Mateo parkeerde de auto op de betonnen tegels die het hoofdhuis van het bescheiden gastenverblijf scheidden. Het kleinere gebouw paste bij het landhuis met zijn lichtgekleurde stucwerk en die rechthoekige bloklijsten die onder het dak uitstaken. De buitenverlichting van het hoofdhuis scheen op een rij hoge struiken die het gastenverblijf afschermden van de grote ramen.

Ik leunde over de middenconsole om hem op zijn wang te kussen. 'Dank je dat je op ons allebei let. Maar daarom ben ik hier niet. Begrijp je? Ik ben hier omdat ik je leuk vind.'

Hij draaide zijn hoofd en omvatte mijn kaak, me op mijn plaats houdend. Hij streek met zijn lippen over de mijne. 'Ik vind jou ook leuk.'

Er bloeide zonneschijn op in mijn borst. Maar net toen ik naar voren leunde om de kus te verdiepen, knorde mijn maag.

Hij grinnikte. 'Niet meer kussen tot ik je gevoed heb.'

Hij opende mijn portier en hielp me uit de Jeep te stappen. Toen gebruikte hij een toetsenbord om de voordeur te ontgrendelen en liet hij me eerst naar binnen gaan. Het huis was compact, hoewel groter dan mijn tweekamerappartement. Rechts was een moderne keuken en eethoek. Recht vooruit was een gezellige woonkamer met een bureau in de hoek. En links was een gang die, naar ik aannam, naar een of twee slaapkamers leidde.

De meubels waren modern, uitgevoerd in eenvoudige grijstinten die beter pasten bij iemand die koel en professioneel was zoals Cooper Fallon dan bij de zonnige, kleurrijke Mateo. En het was smetteloos. Geen paar schoenen of rondslingerend T-shirt te bekennen, en de glazen tafel in de eethoek was glanzend en vlekvrij.

De uitzondering was een lang spoor van wat leek op wc-papier, dat vanuit de gang door de woonkamer liep, over de bank en in de keuken verdween.

'Heeft iemand hier met wc-papier gesold?' vroeg ik.

Hij klakte met zijn tong. 'Roger.'

Er rammelde iets in de gang en toen schoot er een zwarte flits naar binnen, die zich om Mateo's been kronkelde.

'Is dat…?'

Hij pakte het kleine katje op. 'Ik heb vanmorgen na mijn dienst gekeken, en de familie van de kleine meid…'

'Tara.'

'Tara's familie heeft een andere kat meegenomen. Die grote cyperse die je gisteren had.'

'Mrs. Butternut?' Ze was lief en rustig geweest; ik begreep wel waarom ze haar hadden gekozen boven een onstuimig kitten.

'Het asiel zei dat zwarte katten niet altijd worden geadopteerd. Dus heb ik het gedaan.'

'O.' Natuurlijk had hij dat gedaan. Mateo's beschermingsdrang strekte zich ook uit tot verweesde dieren.

'Je allergie!' Mateo's ogen werden groot. 'Ik heb er niet eens aan gedacht… Ik ren wel even naar de drogist voor je medicijnen. Of ik kan hem in de garage zetten?'

'Nee.' Ik ademde experimenteel in en weer uit. 'Het gaat tot nu toe goed. Ik heb wat pilletjes in mijn tas. We zien wel hoe het gaat, oké?'

'Oké. Maar als je je ziek begint te voelen…'

'Dan laat ik het je weten. Beloofd.' Ik aaide een van Rogers grote vleermuisoren en hij sloot zijn ogen en spon.

Mateo tilde Roger op tot hij het katje in de ogen keek. 'Luister, ik weet dat je me gemist hebt, maar er is geen reden om je zo te gedragen.' Hij draaide zich om, zodat ze allebei naar de wc-papieren ravage keken. 'Ik kom altijd voor je terug. Begrepen?'

Roger liet zijn kopje tegen Mateo's hand vallen. Mateo krabde hem onder zijn kin. 'Oké.'

Ondertussen stond ik op het punt om als een plasje water weg te smelten, hier op het grijze tapijt in de hal. 'Wil je dat ik dat opruim terwijl jij hem te eten geeft of zo?'

'Nee. Ga jij maar zitten.' Hij leidde me naar een armloze grijze stoel die naar het keukeneiland was gericht. 'Ik heb wijn – rood en wit – rum en whisky. Wat wil je drinken?'

'Witte wijn, alsjeblieft.' Het laatste wat ik wilde doen was rode wijn morsen op de meubels van Cooper Fallon.

Mateo zette Roger op het tapijt en frommelde het wc-papier op tot een bal. Hij schonk een royaal glas witte wijn voor me in uit een kleine wijnkoelkast in het eiland, voordat hij voor zichzelf een glas rum met een paar ijsblokjes inschonk. Hij keek in de koelkast.

'Kip met rijst oké?'

'Zeker.'

Toen hij zijn trui uittrok, kroop zijn witte T-shirt omhoog, waardoor ik een glimp opving van de gedefinieerde spieren bij zijn middel voordat hij zijn shirt gladstreek. Het simpele shirt met ronde hals omspande zijn lichaam en toonde zijn biceps, triceps en de spieren op zijn rug waarvan ik de naam niet kende, maar die hem vormden als een trechter, recht naar beneden tot aan zijn smalle taille.

Ik nam een verkoelende slok wijn en wapperde mezelf koelte toe.

Hij tilde een snelkookpan uit een onderkastje op het aanrecht. Hij knipoogde naar me. 'Mijn tía zou een hartaanval krijgen als ze dit monster zag, maar ik ben er dol op.'

'Wat is er zo speciaal aan?' Bree was lyrisch over de airfryer die ze als verlovingscadeau had gekregen, maar omdat ik elke keer moet googelen *hoe je een ei moet koken*, verdiende ik geen gespecialiseerde apparaten.

Hij stak de stekker van de pan in het stopcontact, deed er een scheutje olie in en begon wat uien en paprika's te snijden op het aanrecht. Zijn onderarmen stalen de show en ik vergaapte me eraan, gefascineerd door de strakke spieren en pezen.

Zonder op te kijken, zei hij: 'Waarom de snelkookpan speciaal is? Hij is efficiënt. Snel.'

'Zo heb je het graag? Snel?' Ik klapte mijn mond dicht. Waar kwamen die woorden vandaan?

Hij pauzeerde met zijn mes en grijnsde naar me over zijn schouder. 'Soms. Hoewel ik er ook van houd om van mijn maaltijden te genieten.' Zijn blik gleed over me heen. 'Natafelen.'

'Natafelen.' Hij keek toe terwijl ik mijn benen andersom over elkaar sloeg en ze tegen elkaar drukte om het tintelende gevoel in mijn kern te verlichten.

'Een feestmaal kan uren duren.' Zijn stem was een laag gespin.

'Uren,' zuchtte ik.

'Wil je alvast proeven? Een amuse-gueule?'

'Een… een wat?' Een zweetdruppel vormde zich tussen mijn borsten en rolde over mijn buik.

'Eén… hapje. Een belofte van wat komen gaat?'

Komen klonk behoorlijk goed. Was het mogelijk om een orgasme te krijgen van verbaal voorspel? Als iemand het voor elkaar kon krijgen, dan was het Mateo wel. 'Ik hou wel van een goed geplaatst hapje.'

Hij legde het mes neer en pakte een theedoek om zijn handen af te drogen. Die massieve handen die ik op me wilde voelen.

Het apparaat piepte, waardoor ik opschrok.

'Of,' zei hij met een ondeugende grijns, 'we kunnen de spanning opbouwen.'

'Wat? Waarom?'

'Wat ik met je wil doen, vergt uithoudingsvermogen. En uithoudingsvermogen vereist brandstof.'

'Maar…' Ik wiegde op de stoel, op jacht naar de klopping tussen mijn benen. 'Moeten we echt wachten?'

Hij schraapte de gesneden uien en paprika's in de pan en draaide zich toen naar me toe. 'Weet je nog wat ik je die avond vertelde?'

De herinnering werd scherp, alsof ik aan de knop van de AM/FM-radio in de oude Volvo van mijn vader draaide. Het bracht een steek van herinnerde teleurstelling met zich mee.

'Die avond wilde ik dat je in mijn appartement bleef. Bij mij. Ik deed je een voorstel en je zei nee.' Vernedering had me doorboord. Ik dacht dat we een klik hadden, en toen wees hij me af. Vond hij me niet aantrekkelijk? Waarschijnlijk niet, met mijn tequila-adem en...

'Mimi. Weet je nog wat ik zei?'

'Bedoel je toen je weigerde met me naar bed te gaan?'

Hij pakte een siliconen spatel uit een pot op het aanrecht en roerde door de sissende groenten. 'Ik denk dat ik het beleefder zei dan dat.'

Ik groef in mijn geheugen. Onder de gekwetste gevoelens, de verpletterende afwijzing. Hij had met een halve mond geglimlacht en een krul uit mijn oog geveegd. *Mimi, als we met elkaar naar bed gaan, wil ik dat je je elk moment herinnert. Elk orgasme. Ik wil nooit dat je vergeet hoe ik in je voel.*

Ik rilde. 'Eh, herinner me er eens aan?'

Hij trok weer met die lippen. Hij doorzag mijn list. Maar zoals altijd deed hij wat ik vroeg. 'Ik zei dat ik mijn eerste keer met jou voor de rest van mijn leven zou herinneren, en ik wilde dat jij het ook zou onthouden.'

De hartslag tussen mijn benen begon een gezang: Ma-teo, Ma-teo, Ma-teo. We hoefden niet eens helemaal naar de slaapkamer te gaan. We konden het op de bank doen.

'Toch was ik niet zo blij met je. Om heel eerlijk te zijn, was ik gekwetst.'

'Dat spijt me. Maar ik kon het niet. Niet toen je zo...'

'Lam was?' Mijn wangen werden rood. Ik was het allemaal vergeten. Zijn vriendelijkheid. Onze klik. En ik was een kreng tegen hem geweest de volgende dag toen hij kwam kijken hoe het met me ging.

'Daarom gaf je me dit.' Ik trok de ring uit de halslijn van mijn blouse en hield hem plat op mijn handpalm. 'Om te onthouden. Ik had hem kunnen verliezen.'

Hij glimlachte. 'Maar dat heb je niet gedaan. Jij verliest geen dingen, Mimi. Bovendien had ik een excuus nodig om je de volgende dag op te zoeken.' Zijn glimlach vervaagde. 'Hoewel je het vergeten was.'

'Ik herinnerde het me wel. Ik herinnerde me een knappe man wiens vriendelijkheid me volledig inpakte. Ik wist alleen niet meer dat jij het was.'

Ik draaide de ring tussen mijn vingers en aaide over de krassen die de glans dof maakten. Toen greep ik naar mijn nek en maakte de sluiting los. Ik haalde de ring van de ketting en legde hem op het eiland tussen ons in.

Hij roerde in de pan. 'Wil je hem niet nog wat langer houden?'

'Houden? Is het niet die van je vader?'

'Dat was hij.'

Ik vond het niet leuk hoe hij naar de pan fronste, dus vroeg ik: 'Was je vader ook zo'n casanova?'

Dat leverde me een glimlach op terwijl hij de ring om zijn vinger schoof. 'Schaamteloos. Maar het betekende niets. Hij droeg de ring nog lang nadat mijn moeder niet meer van hem hield. Wij, Rivera-mannen, zijn zo. Loyaal.'

'En flirterig.'

'Met iedereen, behalve met jou. Bij jou werkte het niet.'

'Je had geen moeite met me te flirten in de bar die avond.'

'Dat...' hij keek eindelijk op, 'dat was anders. Het was meer dan flirten. We hadden een klik. En jij begon ermee.'

'Echt? Dat klinkt niet als iets wat ik zou doen.'

'Er was een man die je probeerde te versieren. Ik kwam kijken of je dat wel oké vond.'

'En?'

Zijn kaak spande zich aan. 'Je was niet in staat om door wie dan ook versierd te worden.'

'O.' Ik keek naar mijn glas wijn.

'Maar je was ontspannen op een manier zoals ik je nog nooit had gezien. Dus begonnen we te praten en...'

'En?'

Hij haalde zijn schouders op. 'De rest is geschiedenis.'

Een geschiedenis die ik me eindelijk herinnerde.

Hij schraapte de kip in de snelkookpan, draaide het deksel erop en stelde het in. Hij liep naar de gootsteen om zijn handen te wassen. 'We hebben twintig minuten. En ik stel voor dat we die tijd gebruiken om te dansen.'

'Dansen? Je beloofde me een voorproefje. Een amuse-iets.'

Langzaam droogde hij zijn handen af, me verslindend met zijn blik. 'Weet je dat dan niet? Dansen is voorspel.'

19

MIMI

HIJ PAKTE ZIJN telefoon en al snel klonk er muziek met een verleidelijke, gesyncopeerde beat uit verborgen luidsprekers. Hij pakte mijn hand en trok me naar het open midden van de kamer.

'Je weet nog dat ik hier vreselijk slecht in ben, hè?' De schaamte over zijn bijlessen in de club steeg me naar de wangen. Natalie had geen een-op-eenbegeleiding nodig gehad.

Hij hield mijn handen vast zoals hij de andere avond had gedaan. 'Denk aan de stappen. Van links naar rechts. Rustig maar. Begin met je linkervoet.'

Het was iets makkelijker met alleen Roger als publiek. Ik stapte naar links en spiegelde zijn passen. Links, rechts, links, tik. Rechts, links, rechts, tik. Na een minuut liet ik de muziek in mijn heupen doordringen, in een stijve imitatie van de manier waarop de vrouwen in de club bewogen.

'Je hebt het te pakken. En nu een draai.'

'Een draai?'

'Blijf met je voeten bewegen. Goed. Als ik je hand optil, draai je naar links.'

'Draaien?'

'Dat kun je, querida.' Hij tilde mijn rechterhand op, liet mijn vingers los en drukte toen zijn handpalm tegen de mijne. 'Draai.'

Ik draaide me om naar de voordeur.

'¡Ay, ay! Draai je weer om.'

'Sorry!' Mijn gezicht gloeide terwijl ik me omdraaide om hem aan te kijken.

'Bied geen excuses aan. Je bent aan het leren. Je doet het geweldig.'

'Ik sta voor schut op het gala. Larissa zal—'

'Maak je geen zorgen over Larissa. Kijk naar mij. Ik geef je een seintje. Ik beloof dat ik je niet de verkeerde kant op stuur.'

Ik vertrouwde hem. Hij had voor mijn broer gezorgd. Hij had voor me gezorgd in de bar. En hij was meegegaan in de hele poppenkast van een nep-relatie, alleen maar om mij te helpen. Dus ik hief mijn blik van onze voeten, van onze handen en keek naar zijn gezicht. Zijn sterke, vierkante kaak en die prachtige ogen die meer leken op een door de zon verwarmd zwembad dan op de stormachtige grijze oceaan.

'Nu,' zei hij. Hij tilde onze handen op en drukte ze plat tegen elkaar. Ik draaide me in twee stappen van hem af en in de volgende twee weer naar hem toe. Zijn arm ging om mijn rug en plotseling dansten we dicht tegen elkaar. 'Perfect.'

En dat was het ook. Mijn heupen wiegden en toen ik naar hem opkeek, streek zijn adem langs mijn wang. Zijn voeten stopten met bewegen en hij boog dichter naar me toe.

'Wat betekent dat seintje? Wat moet ik doen?'

Zijn handen gleden naar mijn middel. 'Kus me.'

Hij boog zich voorover en zijn lippen landden op de mijne. Het was geen felle kus zoals in de auto. Hij was net zo loom en sensueel als de muziek. Ik liet mijn handen over zijn borst naar zijn schouders glijden om hem dichterbij te trekken. Hoewel onze voeten niet bewogen, was het een onderdeel van de dans. Onze lippen, onze tongen gingen verder waar onze lichamen waren gestopt. Ik drukte me tegen hem aan en zette de verleiding van de dans voort.

Plotseling was ik jaloers op die lenige vrouw op het podium in de club die haar been had opgetild en het om de dij van haar partner had geklemd. Dan had ik de pijn in het diepst van mijn wezen kunnen stillen. Maar de kans was meer dan vijftig procent dat ik zou omvallen en hem mee naar de grond zou nemen, dus ik legde al mijn verlangen in onze kus.

Hij trok zich te snel terug.

'Nog meer dansles?' Ik pruilde met mijn opgezwollen onderlip.

'Nee.' Hij knikte met zijn hoofd naar de keuken. 'Het eten is klaar.'

Hoewel het kooktoestel piepte, hoorde ik het nauwelijks boven de muziek en het suizen van mijn hartslag in mijn oren uit.

'Brandstof?'

'Brandstof.' Hij knipoogde.

Ik waste mijn handen in het toilet terwijl hij het eten afmaakte.

Toen hij de twee geurige borden naar het eetgedeelte wilde dragen, hield ik hem tegen.

'Kunnen we hier aan het eiland eten?'

'Echt waar?' Hij fronste. 'Maar ik heb niet opgeruimd—'

'Ik maak liever je chique tafel niet vies.' Ik wierp een blik op het vlekkeloze glas. 'En dit is gezelliger.'

'Oké dan.' Hij zette de borden neer en pakte het bestek van de tafel. Hij legde een vork en een mes precies op de goede plek. Nadat ik op de hoge kruk was gaan zitten, legde hij een stoffen servet op mijn schoot. 'Heb je alles wat je nodig hebt?'

Ik glimlachte naar mijn blonde, blauwogige chef-kok en danspartner. 'Alles.'

Hij balde een vuist boven zijn hart, rolde met zijn ogen naar het plafond en beet op zijn lip.

'Zie je wel?' Ik wees met een verontwaardigde vinger naar hem. 'Je *kunt* wel met me flirten.'

Hij liet zich met een heup op zijn kruk zakken. 'Flirten? Wacht maar tot ik je mijn smeulende blik laat zien.' Hij trok zijn zandkleurige wenkbrauwen naar me op en liet zijn oogleden half zakken. Een plagende glimlach krulde een mondhoek omhoog.

'O mijn God.' Ik legde een hand op het midden van mijn borst, waar mijn hart fladderde als de vleugels van een kolibrie. 'De smeulende blik.'

Hij gooide zijn hoofd achterover en lachte. 'Zie je wel? Je hebt me gebroken. Die smeulende blik zou bij iedereen gewerkt hebben. Maar niet bij mijn Mimi.'

Hij verstijfde, alsof hij op delete wilde drukken voor die laatste twee woorden. Zonder onze blikken te verbreken, pakte ik mijn glas wijn en dronk het leeg. Toen likte ik de wijn van mijn mondhoek. Hij volgde de beweging van mijn tong.

'Mateo.' Toen ik zijn naam zei, schoten zijn ogen naar de mijne. 'Ik denk dat jij degene bent die van mij is.'

'Dat zullen we nog wel zien.' Zijn stem zakte naar een lager register. 'Na het eten, als ik je laat zien wat ik heb gepland voor het dessert.'

Mijn mond werd droog toen ik me voorstelde hoe hij op de bank lag, zijn volle lippen en al die spieren die ik mocht verkennen. Ik opende mijn mond, maar er kwam geen geluid uit.

'Nog wat wijn?' vroeg hij, en hij hield de fles schuin naar mijn glas.

'Graag.' Ik spreidde mijn vingers over de voet van het glas, om mezelf te aarden. Eerst eten, dan het dessert.

Terwijl we aten, vertelde hij me verhalen uit de tabakswinkel van zijn vader. Over de vaste klanten en de soorten die ze het lekkerst vonden. De zoete, zomerse Virginia-melanges. De lichte, bessengeuren van Cavendish. De kruidige Latakia. Ik kon het bijna ruiken, meedrijvend op een warme Caribische bries.

Voor het eerst begreep ik waarom hij rookte. Het verbond hem met zijn vader en bracht herinneringen terug aan de weinige jaren die ze samen hadden.

Het eten ook. Het smaakte naar specerijen en oprechte liefde. Het soort liefde dat voor mensen zorgt, dat ze voedt. Dat een aandenken werd aan goede tijden die voorbij waren.

Ik zou de simpele maaltijd die Mateo voor me had bereid nooit vergeten. Niets bijzonders, geen verwachtingen of eisen, alleen voeding toen ik honger had. Als ik niet oppaste, zou ik nog verliefd worden op de kookkunsten van deze man en nooit meer iets anders willen eten.

Nadat ik het laatste sappige stukje kip had opgegeten, legde ik mijn vork op mijn bord en stak mijn hand uit naar zijn lege schotel. 'Jij hebt gekookt. Ik ruim wel op.'

'Nee, nee, nee.' Hij stond op en griste zijn bord weg. 'Je bent mijn gast.'

'Dan doen we het samen. Ik kan misschien niet zo goed koken, maar ik kan wel een gemene afwasborstel hanteren.'

'Ah.' Hij pakte mijn bord. 'De magie van het kooktoestel. Alles is vaatwasmachinebestendig.'

Toch spoelde ik de vaat af, en hij zette alles in de vaatwasser. De bachata-muziek speelde nog steeds, zachter nu, levendig en sensueel. Ik wenste dat ik op de middelbare school Spaans had gekozen, zoals Ben, in plaats van Latijn. Ik wenste dat ik de woorden begreep die pasten bij het ritme dat door mijn aderen stroomde.

Terwijl ik de gootsteen uitspoelde, landden Mateo's handen op mijn heupen. 'Je bent een natuurtalent,' fluisterde hij in mijn oor.

'Een natuurtalent? In afwassen?'

'Nee. In dansen.'

Toen pas realiseerde ik me dat ik mijn heupen had bewogen terwijl ik bezig was. Zijn handen moedigden de beweging aan, waarna hij zijn bekken tegen mijn billen drukte tot we samen wiegden. Terwijl hij me met zijn lichaam bleef leiden, haalde hij zijn handen van mijn heupen, pakte de theedoek en depte er mijn handen mee droog. Toen reikte hij naar het plankje boven de gootsteen, pompte uit een flesje lotion en smeerde het over mijn huid, terwijl hij het in mijn polsen en vingers masseerde.

'Voelt lekker,' mompelde ik.

'We zijn nog maar net begonnen,' spinde hij in mijn oor, zijn stoppels kietelden mijn oorlel.

Hij kuste de zijkant van mijn nek. Ik legde mijn hoofd op mijn andere schouder om hem meer huid te geven die hij met zijn lippen kon strelen. Zijn handen gleden van mijn heupen omhoog over mijn ribben om de onderkant van mijn borsten te omvatten.

'Oké?' vroeg hij, zijn stem een laag gerommel tegen mijn hartslagader.

'Nog meer,' kreunde ik.

Hij streek met zijn handen over me. Hoewel zijn handen groot waren, puilden mijn borsten eruit. Zijn duimen wreven over mijn tepels en moedigden ze aan om hitsige topjes te worden.

'Ik wil je al zo lang aanraken,' mompelde hij in mijn nek.

'Raak me aan.'

Zijn handen verlieten mijn borsten voor een teleurstellende seconde, tot hij de slip van mijn blouse uit mijn rok trok en hem omhoog rolde over mijn romp, over mijn hoofd en uit. Hij legde hem voorzichtig op het aanrecht voordat hij over mijn schouder naar beneden keek. Zijn adem stokte. 'Prachtig.'

Ik keek naar wat hij zag. Ik wou dat ik kanten, sexy beha's kon dragen. Ik was er zeker van dat Larissa en Natalie er lades vol mee hadden. De mijne was gemaakt van stevig, wit polyesterkatoen met dikke, ondersteunende bandjes. Er was niets moois aan.

Maar Mateo behandelde het onding met eerbied, liet zijn vingers over de stof, zelfs over de bandjes, lopen, omvatte, kneep, verkende tot ik, behoeftig, achterover tegen hem leunde, niet zeker hoe ik nog overeind stond.

Hij volgde het bandje naar mijn rug. 'Mag ik?'

'Graag.' Het kwam eruit als een hees gefluister.

Hij liet de spanning los en pelde de beha van mijn borst. Mijn borsten zakten, zwaar, en niet voor het eerst vervloekte ik hun gewicht en de zwaartekracht.

Maar Mateo wreef met zijn handen over mijn huid waar het bandje had ingesneden en tilde mijn borsten op, zijn vingertoppen gleden naar mijn tepels en hij speelde ermee. 'Ik wil deze aanbidden. Altijd.'

Ik strekte mijn armen omhoog tot mijn handen achter zijn nek in elkaar haakten. 'Aanbid maar.'

Zonder waarschuwing draaide hij me in zijn armen tot mijn billen tegen de rand van de gootsteen rustten. Ik ving nog net zijn hongerige uitdrukking op voordat zijn mond neerstreek op mijn rechtertepel, likkend, zuigend, knabbelend. Spanning liep van mijn borsten naar het tintelende punt tussen mijn benen tot ik vergat waar we waren, tot ik mijn eigen naam vergat.

Hij tilde zijn hoofd op en keek me aan, terwijl hij nog steeds achteloos met mijn andere tepel speelde. 'Kun je hiervan klaarkomen?'

'Ik—ik weet het niet. Het is me nog nooit gelukt, maar…'

Hij wachtte niet tot ik mijn zin had afgemaakt, maar richtte zijn aandacht op mijn andere borst en voerde me hoger op. Ik wreef mijn dijen tegen elkaar om de druk in mijn onderbuik, die zo dichtbij was, te verlichten. Eindelijk, toen hij zijn tanden erin zette en lang en hard zoog, vond ik mijn verlossing. Ik stopte met ademen terwijl ik huiverde, vastgepind tussen hem en het aanrecht. Hij haalde mijn tepel tussen zijn lippen vandaan en lapte eraan tot de naschokken afnamen.

'Nooit?' mompelde hij uiteindelijk.

Koele lucht aaide mijn verhitte borst. 'Niet zo—niet zo. Het moet door het dansen komen.'

Hij bromde, en een zelfvoldane glimlach verscheen op zijn natte lippen. Hij streek met zijn handen langs mijn zij. 'Ik vind dit rokje leuk. Ik denk dat we het aanlaten.'

Toen zaten zijn handen onder mijn rok, en streelden ze mijn slipje. Hij kreunde terwijl hij met zijn vinger de hoog uitgesneden openingen en de kanten dip bij de taille volgde. 'Ik ben blij dat ik hier niet eerder van wist. Dan was ik in mijn broek klaargekomen. Maar nu gaan ze uit.'

De woorden hadden zijn lippen nauwelijks verlaten of hij hurkte neer en trok mijn slipje langs mijn benen naar beneden. Eén hand achter mijn kuit moedigde me aan om uit de ene pijp te stappen, dan de andere, tot ik naakt was, op mijn wijd uitlopende rok na.

Hij keek vanaf zijn knieën naar me op. 'Nog steeds oké? Denk je dat je nog een keer kunt klaarkomen?'

'Misschien?'

Die zelfvoldane glimlach verscheen weer, vlak voordat hij met zijn grote handen langs de binnenkant van mijn dijen omhoog gleed tot ze in mijn kruis samenkwamen. Het enige wat ik kon doen was me vasthouden aan het aanrecht achter me terwijl hij een vinger door mijn natheid haalde en die vinger vervolgens in zijn mond stopte. Hij rolde met zijn ogen en schudde zijn hoofd. 'Je wordt mijn dood nog, Mimi.'

Hij dook met zijn hoofd onder mijn rok. Zijn schouders duwden mijn benen verder uit elkaar terwijl hij mijn billen met zijn massieve handen vastgreep. Toen raakte hij me aan. Ik kon niets zien behalve de vorm van zijn hoofd die onder mijn rok bewoog, en op de een of andere manier maakte dat het erotischer, niet weten waarmee hij me aanraakte—zijn vingers, zijn tong, zijn neus. Of hoe. Een kus, een streling, een langzame glijpartij naar binnen.

Mijn lichaam, warm van genot, maakte het hem zo gemakkelijk. Mijn tweede orgasme overspoelde me zodra zijn vingers in me gleden terwijl hij aan mijn clitoris zoog. Eén sterke hand hield me overeind toen het enige wat ik wilde was in elkaar zakken als een marionet met doorgeknipte touwtjes.

Het was te veel, en ik drukte op zijn schouder. Hij kwam onder mijn rok vandaan, de onderste helft van zijn gezicht glinsterend. Hij likte zijn lippen. 'Mimi, als ik je eenmaal in mijn bed heb —' Hij schudde zijn hoofd.

Ik kon de half uitgesproken belofte en de bobbel tegen zijn been niet weerstaan. 'Laten we nu gaan.'

Hij legde zijn kin tegen mijn buik. 'Ik heb beloofd dat ik je voor tien uur thuis zou brengen. Je moet morgen werken.'

'Nee.' Het woord kwam eruit als een beschamend gejengel. Het enige wat ik wilde was meer tijd, meer nabijheid met deze seksgod. En hem net zo grondig te verwoesten als hij mij had verwoest. 'Ik zet mijn wekker wel. Je kunt me vroeg terugbrengen naar mijn huis.'

'Nee, Mimi, dat zou ik niet moeten doen.'

'Alsjeblieft?' Ik legde mijn handen op zijn wangen.

Hij draaide zijn gezicht om de binnenkant van mijn pols te kussen. 'Alles voor jou.'

Hij leidde me door de gang naar zijn slaapkamer.

20

MATEO

IK STAARDE NAAR MIJN BED, waar ik al zo vaak had gefantaseerd over Mimi. Hoe ik haar aanraakte, met haar knuffelde, haar neukte. Was dit echt, of droomde ik weer? Had ik Mimi Levy-Walters net twee keer laten klaarkomen in de keuken, en stond ze nu echt in mijn slaapkamer? Langzaam draaide ik me om.

Daar stond ze, nietig in de hoge deuropening, en ze droeg niets anders dan haar rokje. Dat wist ik omdat haar slipje momenteel in mijn broekzak gepropt zat en later weleens per ongeluk zoek zou kunnen raken.

Ze sloeg haar armen over haar borst, maar die verborgen de weelde niet waarmee ik me eerder al vertrouwd had gemaakt. 'Mateo?'

'Ja?' Ik keek op van de ronde welving van haar borst naar haar bezorgde bruine ogen.

'Je... twijfelt toch niet?'

Ik was een idioot dat ik hier stond, me vergapend aan mijn meevaller, terwijl ik haar had moeten laten zien hoe dankbaar ik was dat ze in mijn huis, in mijn slaapkamer was. Ik liep snel naar haar toe en maakte zachtjes haar armen los. 'Nee, nee, mi tesoro. Ik was... aan het nagenieten van mijn maaltijd.' Ik boog voorover en kuste haar zachte lippen.

Toen ik mijn hoofd optilde, waren die lippen gekruld in een zachte glimlach. 'Vind je het goed als ik je badkamer gebruik?'

'Die kant op.' Ik wenkte naar de aangrenzende badkamer en vond een nieuwe tandenborstel en tandpasta in het kastje. Toen sloot ik de deur en keerde terug naar de slaapkamer.

Ik trok aan de zoom van mijn T-shirt. Moest ik naakt zijn als ze terugkwam? Of gekleed? Ik keek op de klok. Half tien. Ik moest haar eigenlijk laten slapen. Hoewel ze er niet uitzag alsof ze wilde slapen. Nog niet meteen. Mijn pik klopte tegen mijn rits.

Ze was zo perfect. Zo ontvankelijk. Ondanks al het vernederende gestuntel dat ik in haar buurt had gedaan, had ik eindelijk iets goed gedaan. Iets waar zij van genoot.

Iets waar we allebei van genoten. Ik kon haar nog steeds proeven. Ik likte mijn lippen. Misschien zou ik nog een keer van haar smullen voordat ze vertrok. Niet misschien; dat zou ik doen. Er gebeurde iets magisch vanavond. Hoelang zou de magie aanhouden? Nog een paar minuten? Uren? Het was te veel gevraagd om te hopen dat het nog zou doorgaan nadat ik haar had thuisgebracht.

Ik wilde dat het nooit zou eindigen.

De warme waas van de seks trok helder op uit mijn gedachten, zoals de ochtendzon de nevel verdrijft.

Ik wilde dat deze nieuwe verbondenheid met Mimi nooit zou eindigen.

Ze was in mijn leven. In mijn huis. En ik wilde dat ze daar zou zijn. Altijd.

Geen van mijn vrienden van het eiland zou het geloven. Ik had me een weg door onze stad geneukt, door de naburige steden, door de grote stad. Lokale bevolking en toeristen. Als afscheidscadeau hadden mijn vrienden me een gigantische doos condooms gegeven voor mijn slaapkamertour door San Francisco. Ik had gedacht dat de doos een maand mee zou gaan.

Ik had hem niet opengemaakt.

En nu wilde de reden voor mijn zelfopgelegde celibaat mij ook. Ze had *alsjeblieft* gezegd.

Mijn shirt plakte aan het koude zweet op mijn borst. Ik trok het over mijn hoofd, vouwde het op en legde het op de ladekast.

Vanaf mijn eerste keer met Anna Perez in haar slaapkamer onder een poster van One Direction – en mijn tweede keer, een week later, met de pik van haar neef Yefri in mijn mond in de kleedkamer op de middelbare school – had ik altijd gedacht dat meer beter was. Meer seks, meer partners, meer genot.

Niet smachten naar één persoon zoals mijn vader.

Ik keek op naar de hemel. God, het lot, of welke hogere macht dan ook die de behoefte voelde om met mijn leven te kloten, had het me laten zien.

Ik had mijn ene persoon gevonden. Net als papá.

Zou ze blijven?

Bij het geluid van de badkamerdeur die openging, draaide ik me abrupt naar haar om.

Mijn mond viel open. Mimi's blote huid glansde in het lamplicht, haar rondingen werden op sommige plaatsen verlicht en op andere beschaduwd. Haar krullen vielen los over haar schouders. Ze had blauwe schaduwen onder haar ogen die ze vast met haar make-up had verborgen, die ze eraf had geboend. Haar wimpers waren nog steeds donker en haar lippen waren een donkerroze kleur.

Ze was prachtig en naakt en van mij. In ieder geval voor vannacht.

Haar armen trilden alsof ze een deel van zichzelf wilde bedekken, maar ik liep snel naar haar toe en pakte haar handen vast. Ik bracht ze naar mijn lippen en mompelde: 'Mi tesoro.' Ze was mijn schat, mijn leven, mijn hemel.

Haar huid kleurde roze, van haar wangen tot haar borst. 'Heb je condooms?' vroeg ze. 'Zo niet, dan heb ik er een in mijn tas.' Ze knikte naar de slaapkamerdeur.

'Die heb ik.' Waar had ik die doos gelaten die mijn vrienden me hadden gestuurd? Ik had tegen ze gegrapt dat ik me niet alleen een weg door San Francisco zou neuken, maar door de hele staat Californië. En toen had ik Mimi ontmoet, en had ik niemand anders meer willen aanraken dan haar.

'Eén seconde,' zei ik.

Ik probeerde eerst de badkamer, waarbij ik mijn spiegelbeeld in de spiegel en het uitpuilende bewijs van mijn opwinding in mijn broek vermeed. Ik maakte elk kastje open en dicht, maar de doos was er niet. Fuck! Ik haalde mijn handen door mijn haar.

Terug in de slaapkamer kuste ik Mimi en liet mijn handen over haar billen dwalen terwijl ik haar naar me toe trok. Haar hand landde op mijn heup en gleed toen lager, te dicht bij mijn gespannen erectie.

'Eén momentje.' Ik deed een stap achteruit en liet me op mijn knieën naast het bed vallen. Ik trok mijn koffer tevoorschijn en ritste hem open.

Gracias a Dios.

Ik tilde de doos hoog op alsof het de Wereldbeker was en legde hem toen, met gloeiende wangen, op het bed. Ik duwde de koffer er weer onder.

Ik zat op mijn knieën met mijn gezicht naar het bed, en ik kon wel een goed doel voor die positie bedenken. Ik wenkte Mimi. 'Kom zitten.'

Ze volgde mijn bevel op, hoewel ze een zetje nodig had om op het hoge bed te klimmen. Ik plaatste mijn handen op haar knieën. 'Mag ik?'

Ze zette haar handen achter zich en spreidde toen, knikkend, haar benen. Het lamplicht verlichtte wat ik eerder in het donker onder haar rokje op de tast had geleerd.

'Ah, Mimi,' zei ik, en door onbedwingbare trots verscheen er een glimlach op mijn gezicht, 'je bent alweer nat voor me.'

Ik streek met mijn duimen van haar binnen dijen naar haar schaamlippen en haar klit. Toen likte ik haar sappen op als honing van haar huid. Mimi kreunde en liet zich op haar ellebogen zakken om me aan het werk te zien.

Ik spreidde haar en drong met mijn tong naar binnen, de kloppende hartslag in mijn pik nabootsend terwijl ik haar liet zien wat ik later zou doen. En, God, wat als ik haar mijn voorraad speeltjes liet zien? Welke zou ze mij op haar laten gebruiken? Zou ik ooit de moed hebben om haar te vragen er een op mij te gebruiken?

Focus, Mateo. Ik had haar nu voor me liggen, en ik had al het gereedschap dat ik nodig had om haar genot te bezorgen.

'Mateo, ik—'

Ik tilde mijn hoofd op van haar centrum en verving mijn tong door een lui stotende vinger. 'Wat is er, cariño?'

'Ik heb je nodig. In me. Ik denk niet dat ik…'

Ik likte haar klit terwijl ik mijn vinger in haar bleef bewegen. 'Je denkt niet dat je wat kunt, schoonheid?'

Ze rolde met haar ogen en slaakte een zacht kreetje. 'Ik weet niet hoe vaak ik nog kan klaarkomen, en ik wil klaarkomen met jou in me.'

'Ah.' Ik kuste haar gezwollen knopje. 'Ik denk dat je zo vaak kunt klaarkomen als we allebei willen.' Dit – seks – was mijn veilige haven. Ik wist goed hoe ik een partner moest behagen, vooral een die zo ontvankelijk was als Mimi. 'Nog één keer met mijn vingers en mond, en dan mag je mijn pik hebben.'

'Maar ik weet niet…'

Ze hoefde haar zin niet af te maken, want ik had de plek gevonden die haar sprakeloos maakte. Ze krijste iets dat bijna klonk als mijn naam in combinatie met de schreeuw van een ocelotwijfje.

Ze duwde mijn gezicht weg, mijn hand. 'Genoeg,' snikte ze. 'Te veel.'

'Ah, cariño.' Ik kwam overeind op het bed en sloeg mijn armen om haar heen. 'Je bent zo mooi als je klaarkomt. Ik heb je. Het is oké.'

Ze was als een lappenpop in mijn armen. Ik kuste haar voorhoofd en voelde dat het vochtig was van het zweet. Ik maakte mijn greep wat losser. 'Heb je het te warm? Heb je wat ruimte nodig?'

'Nee.' Ze nestelde zich dichter tegen me aan. 'Ik ben precies waar ik wil zijn.'

Deze keer was het niet mijn pik, maar mijn hart dat een enorme sprong maakte en tegen mijn ribben klopte. 'Ik ook.'

Ik tilde haar in mijn armen op en frommelde met mijn vingertoppen om de dekens naar beneden te trekken. Ik legde haar weer op het bed, trok mijn broek uit en schoof achter haar, in de hoop dat mijn erectie zou zakken zodat ik kon gaan slapen. Mimi moest vroeg naar haar werk en ik had de volgende dag een nachtdienst bij mijn tante. We hadden allebei rust nodig.

Maar Mimi dacht er anders over. Ze verstrengelde haar vingers met de mijne en bracht ze toen omhoog om haar borsten te omvatten. Toen drukte ze haar kont tegen mijn pik. 'Er was me nog een orgasme beloofd met jou in me,' mompelde ze. 'Maar ik ben in zo'n roes dat ik niet kan bewegen.'

'Het is goed. We hoeven het niet te doen.' Hoewel mijn pik er anders over dacht. Hij was keihard in mijn onderbroek.

'Nee, Mateo.' Ze schuurde tegen me aan, en er dansten vlekken voor mijn ogen. 'Ik wil het.'

Ik kuste haar nek, van haar schouder tot haar oorlel, en eindigde met een kneepje in haar tepel. 'Dan zul je het krijgen.'

Ik duwde mijn onderbroek naar beneden en schopte hem uit. Ik pakte de doos condooms aan het voeteneinde van het bed, scheurde hem open en haalde er een uit. Ik rolde hem zachtjes om, mezelf dwingend niet te vroeg klaar te komen.

Ik streelde de verrukkelijke ronding van haar billen en wrong toen een hand onder haar door, terwijl ik haar romp tegen me aan klemde. Met mijn andere hand tilde ik haar been op en haakte het om het mijne. Ik streek met mijn vingers door haar nattigheid – God, haar opwinding was verbazingwekkend eindeloos – en leidde mezelf toen voorzichtig naar binnen.

We snakten allebei naar adem toen ik de stoot beëindigde. In deze positie kon ik niet helemaal in haar komen, maar het was genoeg om de plek te raken die ik eerder met mijn vingers had gevonden. Met één hand op haar klit pompte ik met mijn heupen. Ze zoemde van genot.

Elke beweging in haar veroorzaakte tintelingen langs mijn ruggengraat. Mimi's adem versnelde terwijl ik in haar tepel kneep en haar klit aaide. Maar ik had meer nodig. Ik had de bedwelmende roes van huid-op-huidcontact nodig. Ik moest tot de ballen in haar zijn.

Langzaam trok ik me terug.

Ik duwde haar naar voren totdat ze met haar gezicht naar beneden op het bed lag. Ik trok haar heupen omhoog en knielde achter haar. Ze stopte haar armen onder het kussen, een halve glimlach van verwachting op haar gezicht. Even bewonderde ik de manier waarop het lamplicht de ronding van haar billen en de volle lippen die me wenkten, vergulde. En toen, haar heupen vastpakkend, gleed ik naar binnen.

Heupen tegen billen, ik vond de hemel. Ik maalde tegen haar, niet van plan de geborgenheid die ik had gevonden te verlaten. Langzaam gleed ik eruit en stootte toen weer naar binnen. Mimi slaakte een lange kreun.

'Is dit goed, mi tesoro?'

'Fuck. Ja.' Ze legde een hand tussen ons in, waar we verbonden waren, en een vonk schoot rechtstreeks naar mijn ballen. Haar hand verliet mijn lichaam om zichzelf aan te raken. Ze kreunde. 'Meer, Mateo.'

Ik greep haar heupen en deed wat ze vroeg. Ik stootte één, twee, drie keer. God, ik was er bijna. Maar ik zou niet klaarkomen voordat zij dat deed. Ik concentreerde me op de lange lijn van haar ruggengraat en de manier waarop het lamplicht haar rug in een lichte en een donkere helft verdeelde. Ik tilde een hand op en volgde de lijn van de schaduw.

'Harder,' gromde ze, en duwde terug tegen me.

Ik was er geweest. Ik zou hier in dit bed sterven, over deze vrouw die me binnenstebuiten had gekeerd. Ik willigde haar verzoek in, greep haar heupen en tilde ze op om mijn stoten te ontvangen. Onze huiden klapten tegen elkaar, een contrapunt voor haar gekreun. Mijn ballen trokken samen.

'Mimi, ik—'

Ze verstijfde en onderbrak me met een jammerende kreun. Ik hield me stil en liet haar orgasme uit haar komen, genietend van de samentrekking die mijn zicht deed vervagen. Toen stootte ik opnieuw, en nog een keer, en een gezegende, gelukzalige ontlading maakte me leeg. Ik slaakte een lange, waarderende vloek.

Mimi's benen trilden en ik liet haar zachtjes op het bed zakken terwijl ik me terugtrok. Ik streelde haar billen nog een keer voordat ik haar toedekte en naar de badkamer ging om het condoom weg te gooien.

Ze sliep al toen ik haar in mijn armen nam en mezelf achter haar nestelde.

In de loop van een avond was ze mijn hele wereld geworden.

Ik wilde haar nooit meer laten gaan.

21

MIMI

IK WERD WAKKER in een vreemd bed, maar het was warm, zacht en veilig. Mateo's grote lichaam lag om me heen gekruld, een gespierde arm losjes om mijn middel geslagen. Ik volgde een ader op zijn onderarm en liet mijn vingertop door het stugge, door de zon goudgekleurde haar glijden.

Zonlicht?

O, shit.

Ik gooide zijn arm en de dekens van me af en sprong uit bed. Waarom was er geen klok in zijn slaapkamer en waarom was mijn wekker niet afgegaan?

Ik griste mijn rok van de vloer, negeerde zijn slaperige 'Mimi?' en rende poedelnaakt de woonkamer in. Mijn beha en blouse lagen op de keukenvloer en ik pakte ze op weg naar de voordeur, waar ik mijn schoenen en mijn tas vond met daarin mijn telefoon, die nog zwakjes mijn wekker liet afgaan.

Roger sprong geruisloos op het aanrecht en keek me aan met zijn gele ogen.

Half acht. Shit. Ik had een halfuur geleden met Larissa en Natalie moeten afspreken bij Synergy. Als ik me haastte, kon ik er nog zijn voordat ze weggingen. Met de ene hand opende ik een taxiapp en met de andere hees ik me in mijn rok.

'Klaar om je naar huis te brengen?', klonk Mateo's stem. Ik schrok en liet mijn telefoon vallen. Hij had een spijkerbroek en een thermische Henley aangetrokken. Hij zag er absoluut verrukkelijk uit, maar ik had al te lang getreuzeld.

'Geen tijd. Ik ben te laat.' Ik worstelde me in mijn beha en maakte hem aan de achterkant vast. Waar was mijn ondergoed?

Hij wreef in zijn ogen. 'Jezus, het spijt me. Ik wist niet dat je een vroege afspraak had. Ik breng je wel naar je werk.'

'Het is voor de stichting. Met Larissa.' Ik glipte in mijn blouse en rende de badkamer in. Hier ook geen ondergoed. Ik had tenminste mijn gezicht gewassen voor het slapengaan. Terwijl ik plaste, wreef ik met mijn vingertoppen onder mijn ogen om de laatste restjes mascara te verwijderen. Ik waste mijn handen en haalde de tandenborstel door mijn mond.

Mateo had zijn schoenen al aan en zijn sleutels in zijn hand toen ik terug de woonkamer in sprintte. Terwijl ik mijn schoenen aanschoot, boog hij zich voorover. 'Je ziet er prach—'

'Geen tijd!', zei ik en hield een hand op. Eerst mijn presentatie, nu dit. Waarom ging alles altijd mis als Mateo erbij betrokken was?

Hij trok de deur open en we renden naar zijn Jeep. Hij probeerde mijn portier voor me te openen, maar ik zei: 'Laat maar. Ga!'

Gehoorzaam glipte hij achter het stuur. Pas nadat ik mijn rok onder mijn blote kont had gladgestreken en mijn gordel had vastgeklikt, stuurde hij de Jeep de smalle oprit af, langs het huis van Cooper, de straat op. 'Naar kantoor?'

'Ja, we spreken af in de vergaderruimte op de eerste verdieping.' Ik keek op mijn telefoon en kromp ineen toen ik op de knop drukte om Larissa's voicemail te beluisteren.

Hoi Miriam, we zouden om zeven uur afspreken. Kom je nog? We moeten vandaag het budget goedkeuren.

'Het budget! Shit!'

'Wat is er?', vroeg Mateo en keek me aan.

'Ik heb mijn laptop niet bij me. Ik kan tijdens de vergadering geen aanpassingen doen aan het budget. Heb je papier? Een potlood?'

'Kijk in het dashboardkastje. Kun je het niet op je telefoon doen?'

'O. Misschien wel? Mijn spreadsheet zou wel erg klein zijn. Ik kan het proberen.' Ik grabbelde in het vakje en vond een potloodstompje en een spiraalnotitieblok.

'Red je maar even met de spreadsheet op je telefoon. Ondertussen ren ik naar je appartement om je laptop te halen.'

'Echt? Zou je dat voor me doen?'

'Natuurlijk, cariño.'

'Dank je.' Ik wilde zijn stoppelige wang kussen, blijven hangen in de holte van zijn nek waar hij goddelijk rook, maar hij was aan het rijden. Ik ging weer zitten en viste mijn sleutels uit mijn tas. Ik legde ze in de bekerhouder. 'Je bent mijn redder in nood.'

Mateo kende de sluiproutes en manieren om de spits van San Francisco te vermijden en sneller dan ik had gehoopt, waren we op kantoor. Ik pakte mijn telefoon en mijn tas, gaf hem een kusje op zijn wang en stapte uit de Jeep.

Ik hoorde een gesmoorde kreet en keek over mijn schouder. Mateo staarde naar mijn kont.

'Je rok.' Hij streek met een hand over zijn mond. 'Misschien een beetje naar beneden trekken?'

Shit, ik had hem vast een inkijkje gegeven toen ik uitstapte. Ik streek mijn rok glad, voor en achter. 'Beter?'

Hij schudde zijn hoofd, maar zei: 'Ja. Ik zie je snel.'

Voorzichtig mijn rok naar beneden houdend en biddend dat de wind me niet zou laten flashen voor mijn vroeg aangekomen collega's, haastte ik me naar de vergaderruimte.

Larissa en Natalie stonden met hun gezicht naar het scherm achter in de kamer, waar Natalie een plattegrond van haar laptop projecteerde. Toen ik naar de deur kletterde, draaiden ze zich om en keken me aan.

Natalie onderdrukte een grijns, maar Larissa trok een wenkbrauw op zonder enig blijk van vermaak. 'Fijn dat u er ook bent. Natalie legde me net de arrangementen voor de locatie uit, maar hierna pakken we het budget erbij. U hebt de cijfers toch wel bij u?' Ze staarde veelbetekenend naar mijn clutch, die duidelijk te klein was om iets nuttigs te bevatten.

'Jazeker. Ik ben er klaar voor.' Het was een leugen, maar ik opende de spreadsheet op mijn kleine telefoonscherm terwijl Natalie uitpraatte over de garderobe en de green room voor de sprekers.

Mateo was nog niet terug toen Larissa om de budgetpresentatie vroeg en ze fronste terwijl ik hen door de cijfers begon te praten.

'Wacht', onderbrak ze me. 'Heeft u geen printjes of iets om ons op het scherm te laten zien?'

'Niet… niet op dit moment.' Mijn stem trilde. Waarom had ik me door Mateo met seks laten afleiden en mijn verantwoordelijkheden, mijn doelen laten vergeten? Gisteravond had ik mijn eigen naam niet eens meer geweten, laat staan dat ik de volgende ochtend om zeven uur een presentatie moest geven.

Larissa sloeg met haar handen op de vergadertafel. 'Waarom bent u hier dan eigenlijk? Als ik niet op u kan rekenen, gaat dit niet werken, Miriam.'

'Ze heeft de cijfers.' Natalie knikte naar de telefoon in mijn hand. 'Mimi, waarom schrijf je ze niet op het whiteboard?'

'Geweldig idee.' Maar het bleek een vreselijk idee te zijn. Mijn blote dijen maakten een zuigend geluid op de vergaderstoel toen ik opstond.

'Oeps.' Ik voelde mijn wangen gloeien. Snel streek ik mijn rok glad en draaide me naar het whiteboard.

'Ik verwacht dat leden van de stichting een professionele uitstraling hebben, Miriam. Die rok is veel te kort.'

De stift piepte op het bord. 'Ja, natuurlijk, Larissa', mompelde ik.

'Ah, goedemorgen aan mijn favoriete powertrio.' Mateo's toon was joviaal, maar ik hoorde de spanning erin.

'Mateo!' Larissa's stem kreeg een flirterige ondertoon. 'Wat doe jij hier? Je zei dat je moest werken.'

Langzaam draaide ik me om naar de deur. Mateo had een draagtas over de ene schouder en mijn laptoptas over de andere. In de ene hand hield hij een kartonnen drager met vier bekers en in de andere een zak van de bakker verderop in de straat.

'Ik dacht dat jullie wel een ontbijtje wilden bij jullie ontbijtvergadering.' Hij zette de koffie en de zak neer en gaf Larissa toen luchtkussen op beide wangen. Natalie was opgestaan om het aanbod te onderzoeken, maar ze stak haar hand uit zodat hij die kon schudden.

Hij kwam naar me toe bij het whiteboard en fluisterde: 'Ik heb schone kleren meegenomen. En een slipje.' Toen drukte hij een stevige kus op mijn wang.

Harder zei hij: 'Mijn excuses. Ik heb Mimi vanochtend te laat gemaakt. Ik kon mijn engel niet laten gaan. Als jij dit gezicht naast je op het kussen had, zou jij dat dan wel kunnen?'

Hitte schoot naar mijn wangen. 'Mateo', gromde ik.

Hij pakte de hand die op het punt stond zijn biceps te slaan en bracht die naar zijn lippen. 'Mi tesoro.'

'Zwijmel', zei Natalie.

Larissa zei: 'Je kunt het goedmaken door bij ons te komen zitten.'

'Bij jullie komen zitten?' Een frons schoot zo snel over zijn gezicht dat ze het misschien gemist had. Maar na gisteravond had ik een nieuwe sensor voor Mateo's uitdrukkingen en hij keek niet bepaald verheugd.

'We hebben een consult nodig over het menu. Ik heb nog steeds niet kunnen kiezen welk dessert we moeten serveren.'

Dat was een leugen. We hadden vorige week de flan gekozen, maar als het haar afleidde, was ik maar al te blij om het zo te laten. Mateo gaf me mijn laptoptas en ik startte mijn computer op en sloot hem aan op de projector terwijl zij de voordelen van flan tegen tres leches bespraken.

Toen ze — opnieuw — voor de flan hadden gekozen, schraapte ik mijn keel. 'Ik ben nu klaar om de budgetcijfers met jullie door te nemen.'

'O, goed.' Larissa lachte, hoog en gemaakt. 'Als Mateo maar een knobbel voor cijfers had, dan hadden we u helemaal niet nodig.'

Ik verstijfde, mijn stem was verdwenen. Als ze me niet nodig had, betekende dat vast ook dat ik van de lijst voor de functie van adjunct-directeur was geschrapt. Waarom zat ik hier godverdomme überhaupt, zo hard mijn best te doen?

Voor de kinderen, herinnerde ik mezelf grimmig. Voor meisjes zoals Bree. Voor hen zou ik blijven proberen, blijven tekortschieten en het allemaal gratis doen.

'Larissa.' Natalie's stem was zacht maar kordaat.

'Ze was te laat en onvoorbereid totdat Mateo hier kwam.' Larissa gaf me een kille blik. 'Ik zou elke accountant kunnen inhuren om te doen wat zij doet.'

'Ah', zei Mateo, zijn stem als schuurpapier. 'Maar je hebt geen accountant ingehuurd. Mimi doet dit werk pro bono, uit de goedheid van haar hart. Ze doet het voor de kinderen. In haar vrije tijd. Ik denk dat je het moeilijk zult hebben om iemand te vinden die zo getalenteerd is als Mimi en bereid is dat te doen.'

Ik was blij dat ik mijn mascara had afgewassen, want die zou over mijn gezicht zijn uitgelopen. Ik veegde onder mijn ogen en gaf Mateo een waterige glimlach om mijn dankbaarheid te tonen. Hij begreep het. Hij zag me.

Larissa keek op naar het scherm, haar kaken op elkaar geklemd. 'Prima. U krijgt nog een kans. Geef ons de cijfers.'

Mijn lichaam werd koud. Als een plas die langzaam van bovenaf bevriest, spande mijn huid zich aan en de dankbare tranen die in mijn ogen stonden, droogden op. Ik werd een pilaar van koud, hard ijs. Ondanks de verdediging van Natalie en Mateo stond ik op glad ijs. Allemaal omdat ik me had laten afleiden van mijn doel. Niet alleen glipte mijn kans op de functie van adjunct-directeur door mijn vingers, maar ik liet ook de kinderen in de steek.

Mijn onenightstands bleven niet lang genoeg om belangrijke vergaderingen bijna te missen en onvoorbereid op te dagen. Geen van hen had me onnodig doen lijken voor de ogen van de persoon die ik wilde dat me zou aannemen. Ze bleven veilig aan de niet-werkgerelateerde kant van mijn leven.

De grens met werk overschrijden was iets wat Mateo gemeen had met Byron. Hij was overal in mijn leven: betrokken bij mijn werk, onderdeel van mijn familie en nu zette hij mijn liefdesleven in vuur en vlam.

Hij had nota bene een slipje voor me meegenomen. Naar kantoor. Dat was een grens die ik nooit had overschreden. Zelfs niet met Byron.

De stem van mijn moeder fluisterde in mijn oor. Ik kon zo'n zwakte niet nog eens tonen. Niet als ik de baan bij de stichting wilde. Niet als ik kinderen zoals Tara in de bibliotheek wilde blijven helpen.

En dat wilde ik allemaal. Ik zou het aan Larissa bewijzen.

Hoewel — ik keek naar Mateo, die van zijn koffie nipte en verwachtingsvol naar het scherm keek alsof het galabudget hem echt iets kon schelen — ik nu hem ook wilde.

22

MATEO

HOEWEL IK NIETS liever wilde dan Mimi terug in mijn bed, op mijn aanrecht, verdomme, waar ik haar maar te pakken kon krijgen, werkte ik die week nachtdiensten. Ik hoefde niet eens tegen Larissa te liegen om de vergaderingen van de stichting te missen waarbij ik Mimi te veel in de schaduw stelde.

Ik probeerde Mimi te appen, maar ze was kortaf en onmededeelzaam, en antwoordde met slechts één woord. Met het gala over drie weken had ze het druk, en dat begreep ik. Ik had gedacht dat ze het naar haar zin had gehad, maar ik maakte me zorgen. Misschien had ze niet zo van onze nacht samen genoten als ik?

Of misschien was ze weer boos op me. Het was de tweede keer dat ik ervoor had gezorgd dat ze niet goed voorbereid was op een van haar commissievergaderingen. Larissa had naar haar gesnauwd en kritiek gehad op de kleinste fout, alsof ze een excuus zocht om haar niet aan te nemen. Waarom? Mimi verdiende de baan duidelijk. Waarom pikte Mimi haar gezeik?

Toen ik op vrijdagochtend de oprit van Miguelito opreed,

verlichtten mijn koplampen Ben, die met zijn hond Coco over de binnenplaats liep. Haar broer kon me misschien vertellen wat er in haar hoofd omging.

'Ben!', riep ik, terwijl ik mijn hoofd uit het raam van mijn Jeep stak. 'Mag ik met je meelopen?'

'Natuurlijk. Nu?'

'Is mijn neef in de sportschool?' Het laatste wat ik wilde, was dat Miguelito me alleen met Ben zou vinden en jaloers zou worden. Ik zou nooit iets proberen met zijn verloofde, maar hij had me mijn wangedrag uit mijn jeugd nog steeds niet vergeven. Bovendien zou mijn neef mijn liefdesperikelen niet begrijpen. Hij zou nooit zo naar iemand smachten als ik naar Mimi had gedaan.

'Ja.' Ben gaapte. 'Hij is zo'n irritant ochtendmens.'

Ik parkeerde de auto en nadat ik Coco had begroet, liep ik naast Ben mee. We liepen de oprit af en de heuvel af richting de baai. De zon begon haar stralen achter ons te verspreiden, maar ik ritste mijn jas tot aan mijn kin dicht. Januari in San Francisco was koud voor iemand die in de tropen was opgegroeid.

Ik keek naar Ben. Hij was langer en dunner dan zijn zus, maar ze hadden hetzelfde donkere, krullende haar. Dezelfde sterke neuzen en vastberaden kinnen. Alleen kwamen zijn glimlachen vanzelf en waren die van Mimi zo zeldzaam als een snikhete dag in San Francisco. Behalve na een orgasme, had ik ontdekt.

Ik knipperde met mijn ogen. Ik kon maar beter niet aan Mimi's kutje denken terwijl ik bij haar broer was.

Ik schraapte mijn keel. 'Gaat alles goed met je? Hoe is het op het werk?'

'Tot nu toe prima. Het is fijn om weer betaald te krijgen. Het was geweldig van Cooper dat hij mijn laatste semester financierde, maar wij Levy-Walters-kinderen zijn onafhankelijk, weet je.'

'Ik weet het.' Het was precies het bruggetje dat ik nodig had. 'Waarom is dat, denk je?'

Hij pruilde zijn onderlip. 'Ik denk vanwege mijn moeder. Ze

heeft hard gewerkt voor wat we hadden. Ze heeft veel moeten overwinnen om te komen waar ze nu is. Vrouwelijke advocaten vallen naarmate ze ouder worden bij bosjes uit. Ze heeft zich door een hoop patriarchaat en seksisme heen gevochten om te kunnen blijven. Ze heeft Mimi en mij altijd verteld dat je moest bewijzen dat je de beste was als je ergens wilde komen.'

Hij sleepte met zijn tenen over het grindpad. 'Voor mij was het veel druk, en ik ben er een beetje aan onderdoor gegaan. Mimi niet. Zij heeft het zich ter harte genomen. Ze treedt in zekere zin in de voetsporen van mama. Niet in de advocatuur, maar op haar eigen vakgebied.'

Ik gaf hem een duwtje met mijn schouder. 'Het is prima met je gekomen. Je hebt precies gekregen wat je wilde.'

Hij keek achterom naar het landhuis. 'Meer zelfs. Ik had nooit gedacht dat iemand zo geweldig als Cooper voor me zou vallen.'

'Jij bent zelf ook behoorlijk geweldig.' Als mijn neef Ben niet al als de zijne had gemarkeerd toen ik hem ontmoette, had ik hem misschien proberen te strikken. Maar hoe mooi en aardig Ben ook was, Mimi had een speciale vonk, een scherpe glans als een geslepen edelsteen, die ik niet kon weerstaan. Zelfs familiebanden of mijn machtige neef hadden me niet van haar weg kunnen houden.

'Dank je.' Hij wachtte even terwijl Coco aan een spichtig boompje snuffelde. 'Hoe gaat het tussen jou en Mimi?'

'Heeft ze niets gezegd?'

'Oeh!' Zijn ogen werden groot. 'Geraffineerd, een vraag met een wedervraag beantwoorden. Nee, ze heeft me niet eens verteld dat jullie aan het daten waren. Pas toen Cooper het verklapte. Waarom? Is er iets gebeurd?'

Mijn wangen werden rood. Zo had ik me dit gesprek niet voorgesteld. 'Ze heeft echt niets gezegd?'

'Je kent Mimi. Ze praat niet graag over haar gevoelens en zo. Bovendien heeft ze zich de afgelopen week elke avond in haar appartement opgesloten om aan dingen voor het gala te werken.'

Ik mompelde: 'Niet elke avond.'

Hij liet Coco stoppen op de stoep. 'Vertel.'

'Ik heb haar zondagavond meegenomen voor een speciale date. Nou ja, dat probeerde ik. De plek die Miguelito had aangeraden, was niet echt... ons.'

'Die eikel!' Zijn neusvleugels trilden. 'Hij heeft me niet verteld dat jullie een *speciale date* hadden.'

'Ik heb hem gevraagd het stil te houden. Ik wilde geen verwachtingen, weet je?'

'Nou? Werd er aan de verwachtingen voldaan?'

Ik kon mijn grijns niet verbergen. 'Meer dan dat zelfs.'

'Stop ermee!' Hij sloeg speels op mijn arm. 'Echt?'

'Echt. Ze is geweldig. Ik denk dat ik...' Nee. Ben kon niet de eerste zijn die wist dat ik voor zijn zus viel. Ik zou het Mimi zelf vertellen als ik er klaar voor was. Als zij er klaar voor was. Als ze me geen appjes van één woord stuurde.

'Dus, wat is het probleem? Waarom sta je hier in de ijskoude ochtendschemering met mij te praten en lig je niet lekker warm naast mijn zus in bed?'

'Ik kom net terug van mijn werk. Bovendien, eh, reageert ze niet op mijn appjes.' Nu klonk ik als een puber.

'Heb je haar gebeld? Of ben je bij haar langsgegaan?'

'Nee, ik heb deze week nachtdiensten gewerkt. En ze is er niet zo'n fan van als ik zomaar langskom. Ze wil dat ik eerst een appje stuur.'

Ben beet op zijn lip. 'Soms kan Mimi — wij allebei eigenlijk — vast komen te zitten in haar routine. In haar werk. Dat was ik voordat Cooper en ik iets kregen. Ik ging bijna nooit uit met vrienden. Ik werd bang nadat ik ontslagen was, weet je? Dus concentreerde ik me gewoon op school en mijn baan. Ik denk dat de mentaliteit van mijn moeder naar boven komt in tijden van stress. En Mimi is *gestrest* op dit moment. Ze wil die baan bij de stichting zo graag. En ze doet nog steeds haar andere werk. Ze heeft waarschijnlijk het gevoel dat ze geen moment mag verslappen. Ze raakt in paniek.'

'Is ze bang voor mij?' Niets maakte Mimi bang. Zelfs nadat ik haar presentatie had verpest, was ze naar haar vergadering met Jackson Jones gegaan. En ze was maandag zonder ondergoed naar de vergadering gegaan. Ze was fel en niet te stoppen, als een orkaan.

'Bang voor wat het zou kunnen betekenen als ze zich zou laten gaan. Als ze zichzelf zou toestaan om voor je te vallen.' Hij keek even naar Coco. 'Er was een jongen.'

'Een jongen?'

'Byron. Ze datete hem bij het eerste bedrijf waar ze werkte. Voor Synergy. Hun manager vertrok, en de controller moest de functie vervullen. Snel. Mimi en Byron hadden allebei een sollicitatiegesprek. Ze verdiende het meer omdat ze er langer werkte, harder werkte dan hij. Toch hielp ze hem met de voorbereiding. Hij had als eerste het gesprek, en ze boden hem ter plekke de baan aan. Zonder zelfs maar met Mimi te praten. Het bleek dat hij hun had verteld dat ze er niet klaar voor was.'

'Die cabrón!'

'Ja. Ze heeft daarna ontslag genomen. Ze heeft hem gedumpt en is bij Synergy gaan werken. Sindsdien heeft ze met niemand gedatet. Ze laat niemand dichtbij komen, vooral niet op het werk. En met jongens die ze ontmoet, is het maar voor één nacht. Behalve met jou dan, bedoel ik.'

Hoewel we maar één nacht hadden gehad. Waren Mimi's korte appjes haar manier om me voorzichtig af te poeieren? Ik kreeg kippenvel op mijn armen onder mijn mouwen. 'Dat zou ik haar nooit aandoen', zei ik. 'Ik ben niet zoals hij.'

Ik keek naar mezelf, naar het jack dat Cooper me had gegeven toen ik zonder jas in San Francisco was aangekomen. Naar de spijkerbroek en sneakers die ik naar mijn werk droeg.

Ik draaide aan de ring om mijn vinger. Ik werkte niet op een kantoor zoals Mimi. In tegenstelling tot Byron had ik geen universitair diploma. Geen noemenswaardige spaargeld. Ik zakte in elkaar, de uitputting van mijn nachtdienst overspoelde me. 'Ik ben haar niet waardig.'

'Nee!' Hij greep mijn arm. 'Nee, Mateo. Je bent geweldig. Kijk me aan.'

Met tegenzin hief ik mijn ogen naar hem op.

'Dat zeg ik niet zomaar. Geloof me, Mimi heeft met een paar echte eikels gedatet. Zoals Byron. Hoe gedreven ze ook is, ze denkt dat ze zich aangetrokken voelt tot jongens die op haar lijken. Maar dat is niet wat ze nodig heeft. Ze heeft iemand zoals jij nodig.' Hij kneep in mijn arm. 'Iemand die voor haar zorgt. Om haar te helpen. Om… om van haar te houden. Je bent haar absoluut waardig en denk *nooit*, maar dan ook nooit anders. Hoor je me?'

Zijn felle toon deed me aan Mimi denken. Ik dacht terug aan alle keren dat ze vergat te eten. Maandag, toen ik haar kleren en haar laptop naar haar vergadering bracht. Ze had iemand als ik nodig om haar te steunen, vooral nu ze in feite twee banen had, plus vrijwilligerswerk in het weekend. Ik kon zijn wat ze nodig had.

'Ik hoor je.'

'En nu.' Hij beet op de binnenkant van zijn lip. 'Wat ga je doen?'

Volwassen worden. 'Ik ga haar helpen. Ik weet nog niet wat, maar ik kom er wel achter.'

'Misschien' — hij hield zijn hoofd schuin — 'hoef je niets te *doen* om haar te helpen. Wees er gewoon voor haar. En laat je niet door haar wegduwen.'

Ik bromde, mijn gedachten al afdwalend naar wat Mimi nodig had. Ze had gezegd dat ze zich zorgen maakte over wat ze naar het gala aan moest trekken. Daar zou ik haar mee helpen. Na een powernap. Want op dat moment zou ik met mijn gezicht op het stuur neerstorten voordat ik de kledingwinkel zou bereiken.

Ben wreef over mijn arm. 'Dit kun je. Onthoud gewoon dat je precies bent wat ze nodig heeft. Oké?'

'Oké.' Maar was ik dat wel?

'Ga nu maar slapen', zei hij, terwijl hij me naar het gastenverblijf duwde. Ik had niet gemerkt dat hij me erheen had terug-gebracht.

'Dank je.' Ik trok hem in een knuffel, en Coco danste zoals gewoonlijk aan onze voeten.

'Graag gedaan. Je bent een goede vent, Mateo.'

In mijn huis gaf ik Roger te eten en stortte toen op mijn bed neer voor een paar uur slaap. Toen ik wakker werd, had ik nog steeds donkere kringen onder mijn ogen, maar ik had genoeg energie om optimistisch een weekendtas in te pakken, ervoor te zorgen dat Roger genoeg eten had voor de komende vieren-twintig uur en geen toegang had tot toiletpapier, en weer in mijn auto te stappen. Ik reed richting de Excelsior.

DIE AVOND, iets na zessen, drukte ik op de zoemer bij Mimi's gebouw, een zak afhaaleten in de ene hand en een kledinghoes in de andere.

Een golf van dankbaarheid overspoelde me toen ze antwoordde. Ik kon door de blikkerige speaker niet zeggen of haar monotone stem betekende dat ze aarzelde om me boven te laten of misschien alleen maar moe was, maar ze zoemde me binnen, en dat was wat telde.

Toen ik haar appartement binnenliep, leunde ze tegen het aanrecht in haar nette keuken. Het enige wat ik wilde doen was haar erop tillen, net als zondagavond, en haar opnieuw proeven, maar dat moest wachten. Ze had eerst een ander soort zorg nodig.

'Hé', zei ik, en kuste haar op haar wang voordat ik het eten op het aanrecht zette. 'Ik heb eten voor je meegebracht.'

'En een setje schone kleren?' Ze trok een donkere wenkbrauw op naar mijn kledinghoes. 'Dat is gewaagd.'

'Dit?' Ik grijnsde. 'Dit is voor jou.'

'Voor mij?'

'Heb je vandaag geluncht?'

'Ja.' Haar maag gromde. 'Nou ja, als je een fun-size zakje

M&Ms en een zakje amandelen van honderd calorieën uit de automaat als lunch telt.'

Ik schudde mijn hoofd. Als ze me zou laten, zou ik elke dag vroeg opstaan om een voedzame lunch voor haar in te pakken. 'We kijken later wel naar wat ik heb meegenomen. Eerst eten. Hou je van Thais eten?'

Haar maag rommelde opnieuw. 'Ja, graag.'

Ik legde de kledinghoes over haar bank, daarna wasten we onze handen en zetten het eten op haar keukentafel.

Ze was stil terwijl we aten. Ik keek haar aan, proberend te achterhalen of ze zich op het eten concentreerde omdat ze uitgehongerd of moe was, of omdat ze een plan beraamde om me uit haar leven te knippen als een nutteloze uitgave.

Tientallen keren tijdens het eten opende ik mijn mond om haar te vragen wat ze voelde, wat ze had gedacht, om haar te proberen open te breken en de emoties te zien die ze zo goed verborgen hield. Maar elke keer durfde ik het niet. Ik was er niet klaar voor om het te horen als ze had besloten dat het over was tussen ons. Nog niet. Niet totdat ik haar had laten zien wat ik nog meer voor haar had meegenomen.

Nadat we onze buiken hadden gevuld, zette ik de restjes in haar koelkast voor haar lunch van morgen.

'Ben je er klaar voor om te zien wat er in de kledinghoes zit?', vroeg ik, terwijl ik haar meenam naar de woonkamer.

'Oké.' Haar wangen waren roze, haar ogen helder van de maaltijd die we hadden gegeten. Toch bekeek ze de hoes met schroom.

Ooit had ik een zomer in de kleermakerij van mijn tío José María gewerkt. Ik herinnerde me hoe kledingmaten werkten, en ik had Mimi's maten gereproduceerd uit de herinneringen van hoe mijn handen zich zondagavond over haar lichaam hadden gespreid. Toch trilden mijn vingers toen ik de rits van de hoes opendeed. Ze droeg voornamelijk zwart en grijs, en haar kleding verhulde haar curvy figuur eerder dan dat het accentueerde. Wat ik had meegebracht, viel ver buiten haar gebruikelijke garderobe.

Als ze het een kans gaf, als ze mij een kans gaf, was ik er zeker van dat ze er prachtig uit zou zien.

Ik haalde de eerste jurk tevoorschijn, een iriserende blauw-paarse tule creatie.

'Wat is dit?' Ze krulde haar lip.

'Voor het gala. Je moet hem passen.'

'Moet ik?' Ze trok een wenkbrauw op. 'Het is niet mijn stijl.'

'Probeer hem.' Ik hield hem naar haar uit. 'Voor mij.'

Ze aarzelde een paar seconden. Eindelijk rolde ze met haar ogen. 'Oké.'

Ze greep de hanger, beende naar haar slaapkamer en sloot de deur.

Ik wachtte vijf minuten voordat ik naar haar deur liep. 'Heb je hulp nodig met de rits?'

'Nee. Het gaat wel. Ik…' Ze opende de deur en kneep een oog dicht. 'Vind je dat dit me goed staat?'

De tule was bij één schouder geplooid, zweefde in toga-stijl over haar borsten en werd bij haar taille samengetrokken. Daarna vloeide het weer uit over haar heupen en belandde in een plas op de vloer.

'We moeten de zoom laten inkorten.' Ik wierp een kritische blik op de rest. 'Hij staat je geweldig.'

'Vind ik ook, hè?' mompelde ze, terwijl ze voor de goedkope spiegel aan de muur draaide zodat de rok zwiepte. 'Ik zou zoiets nooit hebben gepast. Maar hij… hij is prachtig.'

Ik boog me over haar blote schouder om in haar oor te fluiste-ren: 'Jíj bent prachtig. De jurk is slechts een middel om jouw schoonheid te tonen.'

'O, mijn God, hou op.' Haar wangen werden rood.

'Waar is je telefoon? Dan maak ik een foto.'

'In mijn tas. Maak maar een foto met jouw telefoon en stuur hem naar me toe.'

'Echt waar?' Ik haalde mijn telefoon uit mijn achterzak.

'Is goed.' Ze draaide zich opzij en stak een knie naar voren.

Ik nam de foto en stuurde hem via een appje naar Mimi.

Terwijl ik mijn telefoon weer in mijn zak liet glijden, zei ik: 'Draai je om. Dan doe ik de rits open en breng ik je de volgende.'

Toen ze haar rug naar me toedraaide, trok ik de rits helemaal naar beneden tot aan haar zwarte slipje. Ik wilde met een vinger langs de tailleband strijken, maar als ik daarmee begon, zou ze de andere jurken nooit te zien krijgen. Dus met een laatste, verlangende blik draaide ik me om om de tweede jurk te halen.

Ik gaf hem aan haar door de op een kier staande deur.

'Oeh, een zwarte,' zei ze.

'Ik wist dat die je zou aanspreken.'

Twee minuten later opende ze de deur en wenkte me naar binnen. Deze was van een zware, zwarte brokaatstof met een lijfje met V-hals en een A-lijn rok die wijd over haar benen uitliep.

'Hij heeft zakken!' gilde ze, terwijl ze haar handen erin stak.

'Ik dacht al dat je dat leuk zou vinden.'

Ze draaide weer een rondje voor de spiegel. 'Deze is echt meer mijn stijl. Ik bedoel, in die andere leek ik wel een… een sprookjesprinses, maar met deze jurk ben je niet te sollen.'

Ik hield mijn telefoon omhoog. 'Geef me die *ga opzij, je staat in mijn spotlight, Jay-Z-blik.*'

Ze keek de camera fel aan en ik nam de foto. 'Draai je om.'

Nadat ze haar rug naar me toe had gedraaid, deed ik de rits omlaag. Dit keer streek ik met mijn vingers over de zijdezachte huid van haar onderrug, en ze rilde.

'Nog eentje,' mompelde ik.

'Maar deze is perfect.'

'Nog eentje.'

'Oké dan.'

Ik kwam terug met de laatste jurk, zwaar van de roségouden pailletten.

'Roze?' Ze trok haar lip op.

'Pas hem.'

Ze schudde haar hoofd. 'Echt niet. Hier zit te weinig stof aan. En al die glimmende troep? Dan lijk ik net een discobal.'

'Pas hem.' Ik hield haar de jurk voor. 'Doe het voor mij.'

Ze gaf geen antwoord, maar sloot alleen de deur voor mijn neus.

Ik veegde het aanrecht in haar keuken schoon en zette de vaatwasser aan. Toen ze na tien minuten nog niet tevoorschijn was gekomen, klopte ik op de deur. 'Alles oké?'

'Ik krijg de rits niet dicht. Maar ik denk niet dat ik deze mooi vind. Hij is te...'

Toen ze haar zin niet afmaakte, vroeg ik: 'Mag ik binnenkomen?'

'Ja. Aangezien je me al naakt hebt gezien en...'

De jurk had het einde van haar zinnen gestolen, en toen ik de kamer binnenstapte, benam zij mij de adem.

In het lamplicht glinsterden de pailletten als een zonsondergang op het water. Het lijfje gaapte open over haar borst. Ik trok het recht op haar schouders en ritste het langzaam dicht, van onder de ronding van haar kont tot helemaal aan haar nek. Naarmate ik verder ging, sloot de rekbare jurk zich als een tweede huid om haar heen.

Ik schudde haar krullen los rond haar schouders en tuurde naar haar spiegelbeeld. De jurk was een faux-wikkelmodel met lange mouwen en een licht uitlopende rok die aan haar voeten een plas vormde.

'I-ik denk niet—' Ze draaide zich om en haar bovenbeen piepte uit de lange split.

Toen ik sprak, was mijn stem schor. 'Wat denk je niet, Mimi?'

'Hij is niet echt... professioneel, hè?'

Ik slikte. 'Je bent adembenemend. En de jurk is gepast voor een gala als dit.'

'Ik weet het niet.' Ze beet op haar lip.

Ik deed een stap opzij en nam een foto van haar. Met haar tanden om haar volle onderlip geklemd, was ze een mannenverslindster in die jurk.

Ik kwam dichterbij om haar in de spiegel te bewonderen en liet mijn hand over haar ribben glijden, helemaal tot aan haar heup. De pailletten waren bobbelig en ruw tegen mijn handpalm, maar de ronding van haar lichaam was onweerstaanbaar. Ik streek langs de lange lijn van haar rug, volgde de rits over haar ruggengraat en over de boog van haar kont.

Toen ze genotvol neuriede, vormde ik mijn lichaam naar haar rug en trok haar krullen naar één kant. Ik kuste haar nek en ze zakte tegen me aan. In een opwelling hield ik mijn telefoon omhoog en maakte een spiegelselfie van ons, zonder de moeite te nemen naar het scherm te kijken om te zien of we er allebei op stonden. Ik krulde mijn andere arm om haar middel en liet hem omhoog glijden om haar borst te omvatten en in mijn handpalm te wegen. Ik nam nog een foto.

'Ik denk... Ik denk dat deze jurk voor jou de winnaar is?'

Ik kuste mijn weg omhoog naar haar oorlel. 'Je bent voortreffelijk, wat je ook draagt.'

'Zelfs als ik mijn oude studentensweater en een legging draag, ben ik dan voortreffelijk?'

'Sprookjesachtig.' Ik beet zachtjes in haar oorlel en ze hapte naar adem.

'Een van jouw henleys en mijn slobberbroek?'

'Je slobberbroek?' Ik liet haar oorlel los, even afgeleid.

'De slobberige spijkerbroek die ik draag als ik ongesteld ben en een opgeblazen gevoel heb.'

Ik aaide de ronding van haar buik en speelde met de opening van de split net onder haar heup. 'Nu probeer je me gewoon op te winden.'

'Dat meen je niet.'

Ik ving haar blik in de spiegel terwijl ik mijn vingers langzaam in de split liet glijden om haar bovenbeen te strelen. 'Je bent altijd mooi voor me, Mimi. En in een slobberbroek hebben mijn handen meer ruimte.'

Ik raakte met mijn duim de voorkant van haar slipje aan en ze huiverde.

'Rits me open. Ik wil je handen op me voelen. Nu.'

'Sí, mi tesoro.'

Ik nam de tijd om de rits over haar rug omlaag te trekken en kuste elke centimeter huid die ik onthulde. Toen de rits het einde had bereikt en de stof op de grond ruiste, hield ik Mimi's hand vast terwijl ze eruit stapte.

Ze moest de strapless beha hebben aangedaan om de off-the-shoulder jurk te passen. Hij zat strak om haar ribben en de beugel vormde zich naar de onderkant van haar borsten. Aan de bovenkant puilden de volle rondingen uit de cups en toonden de diepe vallei ertussenin.

Ik kon het niet weerstaan. Ik drukte mijn neus in die vallei en verkende de zijdezachte heuvels met mijn tong. Pas toen ik ze in kaart had gebracht, reikte ik achter haar om de vier haakjes los te maken waarmee hij vastzat. Ik nam de tijd en maakte de haakjes een voor een los. Toen ik het kledingstuk van haar huid pelde, zaten er rode striemen waar het in haar huid had gedrukt. Ik kuste ze, likte ze met mijn tong, in de hoop de pijn weg te nemen.

Ze kreunde mijn naam.

Ik werkte mezelf omhoog naar haar tepels, op de manier waarop ik haar zondagavond gek had gemaakt, en maakte de een nat om hem met mijn vingers te strelen en te knijpen terwijl ik de ander likte en zachtjes beet. Kreunend liet ze haar hoofd naar achteren vallen. Haar reactie maakte mijn pik stijf tegen mijn been.

Ik ondersteunde haar rug en aanbad het altaar van haar boezem, volgde haar rondingen, likte haar verharde huid. Vanavond was deze fantasievrouw van mij. Van mij om te behagen, van mij om te aanbidden.

Haar adem stokte. 'Ik—ik—'

Ik zoog haar tepel in mijn mond en beet stevig. Haar benen beefden, waardoor haar lichaam in mijn armen trilde. Ik hield haar vast, liet de druk iets vieren, maar pauzeerde het werk van mijn mond en vingers niet.

'Wie laat je klaarkomen, Mimi?' gromde ik. Jezus, wat was ik een hebberige klootzak. Maar ik moest mijn naam op haar lippen horen.

'Jij. Jij, Mateo,' mompelde ze.

'Ik heb je nodig, mi vida.'

'Ja.' Het woord eindigde met een zucht en een begerig gejammer.

Ik leidde haar naar het bed, duwde de jurken op de grond en legde haar neer. Langzaam trok ik haar slipje langs haar benen naar beneden, en bleef hangen bij haar kruis om de geur van haar opwinding in mijn longen te inhaleren.

Ik keek haar strak aan en trok mijn T-shirt met lange mouwen uit. Daarna maakte ik de knoop van mijn spijkerbroek los en liet hem op de grond vallen.

Haar ogen werden groot. 'Draag je geen onderbroek?'

'Ben je geschandaliseerd?'

'Ja.' Maar ze wreef haar benen tegen elkaar.

'Ah-ah,' plaagde ik, terwijl ik haar knieën vastpakte en ze uit elkaar trok tot ze voor me gespreid lag, glinsterend en gezwollen. 'Ik zorg vannacht voor je.'

'Zorg dan voor me. Ik heb—'

Ik onderbrak haar met een veeg van mijn tong door haar spleetje. Haar knieën beefden in mijn greep.

'Condoom.' Ze knikte naar het nachtkastje, waar een ondiep glazen schaaltje met een handvol kleurrijke condoomverpakkingen stond.

'Dat bevalt me.' Ik griste er een. 'Geen gedoe in lades.'

Een mondhoek van haar krulde omhoog. 'Je mag altijd in mijn lades rommelen.'

Ik hapte gespeeld naar adem. 'Dat is mijn tekst, cariño.'

'Nee.' Ze grijnsde. 'Jouw tekst is: "Hoe diep, schatje?"'

Ik gromde terwijl ik het latex afrol-de en mezelf bij de basis vastgreep. Als ze doorging met dat soort praatjes, zou ik klaarkomen voordat ik überhaupt in haar zat. Seks was mijn domein, en ik moest de controle terugpakken. Terwijl ik met beide knieën op het bed tussen haar gespreide dijen leunde, spinde ik: 'Ik vraag het niet. Ik ga diep, schatje.'

Ik tilde haar heupen van het bed om haar te positioneren waar ik haar hebben wilde en stootte in een enkele beweging naar binnen. Ik hield mijn adem in tot het vuurwerk voor mijn ogen was verdwenen. Toen ik naar haar gezicht keek, stond haar mond open van genot.

'Benen om mijn rug.'

Ze haakte haar hielen in het onderste deel van mijn rug en ik verstevigde mijn grip. Ik wiegde mijn heupen tegen haar. 'Gaat dit?'

Ze opende haar mond, maar er kwamen geen woorden uit. Een primeur voor Mimi. Ze likte haar lippen en ademde: 'Uh-huh.'

Ik trok me terug en stootte weer naar binnen, zo diep als ik kon, en schuurde mijn buik tegen haar clitoris. Haar ogen fladderden dicht en ze kneep zich om me heen. Mijn ogen rolden van genot naar achteren, de heerlijke samentrekking rond mijn pik creëerde een echoënde strakheid in mijn ballen. Genot stroomde door mijn ruggengraat en schoolde samen in mijn kern. Fuck! Op een dag zou ik mijn tijd nemen met Mimi.

Vandaag was niet die dag.

Ik stootte nog twee keer tot ik op het randje balanceerde. Ik legde mijn duim op haar clit en wreef er snel overheen. 'Kom met me mee, Mimi.'

Ze slaakte een geluid ergens tussen een gil en een snik voordat haar spieren zich om me heen samenknepen. Ik zag sterren toen mijn ontlading door me heen schoot. Mimi's benen beefden. Of misschien was ik het wel die beefde.

Nog steeds in haar, duwde ik haar verder het bed op tot er ruimte was voor mijn knieën. Toen boog ik me over haar heen, voorzichtig om haar niet te pletten, en kuste haar lippen, haar wangen, haar voorhoofd. 'Mi vida,' mompelde ik.

'Ik had Latijn op de middelbare school, maar ik ken dat woord van het liedje van Ricky Martin. *Vida* betekent leven. Zeg je nu dat ik je leven heb genomen? Je heb gedood? La petite mort?'

Een gegeneerd lachje ontsnapte me en blies de vochtige krullen van haar slaap. 'Het is een koosnaampje. Het betekent—'

Nee, ik was te ver gegaan om terug te krabbelen. 'Het betekent dat je mijn leven bent.'

Ze krabbelde overeind op haar ellebogen en stootte bijna tegen mijn neus. 'Wat, alsof het is van "tot de dood ons scheidt?"' Haar geschokte uitdrukking had me aan het lachen gemaakt als het niet in mijn borst had gesneden en me de adem had benomen.

Ik verzamelde genoeg lucht om te zeggen: 'Het is maar een gezegde, weet je? Zoals toen ik je *schatje* noemde, bedoelde ik ook niet dat je een echte baby was.' Nerveus keek ik haar aan. Zou ze erin trappen? Of zou ze dwars door mijn zwakke smoesje heen kijken en me wegjagen zoals ze met elke andere man sinds die klootzak Byron had gedaan?

Ze kneep haar ogen samen. 'Laten we dat maar bewaren voor als Larissa erbij is.'

'Wacht even.' Ik greep de basis van het condoom rond mijn plotseling krimpende pik, trok me uit haar terug en beende naar de badkamer, mijn hart bonkend in mijn borst. Nadat ik het condoom had weggegooid en mijn trillende handen had gewassen, trok ik mijn spijkerbroek en mijn shirt aan. Mimi keek me aan, nog steeds naakt en bezweet op het bed.

Uiteindelijk ging ik op de rand zitten en vouwde mijn handen samen zodat ze niet zou zien hoe ze trilden. Mijn longen, mijn keel, waren bijna te nauw om te spreken. Ik hield mijn stem zo goed mogelijk onder controle en zei: 'Is dit een onderdeel van de list voor Larissa? Is met elkaar slapen een onderdeel van onze date naar het gala? *Dat* is wat dit is?'

'Nee.' Ze ging rechtop zitten en legde een hand op mijn arm. 'Ik bedoelde alleen dat—dat...' Ze legde haar hoofd op mijn schouder en het kostte me al mijn kracht om haar niet aan te raken. 'Dat het me een beetje bang maakte. Ik heb me lange tijd gericht op mijn werk en mijn doelen. Dicht bij iemand komen' — ze slikte— 'je willen, gevoelens voor je hebben, dat maakt me bang.'

Mijn hart sloeg één keer, pauzeerde en ging toen op hol. 'Heb je gevoelens voor me?'

Ze tilde haar hoofd op en keek me aan. 'Ja. Ik geef om je.'

Mijn hart barstte als een ballon en regende confetti over mijn ingewanden. Ik greep haar schouders vast en kuste elk deel van haar prachtige gezicht. 'Mimi, i-ik...'

Ik kon het niet zeggen, niet met de waarschuwing in haar afkoelende bruine ogen. Maar ik voelde het diep vanbinnen.

Ik hield van haar.

23

MIMI

IK WAS AL half wakker toen het geluid van de intercom vanuit de andere kamer klonk. Het was de eerste zaterdag sinds tijden dat ik geen vroege vergadering had voor de galacommissie of, erger nog, een bruiloft, en ik lag te heerlijk in bed om op te staan, met de dekens behaaglijk tot onder mijn kin.

En een warme man tegen mijn rug.

Het bed verschoof en ik knipperde met mijn ogen. Mateo ging rechtop zitten en stopte de dekens steviger om me heen.

'Wat doe je?' vroeg ik.

'De deur opendoen.' Hij stond op, maar in plaats van zijn spijkerbroek van de vloer te pakken, liep hij naakt naar de slaapkamerdeur. Zijn haar was niet platgedrukt en warrig zoals het mijne, maar sexy en verward als dat van een GQ-model. Zijn ochtenderectie deinde voor hem.

'Wacht, waarom?'

'Ik heb koffie en ontbijt besteld. Ik laat ze gewoon even binnen.'

Ik ging rechtop zitten. 'Laten bezorgen is duur. Ik heb koffie, denk ik, en er is een bakker op nog geen zes straten afstand. Waarom...'

'Omdat,' hij kwam terug naar mijn kant van het bed en kuste me, zacht en lang, 'we op deze manier in bed kunnen ontbijten. Naakt.'

Ik pakte zijn hand. 'Ontbijt eten... of iets anders?' Ik wreef mijn dijen tegen elkaar om het vocht dat zich daar verzamelde binnen te houden.

'Aha. Nu zie je hoe briljant mijn plan is. Een hapje gebak, een hapje Mimi.' Hij knabbelde aan mijn oorlel.

De intercom zoemde weer. 'Weet je,' fluisterde hij, 'als je in een nieuwer gebouw zou wonen, had je een app om de deur te openen en zou ik nu meteen van je kunnen snoepen.'

'Nieuwe gebouwen zijn ook duur. Schiet je op?' Ik beet op mijn lip. Hier kon ik wel aan wennen. Ontbijt op bed met een man die er net zo van hield om te beffen als ik om gebeft te worden? Zeg mijn weekendplannen maar af.

'Twee tellen.' Zijn stem was een lage brom.

Ik keek hoe zijn ronde, naakte kont bewoog terwijl hij de slaapkamerdeur uit verdween.

Ik hief mijn hand om mijn haar glad te strijken en ontdekte dat het zijden elastiek dat ik 's nachts gebruikte om mijn krullen bij elkaar te houden, in mijn haar verstrikt zat. Shit. Ik moest er wel uitzien als Medusa, terwijl Mateo op een man uit een gelikte parfumreclame leek.

Ik trok het los en kamde met mijn vingers door mijn krullen om wat orde in de chaos te scheppen. Ik ademde in mijn komvormige handpalm. Moest ik mijn tanden poetsen? De gedachte om het warme, comfortabele nest van mijn bed te verlaten deed me rillen. Hoewel, als ik Mateo zou pijpen, zou mijn ochtendadem wel het laatste zijn waar hij om zou geven.

Nu ik een plan had, was ik de kussens aan het opschudden toen Mateo in de deuropening verscheen, zijn gezicht bleek. Hij klemde een van mijn grijze sierkussens voor zijn kruis en een ander achter zijn naakte kont.

'Eh, je hebt bezoek.'

'Bezoek?'

'Je moeder is hier.'

'Wat?' Mijn wangen prikten terwijl het bloed uit mijn gezicht wegtrok. 'Nu?'

Hij sloot de deur achter zich. 'Ja. Sorry, ik…' Hij gebaarde naar zijn met kussens bedekte middenstuk en ik kromp ineen bij de gedachte aan het tafereel. Mijn moeder die het opgaf te wachten tot ik haar binnenliet, vervolgens nonchalant binnenkwam met de sleutel die ik haar overduidelijk nooit had moeten geven, en een naakte vreemdeling aantrof.

'Heeft ze iets gezegd?'

'Ze vroeg of ze je kon spreken.'

'Shit.' Ik hees mezelf uit bed en deed er een halve minuut over om ondergoed, een legging en een sweatshirt te vinden.

Langzamer raapte Mateo zijn kleren van de vloer. 'Ik zal wel even…'

'Blijf hier. Voor nu. Alsjeblieft.' Ik drukte een geruststellende kus op zijn lippen.

Wie wist wat mijn moeder zou zeggen? Ik had nog nooit de pech gehad dat ze een van mijn onenightstands betrapte. Meestal stuurde ik ze ruim voor zonsopgang naar huis.

Ik liep de deur uit en sloot hem zachtjes achter me. Mijn moeder zat op de bank met haar benen over elkaar, gekleed in een roomwitte broek en een marineblauwwit gestreepte trui. Ze had haar jas over de armleuning van de bank gedrapeerd alsof ze van plan was een tijdje te blijven.

'Goedemorgen, mam. Wat doe je hier?'

Ze stond op en kuste mijn wang. 'Wat is dat voor een begroeting voor je moeder, als je al een week mijn appjes of telefoontjes niet hebt beantwoord?'

'Sorry. Ik was het van plan. Maar ik heb het zo druk gehad met werk en de stichting…'

'En de sexy naakte man?'

'Ja. Hij ook. Waarom ben je hier zo vroeg?'

'Ik zei het je al. Ik wilde zeker weten dat je niet dood op de vloer lag en door ratten werd opgegeten. Maar ik zie dat iemand die veel aangenamer is, je aan het opeten was...'

'Mam!'

'Die seksuele gloed van je is werkelijk obsceen.' Haar glimlach werd breder. 'Ik ben zo blij voor je.'

'Mam!'

'Wat? Ik haat de gedachte dat je helemaal alleen in dit appartement bent. Ik ben blij dat je geniet van je seksuele vrijheid.' Ze hapte naar adem. 'Is dit je *nieuwe, casual* man?'

Mijn maag keerde zich om, en niet op de vrolijke manier zoals wanneer Mateo me kuste. 'Als je het niet erg vindt, bespreek ik mijn seksuele vrijheid liever niet met jou.'

Ze haalde haar schouders op. 'Je doet maar. Ik was een beetje afgeleid door zijn grote snikkel, maar ik meen me te herinneren dat je zei dat hij een familielid van Cooper is?'

Ik bedekte mijn hete wangen. 'Waarom stel ik jullie niet aan elkaar voor?'

'Dat zou geweldig zijn. Zeg hem dat hij van mij zijn kleren niet hoeft aan te trekken.'

'Smerig, mam.'

Ik keerde terug naar de slaapkamer, waar Mateo volledig gekleed op het dekbed zat. Hij had het bed opgemaakt en de kleren opgeraapt die ik op de vloer had gegooid. Hij frunnikte aan de ring om zijn vinger.

Hij reikte naar mijn hand. 'Het spijt me, mi tesoro.'

Ik kneep in zijn hand. 'Het is oké. Kom mijn moeder ontmoeten.'

Hij knikte alsof ik hem had gevraagd voor een vuurpeloton te gaan staan.

Hij volgde me van de slaapkamer naar de bank. Mam bleef zitten en monsterde hem van top tot teen.

'Mam, dit is Mateo Rivera. Je weet nog wel dat ik vertelde dat we elkaar zien? Hij is Coopers neef.'

Ze stak haar hand uit, en ik dacht even dat hij eroverheen zou buigen en hem zou kussen als een prins in een film, maar hij schudde hem alleen maar.

'Mateo, dit is mijn moeder, Jeannie Levy.'

'Sorry voor daarnet,' zei hij, terwijl hij haar hand losliet. 'Meestal probeer ik een betere eerste indruk te maken op de moeder van mijn vriendin.'

Ze staarden me allebei aan toen ik naar adem hapte. *Vriendin?* Nee. We waren *absoluut* nog niet zover. Zeker, ik had mijn geen-herhaling-regel voor hem gebroken en ik had zelfs toegegeven dat ik gevoelens voor hem had, maar *vriendin?* Daar was ik niet klaar voor. Niet met hem. Met niemand.

'We hoeven niet te doen alsof voor mijn moeder.' Ik zou haar laten zweren de waarheid nooit te onthullen waar Ben of Cooper bij waren. En mijn moeder, die advocate was, begreep misschien niets van grenzen, maar ze wist wel iets van vertrouwelijkheid.

'Doen alsof?' Zijn wenkbrauwen fronsten.

De intercom zoemde en mam stond op. 'Ik ga wel even kijken wie er beneden is. Dan hebben jullie twee even een momentje.'

Ze sloot de deur van het appartement achter zich.

'Mimi, ik... wat is er mis?' Hij pakte mijn beide handen teder vast, net als wanneer we dansten. Hij wreef met zijn duimen cirkels op de rug van mijn handen.

'Er is niks mis. Ik... ik had gewoon niet verwacht dat je mijn ouders zou ontmoeten. Ik was niet voorbereid om een verhaal te vertellen.'

'Een verhaal?' Hij grijnsde en liet een kuiltje zien. 'Dat klinkt ingewikkelder dan het is. We daten. We slapen met elkaar. Ik heb niemand anders. Dus ben je mijn vriendin.'

'Dat *klinkt* simpel. Maar...'

'Geen maar. Zet dat grote brein van je even uit en ga erin mee. Dit voelt goed, toch?' Hij trok me dichterbij en legde onze ineengestrengelde handen achter zijn rug, zodat ik hem omhelsde. Nee, het was meer alsof ik over hem heen vloeide. Als boter over hete maïs.

'J-ja.'

'Wij zijn simpel, jij en ik. Ik vind je leuk. Erg leuk.' Hij kuste mijn lippen, licht en zoet. 'En jij vindt mij leuk.' Hij trok zijn wenkbrauwen op.

Ik aarzelde maar een moment. Ik had het al toegegeven. Aan hem en aan mezelf. Ik knikte.

Zijn schouders zakten. 'Goed. Dan niet meer doen alsof. Jij bent mijn vriendin. En ik ben jouw man.'

Voordat ik kon antwoorden, opende mam de deur en kwam binnen met twee koffiebekers en een zak met gebak. 'Het ontbijt is er.'

'Ah.' Hij kuste mijn wang voordat hij mijn handen losliet. Hij nam het eten en drinken van mijn moeder aan. 'Ik maak van ontbijt voor twee, ontbijt voor drie, terwijl jullie dames even ontspannen.'

Mam trok haar wenkbrauwen op en ging weer op mijn bank zitten. Ze keek Mateo na terwijl hij mijn keuken in liep en klopte toen op het kussen naast haar.

Ik liet me erop zakken.

'Dus?' vroeg ze.

'Dus?'

'Vertel me over je *vriendje.*'

'Laten we die term niet gebruiken. Zoals ik je al zei, het is nieuw.' In minuten gemeten nieuw.

'En?'

'Het is goed? Denk ik? We gaan samen naar het gala. Hij leert me dansen.'

'Noemen ze het zo tegenwoordig?'

'Mam!' Ik keek naar de keuken. Mijn koffiezetapparaat siste. Hoorde hij dit vernederende gesprek?

'Ik mag hem wel. En niet alleen omdat hij een enorme, baby's makende snikkel heeft. Ik neem aan dat het te veel gevraagd is om te hopen dat hij Joods is?'

'Mam! Nee! Zo is het niet. We gaan geen baby's maken samen. Bovendien zeg je altijd dat ik me op mijn carrière moet concentreren. Niet op mannen.'

'Waar moeten mijn kleinkinderen vandaan komen? Ben gaf me een kleinhond. Ik kan een kleinhond niet meenemen naar de dierentuin. Er zal geen bris zijn, geen bar mitswa voor Coco. Ik reken op jou, Mimi.'

'Maar hoe zit het met mijn carrière? Hoe zit het met mezelf bewijzen? Hoe zit het met slim zijn, ambitie en zelfvertrouwen?' Wanneer had mijn moeder kleinkindkoorts gekregen?

'Met de juiste partner kun je dat allemaal doen. Neem je vader en mij, bijvoorbeeld. Ik heb de carrière die ik heb omdat hij me hielp. Hij bracht tijd door met jullie kinderen terwijl ik de uren maakte op kantoor. Misschien besefte ik het wat laat, maar toen ik zag hoe Ben Cooper ondersteunde, herinnerde me dat eraan. Ik denk dat Mateo dat ook voor jou kan zijn.'

Alsof hij haar punt wilde bewijzen, kwam hij de keuken uit met een bord en een mok koffie. Hij zette het bord op mijn salontafel.

Hij gaf de mok aan mam. 'Wilt u melk? Splenda? Mimi heeft geen suiker en room meer.'

Als hij aan de melk had geroken, had hij waarschijnlijk ook gemeld dat die op was.

'Nee, zwart is prima. Dank u.'

'Ik zet hem sterk, dus laat het me weten als u van gedachten verandert.' Hij ging terug naar de keuken.

Wilde Mateo de bijrol spelen in mijn hoofdrol? Nee, zo werkte dat niet. Ben had zijn eigen leven, los van dat van Cooper. Hij had zijn eigen carrière met zijn nieuwe stichting. Zelfs mijn vader had zijn bijlesbedrijf.

Mateo wilde iets. Misschien betekende alle hulp die hij me had gegeven dat het iets te maken had met het gala of de stichting. Misschien wilde hij daar een functie en rekende hij erop dat ik hem die zou geven zodra ik adjunct-directeur werd. En dat vond ik prima, zolang het niet mijn functie was die hij wilde.

Dat was logisch. Zo werkte de wereld. Mateo's vriendin zijn was niet zo heel anders dan mijn onenightstands. We gaven elkaar plezier en genoten van elkaars gezelschap. Het was simpel, transactioneel, wederkerig. Zeker, ik gaf om hem, maar ik hoefde mijn gevoelens er niet verder bij te betrekken, niet... niet *verliefd* worden zoals ik had gedacht dat ik was op Byron.

Liefde maakte me kwetsbaar, vertroebelde mijn blik. Liefde had me al één promotie gekost. Ik kon dat niet nog een keer laten gebeuren. Niet nu er nog een kans was dat mijn doelen binnen handbereik lagen.

Mijn economieprofessor op de universiteit zei dat er niet zoiets bestond als een investering met een laag risico en een hoge opbrengst. Had ik die zojuist gevonden in Mateo?

Hij kwam de keuken binnen met nog twee mokken en drie kleine bordjes en vorken. Hij zette ze op de salontafel en ging op de stoel zitten die het dichtst bij mij stond. 'En nu, smullen maar.'

Hij had elk gebakje in drie stukken gesneden en een omelet gemaakt, ook in drie stukken gesneden.

'Dank je, Mateo,' zei mam. 'Dat had je niet hoeven doen.'

'Met alle plezier.' En hij trakteerde ons allebei op de dubbele combinatie van blos en kuiltjes.

Mam zei geen woord meer. Ik hoopte dat ze niet op dezelfde manier in katzwijm viel als ik.

Terwijl ik het ontbijt at dat hij in minder dan tien minuten uit mijn kale keuken had getoverd, was ik er zesenzestig procent zeker van dat ze gelijk had. Dat Mateo precies de man was die ik nodig had.

———

VROEG OP MAANDAGOCHTEND stuurde Mateo met één hand zijn Jeep de parkeerverbodzone voor het Synergy-gebouw in. Zijn andere hand hield de mijne vast.

Hij had het hele weekend zijn handen overal op mijn lichaam gehad, me nauwelijks niet aangeraakt. Nou ja, sinds ik mam zaterdag laat in de ochtend de deur uit had geduwd. We waren naar zijn huis gegaan en ik was zaterdagnacht bij hem gebleven. Hoewel zijn bed veel ruimer was dan het mijne, dat niet groot genoeg leek voor zijn enorme gestalte, sliep hij dicht tegen me aan, zijn grote hand tussen mijn borsten geklemd alsof ze van hem waren. Zondagnacht, weer bij mij thuis, wist ik niet zeker of we überhaupt veel hadden geslapen. Ik kon de bodem van mijn kom met condooms zien.

Als Mateo me zijn vriendin laten noemen fantastische seks meerdere keren per dag betekende, dan zag ik daar zeker de voordelen van in. Zijn grommende *Jij bent mijn vriendin en ik ben jouw man'* zou zelfs de tenen van Gloria Steinem hebben doen krullen. Ik zat honderd procent aan boord van de seks-met-Mateo-trein.

Zelfs het vervelende stemmetje – een echo van mijn moeders stem – was stil geworden. De stem die me vertelde dat ik genegenheid en respect moest verdienen. Dat wat Mateo me bood niet echt was, dat hij niet echt om me kon geven en dat ik een dwaas was omdat ik me door hem liet afleiden van mijn doelen. Ik had dat vervelende stemmetje in een doos diep vanbinnen gestopt.

De seks was niet het enige fantastische deel van mijn weekend met Mateo. Zaterdagmiddag, toen ik hem vertelde dat ik naar de kelder van het gebouw moest om de was te doen, had hij me meegenomen naar zijn huis om het te doen met de machines in het gastenverblijf. Hij zei dat hij Roger wilde controleren, maar dat zou Ben ook wel gedaan hebben. Toen de allergiemedicijnen die ik uit voorzorg had genomen me zo slaperig maakten dat ik op zijn bank in slaap was gevallen, had Mateo mijn was veel zorgvuldiger opgevouwen dan ik zou hebben gedaan.

Zijn stem haalde me uit mijn lofzang over kraakhelder opgevouwen T-shirts. 'Waarom spreek je altijd zo vroeg af?'

'Dat is meestal mijn schuld. Ik werk overdag, dus we moeten buiten werktijd afspreken. Natalie heeft soms 's avonds verplichtingen, dus spreken we voor het werk af.'

Hij knikte. 'En waarom spreken jullie af bij Synergy?'

'Om een paar redenen. De stichting heeft nog geen fysieke locatie...'

'Je bedoelt dat Larissa haar kont nog niet in beweging heeft gekregen om er een te kiezen.'

'Dat is niet helemaal eerlijk. Ze bespaart de stichting huur.'

'Dat is mijn Mimi. Altijd zo zuinig.'

'Zuinig is een nette manier om het te zeggen. Ben noemt me goedkoper dan de wijn bij de Aldi.'

'Er is niets goedkoops aan jou, mi tesoro.' Hij leunde over de console om een kus op mijn lippen te drukken.

Ik rilde en kuste hem terug. Ik kon echt wel wennen aan dit vriendje-ding.

Alsof hij de gedachte van mijn gezicht af kon lezen, grijnsde hij. Maar hij zei: 'En het andere?'

'Welk andere?'

'De andere reden waarom jullie hier, bij Synergy, afspreken.'

'Oh. De gratis bagels.'

'Nu heb je me overtuigd. Ik loop met je mee naar binnen als een goede vriend en pik een bagel mee.'

'Eigenlijk… zou je het erg vinden om niet mee naar binnen te komen?' Ik kromp ineen terwijl ik het zei, anticiperend op de gekwetste blik op zijn gezicht. Ik haastte me verder. 'Je hebt enorm geholpen met het gala en dat waardeer ik echt. We waarderen het allemaal. En als je een functie bij de stichting wilt, help ik je graag zodra ik deze baan heb. Maar ik wil dat Larissa nu mijn werk ziet. En jij bent nogal… afleidend.'

'Ah.' Hij leunde achterover en zijn uitdrukking klaarde op. 'Larissa is als een kraai, aangetrokken tot nieuwe, glimmende dingen. Ze waardeert de schat die al in haar nest ligt niet.'

Ik wilde hem zeggen dat hij moest ophouden me een schat te noemen. Volwassen vrouwen kregen geen kriebels als mannen hen omschreven als iets om te hamsteren.

Maar ik vond het geweldig.

'Dank je voor je begrip.'

'Natuurlijk. Blijf zitten, cariño. Ik pak je tas en maak de deur voor je open.'

Hij glipte uit de bestuurdersstoel, en ik deed het echt. Ik wachtte tot hij mijn deur opendeed. Als een soort prinses of een celebrity op de rode loper. Wie was ik, en waar was de onafhanke-lijke, schijt-aan-het-patriarchaat-Mimi gebleven?

Misschien zat ze in de doos met dat vervelende stemmetje.

Hij zwaaide mijn deur open, mijn laptoptas over zijn schouder geslagen. Hij hield mijn hand vast terwijl ik met mijn tenen de treeplank zocht en op de stoep sprong.

Mateo gaf me niet zomaar mijn tas. Nee, hij hield me overeind toen ik de stoep op stapte. Hij trok de zijkanten van mijn jas recht en boog voorover om mijn wang te kussen.

'Kan ik je vanavond zien?' fluisterde hij in mijn oor.

'Ik… oké. Werk je niet?'

'Ik heb deze week dagdienst. Ik ben om zeven uur klaar. Kan ik eten voor je meenemen?'

'Of ik kan naar jou toe komen?' Mateo's enorme bed was veel comfortabeler voor ons tweeën.

Hij haalde zijn telefoon uit zijn zak en tikte op het scherm. Een seconde later zoemde mijn telefoon in mijn tas. 'Waarom ga je niet meteen na je werk daarheen?'

Ik keek op mijn telefoon. 'Is dat je deurcode?'

'Ik heb je zien lonken naar het bad. Neem een bad terwijl je op me wacht.'

Ik had misschien wel gefantaseerd over het gigantische bad, vooral met de nieuwe pijn tussen mijn benen. Ik zou onderweg wat badzout halen. Ik strekte me uit op mijn tenen en kuste hem. 'Dat zou ik fijn vinden.'

'Eerst op de golfbaan en nu voor je werkplek? Echt, Miriam.' Een kille stem bevroor het bloed in mijn aderen.

Ik plakte een nietszeggende glimlach op mijn lippen en draaide me om. 'Goedemorgen, Larissa.'

'Goedemorgen, Miriam. Mateo.'

Het ontging me niet hoe haar stem zijdezacht werd toen ze zijn naam zei.

Mateo moet het ook niet ontgaan zijn. Zijn armen sloegen zich om me heen en trokken me strak tegen zijn lichaam aan. 'Goede-morgen, Larissa. Hoe was uw weekend?'

'Prima. Druk. U weet wel, met al dat geplan voor het gala.'

Mijn keel kneep samen. 'Wacht. Ik dacht dat we alles geregeld hadden. Had u mijn hulp niet nodig?'

'Nee, nee.' Ze wapperde me weg met haar in leer gehandschoende hand. 'Ik heb het geregeld. Ik heb u alleen nodig om de declaraties te verwerken.'

'Maar ik had met alle plezier geholpen,' zei ik.

'Ik heb u zaterdagmiddag wel proberen te bellen, maar u nam uw telefoon niet op.'

Verdomde dutje. Ik had even niet opgelet, en plotseling had Larissa me niet meer nodig. Mijn gezicht brandde, maar ik probeerde mijn stem luchtig te houden. 'Oké, ik haal de bonnetjes binnen wel bij u op.'

'Mateo,' Larissa's stem was mierzoet. 'Heeft u tijd om bij ons aan te schuiven? Ik kan uw inbreng over de decoraties wel gebruiken.'

Hij kneep in mijn schouders. 'Sorry, ik ben op weg naar mijn werk.'

'Jammer. We zouden uw perspectief goed kunnen gebruiken.'

'Mimi heeft een goed perspectief. Ik weet zeker dat zij kan helpen.'

Larissa's lip krulde op. 'Miriam is goed met cijfers. Niet met esthetiek. Zal ik haar de keuzes e-mailen, dan kan ze ze u later laten zien?'

'Ik denk dat we er samen naar kunnen kijken?' Hij zocht mijn gezicht af voor het antwoord.

Ik stapte uit Mateo's greep. Dat hij mij hielp was één ding. Dat Larissa op hem vertrouwde in plaats van op mij, was iets anders. Nog een aanwijzing dat ik niet haar topkandidaat was voor de baan van adjunct-directeur.

Larissa bevestigde het met haar volgende woorden. 'Had u maar boekhoudkundige ervaring, dan zou u het complete pakket zijn, Mateo. Zal ik u de opties appen? Dan bel ik u vanavond en kunnen we het bespreken?'

Had ze zijn nummer? Ik zoog koude lucht op door mijn neusgaten. Wat. De. Hel. Ze had zijn hulp nodig en niet de mijne, *en* hij had achter mijn rug om met haar gepraat? Dit was Byron helemaal opnieuw. De scherpe pijn in mijn borst was een teken dat ik dezelfde fout had gemaakt als met hem. Mateo was een afleiding, en mijn droom van een betaalde functie bij de stichting implodeerde hier en nu op de stoep voor mijn werkplek. Ondanks wat ik mezelf had beloofd, had ik toch wat gevoelens gekregen bij de geweldige seks.

Die stem barstte uit zijn doos. *Wat hebben gevoelens ooit voor je gedaan? Vertrouw op je verstand, je ambitie en je zelfvertrouwen.*

Ik wreef over mijn kille handen alsof ik de gevoelens eraf kon stoffen. Ik concentreerde me op mijn handen en niet op Mateo's gezicht. 'Weet je wat? Ik denk niet dat ik het vanavond red. Ik heb een hoop in te halen van het weekend.'

'Maar…'

'Ik zie je binnen, Larissa.' Ik stak mijn hand uit voor mijn tas, en na een korte aarzeling gaf hij hem aan me.

'Dag, Mateo.'

'Mimi, wacht.'

Ik wierp mijn hand achter me in de lucht in een zwaai en marcheerde naar de ingang van het gebouw. Ik had werk te doen. Doelen te bereiken. En ik zou Mateo of zijn koosnaampjes, zijn spieren, zijn superieure vrijpartijen of zijn vijfsterrenkookkunsten me niet in de weg laten staan.

Byron had me één keer voor gek gezet. Ik was niet van plan dat nog een keer te laten gebeuren.

24

MIMI

IK WAS DIE avond alleen in mijn appartement en legde de laatste hand aan het definitieve budget voor het gala toen mijn laptop-scherm op zwart ging. Mijn hand ging automatisch naar het snoer om eraan te rammelen, maar het was er niet. En in een vlaag van frustratie realiseerde ik me waar ik het had laten liggen.

Bij Mateo.

Ik had zaterdagmiddag na mijn dutje laat op zijn bank aan mijn spreadsheets voor de stichting zitten werken, toen hij me in mijn nek kuste. Eerst een onschuldig kusje, maar toen dwaalden zijn lippen af naar mijn schouder en was het werken voor die dag voorbij.

Hij controleerde alleen nog of ik mijn werk had opgeslagen voordat hij het scherm dichtklapte, het snoer dat over de bank lag uit het stopcontact trok, me neerlegde en me de beste orale seks van mijn leven gaf.

Op een na beste orale seks? Ook Mateo. En de derde beste ook. Hij stond in drievoud op het Olympisch podium van de cunnilingus.

Ik moest een gedenkteken voor hem oprichten in die houding.

Alsof hij Han Solo in carboniet was, bliksemsnel ingevroren met zijn hoofd tussen mijn dijen.

We konden niet zo doorgaan. Niet nu Larissa dacht dat we een stel waren en ze Mateo als gratis werkkracht kon inlijven wanneer ze maar wilde. Wanneer ze eigenlijk hém wilde in plaats van mij.

Ik was vanochtend belachelijk geweest toen ik dacht dat Mateo achter mijn rug om de functie van adjunct-directeur probeerde te stelen. Hij was niet zoals Byron. Hij wilde de functie niet en hoeveel Larissa ook op hem gesteld was, hij was niet gekwalificeerd. Jackson zou het nooit goedkeuren.

Maar zou ik nog steeds in de race zijn voor de baan zonder Mateo's hulp?

Waarschijnlijk niet. En dat gaf me een tintelend gevoel op mijn huid dat heel anders was dan het gevoel dat de orale seks van Mateo me gaf.

Een gevoel dat me eraan herinnerde hoe ik me had gevoeld toen de hoge bazen me vertelden dat ze de promotie aan Byron hadden gegeven.

Ik staarde naar mijn spiegelbeeld in het dode scherm van mijn laptop. Ik wilde die baan bij de stichting meer dan wat dan ook. Maar zo gedroeg ik me niet. Ik had mijn prestaties laten verslappen. Nu, althans in de ogen van Larissa, was het beste aan mij dat ik een package deal was met Mateo. Ergens had mijn moeder gelijk over de voordelen van een helper.

Maar dat wilde ik niet. Ik wilde op eigen kracht schitteren. Niet in het weerkaatste licht van Mateo.

En er was maar één manier om dat te doen, om te bewijzen dat ik de baan op eigen merites verdiende.

Ik moest er een punt achter zetten. Achter de echte relatie en de nepversie ervan.

Een zwaarte drukte op mijn borst. Hij zou gekwetst zijn. Verdomme, ik ook. Mijn ontluikende gevoelens schreeuwden het al uit bij de gedachte aan wat ik op het punt stond te doen.

Misschien konden we nog vrienden zijn. Maar hoe zou dat werken, na wat we samen hadden gedaan?

In mijn spiegelbeeld op het donkere scherm vertelde de koppige trek om mijn lippen me dat het niet zou werken. Elke keer als ik hem zou zien, zou ik me herinneren hoe lief, hoe teder hij was geweest. Hoe mooi hij me had laten voelen.

Ik bracht mijn telefoon met mijn duim tot leven en opende de foto. Degene die hij van me had genomen in de roze paillettenjurk. Een van zijn enorme handen hield mijn telefoon vast om ons in de spiegel vast te leggen en de andere lag eerbiedig gespreid over mijn ribben.

Ik hield mijn duim boven het verwijdericoontje. Ik zou hem echt moeten verwijderen. Hem weggooien, samen met deze irritante gevoelens.

In plaats daarvan veegde ik de foto-app weg. Ooit zou ik sterk genoeg zijn om hem te gebruiken als herinnering aan hoe ik me door mijn emoties had laten meeslepen.

Ooit, in de verre toekomst. Wanneer ik oud en grijs was en in een vliegende auto reed, bijvoorbeeld.

Voor nu zouden Mateo en ik weer kennissen worden, gevangen in de vriendenkring van Ben en Cooper, altijd een beetje te voorzichtig met elkaar.

Ik klapte mijn laptop dicht zodat ik mijn lippen niet omlaag hoefde te zien krullen bij dat idee.

Ik pakte mijn telefoon. Ik kon Ben bellen en vragen of hij mijn oplader wilde brengen. Maar dat was de laffe manier en ik was geen lafaard. Ik zou me eroverheen zetten, mijn snoer terughalen en het uitmaken.

Ik stond op van de bank, verruilde mijn joggingbroek voor een spijkerbroek en hees me met tegenzin weer in mijn beha. Ik wurmde me in een zwarte coltrui. Geen afleidende kusjes in mijn nek meer.

De roze pailletten knipoogden naar me vanuit mijn kledingkast. Ik moest Mateo ook terugbetalen voor de jurk. Hij had afgelopen weekend geweigerd mijn geld aan te nemen, maar aangezien we geen relatie meer zouden hebben, kon ik dat niet zo laten. Ik zou hem via een betaal-app betalen. Dan kon hij het niet weigeren.

Ik tikte met mijn koude vingertoppen onder mijn ogen om het prikken te stoppen. Het was niet de bedoeling dat ik met rode ogen en een loopneus aan zou komen. Dan zou hij me troosten en daar ging mijn vastberadenheid. Snuivend concentreerde ik me op wat ik moest doen. Mijn oplaadsnoer bij Mateo halen. Hem terugbetalen voor de jurk. Het uitmaken met hem. Als ik het als drie punten op een checklist bekeek, viel het best mee.

Ik trok een jas aan en pakte mijn tas en buspas. Ik overwoog een taxi te nemen, maar ik had het proces nodig van naar de halte lopen en mijn pas laten zien. Ik had het harde plastic stoeltje nodig, de felle binnenverlichting en de argwanende blikken van de andere passagiers om te voorkomen dat ik in een plas emoties zou oplossen.

Ik liep in een stevig tempo naar mijn halte, mijn schouders opgetrokken tegen de kou. Emoties. Die had ik nu absoluut niet nodig. Focus. Gedrevenheid. Een koelbloedig doel zou me brengen wat ik het allerliefst wilde.

Namelijk de functie van adjunct-directeur.

En om die te krijgen, had ik mijn oplader en een lege sociale agenda nodig.

Tegen de tijd dat ik de heuvel naar Coopers landhuis opliep, was ik erin geslaagd mijn vervelende emoties in een doosje te stoppen en ze in een diepe, donkere hoek van mijn hart te duwen. De kille lucht bevroor de tranen in mijn traanbuisjes, waar ze hoorden.

Ik marcheerde over de felverlichte oprit en over de klinkers naar het gastenverblijf. Ik klopte op zijn deur. Het was ruim na zevenen, dus hij zou thuis moeten zijn. Ik wijdde geen enkele gedachte aan zijn voorstel dat ik in zijn luxe bubbelbad op hem zou wachten.

Oké, één verlangende gedachte wijdde ik eraan, terwijl de kou op mijn wangen prikte.

Toen Mateo de deur opendeed, kwam me een geur van vlees,

aardappelen en kruiden tegemoet waar het water me van in de mond liep. De geur kroop mijn neusgaten binnen en lokte me naar binnen.

Ik ademde door mijn mond om het heerlijke aroma te weerstaan en zei tegen zijn borst: 'Hoi. Mag ik binnenkomen? Ik heb dit weekend mijn oplader hier laten liggen.'

Pas toen liet ik mijn blik van het midden van zijn T-shirt omhoog glijden naar zijn gezicht, dat me met een grijns verwelkomde.

'Natuurlijk,' zei hij. 'En blijf eten. Ik heb genoeg gemaakt voor twee.'

'Nee, bedankt.' Ik slikte het speeksel door dat zich had verzameld toen hij 'eten' zei. Ik was na het werk te veel in mijn spreadsheets verdiept geweest om te onthouden dat ik moest eten. 'Alleen de oplader.'

Toen hij een stap opzij deed, glipte ik langs hem heen, terwijl ik probeerde zijn geur niet in te ademen en zijn warme, harde borst niet te schampen.

Ik zocht naar mijn oplader, maar zag hem niet in het stopcontact zitten waar ik hem me herinnerde te hebben achtergelaten.

'Ik, eh, moest hem oprapen. Roger had hem gevonden.' Hij liep naar de ingebouwde boekenkast en pakte het opgerolde snoer van een hoge plank. Hij hield het naar me uitgestoken en jawel, er zaten kleine tandafdrukken van een kitten op het plastic snoer.

Ik liet mijn vingers over de inkepingen glijden. 'Het lijkt erop dat hij er niet doorheen heeft weten te bijten.'

'Nee.' Hij grinnikte terwijl hij met zijn hand door zijn haar ging en ik probeerde niet naar zijn triceps te staren. 'Ik was blij dat ik bij thuiskomst geen gefrituurd katje aantrof. Hij moet iets anders hebben gevonden om mee te spelen. Hij heeft ontdekt hoe hij lades kan openen, weet je.'

'Wat heeft hij nu weer uitgespookt?' Ik stopte de oplader in mijn tas.

'De sokkenlade. Ik vouw ze op tot balletjes, en nou ja, mijn slaapkamer leek wel het buitenveld na een slagtraining.'

Ik kon het niet helpen. Ik lachte. 'Roger,' riep ik. 'Kom hier, stoute kat.'

Zijn belletje rinkelde en hij rende de gang met de slaapkamers uit. Hij ging op zijn achterpoten staan en zette zijn voorpoten met uitgestoken nagels in mijn spijkerbroek. Ik klemde mijn tas onder mijn arm, pakte hem op en wiegde hem in mijn armen. Ik wreef met een vinger over zijn wang en hij spon. Maar toen ik me herinnerde dat ik hem gedag moest zeggen, bekoelde de warmte in mijn borst.

'Je allergie,' zei Mateo. 'Heb je je pilletje genomen?'

'Nee.' Met tegenzin zette ik Roger op de grond. 'Ik blijf niet lang.'

Zijn volle lippen trokken omlaag. 'Niet?'

'Nee. Dit... dit...' Ik klemde mijn tas tegen mijn zij. Ik had één punt van mijn lijstje afgevinkt; nu was het tijd voor het volgende. 'Dit gaat niet werken. Jij en ik.'

Zijn borstkas rees en zakte toen weer in, waardoor zijn schouders afhingen. 'Ik weet het.'

'Echt?' Misschien zou dit toch niet zo moeilijk worden als ik had gedacht. Misschien vond hij ons ook geen goede combinatie. Ik negeerde de scherpe steek achter mijn borstbeen.

'Ik heb het altijd geweten.' Maar hij keek me niet aan toen hij vooroverboog om Roger op te pakken en hem tegen zijn borst te knuffelen.

Met zijn rug naar me toe gekeerd, krulde hij zijn schouders om het katje heen en boog zijn hoofd. En plotseling was hij een kleine jongen, in de steek gelaten door zijn moeder. Een jonge man, die alleen naast het ziekenhuisbed van zijn vader stond. En nu was ik degene die hem in de steek liet.

'Mateo, ik...' Ik raakte zijn rug aan, en toen hij in elkaar kromp, trok ik mijn hand weg.

Een koelbloedig doel. Dat was waar ik voor gekomen was. Maar de kromming van zijn rug deed het smelten.

Er stak iets onder de mouw van zijn T-shirt uit. Een verband? Had hij zich bezeerd? Zonder hem aan te raken, tilde ik zijn mouw op. Een vierkante pleister plakte op de huid van zijn binnenarm, lichter dan zijn gebruinde huid.

'Een nicotinepleister? Ben je aan het stoppen?'

Zijn schouders zakten een stukje. 'Ik probeer het. Echt, dit keer.'

Ik slikte. 'Voor mij?'

'Nee.' Hij draaide zich naar me om. 'Voor mezelf. Voor mijn gezondheid. Maar ook... ook voor jou.' Eén mondhoek krulde omhoog tot een droevige halve glimlach.

Hij was aan het stoppen met roken, iets wat hij al jaren deed, iets wat hem met zijn vader verbond, alleen maar omdat ik er een hekel aan had. Niemand had ooit zo'n grote levensverandering voor mij gemaakt. De woorden droogden op in mijn keel. Ik streek zijn mouw glad en liet mijn vingertoppen even op de gladde pleister rusten.

Hij had niets anders gedaan dan me proberen te helpen. Vanaf die avond in de bar, toen hij mijn dronken kont had gered van mogelijke aanranders, tot de vergadering van de stichting, toen hij Larissa had ingepalmd, tot de maaltijden die hij me altijd probeerde te laten eten: hij had altijd voor me gewerkt. Nooit tegen me. Niet zoals Byron. Het was niet zijn schuld dat Larissa probeerde te profiteren van de overduidelijke manier waarop hij om me gaf.

Ik liet mijn hand over zijn harde borstspier glijden en legde hem op zijn borstbeen, waar zijn goede hart klopte. Roger nestelde zijn kleine kopje tegen de zijkant van mijn hand, vechtend om dichter bij dat pulserende symbool van Mateo's zachtaardige goedheid te zijn.

'Het spijt me,' zei ik. 'Vergeef je me?'

'Natuurlijk. Al valt er niets te vergeven. Ik begri...'

'Nee.' Ik deed een stap dichterbij tot we met onze tenen tegen elkaar stonden. 'Voor wat ik zei. Ik meende het niet. Niet echt.'

'Je...' zijn wenkbrauwen fronsten zich, 'je wilt het niet uitmaken?'

'Nee.' Shit, ik had zijn breekbare hart verbrijzeld. Ik verdiende zijn vergeving niet. 'Tenzij jij dat wilt.'

Hij snoerde me de mond met een kus, hard en veeleisend. Ik opende mijn lippen en liet hem binnen. Liet hem doen wat hij wilde. Dat kon ik hem wel gunnen na mijn wrede woorden van vanochtend en zojuist.

Roger maakte zich klein en sprong met een geïrriteerd gemiauw op de grond. Nu zijn handen vrij waren, sloeg Mateo zijn armen om me heen en drukte me tegen zijn borst. Zijn hart bonsde verwoed, anders dan het langzame, rustige ritme waarmee ik gisteravond in slaap was gevallen.

'Ik dacht dat ik je kwijt was.'

'Het spijt me,' mompelde ik in het zachte katoen dat over zijn op hol geslagen hart spande. 'Het spijt me.'

'Eerst eten, of…?'

'Of.' Ik haalde mijn nagels over zijn rug zoals hij het lekker vond. 'Zeker weten of.'

'Slaapkamer.' Hij pakte mijn hand en leidde me erheen. Onderweg gooide ik mijn tas op de bank.

In de slaapkamer zoemde er iets, alsof hij de ventilator van de badkamer had laten aanstaan. Mateo keek niet eens in die richting, al zijn aandacht was op mij gericht. Hij liep achteruit tot zijn knieholtes het bed raakten, en trok me toen naar zich toe. 'Miriam,' ademde hij in mijn oor terwijl hij mijn coltrui over mijn hoofd trok.

Na een korte, ademloze worsteling was ik eruit bevrijd. Hij gooide het op de grond, waar het landde naast iets felblauw dat tegen de vloer rammelde.

Voordat hij naar mijn nek afdaalde, kneep ik mijn ogen samen. 'Wat is dat?'

Hij legde zijn handen op mijn borsten, over mijn beha. 'Wat?'

'Dat. Op de grond.' Het was van plastic of siliconen, minder dan dertig centimeter lang en een paar centimeter in diameter. Het ene uiteinde liep taps toe en het andere liep wijd uit. Het leek bijna op een…

Hij hapte naar adem en sprong ernaartoe. 'Niets.' Hij duwde het in de open la van het nachtkastje en smeet hem dicht.

'Weet je het zeker?' Gelach borrelde op in mijn borst. 'Want het leek verdacht veel op een...'

'Roger moet gedacht hebben dat het een speeltje was. Ik bedoel, een van *zijn* speeltjes. En... en... heeft hem aangezet.' Hij greep terug in de la en het gezoem stopte.

Hij raakte me niet aan. Hij was koud en stijf geworden.

'Je weet dat mijn broer homo is, toch? Niet dat jouw geaardheid mijn goedkeuring nodig heeft. Maar waarom heb je me niets verteld over je speeltjes? Ik had kunnen...' Hoewel hij niet langer van zich liet horen, trok de dildo in de la mijn aandacht.

'Nee, nee, dat zou ik niet doen.'

'Wat zou je niet doen?' Ik zette mijn handen in mijn zij. 'Zou je niet durven vragen om wat je wilt?'

'Nee, ik...'

'Mateo.' Ik reikte langs hem heen en haalde de dildo tevoorschijn. Hij was zwaar in mijn hand, maar ik vond het fijn hoe de gebogen basis in mijn handpalm paste. 'Trek je kleren uit.'

Zijn ogen werden groot en hij likte zijn lippen. Toen greep hij langzaam naar zijn nek en trok zijn shirt uit. Hij liet het op de grond vallen, naast het mijne. Toen aarzelde hij.

Ik nam een moment om zijn borst te bewonderen, gespierd en slank. Ik liet één vinger door het veerkrachtige haar tussen zijn borstspieren gaan. Er verscheen kippenvel op zijn huid. Zijn vingers aan zijn zijden spanden zich, maar hij maakte geen aanstalten om me aan te raken.

'Brave jongen.' Ik boog voorover en likte aan zijn tepel, zoog hem toen in mijn mond en beet er zachtjes in. Ik liet hem los en keek vanonder mijn wimpers in zijn halfgesloten ogen. 'Ik ga je zo'n goed gevoel geven. En nu, trek je broek uit.'

Terwijl hij zich uit zijn spijkerbroek worstelde, keek ik in de la en vond een flesje glijmiddel. Ik draaide de dop eraf en goot wat in mijn handpalm om het op te warmen. Kontseks was niet echt mijn ding, of althans, ik had nog nooit een partner gevonden die het me op een manier had gegeven die mijn wereld op zijn kop zette, maar ik had vaak genoeg met Ben gepraat en kende de basis.

Toen Mateo naakt naast het bed stond, smeerde ik het glijmiddel op zijn erectie, die nog harder werd toen ik hem streelde. Terwijl ik hem langzaam van wortel tot top masseerde met één hand, reikte ik naar achteren en smeerde ook zijn ballen in.

Hij kreunde. 'Voelt goed.' Zijn handen landden op mijn borsten en volgden de stof van mijn beha naar de sluiting op mijn rug.

'Ho maar,' zei ik, terwijl ik in de basis van zijn pik kneep. 'Handen langs je lichaam. Ik laat jou eerst klaarkomen.'

Zijn ogen werden groot. 'Maar ik…'

'Ssst.' Ik kuste hem stil terwijl ik langzaam met mijn handen over zijn lengte bleef glijden. Hij was altijd zo onzelfzuchtig in bed geweest. Ik stond wat orgasmes betreft zo diep bij hem in het krijt dat hij mijn kutje allang had moeten terugnemen. 'Vanavond draait het om jou. Ga liggen.'

Hij trok de dekens omlaag en ging toen op het laken liggen, zijn erectie gekromd over zijn buik. Ik goot meer glijmiddel in mijn hand. 'Zeg het als iets niet goed voelt, oké?'

Hij wist beter dan opnieuw te protesteren, zeker niet terwijl ik zijn ballen befummelde. 'Oké.'

Ik knielde tussen zijn benen en hij boog zijn knieën. Ik liet mijn vinger over zijn perineum glijden naar zijn opening en drukte erop met het platte deel van mijn duim. Hij kreunde. Oké, dat klonk als een goed teken.

Aangemoedigd smeerde ik mijn duim in met glijmiddel en liet hem in de strakke kring glijden. Hij hapte naar adem.

Ik hield stil. 'Deed ik je pijn?'

'Nee, *mi vida*. Voelt verdomd fantastisch.'

Hij ontspande zich rond mijn duim en ik trok hem terug om twee vingers naar binnen te schuiven. Het voelde anders dan mijn vagina, natuurlijk, maar ik probeerde een vergelijkbare techniek als die ik zelf fijn vond, waarbij ik mijn vingers schaarde en op zoek ging naar de bobbel van zijn prostaat, zoals Ben had beschreven.

Hij spande zich aan, en ik keek op om te zien dat de pezen in zijn nek aangespannen waren. 'Ga… ga door,' hijgde hij voordat hij een reeks scheldwoorden uitte.

Ik deed wat hij vroeg en voegde mijn duim toe aan het langzame duwen en terugtrekken van mijn vingers. Hij kronkelde, duwde terug tegen mijn hand, probeerde meer te nemen, maar ik had geen lengte meer te geven.

'Het… het speeltje. Alsjeblieft.'

Ik pakte het van het nachtkastje en smeerde het in. Ik zette het aan en hield het tegen zijn anus.

Hij kreunde. 'Jaaaaaa.'

Voorzichtig duwde ik het een stukje naar binnen terwijl hij hijgde en trilde. 'Nog steeds goed?'

'Zo goed.'

Mijn huid tintelde met een vlaag van warmte. Ik was bijna net zo opgewonden als hij. Mijn polsslag bonkte tussen mijn benen, smachtend naar de harde pik in mijn hand. Later. Ik zou hem later krijgen. Nu moest ik hem laten zien dat hij mijn aandacht, mijn verlangen verdiende. Hoeveel ik om hem gaf.

Ik duwde het topje van de dildo naar de plek die ik me van daarnet herinnerde. Toen zijn borstkas ophield met rijzen en dalen en zijn ballen zich samentrokken, wist ik dat ik hem gevonden had. Ik liet de plek een paar seconden trillen en stopte toen weer. Ik keerde er steeds weer naar terug tot hij hijgde: 'Mimi, ik…'

Zijn pik werd harder onder mijn andere hand. Wetende dat ik hem had bevredigd, hem had opgewonden, hem de controle had doen verliezen, neuriede ik, en mijn hart sloeg op hol. Mijn huid gonsde van de macht om deze man, de man om wie ik gaf, gelukkig te maken.

Terwijl de vibraties in hem doorgingen, trok ik hem langzaam af, de pulsering in mijn eigen kutje weerspiegelend. Ik drukte mijn hiel tegen de naad van mijn spijkerbroek, in een poging mijn eigen opbouwende genot te verlichten.

Eindelijk schreeuwde hij het uit en zijn zaad spatte over zijn borst. Ik hield de punt van het speeltje waar hij was en zijn zaad... nou ja, het bleef maar komen. Langer dan ik voor mogelijk had gehouden. Zijn knieën trilden naast me.

Dat had ik voor hem gedaan. Mijn wangen trokken strak van mijn grijns. Ik was een seksgodin. Zijn lichaam bewonderen, geteisterd door genot, was bijna net zo bevredigend als trots zijn op een van mijn perfecte spreadsheetformules.

Uiteindelijk zwakte zijn hese schreeuw af tot een lang gekreun en zette ik de vibrator uit. Zijn pik gaf een laatste stuiptrekking en zijn benen vielen slap opzij. Langzaam haalde ik de dildo uit hem.

'Blijf liggen. Ik ben zo terug.' Ik gaf hem een zachte, lange kus en ging toen naar de badkamer waar ik mijn handen en het speeltje waste. Ik kwam terug met de vochtige handdoek en veegde zijn borst schoon.

'Kom hier,' mompelde hij, seksdronken.

Ik gooide de handdoek op de grond en nestelde me naast hem, nog steeds in mijn spijkerbroek en beha. Ik kuste zijn nek, daarna zijn stoppelige kin. 'Lekker?'

Zijn armen sloegen zich om me heen en trokken me strak tegen zijn warme borst. 'Perfect. Laat me even rusten en dan...'

'Dan gaan we eten. En dan ben ik aan de beurt met het speeltje. Rust jij maar.'

Het was het minste wat ik kon doen. Om een beetje van de zorg die hij me had gegeven terug te geven.

25

MATEO

IK WAS VAN plan geweest haar wakker te maken voor ik naar mijn dienst van zeven uur bij tía zou vertrekken, maar toen mijn wekker afging, verstijfde Mimi, als aan de grond genageld, terwijl ze op haar tenen naar haar spijkerbroek op de vloer sloop.

'Morgen,' mompelde ik, terwijl ik me omdraaide om de lamp aan te doen. We knipperden allebei met onze ogen in het plotselinge licht. 'Heb je een vroege vergadering vandaag?'

'Nee, we spreken vanavond af.' Ze trok haar spijkerbroek aan. 'Nu het gala nog maar twee weken weg is, vergaderen we elke dag. Ik moet de verklaringen van de stichting afmaken waar ik gisteravond aan werkte voordat ik naar mijn werk ga.'

'En dit doe je allemaal gratis.' Ik had het luchtig en grappend bedoeld, maar mijn woorden klonken vlak. Mimi verdiende zoveel meer dan van haar fulltimebaan naar een tweede parttimebaan te moeten rennen. Ze verdiende meer dan Larissa's valse laagje zoetigheid dat de walgelijke minachting eronder verborg. Ze verdiende het om geliefd en gewaardeerd te worden. En betaald te worden voor haar werk.

'Ik doe het voor de kinderen. En voor de functie van adjunct-directeur.'

Ik kon het niet helpen. De woorden barstten uit me los. 'Waarom zou je de assistent van Larissa willen zijn?'

Ze zei een minuut lang niets, terwijl ze naar haar coltrui reikte en die over haar hoofd trok. 'Ik wil betaald worden voor wat ik graag doe.'

'Werk je graag voor Larissa? Eerlijk?'

Haar onderlip pruilde, sexy en koppig. 'Larissa is gedreven, net als ik. Ik wou dat ik een carrière als de hare had. Maar wat belangrijker is, ik help graag kinderen, vooral die met Tourette en andere neurologische afwijkingen. Ik sta achter de missie van de stichting.'

'Er zijn talloze stichtingen die kinderen helpen. Cooper doneert aan verschillende. Hij zou je bij elk van hen een baan kunnen bezorgen, een betaalde.'

'Je bedoelt dat jij dat zou kunnen.' Ze zette haar handen in haar zij.

Ik wou dat ik niet naakt was, zodat ik kon... Zonder er verder bij na te denken sprong ik uit bed en marcheerde eromheen tot ik tegenover haar stond. Ik ging niet neus-aan-neus met haar staan – ik wilde haar niet intimideren – maar ik zette mijn handen in mijn zij om haar te laten zien dat ik het meende. 'Dat zou ik kunnen.'

Haar blik daalde van mijn gezicht naar mijn kruis. Snel keek ze weg en stormde de slaapkamer uit, een walkure die ondanks haar kleine gestalte niet minder angstaanjagend was.

Ik volgde haar. 'Mimi, wacht.'

Ze griste haar tas van de bank. 'Mateo, ik wil dit zelf doen. Ik heb deze vrijwilligerspositie gekregen en ik wil de rol van adjunct-directeur verdienen. Ik wil niets in de schoot geworpen krijgen.'

'Ah.' Trots verwarmde mijn borst. Mijn Mimi kon alles bereiken wat ze zich voornam, en ze wilde dat aan de wereld bewijzen. Wie zou deze geweldige vrouw niet bewonderen?

Larissa. Dat was wie.

'Mimi, je bent een schat. Iedereen ziet dat. Maar Larissa wil je gouden glans afnemen en bezoedelen. Ze zal je die baan nooit geven. Zie je dat dan niet?'

Ze hield stil, haar tas over haar schouder geslagen. 'Larissa heeft bereikt waar ik alleen maar van zou kunnen dromen. Ze mag dan koel zijn, maar ze is eerlijk. Ze is moeilijk tevreden te stellen, maar ze zal me samen met de andere kandidaten overwegen, en als ik de sterkste ben, zal ze me aannemen.'

'Zelfs als ze dat doet, zal ze je eronder houden. De eer voor jouw werk opstrijken. Dat kun je toch niet willen?'

'O, dat is grappig.' Haar schampere lach was van alle humor gespeend. 'Dat jij dat zegt, die altijd in de schaduw van zijn neef staat. In zijn gastenverblijf woont. Beveiligingswerk doet.' Haar lippen vertrokken alsof ze haar woorden wilde terugnemen.

Het was te laat. Ze had haar waarheid uitgesproken. Mij ermee doorboord, als met de vlijmscherpe sigarenknipper van mijn vader.

Ze had geen respect voor me. Ze was niet anders dan de mensen op het eiland die me leuk vonden om mijn knappe gezicht en de manier waarop ik befte. En ik was niet anders dan de willekeurige types voor wie ze die kom vol condooms bewaarde.

Mijn woorden kwamen er zachtjes uit door de flinterdunne opening in mijn keel. 'Dat is dus wat je van me denkt.'

Ze kromp ineen. 'Niet... Mateo, ik...'

'Dus met mij naar het gala gaan, dit alles' – ik gebaarde naar mijn naakte lichaam – 'was voor de show. Om jou die baan van adjunct-directeur te bezorgen. Wat zou er na het gala gebeuren?'

Haar lippen verstrakten en ik wist het.

'Je ging me dumpen. Nadat je me als een pony in een smoking had laten paraderen voor Larissa, ging je me ghosten.'

Ze zei niets.

Ik stak haar voorbij, liep naar de voordeur en smeet die open, het kon me niet schelen dat de gouden ring van mijn vader het enige was wat ik droeg. Ze had mijn hart uit mijn borst gerukt, het versnipperd en daarna de stukken vertrapt. Als ik zo slim was geweest als Cooper, had ik het zien aankomen. Mimi was stralend, kostbaar, levendig. Te goed voor iemand als ik om te houden.

Ik hield de deur open, mijn woede brandde zo heet dat ik de winterkou niet voelde. 'Beschouw mezelf maar als gedumpt. Vertel Larissa wat je wilt, maar ik kan' – mijn stem brak en ik moest mijn keel schrapen – 'ik kan dit niet meer. Je wilt dit alleen doen. Je hebt me niet nodig. Je wilt me niet.'

Ze keek van onder haar wimpers naar me op, zo dichtbij dat ik een van haar losse krullen om mijn vinger had kunnen draaien, dat ik naar voren had kunnen buigen en die koppige, pruilende lippen had kunnen kussen.

'Het spijt me,' fluisterde ze.

Ik had het toen kunnen terugnemen, kunnen zeggen dat ik met haar naar het gala zou gaan. Maar ik hield van deze vrouw en nu moest ik ermee stoppen. Haar beeldschoon zien in die roségouden jurk, wetende dat ze nooit van mij zou zijn, zou de geruïneerde smurrie die ze van mijn hart had gemaakt, verschroeien.

Ik had het weken geleden al moeten leren, toen de alcohol en haar kater haar herinnering aan mij en onze klik die avond in de bar hadden uitgewist. Ik was onbeduidend en ik zou nooit goed genoeg voor haar zijn.

'Ga,' zei ik.

Ze ging.

Als de dwaas die ik was, keek ik haar na terwijl ze over de binnenplaats naar de straat liep.

Verdomme.

'Mimi!' riep ik.

Ze draaide zich om.

'Je bent niet met de auto gekomen, hè?'

'Nee, ik heb de bus genomen. Ik neem hem wel weer terug naar huis.'

De bus? Deze trotse vrouw zou mijn dood worden. Was dat al

geworden. 'Nee, dat doe je niet. Geef me een minuut om wat kleren aan te trekken, dan rijd ik je wel.'

'Nee, ik—'

'Dertig seconden.' Als ze koppig doorliep, zou ik haar inhalen voordat ze de bushalte bereikte. Waar in godsnaam was er een bushalte in Pacific Heights? Hoe lang had ze gisteravond in het donker gelopen om hier te komen?

Ik sprintte naar mijn slaapkamer en trok een spijkerbroek en een shirt aan. Zonder tijd te nemen om mijn tanden te poetsen, greep ik mijn tandenborstel zodat ik dat bij mijn tía kon doen en rende naar mijn Jeep. Mimi had het verstand gehad om ernaast te gaan staan.

Zwijgend ontgrendelde ik de deuren, en net zo zwijgend stapte ze in.

Ik was dan wel ijskoud van woede, maar ik was geen monster. Zelfs de vrouw die me had gebruikt om hogerop te komen op haar werk en vervolgens mijn hart had gebroken, verdiende een veilige, warme rit naar huis.

Wie hield ik voor de gek? Ze verdiende zoveel meer dan een veilige rit naar huis. Meer dan die verdomde assistentenbaan onder Larissa.

Ze verdiende veel meer dan ik.

26

MIMI

Vanavond wat drinken?

IK KROMP INEEN toen ik op verzenden drukte en legde mijn telefoon met het scherm naar beneden op mijn bureau, alsof ik daarmee mijn pathetische schreeuw om hulp ongedaan kon maken.

Bree was vanavond vast druk met stelletjesdingen met Josh. En ik zou haar steun niet nodig moeten hebben. Ik had een nep-relatie beëindigd. In een nep-relatie waren geen echte gevoelens. Er was niets aan de hand met mij.

Dat was een leugen. Eigenlijk twee leugens.

Schuldgevoel klemde mijn hart af. Het was nooit mijn bedoeling geweest dat Mateo echte gevoelens zou ontwikkelen. Maar de pijn in zijn ogen, de manier waarop zijn stem brak toen hij me vertelde dat hij niet langer kon doen alsof, was als een bliksem door me heen geslagen en had mijn verschrompelde, zwarte hart opengespleten.

Alleen had schuldgevoel nog nooit zo verpletterend gevoeld, als de vuist van Thanos.

Was het alleen schuldgevoel? Oké, ik gaf om Mateo, maar ik hield niet echt van hem.

Toch?

Mijn beeldscherm ging op zwart en ik bewoog snel de muis om het weer te activeren. Ik hoorde te werken. Er was geen ruimte voor emoties op het werk.

Dat was zonder twijfel het beste aan werken. Het druk hebben. Dingen van mijn lijstje afvinken. Me concentreren op de zwarte cijfers in mijn witte spreadsheet.

Ik staarde wazig naar mijn scherm. Waar was ik ook alweer mee bezig?

Opluchting tintelde door me heen toen mijn telefoon zoemde.

BREE

JA! Om zes uur bij Raisa's?

Tot dan

'Mimi.' Door de stem van Monique achter me liet ik mijn telefoon vallen.

Ik draaide me met mijn stoel om naar mijn baas. 'Hoi. Wat is er?'

'Hebt u die journaalposten af?'

Mijn wangen werden vuurrood. Ik had minstens tien minuten voor me uit zitten staren voordat ik Bree een berichtje had gestuurd. Dat kon ik me zo vlak voor de maandafsluiting niet veroorloven.

'Sorry. Nog een minuut of twintig. Ik stuur u een berichtje als ze klaar zijn.'

Haar voorhoofd fronste. 'Gaat het wel goed met je, Mimi? Je lijkt... van slag.'

'Het gaat prima.' Ik probeerde haar een geruststellende glimlach te geven, maar mijn gezicht leek niet mee te werken.

'Ik heb met Jackson gesproken. Hij zei dat je jezelf voorbijloopt door hem met zijn stichting te helpen.'

Had ze met Jackson Jones over mij gepraat? Shit, betekende

dat dat ze teleurgesteld was in mijn prestaties? Stond ik op het punt mijn saaie maar stabiele baan te verliezen?

'Het is oké. Ik red me wel.'

'Mimi.' Ze stapte mijn hokje verder in en verlaagde haar stem. 'Ik weet dat je het redt. Je bent een topper op deze afdeling. Maar ik maak me zorgen dat je te veel hooi op je vork neemt met Synergy en de stichting. Je brandt nog op.'

Mijn hart sloeg een slag over. 'Nee. Het gaat goed. Synergy is mijn topprioriteit en de maandafsluiting ligt op schema. Het gala is over twee weken, en daarna beloof ik dat ik meer tijd op mijn werk zal doorbrengen.'

'Dat is niet wat ik bedoel, Mimi. Ik bedoel dat je voor jezelf moet zorgen. Of iemand moet vinden die dat voor je doet. Zoals die knappe beveiliger met wie je laatst stond te praten.' Ze knipoogde.

Ik wist dat ze het vriendelijk bedoelde, maar haar woorden staken als een geslepen potlood in het rauwe, opengereten deel van me dat was ontstaan toen Mateo naakt en rillend in de deuropening van zijn gastenverblijf had gestaan en me had gezegd dat ik moest gaan.

'Ik kan voor mezelf zorgen. En ik zorg dat die journaalposten klaar zijn en over een kwartier bij u zijn. Oké?'

Ze tuitte haar lippen. Haar lippenstift was blauw vandaag. Zoals de ogen van Mateo.

Verdomme. Ik moest die idiote details over Mateo uit mijn hoofd schrapen. Tequila zou helpen.

'Oké. Maar ik wil je hier vanavond na vijven niet meer zien. Gehoord?'

'Begrepen. Bedankt, baas.'

Ze knikte en verliet mijn hokje.

'NOG EENTJE?' Bree dronk het laatste restje van haar margarita op en keek over haar schouder op zoek naar onze serveerster.

En of ik dat wilde. Nadat ik het hele vernederende verhaal van mijn nep-relatie en zeer echte breuk bij mijn beste vriendin had gedumpt, was het enige wat ik wilde tequila drinken tot ik de leegte niet meer voelde.

Maar morgen was een werkdag, en dit keer zat Mateo niet aan de andere kant van de bar, klaar om te hulp te schieten en me te redden wanneer ik hem nodig had.

'Nee. Bedankt.' Mijn ogen prikten en ik rolde ermee naar het plafond. Een slinger van rode papieren harten liep van de hanglamp boven ons naar die bij het volgende tafeltje.

Bree draaide zich net op tijd om om te zien dat ik onder mijn oog veegde.

'Oh nee, schat. Laat hem je niet aan het huilen maken.'

'Ik huil niet.' Shit, nu loog ik tegen Bree. En huilde ik. Ik huilde niet. Zelfs niet toen Byron mijn hart brak en mijn carrière verwoestte met één klootzakkenstreek. Wat was er in hemelsnaam mis met me?

Ze klopte op mijn hand. 'Er zijn genoeg mannen, en een van hen zal het type zijn dat jij nodig hebt.'

'Dat is het nou juist.' Ik wees naar haar. Shit, was ik al dronken? Ik wees alleen naar mensen als ik aangeschoten was. Ik sloeg met mijn hand op tafel. 'Ik heb helemaal geen man nodig. Het enige wat ik nodig heb, ben ikzelf en mijn werk.'

'Ja hoor, ja hoor.' Ze likte een paar zoutkorrels van de rand van haar glas. 'Je bent een soort superheldin. Een amazone. Zoals Wonder Woman. Hoewel, wacht. Wonder Woman kwijnde weg om Steve Trevor. Doe dat niet. Wees als... als Valkyrie. Het enige wat zij nodig had, was wat bier. Heb ik gelijk?'

De serveerster zette nog een margarita voor haar neer en een glas water voor mij. Ik glimlachte naar haar en hief toen het water in de lucht. 'Op de onafhankelijkheid.'

Bree klinkte met haar margaritaglas. 'Maar kreeg Valkyrie niet een liefdesinteresse in een van die films?'

'Ja. Op de een of andere manier vindt Hollywood vrouwen die niet van liefde houden niet sexy.'

'Maar jij' – ze zwaaide met haar glas en er spatte margarita op de tafel – 'jij bent sexy. En het is oké om geen relaties te willen. Scharrels zijn sexy.'

'Scharrels zijn geweldig. Al het genot, geen van de bagage.' Hoewel geen van mijn scharrels me zoveel genot had gegeven als Mateo. Ik zou de volgende keer gewoon harder mijn best moeten doen. Wat nog heel lang niet zou zijn. Een hele, hele, hele lange tijd. Mijn ogen prikten weer.

'Hé, hé.' Bree pakte mijn hand vast over de plakkerige tafel. 'Het is oké. Kom dit weekend langs en hang met Josh en mij. We houden een Avengers-filmmarathon en drinken elke keer als er iets ontploft. Oké?'

'Wat dacht je van zaterdagavond? Ik moet het grootste deel van het weekend dingen voor het gala doen, maar dan zou ik even vrij moeten zijn.'

'Jippie! Het wordt net als tijdens onze studietijd. We worden straalbezopen en vallen op de bank in slaap.'

Hm. Dat klonk lang niet zo leuk meer als vroeger. Ik denk dat veel dingen anders waren nu we dertig waren. Een verantwoordelijke volwassene zijn was stom.

'Kom op. Laten we Josh bellen om je op te halen.'

'En jij dan?'

'Ik neem wel een taxi.' Terug naar mijn eenzame appartement.

Als ik niet zo allergisch was, zou ik een kat nemen.

Misschien nam ik toch een kat. Van de allergiemedicijnen zou ik slaperig worden, en als ik sliep, voelde ik de pijn in mijn borst niet.

———

HET SMS'JE KWAM terwijl ik na het werk op Natalie wachtte bij de countryclub waar we een week voor het gala de ruimte met de decorateur zouden doorlopen.

BEN

Wanneer kan ik je zien?

Ik opende de agenda op mijn telefoon. Er waren geen lege plekken meer tot het gala.

Na het gala?

Dat is pas over een week. Ik moet je eerder zien.

Waarom? Is er iets mis?

Terwijl ik wachtte tot hij zijn antwoord typte, sloegen mijn gedachten op hol. Was er iets gebeurd met hem of Cooper? Of met pap en mam? Na die ellendige avond in de bar met Bree had ik mezelf zo druk gehouden – het was mijn eerste Mateo-vrije week sinds december – dat ik niemand van hen had gebeld of ge-sms't.

Weet ik niet. Zeg jij het maar.

Ik klemde mijn tanden op elkaar. Dat was mijn broertje ten voeten uit, altijd zijn neus in mijn zaken stekend. Ik keek op en zag Natalie vanaf de parkeerplaats naderen. Snel beëindigde ik het sms-gesprek.

Met mij gaat het goed.

En waarom zou het ook niet? Het gala was bijna, en kort daarna zou ik weten of ik de baan als adjunct-directeur kreeg. Alles wat ik wilde was binnen handbereik. Het enige wat ik hoefde te doen, was mijn reet eraf werken om ervoor te zorgen dat het gala vlekkeloos verliep.

Dat gejammer van vorige week bij Raisa's met Bree was eenmalig. PMS. Mercurius in retrograde.

'Hoi, vriendin!' Natalie kwam binnenlopen, er zoals altijd perfect uitzien in een vlekkeloze oesterroze wollen jas, een antracietgrijze kokerjurk en kniehoge laarzen waardoor ze boven me uittorende toen ze vooroverboog om me te omhelzen.

'Hoi.' Ik omhelsde haar terug. Voor de galaplanning had ik nooit gedacht dat iemand die zo elegant en met zulke goede connecties was als Natalie, me een vriendin zou noemen.

Haar broer Andrew slenterde achter haar aan, een golftas over zijn schouder. 'Hoi, Mimi. Leuk je weer te zien.'

'Hoi, Andrew.' Ik schudde zijn hand. Natalie leek hem overal mee naartoe te slepen. Was dat een rijkeluisding? Ik bedoel, ja, Ben had een tijdje bij mij gewoond, en we deden dingen samen, maar hij was nooit met mij meegegaan naar een planningsactiviteit voor de stichting.

'Is Mateo hier?' vroeg hij.

Pijn sneed door mijn borst. 'Nee, vandaag niet.'

'Jammer. Ik vond het leuk met hem op te trekken die avond dat we gingen dansen.'

Ik gaf hem een zwakke glimlach. Ik ook.

'Ik laat jullie dames aan het werk. Nat, kom me op de driving range opzoeken als je klaar bent.' Andrew gebaarde met zijn duim achter zich naar de gang die ik me herinnerde van de avond dat ik hier met Mateo was geweest.

Hij had dat belachelijke verhaal verteld over dat ik zijn krypto-niet was. Hij had zijn handen op me gelegd, mijn greep op de club gecorrigeerd en ik was praktisch in katzwijm gevallen.

'Ga maar spelen,' zei Natalie. Toen hij was weggelopen, draaide ze zich naar mij om. 'Gail is vlak achter me. Ze moest alleen wat spullen uit haar auto halen. Larissa is aan de late kant en zegt dat we zonder haar moeten beginnen. Waar is Mateo?'

'Hij komt niet. Maar ik ben klaar om te beginnen.' Ik draaide me om naar de balzaal.

Natalie hield mijn arm vast. 'O, nee. Hebben jullie ruzie?'

'Zoiets.' In de loop van de galaplanning waren we closer geworden. Ik had het haar niet erg gevonden om het te vertellen, maar mijn keel kneep samen, en als zijn naam over mijn lippen kwam, zouden de tranen vloeien.

Er waren geen tranen als er een baan op het spel stond. Dat had mam me geleerd.

'Laten we aan de slag gaan.' Ik draaide me om richting de balzaal en haalde diep adem.

'Mimi, wacht.'

Ik hield stil en draaide me weer om.

Natalie's ogen vertoonden rimpels van zorg. 'Gaat het?'

'Natuurlijk. Het gaat prima.' Mijn stem brak maar een klein beetje.

'Je weet dat je met me kunt praten, hè? We zijn vriendinnen.'

Toen ik mijn lippen tot een glimlach krulde, voelde mijn gezicht roestig aan, als dat van de Blikken Man in *De Tovenaar van Oz*. Hoe lang was het geleden dat ik had geglimlacht?

Ik gokte ongeveer een week.

Maar ik moest aan het werk. Het stichtingswerk was, net als mijn echte baan, veilig emotieloos. 'Hé, eigenlijk heb ik wel een vraag voor je. Ik heb onze oorspronkelijke locatie gemaild om te zien of we de aanbetaling terug konden krijgen – ik dacht: vragen kan geen kwaad – en ze zeiden dat ze onze aanbetaling nooit hebben ontvangen. Ik heb het kwitantieboek gecontroleerd en een kopie gevonden van de contante kwitantie die ik aan Larissa heb uitgeschreven. Heeft ze daar iets over gezegd tegen jou?'

Natalie's ogen vernauwden zich. 'Nee. Dat klinkt verdacht.'

'Wacht, nee, ik zei niet dat ik Larissa van iets verdacht. Ze staat erom bekend dat ze bonnetjes kwijtraakt. Maar ik heb nog nooit meegemaakt dat ze contant geld kwijtraakte. Misschien heeft ze het aan de cateraar gegeven? Of de bloemist?'

'Niet dat ik weet. Heb je hen geen cheques gegeven?'

'Jawel. Maar ik hoopte...' Ik hoopte dat ik het Larissa niet hoefde te vragen. Ze zou het zeker als een beschuldiging opvatten, en dan zou ik die baan nooit krijgen. Ik beet op mijn lip en keek weg van Natalie. Een bekende lange, blonde figuur die door de lobby slenterde, trok mijn aandacht.

'Flavio?'

Hij draaide zich om en hield zijn hoofd schuin, alsof hij in zijn mentale archief naar mijn naam zocht.

'Miriam Levy-Walters,' zei ik. 'Ik werk met Larissa bij de stichting. We hebben elkaar een paar weken geleden ontmoet op de driving range.'

'Ah, goed u weer te zien.' Zijn lome blik gleed van mij af en werd scherper toen het bleef haken aan Natalie's parelketting en oorbellen en helemaal naar beneden naar haar designerschoenen dwaalde. 'Werkt u ook bij de stichting?'

'Natalie Jones.' Ze stak haar hand uit. 'En nee, ik help alleen met het gala.'

'Natalie Jones van de familie Jasper Jones?'

Ik herinnerde me dat haar vader jaren geleden was overleden. Ze moest jong zijn geweest toen ze hem verloor.

Haar glimlach verstrakte. 'Dat is hem.'

Hij liet haar hand niet los. 'Ik zou graag later met u willen praten. Ik denk dat onze families elkaar kunnen helpen. Komt u naar de bistro als u klaar bent? Ik trakteer.'

Natalie trok haar hand uit zijn greep. 'Sorry, ik heb een afspraak. Een andere keer misschien.'

Hij haalde een kaartje uit zijn zak. Het leek een persoonlijk kaartje, alleen zijn naam en telefoonnummer. Hij gaf het aan haar. 'Bel me. Of kom me hier opzoeken. Wanneer dan ook.'

Ze nam het kaartje aan en gaf hem een gespannen glimlach. 'Aangenaam kennis te maken, Flavio. We moeten aan het werk.'

'Zeker, zeker.' Hij keek naar Gail, de decorateur, die met haar gigantische tassen op ons af kwam haasten. 'Als u ook maar iets nodig hebt, laat het me weten.' Hij knikte naar het kaartje.

Toen hij was weggelopen richting de gang die naar de driving range leidde, zei ik: 'Dat is toch raar? Dat hij wil dat we hem bellen als we iets nodig hebben?'

Natalie gooide het kaartje in de paraplubak. Haar gezicht was strakker dan ik het ooit had gezien. 'Het is de naam Jones. Dat gebeurt de hele tijd.'

Ik vond het nog steeds vreemd. Wat zou een golfer als Flavio immers kunnen doen als we problemen kregen? Misschien was hij rijker en machtiger dan ik dacht, en zou het personeel voor hem in de houding springen. Kwam hij uit een familie zoals die van Natalie?

Ik had geen tijd meer om erover na te denken, want Gail dreef ons de balzaal in om te praten over rozen en potpalmen en twinkelende lichtjes.

Terwijl ze aanwees waar ze de decoraties wilde plaatsen – degene die Mateo had voorgesteld om bij ons thema te passen – en terwijl Natalie en Gail naar me keken alsof ik voor Mateo kon spreken en hun zijn mening kon geven, verwijde de barst die ik in mijn eigen hart had gemaakt toen ik hem die ochtend bij hem thuis had weggeduwd, zich tot een ravijn.

De afgelopen week had ik mezelf bezig gehouden met werk en het gala, zodat ik niet aan hem hoefde te denken. Zodat ik geen tijd had voor spijt.

Spijt was een afleiding, net als Mateo. Die onzin kon ik me niet veroorloven. Ik had niet alleen werk te doen voor Synergy, voor Monique, die had gemerkt dat ik verslapte, maar ik had ook een gala te organiseren. En een fulltime, betaalde baan te verdienen. Ik moest me concentreren op wat belangrijk was.

Neurodivergente kinderen helpen was belangrijk. Mijn carrière was belangrijk.

Mijn gevoelens waren irrelevant.

Ik hoefde alleen mijn opengespleten hart nog te overtuigen.

27

MATEO

'O.' Ik bleef in de deuropening van Miguelito's normaal gesproken lege fitnessruimte staan. Vandaag was die echter bezet.

Mijn neef kreunde naar me vanaf de legpress. Het zweet maakte de halslijn en oksels van zijn grijze tanktop donker en droop langs zijn hoekige kaak. Zijn arm- en beenspieren waren niet zo groot of afgetekend als de mijne, maar ik bracht dubbel zoveel tijd door in de sportschool, aangezien het mijn taak was om er intimiderend uit te zien. Tijdens zijn werk intimideerde hij zijn tegenstanders met zijn superieure intelligentie.

's Ochtends vroeg trainde hij altijd in de sportschool op kantoor. Ook al had hij thuis een betere fitnessruimte.

Ik wist waarom hij graag op kantoor trainde. Padvinder Cooper Fallon wilde een positief voorbeeld van fitheid stellen voor zijn werknemers. Hij zou ze niet verplichten om te sporten; nee, hij ging gewoon elke doordeweekse dag naar binnen, deed zijn training, gaf ze een compliment over hun houding en ging dan verder met zijn dag op de zesde verdieping.

Dat rolmodelgezeik hoefde ik niet. Niet van hem. Niet vandaag.

Vandaag was dag tien van mijn post-Mimi-leven en ik genoot er nog steeds van om pissig, chagrijnig en alleen te zijn.

Ik liet mijn tas op de grond vallen, trok mijn hoodie uit en smeet hem erbovenop. Ik stampte naar de mat en begon aan een set burpees.

Terwijl ik opwarmde, dacht ik niet aan de waarderende manier waarop Mimi de omtrekken van mijn spieren natrok. Ik dacht niet aan hoe ik de kracht in mijn bovenlichaam had gebruikt om mijn gewicht te dragen, terwijl ik me boven haar oprichtte en in haar stootte op de manier die ze lekker vond. En ik dacht al helemaal niet aan hoe ze mijn lichaam had gewaardeerd tot het punt waarop ze besloot dat ze iemand met hersens wilde, iemand die haar ingewikkelde regels kon doorgronden over het op eigen kracht bereiken van haar doelen, terwijl ik haar alleen maar wilde helpen.

Die iemand was ik absoluut niet.

Toen ik klaar was met de set, liep ik een rondje om mijn hartslag te verlagen. Ik veegde het zweet van mijn voorhoofd.

Sporten was makkelijker sinds ik gestopt was met roken. Mijn hartslag was lager. Ik ademde dieper. Het irriteerde me allemaal. Niet genoeg om weer te gaan roken, maar ik wou dat Mimi mijn leven niet had veranderd. Ik besteedde al te veel tijd aan het kwijlen over de foto van ons op mijn telefoon, die waarop zij de paillettenjurk droeg en ik haar in haar nek kuste, met een blik van gelukzalige tevredenheid op haar gezicht. Ik had geen andere herinnering nodig die op mijn fitnesshorloge knipperde.

'Is er iets waar je over wilt praten?'

Ik had niet doorgehad dat Miguelito's apparaat was gestopt totdat hij sprak. Hij leunde voorover, met zijn ellebogen op zijn dijen.

'Nee, het gaat goed met me.' Mijn spieren waren warm en klaar, en ik wierp een blik op het gewichtenrek.

'Ga je gang. Laad hem vol. Ik let wel op je.'

'Maar jij... jij moet naar je werk. Ik gebruik het apparaat wel.' Ik wees naar zijn luxe chestpressmachine.

'Ik ga vandaag wat later. Het is oké.' Hij stond op en liep naar het gewichtenrek.

Ik haatte het idee zijn kostbare trainingstijd te verspillen met ruziemaken, dus ik deed wat hij vroeg. Ik laadde de gewichten op de stang, ging ervoor staan, klemde mijn handen om de stang en tilde hem uit het rek, terwijl mijn neef naast me stond met zijn armen over elkaar.

Ik begon met mijn herhalingen, boog mijn knieën en drukte het gewicht omhoog tot mijn armen gestrekt waren. Ik liet het zakken tot het boven mijn pijnlijke hart zweefde.

'Primo...' Ik liet het gewicht bijna vallen; zo had hij me niet meer genoemd sinds we kinderen waren, 'ben je... ah... gelukkig?'

'Wat de fuck, Lito? Over die shit praten we niet.' Ik drukte de stang weer omhoog.

'Vroeger wel. Vroeger praatten we over een hoop shit, toen we tieners waren en Mamá en ik het eiland bezochten. Jongens. Meisjes. Hoop en dromen.'

Ik snoof. 'Ja. Jij hebt je hoop en dromen waargemaakt. En hier ben ik, werkend als...' Ik verstijfde, mijn armen gestrekt, tot ze trilden. Ik legde de stang terug in het rek en knipperde met mijn ogen naar zijn stenige gezicht. 'Ik bedoel, ik vind het leuk om voor je te werken. Dat bedoelde ik niet...'

'Is dat echt zo? Vind je het leuk om voor me te werken?'

'Ja.' Ik schudde mijn trillende armen. 'Ik vind het geweldig om op tía te letten. Ervoor te zorgen dat ze veilig is. Ik voel me... nuttig.'

'Wil je niet meer?' Hij hield zijn hoofd schuin. 'Een indrukwekkendere titel? Of meer opleiding zodat je een kantoorbaan kunt krijgen?'

'Een kantoorbaan?' Ik huiverde. School was al zwaar genoeg. Ik kon me niet voorstellen dat ik elke dag achter een bureau over een computertoetsenbord gebogen zou zitten. 'Waarom zou ik dat willen?'

'Om...' zijn ogen schoten naar de open deur van de fitness-ruimte, 'om indruk te maken op Mimi?'

'O. Is dat wat Ben zegt dat ze wil? Een of andere vent die bakken met geld verdient en er goed uitziet in een pak? Iemand die geen idioot is?' Ik wist dat het waar was, maar het stak me dat ze er met haar broer over had gepraat. En dat haar broer het aan mijn neef had verteld.

Miguelito rolde met zijn ogen. 'Ik betaal je behoorlijk goed, en je weet dat je er geweldig uitziet in een pak. Bovendien ben je slim.'

'Rot op met je liefdadigheid. Je weet dat je me alleen hebt aangenomen omdat je moeder je daartoe dwong.' Om niet naar zijn spottende gezicht te hoeven kijken, liep ik naar mijn tas en pakte mijn waterfles. Ik nam een lange slok.

Hij gaf me een duw tegen mijn schouder en mijn water vloog alle kanten op. In mijn ogen, over mijn shirt, op de smetteloze vloer. Die verdomde ninja had me beslopen. Ik veegde het water uit mijn gezicht. 'Wat de hell, Lito?'

'Waar heb je het in godsnaam over? Als je niet slim was, denk je dan dat ik jou de leiding over mijn beveiliging had gegeven? Over mijn eigen moeder?'

'Nou ja, ik...'

'Nee, Mateo, dat zou ik niet doen. Ik heb je niet aangenomen omdat Mamá het me zei. Dat deed ze niet. Zij zou het liefst hele-maal geen beveiliging hebben. Ik heb je niet aangenomen omdat je mijn neef bent. Ik heb je aangenomen omdat je competent bent en omdat ik... omdat ik je vertrouw.'

Ik staarde mijn neef met open mond aan. 'Je vertrouwt me? Maar je hebt me nagetrokken!'

'Je moet toegeven dat je niet de meest betrouwbare persoon was toen we kinderen waren. Je pikte altijd mijn dates in. En in het begin vertrouwde ik je niet met Ben. Maar nu wel. Je hebt sindsdien wat integriteit ontwikkeld.'

'Integriteit ontwikkeld?' riep ik uit. 'Ik had verdomme altijd al integriteit. Het waren jouw dates die dat niet hadden. Geen van hen was goed genoeg voor je. Als ze dat wel waren, hadden ze me wel afgekapt als ik met ze flirtte. Geen van hen deed dat. Tot Ben.'

Hij zette zijn handen in zijn zij. 'Hoe het ook zij, je hebt keer op keer bewezen dat je mijn respect verdient. En daarom heb ik je aangenomen. Maar als je liever een andere baan wilt, kunnen we dat regelen. Ik wil dat je gelukkig bent, primo.'

En we waren weer terug bij waar we begonnen waren. Nu wist ik tenminste waar hij het over had. 'Ik ben gelukkig met mijn werk voor jou. Je moeder beschermen. Ik laat het je weten als dat verandert, oké?'

'Oké.'

Hij bleef gewoon staan met zijn handen in zijn zij, alsof we geen grote doorbraak hadden gehad. Mijn neef had briljante hersens, maar zijn hart was soms traag van begrip.

'Kom hier, primo.'

Hij rimpelde zijn neus. 'We zijn allebei bezweet en jij bent doorweekt.'

'Precies.' Dus sloeg ik mijn armen om hem heen in een beren-knuffel, wat precies was wat we allebei nodig hadden na zo'n moment.

'Genoeg!' Maar toen hij een stap achteruit deed, speelde er een glimlach om zijn mondhoeken. Zijn blik schoot naar de open deur achter me en hij verlaagde zijn stem. 'Dus wat ga je doen wat Mimi betreft?'

Het zonlicht dat ik had opgeslokt toen Lito me vertelde dat hij me respecteerde, vervaagde tot een dichte, zwarte duisternis, als de mist die 's nachts binnenrolt.

'Niets. Ik doe helemaal niets wat Mimi betreft. Ze heeft haar keuze duidelijk gemaakt. Ze wil die baan bij de stichting en met mij uitgaan was slechts een show. Ze wil me niet in haar leven.'

'Maar…'

'Nee, Lito. Dit is niet iets wat je kunt oplossen met een vriendelijk woord of zelfs een emmer geld. Mimi en ik zijn uit elkaar en dat is het beste voor haar.'

'En wat is het beste voor jou?'

'Wat het beste is voor Mimi, is ook het beste voor mij. Ik hou van haar en de wetenschap dat ze gelukkiger is zonder mij...' Het zou mijn stomme, gezonde hart de rest van mijn leven moeten laten kloppen. 'Het is beter zo.'

'Oké.' Hij fronste. 'Maar jij verdient ook liefde en geluk. Misschien is Mimi niet jouw persoon. Maar dat betekent niet dat de juiste persoon niet ergens op je wacht.'

Hij schraapte zijn keel. 'Ik dacht dat iemand van wie ik hield de ware voor mij was. En als ik hem niet kon krijgen, wilde ik niemand. Ik ben blij dat Ben daar doorheen heeft kunnen breken. Want ik ben nu gelukkiger met Ben dan ik ooit ben geweest. Dan ik zelfs zou zijn geweest als... als die andere persoon wel van me had kunnen houden.'

Ik kon me niet voorstellen dat hij van iemand anders hield dan Ben. Hoewel hij, toen hij naar het eiland kwam, voordat Ben hem daar achterna was gereisd, een wrak was. Had die andere persoon zijn hart gebroken? De klootzak.

'Iemand gaat op een dag zo van je houden.' Hij legde zijn hand op mijn arm. 'Ik weet zeker van wel.'

Ik mompelde naar mijn sportschoenen: 'Misschien is het de moeite niet waard.'

'Natuurlijk is het de moeite waard. Dat is wat ik je probeer te vertellen.'

'Ik snap...' Ik slikte om mijn droge keel te smeren, 'ik snap dat het liefdesgedeelte geweldig is. Ik hield van Mimi en ik dacht dat ze om me gaf. En het was perfect. Maar toen verliet ze me. Mensen verlaten me altijd.' Ik stopte toen mijn stem brak.

'Ah, verdomme, Mateo.' En dit keer trok hij me naar zich toe voor een stevige knuffel. 'Niet iedereen is zoals je moeder. En je papi zou gebleven zijn als hij had gekund. Ik zeg niet dat je je persoon voor altijd kunt hebben. Maar is liefde, zelfs voor even, het niet waard?'

Ik knikte. Hoe kort onze tijd samen ook was geweest, Mimi was het beste wat me ooit was overkomen. De herinneringen aan onze weken samen zouden mijn geheugen voor altijd verlichten in roségoud, als de zonsondergang boven het strand.

Zachtjes maakte ik me los uit zijn omhelzing. 'Bedankt, man.'

'Altijd. Hoewel, ah, als je echt goed advies over de liefde wilt, is Ben daar waarschijnlijk de betere man voor.'

Ik glimlachte om de pijn te verbergen die uit mijn gehavende hart prikte. Ik kon niet met Ben praten. Niet over zijn zus. Waarschijnlijk over helemaal niets, want hij deed me te veel aan haar denken.

'Ik denk dat ik wat tijd nodig heb voordat ik erover nadenk om voor iemand anders te vallen.'

'Begrepen. Maar je redt je wel, toch?'

Mijn glimlach was dit keer stabieler. 'Ja. Ik denk het wel.'

'Goed zo. Ik moet gaan douchen. Ik ben te laat.' Hij was in een flits de deur uit.

Te laat? Hij had gezegd dat hij geen haast had om naar kantoor te gaan.

Godverdomme. Ik veegde het vocht van mijn wangen dat geen zweet was. Mijn verdomde neef had me overvallen met zijn aanmoediging en was daardoor te laat voor zijn werk.

Ik wierp een blik op mijn horloge. Als ik niet opschoot, was ik te laat voor mijn dienst. En hij had er geen woord over gezegd.

Ik hield van die verdomde klootzak.

28

MIMI

VORIGE WEEK ZONDER Mateo in de countryclub zijn was niets vergeleken met op Valentijnsdag alleen het gala binnenlopen.

Ik had geen grote, vriendelijke reus om me achter te verschuilen toen ik de balzaal van de countryclub binnenstapte op de te hoge hakken die Ben me had helpen uitkiezen, in de veel te glinsterende roségouden paillettenjurk, met mijn te gulle boezem die bijna uit de jurk met overslagmodel puilden.

En ik had zijn stevige steun vanavond goed kunnen gebruiken, vooral met de printjes in mijn clutch. Ik klemde de papieren vast en wenste dat ik Larissa niet hoefde te vragen naar het noodfonds van de stichting dat gisteravond was leeggehaald.

De meeste mensen zouden niet eens van het bestaan van het noodfonds hebben geweten. Ik controleerde het saldo eens per maand wanneer ik de balans bijwerkte. Maar na een paar vreemde transacties waarover ik Larissa om uitleg had moeten vragen, had ik er een melding op ingesteld.

Het vreemdste was de storting op mijn PayMo-account die daarmee overeenkwam. Ik had de storting teruggedraaid, maar er was iets niet pluis. Ik moest de moed verzamelen om Larissa er vanavond naar te vragen. En het tactvol brengen, zodat het niet als een beschuldiging klonk. Dat zou niet best staan voor iemand die door haar aangenomen wilde worden.

Met dat alles wat boven mijn hoofd hing, had ik overwogen om mezelf te wapenen in een broekpak of zelfs om Ben te vragen me te helpen een andere jurk te vinden, absoluut in onopvallend zwart. Maar de felle pailletten beurden me op, alsof ik Mateo's kracht nog steeds naast me had. En ondanks wat ik hem had verteld, had ik die nodig.

Natalie vond de jurk geweldig. Ik had haar er een foto van gestuurd – de nette versie, niet degene die Mateo had genomen met zijn handen gespreid over mijn borsten en heupen en zijn lippen in mijn nek. Ze had me dagelijks geappt met vragen over het gala, ook al had ze het evenement in haar slaap kunnen plannen. Ik doorzag haar list en vond haar er geweldig om. Ze maakte zich zorgen om me, omdat ze dacht dat Mateo en ik ruzie hadden. Ze moest eens weten.

Al mijn pogingen om hem uit mijn leven te bannen waren mislukt. Hoewel ik ze vier keer had gewassen, roken mijn lakens nog steeds naar hem. Elke keer als ik een vleugje sigarettenrook opving, dacht ik aan hem en vroeg ik me af of hij er voorgoed mee had kunnen stoppen.

En hier was ik dan, in de jurk die hij voor me had uitgekozen. Toen ik hem paste, kon hij met zijn handen niet van mijn huid, mijn heupen en zelfs de ronding van mijn buik afblijven.

Ondanks de lange mouwen van de jurk, huiverde ik.

Misschien was ik iets aan het oplopen.

'Mimi!', Natalie kwam naar me toe, zo verfijnd met haar lange benen en elegante, vloeiende wijnrode jurk. Hoewel de col met watervalhals praktisch tot haar navel reikte, bleven haar beter opgevoede borsten verborgen onder de zijde. 'Je ziet er fantastisch uit!' Ze pakte mijn schouders vast in een halve omhelzing, voorzichtig om de zorgvuldig gearrangeerde drapering niet te verkreukelen, en gaf me een luchtkus zodat we onze lippenstift niet zouden bederven.

'Dank je. Jij bent zoals gewoonlijk weer oogverblindend.'

'Dank je.' Ze gooide haar blonde haar opzij en keek over mijn schouder. 'Waar is Mateo?'

Ik wilde Larissa geen nieuw minpunt tegen me geven, dus ik had er zorgvuldig op gelet om onze breuk niet te noemen tijdens onze vergaderingen over het gala. Ik zou haar bewijzen dat ik op eigen benen kon staan, zelfs in een jurk die mijn boezem onthulde op een gala waar het voelde alsof ik mijn huid had afgepeld om iedereen naar de spieren en pezen eronder te laten gapen.

'Hij kon niet komen', zei ik met een strakke glimlach tegen Natalie.

Haar glimlach zakte in. 'O, nee. Ik hoopte dat jullie het zouden bijleggen.'

Het had geen zin meer om tegen haar te liegen. 'Eerlijk? We zijn nooit samen geweest. Het was allemaal nep. Maar ik heb liever niet dat je het Larissa vertelt. Ze hoeft niet nog iets te hebben om me op af te rekenen.'

'Wacht, wat?', vroeg ze, terwijl ze haar neus rimpelde. 'Nep?'

Het onthullen van de leugen voelde alsof ik een rugzak van twintig kilo had afgedaan. Ik ademde zo diep in als mijn shapewear toeliet.

'We waren gewoon vrienden. Nou ja, niet eens dat.' Vrienden zouden elkaar gebeld hebben in de twee weken sinds onze ruzie bij hem thuis. 'Hij hielp me omdat Larissa zei dat ik een date mee moest nemen naar het gala. En toen liep het uit de hand toen hij deel van het comité werd.'

Ze kromp ineen. 'Sorry, dat was misschien mijn schuld. Al zag het er niet nep uit. Vooral niet die avond dat we gingen dansen.' Ze keek me indringend aan, een blik die me vreemd genoeg deed denken aan hoe haar broer Jackson naar mijn kapotte laptop had gekeken. Alsof ze mij ook kon repareren.

'Nou, dat was het wel. Nep. In het begin. Toen werd het minder nep en...' En de tien dagen dat het echt was geweest, waren de beste van mijn leven. Ik gaf het niet graag toe, maar ik miste wat we hadden. Al kon ik dat niet zeggen. Vanavond moest ik Wonder Woman zijn, een powervrouw die haar vrijwilligers-werk rockte. Geen verdrietig, liefdesziek hoopje ellende zoals Barbara Minerva voordat ze in Cheetah veranderde.

Liefdesziek? Nee, ik was niet liefdesziek.

Toch?

Ik rechtte mijn schouders. Na een snelle blik om te verzekeren dat de meiden zich gedroegen, zei ik: 'We zijn niet meer samen, en ik ben niet van plan hem nog te zien, behalve wanneer het moet voor familieaangelegenheden.'

Haar vriendelijke bruine ogen werden zo zacht dat mijn eigen ogen begonnen te prikken. 'Het spijt me zo. Gaat het wel met je?'

'Met mij gaat het prima.' Die leugen rolde gemakkelijk van mijn tong. Ik loog er al twee weken over tegen mezelf.

Ze kneep in mijn arm. 'Laten we wat te drinken gaan halen en ontspannen. Je kunt me er alles over vertellen. Of niet, wat voor jou beter voelt.'

'Ik heb liever... niet, denk ik.'

'Dat is prima. Hoe dan ook, we hebben ons kapot gewerkt. We verdienen een drankje.'

We draaiden ons om naar de menigte van vroege gasten die zich verzamelden rond de statafels voor het bachata-bandje, dat zich op het podium aan het opstellen was. Welke van de mannen was Mateo's collega? Als Mateo hier was geweest, had hij hem kunnen aanwijzen. Ons kunnen voorstellen tijdens een pauze in de muziek.

Maar hij was er niet. Niet om me af te schermen, noch om het gesprek te vergemakkelijken.

Ik miste hem. Niet om de honderd kleine dingen die hij voor me had gedaan. Om hemzelf. Ik miste het om me naar hem toe te draaien als ik iets grappig vond, om te zien of hij ook lachte. Hem aanraken en hem voelen trillen van genot. Samen op de muziek wiegen, erop vertrouwend dat hij ons niet zou laten wankelen zolang ik mijn voeten maar bleef bewegen.

Shit. Was ik voor die grote loebas gevallen?

Natalie greep mijn hand. 'Wat is er aan de hand? Je werd plotseling lijkbleek.'

'Niets, ik...' Maar ik had een excuus om mijn zin niet af te maken. Ik knikte naar de oudere versie van Natalie die op ons af kwam zeilen. Ze droeg een met kralen bezette jurk in cranberryrood en sleepte een zwarte man in smoking achter zich aan met kortgeknipt haar dat grijs werd bij zijn slapen.

'Natalie.'

'Moeder.' Natalie ging rechterop staan. Haar zorgzame, bezorgde uitdrukking verdween en een sardonische glimlach trok een van haar mondhoeken omhoog. Ze draaide zich om en gaf haar moeder een luchtkus.

'Stel ons voor aan je vriendin', beval de vrouw.

'Moeder, Charles, dit is Miriam Levy-Walters, de vrijwillige penningmeester van de stichting. Haar broer is Ben Levy-Walters, die u vast hebt ontmoet op het verlovingsfeest van Ben en Cooper in december. Mimi, dit is mijn moeder, Audrey Jones Hayes, en mijn stiefvader, Charles Hayes.'

'Aangenaam kennis te maken', zei ik. Alles aan mevrouw Hayes schreeuwde *duur*. Haar koninklijke zelfvertrouwen deed me afvragen of ik moest knielen. Of buigen? Ik stak mijn hand uit.

Mevrouw Hayes nam hem aan, haar huid was ongelooflijk zacht. Meneer Hayes schudde daarna mijn hand. 'Natalie heeft ons al zo veel over u verteld.'

'O ja?', vroeg ik en keek naar Natalie, van wie de wangen net aan de bovenkant roze kleurden.

'Ik heb haar nog nooit zo gelukkig gezien als toen ze aan dit gala werkte', zei hij. Zijn bruine ogen fonkelden, en ik kon een glimlach niet onderdrukken.

'Wat echt belachelijk is,' zei haar moeder. 'Ze heeft er tientallen met mij georganiseerd. Waar is je date, Natalie? Ik heb Daniel al een eeuwigheid niet gezien.'

Ze wuifde nonchalant met een hand. 'Hij is hier ergens. Waarschijnlijk een deal aan het sluiten in de rij voor de drankjes.'

'Hij is altijd aan het werk.' Mevrouw Hayes knikte goedkeurend, wat me aan mijn eigen moeder deed denken. Opeens klonk eindeloos werk uitputtend. Ik had een drankje nodig. En een stoel.

'Altijd aan het werk? Dat klinkt niet erg leuk.' Jackson Jones kwam naar ons toe lopen, met twee glazen champagne in zijn hand. Hij gaf er een aan mij. 'Mimi, je hebt keihard aan dit gala gewerkt, het is tijd om achterover te leunen en ervan te genieten.'

'Dank je.' Mijn gezicht en nek werden warm, helemaal tot waar mijn borsten in de diepe halslijn verdwenen.

'Ik hoor dat jij ook hard hebt gewerkt, Nat.' Een amazone van een vrouw, donker van huid, slank en adembenemend mooi, kwam naast Jackson staan en gaf haar tweede glas aan Natalie.

'Jamila!', zei mevrouw Hayes. 'Wat een genoegen u te zien. Natalie, zeg dank je.'

'Dank je', schraapte Natalie. Ze slikte. Haar ogen waren groot en rond geworden. Ik had haar nog nooit zo van streek gezien. Wat gebeurde er?

'Mooie jurk', zei Jamila, haar blik gleed langs de diepe halslijn. 'Ik kan niet geloven dat je zo volwassen bent geworden. Ik weet nog dat je Jackson op de universiteit kwam opzoeken. Je droeg altijd de schattigste jurkjes met ruches en je haar zat in staartjes.'

Natalie draaide een lange krul om haar vinger. 'Dat is lang geleden.'

Jamila barstte in lachen uit. 'Reken maar. Weet je nog die keer dat...'

Ik had niet door dat ik was gestopt met luisteren om over de verzamelende menigte te kijken, op jacht naar een paar brede schouders en zorgeloze blonde golven, totdat de stem van meneer Hayes zachtjes in mijn oor klonk.

'Miriam, als ik zo vrij mag zijn, ik denk dat dit gala net zo min uw ding is als het de mijne is. Het geheim van succes op dit soort evenementen is een partner vinden die de weg voor u effent, zoals Audrey dat voor mij doet.' Hij stak een hand uit en mevrouw Hayes pakte hem aan.

'Charles.' Mevrouw Hayes kwam dichterbij en leunde tegen zijn schouder. 'Als je nou eens een poging zou wagen...'

'Waarom zou ik een poging wagen?', grijnsde hij. 'Jij doet al het werk voor me. Sterker nog, ik weet zeker dat er op dit moment iemand is met wie ik zou moeten praten.'

'_Je_ moet inderdaad meneer Van der Poel zoeken om erachter te komen wat hij weet over de nieuwe wetgeving inzake gegevensprivacy.'

'Zie je wat ik bedoel?' Zijn diepbruine ogen fonkelden. 'Jackson, Jamila, kom op. We moeten wat netwerken. En deze twee verdienen het om in alle rust champagne te drinken. Als u ons wilt excuseren, dames. Geniet van het feest.' Hij knipoogde naar zijn stiefdochter, knikte naar mij, en bood zijn vrouw zijn arm aan. Ze haakte in, en ze verdwenen in de menigte, samen met Jackson en Jamila.

'Ja.' Natalie's glimlach was zo breekbaar als glas. 'Zo zouden jij en Mateo ook geweest zijn.'

Ik gooide de laatste druppels champagne in mijn mond. Ik had er nog een nodig als ze hem steeds in mijn gezicht bleef wrijven. 'Kom op. We moeten ook netwerken. Op bevel van Larissa.' Bovendien moest ik de directrice vinden en haar vragen naar de opname en de vreemde storting.

'Laat Larissa de pot op. Met jou rondhangen is veel leuker dan netwerken. Maar als jij wilt socializen, kan ik de Audrey van jouw Charles zijn.' Ze gooide haar lange haar over haar schouder. Zij wist precies hoe ze deze feestjes moest aanpakken, op een manier die ik nooit zou kunnen.

'Ik zal nooit zoals je moeder of Charles zijn. Ik hoor hier helemaal niet thuis.' Ik keek naar mijn glinsterende jurk alsof ik hem had geprojecteerd met Loki's magie, en alsof de illusie elk moment kon instorten en me in mijn gebruikelijke slonzige, zwarte kleren zou achterlaten.

'Natuurlijk wel. Je hebt alleen de juiste partner nodig.' Ze boog haar elleboog als een hertog in een kostuumdrama.

'Dank je, Natalie. Je bent een goede vriendin.' Ik haakte mijn hand door haar arm. 'Nou, waar zullen we eerst naartoe...'

Larissa zweefde naar ons toe en doorprikte de delicate bubbel van normaliteit die Natalie om me heen had geblazen. Ze droeg een strapless zwarte zeemeerminjurk bedekt met ingewikkeld kralenwerk dat doorliep tot de zwierige tule aan de onderkant. Om haar nek had ze een opvallende statementketting van glinsterende rode kristallen met een gigantische nep-robijn die net boven het lijfje van de jurk hing.

'Larissa, die jurk is prachtig', zei Natalie. Ze keek van dichterbij. 'Handwerk?'

'Nietwaar?' Larissa streek een hand over haar zij.

'En die ketting.' Natalie noemde een of andere dure juwelier die ik beroemdheden wel eens had horen noemen op de rode loper voor een prijsuitreiking.

Larissa knikte. 'Het is het meest verbazingwekkende sieraad dat ik ooit heb gedragen.'

Was het echt? Ik slikte, en dat getrek achter in mijn hersenen, als het antwoord op een wiskundesom die ik bijna had opgelost, was terug. Ik wist niet wat Larissa's nettosalaris was, aangezien Jackson haar, tegen mijn advies in, rechtstreeks uit zijn persoonlijke fondsen betaalde. Volgens de salarisvergelijkingswebsites die ik had gecheckt, was het niet genoeg om gigantische, echte robijnen te kunnen betalen. Was het mogelijk om zulke sieraden te huren? Mijn gedachten sloegen op hol, terwijl ik probeerde het businessmodel van de juwelier te doorgronden en hoe ze de stukken zouden verzekeren.

Larissa haalde me uit mijn berekeningen door te zeggen: 'Laat me je voorstellen aan Flavio, mijn date.'

Hij had achter haar gestaan, pratend met een van de personeelsleden van de club in zwart uniform, maar hij stapte naar voren toen ze aan zijn mouw plukte. De twee keer dat ik hem hier eerder had ontmoet droeg hij golfkleding, maar vanavond vormde zijn smoking zich naar zijn lichaam, van brede schouders tot smalle heupen. Hij stond niet rechtop zoals Mateo altijd deed, maar hing onderuit, handen in zijn zakken, op zijn gemak in zijn smoking en in zijn eigen vel, alsof de plek van hem was.

'O, we hebben elkaar al ontmoet', zei Natalie. 'Toen we hier vorige week met de decorateur waren.'

'Ja.' Hij wiebelde met een vinger. 'Ik heb u mijn kaartje gegeven, juffrouw Jones, maar u heeft me nog niet gebeld.'

'Praat met Larissa. Zij is degene die ons bezig heeft gehouden met de planning van het feest.'

'Ah. Maar nu is de feestplanning klaar, en ik heb een zakelijk voorstel…'

'Niet nu, Flavio.' Larissa's glimlach veranderde in een grimas. 'Waar is Mateo? Ik wil hem vragen waarom de band geen sombrero's en die strakke mariachibroeken draagt.'

Natalie rolde zo hard met haar ogen dat ik dacht dat haar nepwimpers er misschien af zouden vliegen.

'Hij is er vanavond niet', zei ik.

'Problemen in het paradijs?' Larissa's asblonde wenkbrauwen gingen omhoog.

Ik wilde haar zeggen dat het niet zo was, maar de leugen bleef in mijn droge keel steken.

'O, nee.' Haar stem daalde een octaaf. 'Hebben jullie het uitgemaakt?'

Natalie stapte dichterbij en greep mijn plotseling koude hand. 'Laten we het daar vanavond niet over hebben. Vanavond is het tijd om ons harde werk te vieren.' Maar ze gaf me een blik vol sympathie waardoor mijn sinussen begonnen te tintelen.

Ik snoof. Ik wist niet zeker of mijn eigen nepwimpers tranen zouden kunnen verdragen. Bovendien had ik er al genoeg gehuild in mijn naar Mateo ruikende kussen. Ik klemde mijn mond dicht om de snik binnen te houden.

Natalie moet de trilling in mijn kaak hebben gezien. 'Neem ons niet kwalijk. We waren op weg om een tweede rondje te halen.'

'Denk erom, je vertegenwoordigt de stichting vanavond', siste Larissa. 'Slechts twee drankjes, Miriam. Geen fouten.'

Ik ging rechtop zitten. Ik moest haar vragen over het noodfonds. Maar niet voor Flavio en Natalie. 'Larissa, zou ik...'

'Geen tijd.' Natalie greep mijn arm en sleepte me door de menigte naar de dichtstbijzijnde bar.

'Maar ik moest haar iets vragen over de stichting...'

'Naar de hel met de stichting', snauwde Natalie. 'We zijn op een missie. Liefdesverdriet vraagt om champagne en chocolade.'

Met Ben was het rode wijn en vette pizza. Maar dat had de zwaarte in mijn buik niet weggenomen. Misschien zou Natalie's remedie wel werken. Ik zou Larissa wel opzoeken als mijn ogen niet zo waterig waren.

Ik zette een verontschuldigende glimlach op. 'Ik ben allergisch.'

'Voor champagne?'

'Nee. Chocolade.'

Haar ogen werden zacht van medeleven. 'Arme schat. Chocolade is het beste middel tegen liefdesverdriet dat ik ken. We zullen je verdriet moeten verdrinken met... koolhydraten. Daar ben je niet allergisch voor, hè?'

'Alleen voor die met chocoladesmaak.'

Twee glazen champagne later, in een hoek van de balzaal, had de kamer een kwaliteit gekregen alsof er een vetlaagje op zat.

'Ik denk dat ik iets meer moet eten dan zalm op toastjes', zei ik. Ik had *absoluut* geen herhaling nodig van Bree's vrijgezellenfeest – of de nasleep ervan.

'Goed idee.' Natalie hield een ober tegen met een moeiteloos handgebaar. 'Pardon, kunt u de manager van de keuken vragen of ze met het diner kunnen beginnen?'

'Ik... ik denk het? We zullen het aan meneer Flavio moeten vragen.'

Ik rimpelde mijn neus. De alcohol had de beklemming in mijn borst niet verminderd, maar het had wel mijn tong losgemaakt. 'Waarom hij?'

Ze hield haar hoofd schuin. 'Vanavond loopt alles via hem.'

Alles had via Larissa moeten lopen. Of via een van ons. 'Waarom?'

De serveerster haalde haar schouders op. 'Hij zegt dat hij vanavond de leiding heeft. Hij *is* de eigenaar.'

'Is Flavio *eigenaar* van de countryclub?' Dat feit drong door mijn mistige brein.

'Ja?'

'Die Flavio' – God, ik wou dat ik zijn achternaam wist – 'daar?' Ik wees naar het midden van de dansvloer, waar Larissa naast hem stond.

'Ja. Ik zal de manager vragen het hem te vragen.' Ze draaide zich om op haar zwarte schoen en liet me verbijsterd achter.

'Flavio is eigenaar van de countryclub', zei ik.

'Wist je dat niet?', vroeg Natalie.

'Nee, jij wel?'

'Nee, maar waarom kijk je zo?'

'Hij is Larissa's verloofde. De stichting betaalt tienduizenden euro's aan de countryclub. Per uur. Het is heel veel geld, en het is een geval van belangenverstrengeling.' Ik had de cheques uitgeschreven en Larissa had ze ondertekend. Ik had er niet aan gedacht om de eigenaar van de locatie te onderzoeken, maar nu ik het wist, zou ik het moeten melden. Samen met de vreemde zaken met de rekeningen was het te veel om te negeren. Ik wreef over mijn handen. Ze voelden vies.

Ik had sinds ik bij Synergy was gaan werken elk jaar de verplichte compliance-training gevolgd, dus ik kon het beleid over belangenverstrengeling uit mijn hoofd opzeggen, maar de stichting was te klein voor zo'n trainingsprogramma. Kon het een eerlijke vergissing zijn?

'Ik wist dat er iets niet klopte', zei Natalie. 'De stichting leek nooit zo veel geld te hebben als zou moeten. Daarom stemde ik ermee in om te helpen met het gala. Ik, eh' – ze klemde haar champagneglas vast – 'ik dacht eerst dat jij misschien geld van de stichting achteroverdrukte, maar nadat ik je leerde kennen, kon ik dat niet rijmen. Ik vroeg Jackson of hij dacht dat Larissa misschien louche was, maar ze kwam zo hoog aanbevolen dat ik denk dat hij een beetje bang voor haar is.'

Een baksteen lag zwaar in mijn maag. Ik had niets verkeerds aan de rekeningen gemerkt tot de vreemde opname van gisteravond. Was ik zo gefocust op mijn carrièredoelen dat ik zoiets groots als verduistering had gemist?

'Ik... ik heb iets gevonden. Gisteravond. Een van de rekeningen van de stichting was leeggehaald. Door Larissa.' Ik opende mijn clutch en gaf haar de print. 'Vandaag was er een vreemde storting op mijn PayMo. Ik heb het teruggestort, maar het nummer kwam overeen met het saldo in het noodfonds.'

'Vorige week, toen we hier waren met de decorateur, zei je dat er een storting ontbrak. Wat zei Larissa daarover?'

'Ze zei dat ze het contante geld aan de decorateur had gegeven.'

Natalie schudde haar hoofd. 'Gail is een vriendin. Ze stemde ermee in haar betaling na het evenement te ontvangen. Ze zag af van haar standaard aanbetaling.'

Mijn hoofd tolde. Dit was te onregelmatig. We zouden nooit een audit doorstaan. Er was absoluut iets mis. Maar Larissa had vorig jaar die prijs gewonnen. Ik kon niet geloven dat ze de stichting opzettelijk zou bedriegen. Wie zou de kinderen dat aandoen?

'We moeten het Jackson vertellen', zei Natalie. 'Ik weet dat hij zich niet met de leiding van de stichting bemoeit, maar hij zal niet blij zijn dit te horen.'

'Ik praat liever eerst met Larissa. Kijken wat zij te zeggen heeft.'

'Oké, maar...' Ze beet op haar lip. 'Er is meer. Ik wilde niets zeggen totdat ik het zeker wist, maar ik denk dat ze het geld dat ze voor de huur zou moeten gebruiken in haar eigen zak steekt. Jackson vertelde dat hij voor kantoorruimte betaalt, maar zij en ik spreken altijd af bij Starbucks.'

Mijn ogen werden groot. 'Heeft Jackson haar geld gegeven voor kantoorruimte? De rekeningen van de stichting zouden dat moeten betalen. Bovendien werkt ze vanuit haar eigen appartement.'

Natalie schudde haar hoofd. 'We moeten het Jackson vertellen. Dit' – ze schudde met de papieren in haar hand – 'dit is bewijs.'

Ze stapte van haar stoel en wachtte, met opgetrokken wenkbrauwen.

Ze had gelijk. Het was te veel om een vergissing te zijn. Maar daar ging de baan als adjunct-directeur. Jackson Jones zou me nooit vergeven dat ik dit onder mijn toezicht had laten gebeuren.

Ik gleed van de hoge kruk. 'Oké. Laten we met hem praten.'

Ze scande de dansvloer op zoek naar haar broer, en ik keek de andere kant op, naar de ingang.

Mijn blik bleef haken aan een paar brede schouders en een blonde kruin die boven de menigte uittorende. Mijn adem stokte in mijn borst.

Mateo?

Elke gedachte verdampte uit mijn brein. De stichting, Larissa's fraude, zelfs mijn vriendin die naast me stond. Een golf van hoop spoelde door me heen. Hoop dat hij me vergeven had. Dat hij hierheen was gekomen om mij te zien. Dat – ik slikte – hij weer deel wilde uitmaken van mijn leven.

Want dat wilde ik.

Maar toen hij zijn hoofd draaide, realiseerde ik me dat het alleen Cooper Fallon was, die naast mijn broer bij de ingang van de balzaal stond.

Toen mijn maag naar mijn schoenen zonk, ontkende ik het niet langer.

Ik was al die tijd verliefd geweest op Mateo.

29

MATEO
EEN UUR EERDER

IK HAD ALLES wat een vrijgezel nodig heeft op Valentijnsdag: een biertje in mijn hand, een sixpack in de koelkast en daarachter nog een sixpack. Plus voetbal op een gigantische tv. Nee, het was geen voetbalseizoen, zelfs geen American footballseizoen, maar hoewel Miguelito nooit naar iets anders keek dan het financieel nieuws, had hij een geweldig kabelpakket. De MLS-zender zond een marathon uit met herhalingen van de WK-wedstrijden van vorig jaar.

En ik had het beste maatje ooit, ook al moest hij zich onder een deken verstoppen. Ik scheurde een klein driehoekje van een reep beef jerky en gaf het aan Roger, die tevreden spinde onder de kasjmieren plaid op de elementenbank in Miguelito's tv-kamer. Daarna gooide ik een groter stuk naar Coco, die aan mijn voeten op de grond lag.

Het getik van nette schoenen op de tegelvloer gaf me ruim de tijd om Roger met de deken te bedekken voordat Ben binnenkwam.

'Hé, Mateo, kun je me helpen met mijn strik? Ik heb het nog steeds niet onder de knie.'

Ik zette mijn biertje neer en liep om de bank heen om voor hem te gaan staan. Hij had een frisse gloed over zich die nog mooier was dan de op maat gemaakte smoking met satijnen biezen. Ik veegde mijn vette vingers af aan mijn joggingbroek zodat ik de glanzende strik niet zou verpesten.

'Strak?'

'Nee.' Hij zuchtte extatisch en rolde met zijn ogen naar het plafond. 'Verdomme, Tom Ford. Kijk naar die manchetten.' Hij stak een onderarm omhoog om de satijnen manchet en de met stof beklede knopen te laten zien.

Ik floot. 'Hij moet echt van je houden.'

'Echt, hè?'

Ik moest glimlachen. Was ik jaloers dat mijn neef de liefde van zijn leven had weten te strikken terwijl mijn hart aan diggelen lag? Absoluut. Toch kon ik niet boos zijn bij het zien van Bens stralende geluk.

'Kon Lito dit niet strikken?' Ik maakte de uiteinden recht en liet mijn spiergeheugen het overnemen. Mijn vader droeg op zondag graag vlinderdassen naar de mis.

'Hij heeft het geprobeerd...' Bens nek werd rood onder zijn kraag, in een tint die me te veel deed denken aan de huid van zijn zus, '...maar hij werd, euhm, steeds afgeleid. Daarom zijn we zo laat. Hij staat nu te douchen.'

Ik dwong mezelf om te grinniken.

Ben, die altijd te scherpzinnig was, vroeg: 'Gaat het wel met je?'

'Wat?' Ik trok de strik strak. 'Natuurlijk. Ik heb bier en voetbal. Straks bestel ik een pizza. Het leven is goed.'

'Mateo.' Ben legde een hand op mijn T-shirt, precies op de plek van het gapende gat in mijn borst. 'Het spijt me dat het niets is geworden tussen jou en Mimi. Ik was voor jullie.'

'Dan kun je net zo goed voor San Marino zijn,' mompelde ik, terwijl ik zijn strik rechttrok.

'Ik heb niks met sport. Wat is San Marino?'

'San Marino?' Miguelito kwam binnenlopen, zijn eigen strik hing losjes om zijn nek. 'Alleen de slechtste Europese voetbalclub ooit. Je wilt daar toch geen wedstrijd zien, of wel?'

'Waar is dat überhaupt... laat maar. Mateo vergeleek zichzelf met hen, en ik wist wel dat ik het niet leuk vond.' Hij wisselde een blik met zijn verloofde.

'Ik meende wat ik laatst zei,' zei hij nors. 'Je bent mijn *primo*, en ik hou van je. Ik waardeer je. Je bent goed genoeg.'

Die woorden had ik nodig. Ik zoog ze via mijn huid op als vitamine D van de zon. Ze vormden een poel in mijn buik en verwarmden me van binnenuit.

'O, Mateo,' zei Ben. 'Natuurlijk ben je goed genoeg. Mimi mag dan mijn zus zijn, maar ze is een idioot als ze dat niet ziet.'

Mijn neus begon te prikkelen. Ik sloeg mijn rechterarm om Ben en mijn linkerarm om Lito en trok ze naar me toe voor een stevige knuffel. Ik snoof mijn tranen op, omdat ik niet wilde dat ze op hun smokingjasjes terechtkwamen. 'Dank je wel,' fluisterde ik met een dichtgeknepen keel.

Ben omhelsde me stevig, terwijl Lito me een paar ongemakkelijke klopjes op mijn rug gaf.

'We houden allebei van je, Mateo,' mompelde Ben tegen mijn schouder.

'Maar.' Miguelito maakte zich voorzichtig los uit mijn omhelzing en trok Ben naar zijn zijde. 'Ik kan dit gejammer van je niet goedkeuren.' Hij wees naar mijn vervaagde, gerafelde T-shirt en mijn afzakkende joggingbroek. 'Waarom ben je niet aangekleed?'

Ik trok mijn gekrompen T-shirt omlaag om mijn buik te bedekken. 'Ik ben aangekleed. Ik ben helemaal klaar voor een avond met mijn favoriete clubs.'

Miguelito wierp een blik op de televisie. 'Leipzig-Chelsea? Je hebt een hekel aan ze allebei.'

Verdomme, ik was te druk geweest met zelfmedelijden om op te letten wie er speelde. 'Misschien kunnen ze allebei verliezen?'

'Kappen met die onzin.' Mijn neef maakte een snijdend gebaar door de lucht. 'Je gaat met ons mee naar het gala. Je gaat een poging wagen bij Mimi.'

'Wat?' De rillingen liepen over mijn rug. 'Nee, dat doe ik niet. Ze wil me niet.'

'Natuurlijk wil ze je wel.' Ben streek sussend met een hand over mijn biceps. 'Ze is het alleen vergeten.'

Ik ontblootte mijn tanden en deinsde terug voor zijn aanraking. 'Omdat ik vergeetachtig ben.'

Bens mond viel open in een geschokte *O*. Dit keer pakte Miguelito mijn schouder vast en perste de woorden tussen zijn tanden door. 'Jij. Bent niet. Vergeetachtig. Iedereen die je ontmoet, vindt je geweldig. Je moeder? Die had haar eigen problemen, die niets met jou te maken hadden. En Mimi was een idioot om je te laten gaan. Waarschijnlijk heeft ze nu spijt van die beslissing.'

Ik snoof. 'Natuurlijk heeft ze dat. Ze is alleen naar dat gala gekomen en Larissa... verdomme, Larissa maakt haar met de grond gelijk, hè?'

'Er is maar één manier om daarachter te komen. Ga met ons mee. Win haar terug.'

Ik keek naar Ben. Ik hield van mijn neef, maar zijn datingverleden was om te janken.

'Geef haar nog een kans,' zei Ben. 'Als ze het weer verpest, kan het me niet schelen of ze mijn zus is. Dan stuur ik haar de kou in.'

'Ik zou nooit tussen jou en Mimi kunnen komen. Je moet haar kant kiezen. Maar Lito hou ik.' Ik sloeg een arm om de schouders van mijn neef.

Hij trok zich terug en streek onzichtbare kreukels uit zijn smoking. 'Kom op. Boven help ik je wel een smoking uit te zoeken.'

'De brokaat van Versace, schat,' zei Ben. 'Jij kunt hem nooit echt hebben, maar hij zal geweldig staan bij hem.'

Miguelito's lippen krulden omlaag, maar toen haalde hij zijn schouders op. 'Het is een beetje te opzichtig voor mij. Maar perfect voor mijn *primo*.'

Toen ik me omdraaide om mijn neef naar boven te volgen,

greep Ben mijn pols. Hij trok zijn wenkbrauwen op en zei met een stem die te zacht was voor zijn verloofde om te horen: 'Ik breng je gast wel naar huis. Ik zou je niet aanraden hem hier nog eens mee naartoe te nemen. Cooper zal er niet zo vriendelijk over zijn als Coco, en hij neemt misschien die mooie dingen die hij over je zei terug.'

Ik reikte over de achterkant van de bank, haalde de deken van Roger af en gaf hem aan Ben. 'Bedankt, man. Ik ben je er een verschuldigd.'

'Nee hoor. Zorg dat mijn zus weer lacht, en alles is vergeven.' Hij sloeg me op mijn schouder en tikte weg, Roger bijna onzichtbaar tegen zijn zwarte smokingjasje.

'Kom je?' riep Miguelito vanaf de overloop.

Ik rende de trap op om me bij hem te voegen. Zelfs als ik haar niet terugwon, zou ik Mimi redden van Larissa's ijskoude jaloezie en haar helpen in de race te blijven voor de baan die ze zo graag wilde.

Een kwartier later volgde ik mijn neef de trap af. Ik was aangekleed en gestyled, en hij had me bespoten met een geweldig ruikende cologne die hij naar eigen zeggen nooit lekker had gevonden. Het deed me denken aan nachtbloeiende bloemen en de warme zeebries van thuis.

Ben stond op van de barkruk waar hij had zitten wachten. Hij deed alsof hij zijn ogen afschermde. 'O-M-G, ik kan al deze geilheid niet aan. Mateo, als Mimi je niet terugneemt, zal het geen probleem zijn om iemand te vinden die je haar helpt vergeten. Ik zou je verdomme nog helpen.'

Miguelito gromde diep in zijn keel.

'Grapje! Absoluut een grapje. Maar als ik met jullie twee binnenloop, voel ik me Scarlett O'Hara op de picknick bij Twelve Oaks.' Ben pakte de hand van zijn verloofde en leidde hem naar de deur van de garage. 'Kom, knapperd. We zijn te laat.'

Miguelito veegde iets van Bens schouder. 'Is dat kattenhaar?'

'Kan niet, schat. Waar zou ik kattenhaar vinden in ons smetteloze huis?' Hij knipoogde naar me over zijn schouder. 'Kom op,

Mateo. We hebben de goede fee magie verricht. Het enige wat nu nog rest, is je prinses terugwinnen.'

Zwijgend volgde ik hen naar de garage. Wat als Mimi niet teruggewonnen wilde worden?

Ik rechtte mijn schouders. Ik zou het nooit weten als ik het niet probeerde.

30

MIMI

IK DRAAIDE ME om van de ingang. Ik kon het niet aanzien hoe Ben met smachtende blikken naar iemand keek die zoveel leek op de man die ik had laten gaan en was kwijtgeraakt.

'Sorry, wat zei je ook alweer?' vroeg ik aan Natalie.

Maar ze was ook afgeleid. Haar broer Jackson kwam naar ons toe geslenterd. Zijn bruine ogen sprankelden als champagne.

'Waar is Andrew gebleven? Hij heeft me zijn donatie nog niet gegeven. Maar dit ga je geweldig vinden. Ik heb net een cheque van tienduizend dollar aangenomen van die klootzak van der Poel. Hij wilde hem aan jou geven, Nat – is hij niet jouw date? – maar ik heb hem verteld dat het mijn klotestichting was en dat hij je met tien ruggen niet in je broekje zou krijgen.'

'Maar goed, ik wilde jullie nogmaals bedanken voor het organiseren hiervan. Wat ik jullie ook betaal, het is niet genoeg voor wat jullie vanavond hebben neergezet.' Hij wees naar de dinertafels die schitterden van het kristal en zilver, naar de band en de dansende paren, naar de mensen die op hun paasbest waren gekomen op Valentijnsdag om neurodivergente kinderen te steunen.

Natalie snoof. 'Je betaalt ons helemaal niets, Jackson. Ik heb geholpen omdat je mijn broer bent en ik niet wilde dat je op je bek zou gaan met je eerste grote evenement. Mimi heeft geholpen uit de goedheid van haar hart. Omdat ze het geweldig vindt om kinderen te helpen.'

Ik wilde die functie van adjunct-directeur echter wel. 'Nou, dat is niet helemaal—'

'Wacht.' Jackson fronste. 'Betaal ik jullie niet?'

'Nee.' Ik trok net zo'n frons als hij. 'Nou ja, u bedoelt, u betaalt me wel voor mijn werk bij Synergy, maar mijn werk voor de stichting is pro bono.'

'Maar ik maak elke twee weken geld over naar de salarisrekening. Larissa zei dat ze het onder het personeel zou verdelen.'

Natalie hapte naar adem.

Ik verstijfde. De stichting had geen salarisrekening. Larissa had gezegd dat Jackson haar rechtstreeks betaalde en dat ik me er geen zorgen over hoefde te maken. Ik was van plan geweest om met Jackson te praten over hoe we de financiering van de stichting en de impact daarvan op zijn persoonlijke belastingen beter konden beheren, maar ik had willen wachten tot Larissa had besloten over de functie van adjunct-directeur. De gal steeg op in mijn maag.

Ik slikte. Het was een zware beschuldiging, maar er was geen andere verklaring voor alles wat Natalie en ik hadden gezien. 'Ik denk dat Larissa zichzelf heeft verrijkt via de stichting. Ze heeft de hele salarisadministratie achtergehouden. En er zijn andere twijfelachtige uitgaven geweest. Belangenverstrengeling. Ik heb documentatie waaruit blijkt dat ik Larissa contant geld heb gegeven voor een aanbetaling, maar ze heeft het niet aan de leverancier gegeven. Het is verdwenen. En ik heb dit' – ik haalde de gevouwen papieren uit mijn clutch – 'bewijs dat Larissa gister-avond de noodfonds van de stichting heeft leeggehaald. Het spijt me dat ik het niet eerder heb beseft.'

'Oh, fuck.' Jackson scande de papieren. 'Wat een amateuristische zet om haar IP-adres niet eens te verbergen. Het kost me twee seconden om te bevestigen dat zij het was.'

Hij streek met een hand over zijn gezicht. 'Ik ben een ramp met de zakelijke kant van dit soort dingen. Ik had Cooper moeten vragen om me hiermee te helpen. Maar ze kwam met zulke goede aanbevelingen. En eerlijk gezegd boezemt ze me een beetje angst in.' Hij rechtte zijn rug. 'Ik heb kopieën van de rest van die documentatie nodig voor mijn advocaat.'

'Natuurlijk. Ik kan het u morgenochtend bezorgen.'

'Stuur het me maandag maar. Je moet niet in het weekend werken. Laten we hopen dat ze stilletjes vertrekt en dat we deze puinhoop met geld kunnen oplossen.' Hij pakte zijn telefoon, toetste een nummer in en mompelde er iets in.

'Ik had nooit gedacht—' fluisterde ik.

'Ik wel,' zei Natalie. 'Die man, Flavio, is haar medeplichtige, niet haar verloofde.'

'Hij had wel een bepaalde uitstraling.'

Jackson haalde de telefoon van zijn oor. 'De beveiliging gaat haar zoeken en proberen geen scène te schoppen.' Hij trok aan zijn haren. 'Waar vind ik nu in hemelsnaam een nieuwe directeur voor de stichting om deze puinhoop op te lossen?' Hij scande de menigte alsof het een rij kandidaten was.

'Jackson, jij oen,' zei Natalie. 'Je nieuwe directeur staat recht voor je neus.' Ze pakte mijn schouders en trok me voor zich.

'Mimi?' Zijn gezicht klaarde op. 'Natuurlijk! Mimi, wil jij de functie overnemen?' Hij noemde een salaris in de range die ik had onderzocht.

'Ik—' Oh, shit. Het idee van de assistentenrol, onder leiding van iemand anders, vond ik prima. Maar zelf de leiding nemen? 'Ben ik wel gekwalificeerd?'

Natalie, die haar handen nog steeds op mijn schouders had, leunde naar voren en sprak in mijn oor. 'Ik help je, dat beloof ik.'

'Hulp.' Ik greep het woord als een reddingslijn. 'Ik zou heel veel hulp nodig hebben.'

'Wie je ook wilt,' zei hij. 'Je kunt personeel aannemen. En een accountant.'

Mijn wangen gloeiden. Hoe had ik Larissa's verduistering over het hoofd kunnen zien? 'Weet u zeker dat u mij wilt?'

'Ik kan geen betere kandidaat bedenken. Ik heb uw goede werk gezien. Bovendien staat Nat voor u in.'

'Mag ik erover nadenken en het u maandag laten weten?'

'Natuurlijk.' Hij keek naar zijn telefoon. 'Lijkt erop dat ze Larissa hebben gevonden. Ik moet haar gaan spreken.'

'Wat ga je doen?' Natalie wreef in haar handen. 'Laat je haar boeien door de politie?'

'Je hebt te veel politieseries gekeken, Nat. Voor nu ga ik eerst luisteren naar wat ze te zeggen heeft.'

'Mimi en ik gaan mee.'

'Gaan we mee?' Ik knipperde met mijn ogen. Wilde ik zien hoe Larissa ten val werd gebracht?

Ze had geld gestolen van de kinderen die we zouden moeten helpen. Jazeker, dat wilde ik.

Jacksons beveiligingsteam had Larissa aangehouden in een kleine vergaderruimte naast de lobby. Jackson sprak met de team-leider, een lange, gespierde vrouw met kortgeknipt haar. 'Waar is Flavio?'

'Niet kunnen vinden. Maar hij heeft zijn date achtergelaten.' Ze knikte naar Larissa, die haar neus in de lucht stak.

'Dit is belachelijk, Jackson. Ik weet niet wat Miriam denkt dat ik gedaan heb—'

'Zij dénkt niet dat u iets gedaan hebt. Ík denk dat. Ik denk dat u geld hebt gestolen dat bedoeld was om kinderen te helpen.'

Ik dook weg achter Natalie, maar Larissa's ijsblauwe blik vond me. 'Miriam weet totaal niet hoe non-profitorganisaties werken. Ze begrijpt het niet. Ik zal u precies laten zien—'

Ik stapte uit Natalie's schaduw. 'Misschien weet ik niet hoe ik een non-profit moet runnen, maar ik heb wel verstand van boek-houden. En belastingen. En ik denk u ook. Wat u hebt gedaan is niet juist. Ik heb de bonnetjes – of het gebrek daaraan – om het te bewijzen.'

'O ja?' Ze trok haar wenkbrauwen op en een glimlach speelde om haar lippen. 'Jackson, ik denk dat als u naar Miriams persoonlijke rekeningen kijkt, u zult zien dat zij degene is die het geld uit het noodfonds heeft gehaald.'

Een koude realisatie stroomde door mijn aderen. 'Probeerde u mij erin te luizen? Mij de schuld te laten krijgen van uw diefstal? Ik wist dat dat geld niet van mij was. Ik heb PayMo de transacties laten terugdraaien.'

'Bovendien,' zei Jackson, 'kan ik het IP-adres traceren. Ik weet vrij zeker waar dat naartoe zal leiden.'

Voor het eerst verscheen er angst op haar gladde gezicht. 'U kunt me dit niet aandoen. Ik heb connecties. Mensen die ervoor zullen zorgen dat u niets kunt bewijzen.'

Jackson haalde zijn schouders op. 'Ik hoef niets te bewijzen. U heeft een nulurencontract en ik heb uw diensten niet langer nodig. Ik vertrouw Mimi. Zij heeft bewijs van wat u hebt gedaan. We kunnen waarschijnlijk meer vinden bij de vorige non-profitorganisaties waar u bij betrokken was. Dus wees verstandig, Larissa. Verdwijn uit de stad en zoek eerlijk werk in de particuliere sector. Als ik hoor dat u probeert te stelen van een andere non-profit, dan pak ik u aan.'

Larissa's borstkas rees en daalde, maar ze bleef zwijgen. Haar uitdrukking werd onleesbaar. 'Ik denk niet dat ik hier überhaupt wil blijven. Ik ga weg.'

Met een voorzichtige blik op het hoofd van de beveiliging sloop ze naar de deur, maar stopte naast mij. 'Pas op, Miriam. Ik zie hoe graag je deel wilt uitmaken van deze wereld.' Ze wierp een blik op de Joneses. 'Je bent net als ik, ambitieus. Een show voor hen opvoeren. De schijnwerpers willen. Nou, die schijnwerpers kunnen je verbranden.'

'Wij lijken niet op elkaar.' Ze had meer gelijk dan ik wilde toegeven. Ik had net als zij willen zijn, willen zweven zoals zij had gedaan. Maar nu zag ik dat ze helemaal niet had gevlogen. Ze had onzichtbare touwtjes gebruikt om de illusie van vliegen te creëren. En ik zou liever voor altijd in de vergetelheid zwoegen dan doen wat zij had gedaan. 'Ik zou nooit stelen.'

Ze trok een wenkbrauw op. 'Zou je dat niet? Vrouwen zoals jij en ik hebben niet het vangnet dat *zij* hebben. Wij moeten ons met hand en tand naar de top vechten. Het kost geld om eruit te zien alsof we erbij horen. En soms moet je het faken tot je het maakt.'

Op het eerste gezicht leek wat ze zei erg op moeders mantra van *slimheid, gedrevenheid en zelfvertrouwen*. Maar ze had het op een manier verdraaid die ik nooit zou doen. 'Ik ben liever arm en werkloos dan geld aan te nemen dat gedoneerd is om kinderen te helpen.'

Ze trok een wenkbrauw op. 'Veel succes daarmee. Alleen rijke mensen kunnen zich een gevoel van morele superioriteit veroorloven.' Met een minachtend snuifje zeilde ze de deur uit. Niemand hield haar tegen en het geklik van haar hakken verdween snel in de gang.

Jackson bedankte het beveiligingsteam en ze liepen de kamer uit en sloten de deur.

'Laat je haar zomaar gaan?' Natalie zette haar vuisten in haar zij.

'Nat, ik geef haar een tweede kans. Ik heb ook fouten gemaakt.'

'Fouten?' Haar stem sloeg over van verontwaardiging. 'Verduistering is nauwelijks een fout!'

'Jackson, ik ben het met haar eens. Het is een misdrijf,' zei ik.

'Het was verkeerd en ik ga haar de kans geven om het goed te maken. Andere mensen hebben mij die kans gegeven – vele kansen – toen ik het verklote.' Hij wreef op een plek tussen zijn wenkbrauwen. 'Maar ik beloof dat we haar in de gaten houden. Als ze het ergens anders opnieuw probeert, gaan we achter haar aan. Ik dek alles wat ze van de stichting heeft gestolen met mijn persoonlijke vermogen.'

Ze had gestolen van de organisatie waar ik zo hard voor had gewerkt. Van de kinderen. 'Maar—'

'U zult maatregelen treffen zodat dit nooit meer gebeurt, toch?' vroeg hij.

'Natuurlijk.' Het was een belofte.

'Goed, we hebben nog steeds een gala gaande en donateurs die leeggeknepen moeten worden.' Hij wreef in zijn handen. 'Larissa zou een korte toespraak houden en mij dan introduceren. Kunt u dat doen, Mimi?'

'Een toespraak?' Toespraken waren niet mijn ding. Dit was waarom ik accountant was geworden.

'Gewoon iedereen welkom heten, hen bedanken voor hun bijdragen en dan zeggen: "Hier is Jackson." Niets ingewikkelds.'

'Heb je een toespraak voorbereid?' vroeg Natalie.

Hij grinnikte. 'Je kent me. Ik ben van plan te improviseren.' Hij liep de deur uit.

Natalie omhelsde me. 'Ik baal van Larissa's diefstal, maar ik ben zo opgewonden voor jou. Je had al die tijd al de leiding moeten hebben.'

'Maar ik weet niets over het leiden van een non-profit. Misschien moet jij—'

'Ik beloof dat ik je zal helpen. Je hebt de vaardigheden die je nodig hebt. Je bent georganiseerd, gedreven en bovenal geef je om de kinderen op een manier die Larissa nooit gedaan heeft.'

Natalie's zelfvertrouwen sterkte het mijne. 'Oké, als jij denkt dat ik het kan...'

'Ik weet dat je het kan.' Ze omhelsde me opnieuw. 'Klaar om naar het podium te gaan?'

Mijn glimlach was onvast. Zeker, ik had mijn doel bereikt – overtroffen zelfs. Maar nu moest ik mijn mannetje staan en het werk doen. Zonder het vangnet van andermans leiderschap. Maar Natalie geloofde in mij. Met haar hulp zou het me misschien lukken.

'Oké.' We liepen samen naar buiten.

Maar zodra ik de balzaal binnenstapte, viel mijn blik op de persoon die ik de hele avond al had gezocht. Iemand die lang en blond was en een smoking droeg. En deze keer was het niet Cooper Fallon.

31

MIMI

'LATEN WE GAAN, MIMI', zei Natalie. 'O.'

Eerder *Ooooh.*

Wat deed Mateo op het gala? Hij stond alleen en scande de menigte. De spijkerbroek en het strakke T-shirt die hij gewoonlijk droeg waren verdwenen. Vanavond was hij prachtig en elegant in een smoking van brokaat die nauw om zijn schouders en gespierde torso sloot en langs zijn krachtige dijen streek. Zijn vlinderdas zat onberispelijk en strak onder zijn kin.

Hij zag eruit alsof hij thuishoorde in de schitterende balzaal.

Shit, was hij met een date? Zo wreed was hij toch niet. Hoewel ik het verdiende na wat ik hem had aangedaan. Mijn hart kromp ineen.

'Ik heb een momentje nodig.'

'Een momentje?' Natalie neuriede instemmend terwijl ze hem van top tot teen opnam. 'Ik zou er minstens twintig nodig hebben. Vooruit maar. Ik zorg dat de geluidstechnici voor je klaarstaan.'

Met het getik van haar hakken was Natalie verdwenen. Maar mijn blik bleef op Mateo gericht.

Ik deed een stap in zijn richting en op dat moment kreeg hij me in de gaten. Zijn gezichtsuitdrukking verstarde, zijn ogen werden groot. Toen nam hij me op, van mijn opgestoken haar tot de welving van mijn borsten, naar waar de jurk mijn in spandex gehulde heupen omspande, en volgde de lange split in mijn jurk helemaal tot aan mijn tenen in mijn beige hakken.

Zijn blik schoot naar mijn gezicht, en ik wenste dat ik de onzekerheid kon wegvegen die zich in de frons tussen zijn wenkbrauwen had genesteld.

Ik struikelde haastig op hem af, zo snel als ik kon op die veel te hoge hakken, tot ik voor hem stond.

'Mateo, ik—'

'Mimi.' Mijn naam was een zucht, een hoop, een hereniging. Hij strekte een hand uit alsof hij me wilde aanraken, maar trok hem weer terug.

En ik? Ik was vast in de running voor de prijs voor het ongemakkelijkste moment van de avond. Vol afgrijzen en niet in staat het te stoppen, zag ik hoe mijn hand zich naar hem uitstrekte voor een handdruk.

Hij keek naar beneden, en zijn ogen vertrokken van de pijn alsof ik hem geschopt had. Maar, zoals altijd de betere persoon, vouwde hij zijn hand om de mijne en kneep erin.

'Mimi.' Deze keer, toen hij het zei, klonk mijn naam gekweld en stijf.

Hij liet de druk op mijn hand los, maar ik klampte me vast als Roger aan de met sisal omwikkelde krabpaal.

'Mateo, het spijt me. Ik had die dingen nooit tegen je moeten zeggen. Ik had je niet het gevoel moeten geven dat je een opstapje in mijn carrière was. Het enige wat je deed was me helpen, en ik smeet het je in je gezicht. Het was nooit mijn bedoeling je te kwetsen.'

Zijn mond verstrakte tot zijn volle lippen bleek werden. 'Het is al goed.'

'Nee.' Hij moest dit begrijpen, dat niemand misbruik van hem mocht maken. Dat niemand hem kon beledigen en opzijschuiven zoals ik had gedaan. 'Nee, dat is het niet. Ik heb alles aangenomen wat je me gaf. En je gaf me zo veel. Hulp met het gala. Deze jurk. En nog zo veel meer. En toch was ik ondankbaar.'

Zijn mond was een dunne lijn. 'Het is prima. Ik ben blij dat alles goed voor je is uitgepakt.'

Ik pakte dit helemaal verkeerd aan, maar ik wist niet hoe ik moest stoppen. Dus maakte ik het alleen maar erger. 'Dat is ook zo. Echt waar. Jackson heeft me net de directeursfunctie aangeboden. Geen adjunct-directeur. Directeur. En ik denk dat ik het ga doen.'

Zijn strakke gezicht brak en zijn mondhoeken krulden omhoog. 'Dat is geweldig, Mimi. Ik ben blij voor je.'

'Maar ik—' Waarom was dit zo moeilijk voor me? Waarom bleef ik hangen in alles wat er niet toe deed? Waarom kon ik hem niet vertellen wat ik voor hem voelde?

Ik keek op in zijn ogen, vriendelijk en zacht en warm als een zomerhemel. En ik begreep waarom ik mijn mond niet open kreeg. Dit was allemaal verkeerd. Het was niet genoeg om het alleen aan hem te vertellen. De wereld, of in ieder geval iedereen in deze balzaal, moest weten hoe geweldig hij was. Hij verdiende niet alleen mijn waardering, maar die van een hele zaal vol mensen.

Ik ging op mijn tenen staan en gaf hem een kusje op zijn lippen. 'Blijf hier, oké? Ga nergens heen.'

Ik draaide me om naar het podium en wrong me tussen de mensen door die wachtten tot de band weer zou beginnen, tot ik de trap bereikte en die beklom.

'Klaar?' vroeg ik, terwijl ik de microfoon van Natalie aannam.

'Ik zie Jackson nog niet.'

'Dat geeft niet. Ik moet eerst iets zeggen.'

'O ja?'

Ik zette de microfoon aan en draaide me naar de balzaal. 'Goedenavond, iedereen. Goedenavond.'

Ik wachtte tot het stil werd in de zaal en ik de aandacht van de meeste gasten had.

'Welkom bij de eerste jaarlijkse Valentijnsdagviering van

Hersenverschillen. Ik ben Miriam Levy-Walters, de financieel adviseur van de stichting. Ik wil u allen bedanken voor uw vrijgevigheid vanavond.'

Ik liet mijn blik over de menigte glijden. De meesten van hen zagen er verveeld uit. Of chagrijnig omdat ze nog niets gegeten hadden. Mijn knieën knikten toen ik dacht aan wat ik wilde zeggen.

En op dat moment deed ik iets waar ik de rest van mijn leven met kromme tenen aan zou terugdenken.

'Weten jullie wat het probleem is met wiskundegrapjes?' Ik trok mijn wenkbrauwen op en glimlachte.

Ben kende deze. 'Nee, wat is het probleem met wiskundegrapjes?' riep hij.

Ik grijnsde. 'Calculus-grapjes zijn allemaal afgeleid, trigonometriegrapjes zijn te grafisch, algebragrapjes zijn altijd formulematig, en rekenkundige grapjes zijn vrij eenvoudig.' Ik pauzeerde. 'Maar ik denk dat een statistiekgrapje af en toe een uitschieter is.'

De stilte duurde twee seconden. Drie. Toen bulderde Natalie vanaf de zijkant van het podium: 'Ha!'

Mijn wangen gloeiden. Ik denk dat rijke mensen wiskundegrapjes niet waarderen. Ik haalde diep adem en zei: 'Voordat ik Jackson introduceer, wil ik een paar mensen bedanken die het evenement van vanavond tot stand hebben gebracht.

'Ten eerste, Natalie Jones. Natalie bracht een visie naar dit gala en heeft die feilloos uitgevoerd. Dank je, Natalie, voor je bijdragen en voor je vriendschap.'

Ik glimlachte naar haar terwijl de gasten klapten. Ze rechtte haar schouders en straalde eerst naar mij en daarna naar de mensen die zich onder ons op de dansvloer hadden verzameld.

Toen het applaus verstomde, ging ik verder. 'Ik wil ook Mateo Rivera bedanken, die niet alleen heeft geholpen om jullie vanavond van het eten en entertainment te voorzien, maar mij ook op zo veel manieren heeft geholpen.'

Ik pauzeerde, fronste. Dat was het niet. Niet helemaal, in ieder geval. Een paar mensen klapten, denkend dat ik klaar was, maar ik stak een hand op en zocht Mateo in de menigte. Toen hij me een voorzichtige glimlach gaf, ging ik verder.

'Mateo gaf me zo veel meer dan hulp. Hij gaf me loyaliteit. Aanmoediging. Steun. Onvoorwaardelijk. Wat ik ook naar zijn hoofd smeet, hij was er altijd voor me. Zonder hem zou ik hier vanavond niet staan.

'Ik wist helemaal niets van het organiseren van een gala als dit. Maar hij gaf me het vertrouwen om door te gaan ondanks de tegenslagen. Om te gaan voor wat ik wilde bereiken. En zelfs als het moeilijk was, maakte Mateo het makkelijker voor me. Hij hield me overeind en ondersteunde me bij elke uitdaging.'

Dichterbij. Ik was er bijna, bij wat ik wilde, moest zeggen.

'Hij gaf om me. En ik ontdekte dat ik ook om hem geef. Mateo, ik hou van je. Ik wil je partner zijn in dit en in al het andere.'

Natalie gilde en klapte, en een paar van de mensen op de dansvloer deden mee. Ze hadden geen idee dat dit voor mij monumentaal was.

Maar Mateo wel. Zijn voorzichtige glimlach was veranderd in een brede grijns, en hij schoot door de menigte op me af.

Ik had zojuist mijn liefde voor hem verklaard voor duizend mensen, maar ik wilde niet op het podium staan met een microfoon in mijn hand als hij me bereikte. Ik wilde hem meeslepen naar een privéplekje om mijn woorden met kussen kracht bij te zetten.

In de microfoon zei ik: 'En nu, verwelkom alstublieft de persoon die de stichting is begonnen, wiens ideeën, filantropie en toewijding aan neurodivergente kinderen de reden zijn dat we hier vanavond zijn. Jackson Jones.'

Ik duwde de microfoon in Natalies hand, het kon me niet schelen of Jackson er klaar voor was of niet.

Ik was er klaar voor. Ik haastte me de trap af naar Mateo en sloeg mijn armen om zijn nek. Hij tilde me van de grond en kuste me een keer, hard, voordat hij in mijn oor fluisterde: 'Ik hou van je, Miriam Levy-Walters. Hoe lang duurt het voordat ik je ergens mee naartoe kan nemen om dat te bewijzen?'

Ik fluisterde terug: 'Ik moet tot het einde blijven, maar...'

'Maar?' Ik voelde zijn glimlach tegen mijn wang.

'Maar ik weet waar de green room is. Ik zou hem, ehm, aan je kunnen laten zien?'

'Wijs de weg, mi amor.'

32

MATEO

IK HAD BETER moeten weten dan te hopen dat ik Mimi in de artiestenfoyer voor mezelf zou hebben. We werden tegengehouden zodra we van de dansvloer stapten.

'Mimi! Mateo!', fluisterde Marlee, de assistente van Jackson, luid tijdens Jacksons toespraak. 'Dat was ongelooflijk romantisch. Hebben jullie nu wat met elkaar?' Ze sloeg haar handen onder haar kin ineen en grijnsde breed.

Ik trok aan Mimi's hand en trok haar tegen me aan. 'Inderdaad.'

Mimi keek op naar me, haar prachtige bruine ogen knetterden van ongeduld om me alleen te hebben. Maar ik kon nauwelijks geloven dat de altijd zo gereserveerde Mimi, die alles alleen deed, op het podium had verklaard van me te houden. Ik moest het nog een dozijn keer horen voordat ik het echt zou geloven.

Marlee gilde. 'Ik ben zo blij voor jullie!'

'Lieve schat.' Een lange, slungelige man met een bril sloeg een arm om haar middel. 'Ik, eh, denk dat ze misschien wat tijd alleen nodig hebben.'

'O.' Ze knipperde met haar ogen. 'Natuurlijk heb je gelijk, Tyler. Ik zoek je later, Mimi. Ik wil er alles over horen!'

Terwijl Mimi me wegtrok, mompelde ze: 'Marlee houdt van de liefde. Hier ga ik het einde nooit van horen.'

We waren bijna de balzaal uit toen Ben in Mimi's pad stapte, met Miguelito aan zijn zijde. Ben hield zijn armen wijd open, en we hadden geen andere keus dan in zijn omhelzing te stappen. Hij drukte ons tegen elkaar aan.

Ik hoorde hem in Mimi's oor fluisteren: 'Ik ben zo blij voor je.'

Hij liet haar los, maar hield mij vast. 'Ik ben dol op je, Mateo, maar als je haar ooit pijn doet, vraag ik Cooper om je te laten verdwijnen.'

Ik trok me los uit zijn greep. Zijn ogen twinkelden, maar was het van humor of met kwade opzet?

'Ik hou van je zus', zei ik.

'Dat weet ik. Ik hou ook van haar.'

Mimi stapte voor me en zette haar schrap. 'Hou op, Benny. Ik ben een grote meid en ik weet wat ik wil. En dat is Mateo.'

Ze sloeg haar arm om mijn middel en het was voor mij alleen maar natuurlijk om mijn arm om die van haar te slaan. Voor de steun. Want ze had zojuist mijn benen onder me vandaan geslagen.

'Zeg het nog eens, Mimi', mompelde ik.

'Ik hou van je, Mateo. Ik wil bij je zijn.' Ze omhelsde me steviger.

Haar woorden sterkten me genoeg om Ben een triomfantelijke blik toe te werpen. Hij sloeg zijn armen over elkaar en leunde tegen Miguelito aan.

Ik durfde mijn neef nauwelijks aan te kijken, maar ik kon het niet laten. Ik had zijn goedkeuring nodig. En om te controleren of hij me niet zou laten 'verdwijnen', wat Ben daar ook mee bedoelde.

Miguelito knikte naar ons beiden. 'Jullie passen goed bij elkaar. Zorg goed voor elkaar.'

Het voelde niet zozeer alsof hij ons een opdracht gaf, als wel dat hij een feit vaststelde. Ik gaf een lichte kus op Mimi's opgetilde lippen. 'Dat doen we. Dat zullen we.'

Jacksons toespraak moest afgelopen zijn, want de band begon te spelen. En hoezeer ik ook een paar minuten alleen met Mimi wilde, dit was de beste kans voor mij om te ontsnappen aan de mensen die ons wilden feliciteren, terwijl ik mijn handen op haar kon leggen.

'Kom op, Mimi. Laten we ze onze dansmoves laten zien.' Ik pakte haar hand en trok haar naar het midden van de dansvloer, waar ik mijn handen lichtjes onder de hare legde.

'Weet je het nog?', vroeg ik.

Ze glimlachte naar me op en alles aan haar schitterde, van die geweldige jurk tot haar rookkwartsogen. 'Ik weet alles nog.'

'Goed.' Ik telde af en we begonnen te bewegen.

We begonnen met onze voeten, de eenvoudige passen brachten de spierherinneringen terug die we in de club en daarna bij mij thuis hadden opgebouwd. Toen wiegde ik met mijn heupen. Toen Mimi dat ook deed, verslikte ik me bijna in mijn tong. De split kwam hoog op haar been en het enige wat ik wilde doen, was de gladde huid van haar dij aanraken en haar zien rillen.

Nee, Mateo. Houd het netjes. Of in ieder geval beschaafd.

Ik veranderde mijn greep op haar hand om een draai aan te geven, en ze bewoog met me mee alsof we al ons hele leven samen dansten.

'Prachtig', zei ik.

Haar wangen kregen een roze blos. 'Alleen omdat jij al het werk doet.'

'Nee, mi amor. Jij doet het ook. En op hakken.'

'Wat?' Onzekerheid fronste haar voorhoofd.

'Kijk niet naar beneden. Je doet het geweldig. Nu gaan we draaien.'

Ik verplaatste mijn greep en leidde haar de draai in, daarna draaide ik zelf. Ik draaide haar terug, zodat ze tegen me aan stond, en kreunde in haar oor. 'Mimi, ik ga dood. Hier, op de dansvloer.'

'O, nee! Ben ik op je voet gaan staan?' Haar passen werden onzeker.

'Nee.' Ik draaide haar weer om zodat ze me aankeek. 'Miguelito's kont is kleiner dan de mijne. Er is nauwelijks ruimte voor mij in deze broek en geen extra ruimte voor de stijve die ik van je krijg.'

'Ik vind je kont geweldig in die broek.' Haar grijns was ondeugend. 'Ik vind hem nog geweldiger als hij eruit is.'

'Mimi', kreunde ik. 'Je vermoordt me.'

'Echt waar?' Ze streek met haar blote dij langs mijn broek. 'Ik dacht dat ik je vida was. Je leven.'

'Je bent het allemaal. Mijn leven, mijn hart, mijn liefde.'

Ze kwam dichterbij me. 'Ik denk niet dat ik daar ooit aan zal wennen.'

'Dat zal je wel.' Ik legde onze ineengestrengelde handen achter haar nek en we drukten ons tegen elkaar aan. 'Ik zal het je elke dag vertellen.'

'Ik schijn er wel vaker aan herinnerd te moeten worden.'

Ik gniffelde. 'Dat klopt wel.'

'Mateo.' Ze zette haar voeten stil en stopte onze dans. 'Ik zal je nooit meer vergeten. Ik zal vannacht nooit vergeten.'

Ik had het al warm in mijn smoking van het dansen, maar door haar woorden borrelde het geluk heet als tía's chocolademelk in mijn borst op.

'Laten we hier weggaan.' Ik liet mijn hand naar haar heup zakken en leidde haar van de dansvloer naar de uitgang.

'Gaan we nu eindelijk naar de artiestenfoyer?' Haar lippen krulden op in een sexy grijns.

Ik spiegelde haar uitdrukking, al plannend welke kussen ik op die lippen zou gaan drukken. Later.

'We gaan naar huis, zodat ik je een echt onvergetelijke nacht kan bezorgen.'

'Nee.' Ze zette haar hakken in het tapijt. 'Ik moet tot het einde blijven.'

'Mimi, je hebt je ziel en zaligheid hierin gestoken. Iedereen zal begrijpen als je een avondje vrij neemt. Je verdient het. En ik zou het fijn vinden als je die met mij doorbrengt.'

Haar volle mond werd serieus. 'Niet alleen één nacht, Mateo. Alle nachten.'

'Absoluut, mi sol. En ook alle dagen.'

'Dus je begrijpt waarom ik moet blijven, toch? Dit gala is een verbintenis, net zoals ik die met jou aanga.'

Ik kreunde. 'Waarom moet je altijd gelijk hebben?'

'Ik heb niet altijd gelijk. Ik had het echt, echt helemaal mis over jou.' Ze legde een sussende hand op mijn hart, waar het nog aan het helen was. 'Zeg je het me de volgende keer als ik te koppig ben om te zien wat er recht voor mijn neus staat?'

Ik tilde haar hand naar mijn lippen. 'Natuurlijk.'

'En mijn aannames in twijfel trekken?'

'Als je dat wilt.'

'En op een avond je bril ophouden in bed?'

'Wat?'

'Die is zo sexy. Alsjeblieft?'

Ik glimlachte naar mijn onweerstaanbare vriendin. 'Alles voor jou, mi vida.' Ik leidde haar terug naar de dansvloer, telde af en draaide haar weer rond.

Uren later, nadat Mimi toezicht had gehouden op de stille veiling en de schoonmaakploeg had aangestuurd, nadat ze de laatste vrolijk beschonken donateur had geholpen in de achterbak van zijn auto te glijden en weg te rijden, liepen we samen de countryclub uit, hand in hand. Geliefden. Steun en toeverlaat. Partners. En het was allemaal echt.

EPILOOG

MIMI
6 MAANDEN LATER

IK WAS TE LAAT.

Hopeloos, onbegonnen, doodeng te laat. Het soort te laat waarbij het eten pas ver na zonsondergang op tafel komt. Het soort te laat waarbij je beter pizza kunt bestellen. Het soort te laat waarbij je het net zo goed kunt opgeven en onder de dekens kunt wegkruipen.

Ik rende de trap op naar mijn appartement, terwijl de tas met de challah tegen mijn been stootte. Iemand op de gang was iets heerlijks aan het koken. Misschien moest ik maar vragen of ze genoeg over hadden voor zeven extra gasten.

Zeven! Waarom dacht ik in hemelsnaam dat het een goed idee was om het vrijdagavonddiner in mijn kleine appartement te organiseren?

Omdat het mijn beurt was. Mam en pap hadden het eeuwenlang georganiseerd. Zelfs Ben en Cooper hadden het een keer gedaan.

Ik? Ik had altijd een smoesje.

Oké, het smoesje was altijd werk.

Het ontrafelen van de ramp die Larissa bij de stichting had achtergelaten, kostte meer moeite dan ik ooit had durven dromen. Minstens één keer per week kwam een van haar voormalige compagnons langs, op zoek naar smeergeld of een betaling voor iets – ze vertelden me nooit precies waarvoor.

Ik vertelde ze altijd dat we de stichting tegenwoordig anders runden. Daarna vertelde ik ze over onze missie tot ze zich verveelden en vertrokken.

Soms lieten ze wat geld achter voor de kinderen. Dat deed me glimlachen.

Maar niet zo breed als de grote donatie van vandaag. Ik kon niet wachten om het iedereen te vertellen. Als ze er over – ik keek op mijn telefoon – een halfuur waren. Shit!

Ik draaide de deur van het slot en duwde hem open.

Toen ontdekte ik dat de heerlijke geur uit mijn appartement kwam.

Ik haastte me naar de keuken, waar ik Mateo en zijn tante Rosa voorovergebogen over de oven aantrof. Het hartige, verrukkelijke aroma kringelde uit mijn oven. Dezelfde oven waarin al weken niets anders was gebakken dan kant-en-klare suikerkoekjes.

'Eh, hallo', zei ik luid genoeg om boven de afzuigkap uit te komen.

Mateo draaide zich naar me om. Hij en zijn tante droegen witte schorten. Had ik witte schorten? Had ik überhaupt schorten? Volgens mij niet.

'Mi vida.' Hij strekte zijn armen naar me uit en ik stapte in zijn omhelzing. Hij rook naar geroosterd vlees, aardappels en piment.

'Ik… wat is hier aan de hand?'

'We kwamen vroeg om te helpen, maar je was er niet, dus we zijn zonder je begonnen.'

'Jullie zijn de besten.' Ik tilde mijn gezicht op voor een kus. 'Ik hou van je.'

Zijn kus was met gesloten mond, kindvriendelijk vanwege zijn tante, maar hij was vol warmte, zorg en een belofte van *later*. Zijn enorme handen rustten op mijn onderrug en hielden me op mijn plek. Hij had een moment van hereniging nodig en ik deelde dat maar al te graag met hem.

Hij snoof de geur van mijn wang op. 'Ik hou ook van jou.'

Zijn stem, die door zijn borstkas dreunde, bezorgde me tintelingen op een plek die me deed wensen dat zijn tante niet naast ons stond.

Ik draaide me om in zijn armen, nog niet helemaal klaar om onze verbinding te verbreken. 'Dank je wel, Rosa. Het ruikt heerlijk.'

'Graag gedaan, cariño.' Ze boog voorover en kuste mijn rechterwang. 'Mateo zei dat je van plan was om runderborst en aardappels te maken. Ik hoop dat je het niet erg vindt dat ik er een beetje smaak aan heb toegevoegd.'

De piment. En… hete pepers. Wat zou mam zeggen?

Wat maakte het uit? 'Het ruikt fantastisch.'

'Dank je. Je werkt zo hard. Voor los niños. Ik ben blij dat ik je kan helpen.'

Rosa wist ervan. Zij werkte hard voor haar eigen goede doel: slachtoffers van huiselijk geweld. 'Dank je.'

'Over werk gesproken…' Ik moest de boodschappentassen neerzetten, mijn handen wassen en hen helpen, maar ik kon mezelf er niet toe zetten om bij Mateo weg te gaan. 'Ik heb goed nieuws.'

'Een grote donatie?' Mateo sloeg zijn armen strakker om me heen.

'Niet valsspelen door te raden. Maar ja. Ik wacht tot iedereen er is om te vertellen van wie het is.'

'Wat krijg ik als ik het als eerste raad?' Zijn hand streek onder mijn regenjas naar mijn kont en kneep erin op een manier die grensde aan onzedelijk.

Ik duwde me van hem af, met vlammende wangen. 'Niets. Dus doe geen moeite. Ik zeg het toch niet.'

Ik liep naar de tafel om de boodschappentassen neer te zetten, maar hij stond al achter me, drukte zijn harde lichaam tegen mijn rug en sloeg zijn armen om mijn middel.

'Dit is wat ik wil als ik *niet* raad.' En hij fluisterde iets zo obsceens in mijn oor dat ik zeker mijn ondergoed moest verschonen voordat mijn andere gasten kwamen.

'Prima. Je hoeft me niet te dwingen.' Wauw, wat was het heet geworden in de keuken.

Rosa schraapte haar keel. 'Ik ga maar vast met de aardappels beginnen. Mateo, ga jij Mimi helpen om zich voor te bereiden op haar gasten.'

Mijn gezicht brandde. 'Geef me een minuutje om me op te frissen, dan schil ik de aardappels wel.'

'Al gedaan.' Mateo greep mijn hand en drie seconden later drukte hij me tegen mijn slaapkamerdeur, terwijl hij mijn regenjas van mijn schouders duwde en me kuste, vurig en behoeftig.

'Maar...' Ik hapte naar adem. 'Mijn familie is hier over' – ik keek op mijn telefoon – 'drieëntwintig minuten.'

Hij plukte de telefoon uit mijn hand en zette hem op het dressoir. 'Dan hebben we geen tijd om te praten.'

Hij knoopte mijn pantalon los en wurmde zijn hand naar binnen. 'Ah, Mimi, zo nat voor me.'

Ik legde mijn hand op de voorkant van zijn... schort? Een snedige opmerking kwam in me op, maar zodra hij mijn clitoris deed trillen, was ik die vergeten. Sterker nog, ik was vergeten hoe ik moest ademen. Ik veranderde in een zuil van puur genot. Mijn oren zoemden.

Zoemden?

'Mateo, stop. Ik denk dat er iemand aan de deur is.'

'Dan wachten ze maar', gromde hij. 'Ik kan je in drie minuten laten klaarkomen. Twee als ik...' Hij wurmde een tweede hand in mijn broek, dit keer van achteren.

'Nee, Mateo.' Ik greep zijn schouders. Het enige wat ik wilde was me vasthouden en hem me naar mijn orgasme laten leiden, maar ik kon het niet. Niet terwijl mijn gasten – mijn verdomd *vroege* gasten – buiten in de regen stonden te wachten. 'Stop.'

Hij stopte, maar toen hij zijn hand uit mijn slipje haalde, likte hij zijn vingers op een zeer obscene manier af.

'Je maakt me gek.' Ik fatsoeneerde mijn ondergoed en knoopte mijn broek dicht.

'Twee minuten?' Hij trok zijn wenkbrauwen op.

Ik ging op mijn tenen staan en kuste hem. 'Nee. Hoe knap je ook bent en hoe goed je daar ook in bent, we hebben gasten.' Een ijzige rilling schoot door me heen. *Wij* hadden geen gasten; *ik* had ze. Maar dat ene woordje, *wij*, sloop steeds vaker mijn spraak binnen.

Ik vond het niet erg.

Met fladderende handen over mijn blouse haastte ik me naar de woonkamer en drukte op de intercomknop. 'Hé.'

'Ik stond op het punt mijn sleutel te pakken om te controleren of je niet was bezweken aan de vlammen die uit je oven schoten.'

'Ha, ha, Benny. Ik zou je daar moeten laten wachten.' Maar toen herinnerde ik me dat hij Cooper meenam. Hoewel hij niet langer mijn baas was, was ik van plan hem voor het einde van het jaar om nog een donatie voor de stichting van Jackson te vragen. Ik drukte op de zoemer om ze binnen te laten.

Ik zette de deur op een kier en rende terug naar de badkamer in mijn slaapkamer, waar Mateo zijn handen waste.

Hij ving mijn blik in de spiegel. 'Zin om onder de douche te springen?'

'Geen tijd.' Ik bekeek mijn verkreukelde werkkleding. Die moest maar volstaan.

Hij tilde mijn haar op, wikkelde het om zijn hand en kuste de achterkant van mijn nek. 'We kunnen snel zijn.'

Daar was dat *wij* weer. Ik draaide me om in zijn armen en kuste zijn wang. Ik wilde daar blijven hangen, zijn aftershave opsnuiven en al mijn favoriete plekjes op zijn lichaam verkennen. 'We hebben gasten. Ga jij Ben en je nicht gedag zeggen terwijl ik mijn handen was en lippenstift opdoe, oké?'

'Oké.' Hij nestelde zich in mijn nek en gaf me daar een kus, maar een seconde later was hij weg.

Ik staarde in de spiegel naar mijn enorme pupillen, mijn door kussen gezwollen lippen. Laat maar zitten. Laat mijn familie maar zien hoe gelukkig Mateo me maakte.

Ik waste mijn handen en smeerde wat langhoudende lip stain op die wel tegen een paar gestolen kusjes bestand zou moeten zijn. Ik verruilde mijn lage hakken voor slippers en sloot de slaapkamerdeur achter me.

Iedereen stond samengedromd in mijn kleine keuken rondom Rosa. Ben schikte een boeket chrysanten in een vaas terwijl Cooper zachtjes met zijn moeder sprak. Mateo stond bij het fornuis en controleerde de aardappels.

'Hé, jongens', zei ik.

'Hé, zus.' Ben plukte nog een laatste keer aan de bloemen en wurmde zich door de anderen heen om me te omhelzen.

'Mimi', zei Cooper. 'Alles ruikt heerlijk.'

'Met dank aan uw moeder en Mateo.'

'Zware dag op het werk?' vroeg Ben.

'Geweldige dag. Je zult nooit geloven welke donatie ik heb aangenomen.'

'Het bedrag of de donateur?' vroeg hij.

'Beide. Plus de persoon die geëerd wordt.'

'Oeh. Vertel.'

'Nou, Jamila Jallow kwam vandaag het kantoor binnenlopen—'

'Mila?' Coopers hoofd schoot omhoog. 'Hoeveel?'

'Wees niet jaloers. Ze vertelde me dat het precies hetzelfde bedrag is als ze aan uw stichting heeft gegeven. Een miljoen.'

Ben floot.

'Maar wacht. Hier komt het rare gedeelte. Ze zei dat het ter ere was van – hou je vast – Natalie Jones.' Natalie hielp me met het plannen van het gala van volgend jaar. We lieten het niet op het laatste moment aankomen, zoals Larissa had gedaan. Ze liet me net wat brochures van locaties zien toen Jamila binnenwandelde. En Natalie hapte naar adem alsof Jamila een bebloede bijl bij zich droeg en niet een klein designertasje met daarin een spannend gulle cheque.

Rosa klakte met haar tong. 'Die Natalie Jones licht op als een reclamebord zodra Jamila in de kamer is.'

'Echt?' Ik rimpelde mijn neus. Natalie was van nature zo levendig dat ik niets anders had gemerkt in het bijzijn van Jamila. 'Je hebt gelijk. Ze werd zo rood als de cape van Thor. En toen Jamila zei dat ze *haar* eerde met de gift, rende ze gewoon weg. En Jamila rende achter haar aan. Nou ja, ze rende niet. Het was meer een snel glijden. Ze beweegt alsof ze op schaatsen staat.'

'Interessant.' Ben wisselde een blik uit met Cooper.

'Wat? Speelt daar iets?'

Cooper haalde zijn schouders op. 'Misschien heb je gelijk, schat.'

'Wat?' jammerde ik. 'Ze heeft me er nooit iets over verteld, en we zijn *vriendinnen.'*

'Trek het je niet persoonlijk aan', zei Ben. 'Die verbergt veel onder al die mode en elegantie. Met haar moeder, en wat Jackson zou zeggen…' Hij schudde zijn hoofd.

'Je kunt het haar maandag vragen, mi amor.'

Mateo's zachte woorden herinnerden me eraan dat we over mijn vriendin aan het roddelen waren. 'Dat zal ik doen. Het was zo raar. En ik heb nog nooit zo'n enorme donatie aangenomen. Jackson was dolblij toen ik hem belde. Al heb ik de hulde *niet* genoemd. Ik dacht dat Natalie hem dat wel zou vertellen.'

'Familie is raar', zei Ben.

Alsof het een teken was, ging de intercom.

'Waarom is iedereen zo verdomd stipt?' mompelde ik, terwijl ik me naar de intercom omdraaide.

In weer een *wij*-moment stond Mateo naast me om mijn ouders binnen te verwelkomen. Een ogenblik lang stelde ik me voor dat hij hier altijd zou zijn. We brachten al elke nacht samen door als hij geen nachtdienst had. De laatste nacht van zijn meest recente reeks nachtdiensten was ik zelfs naar zijn huis gegaan terwijl hij werkte, gewoon om in lakens te slapen die naar hem roken. Om hem 's ochtends vroeg een uurtje achter me te hebben liggen knuffelen voordat ik opstond voor mijn werk.

Maar voordat ik iets kon zeggen of zelfs zijn hand kon vastpakken, verschenen mijn ouders in de deuropening. Ik omhelsde mijn vader terwijl Mateo mijn moeders wang kuste. Daarna stapte hij achter me om papa's hand te schudden, terwijl ik mam omhelsde.

'Ik ruik iets pittigs', zei ze.

'De runderborst heeft vanavond een Caribisch tintje. Rosa en Mateo hebben het gemaakt.'

Papa snoof de lucht op. 'Als het net zo heerlijk smaakt als het ruikt, moet ik misschien het recept stelen.'

'Daar twijfel ik niet aan', zei ik. 'Rosa en Mateo zijn een droomteam in de keuken.'

'Ik heb citroencake meegenomen.' Papa hield de taartdoos omhoog.

Ik neuriede. Papa's cakes waren de besten.

'Laat me uw jassen aannemen', zei Mateo.

'Nee, dat doe ik wel', zei ik. 'Ik moet toch de kaarsen uit de kast pakken.'

'Dan doen we het samen.' Hij hielp mam uit haar regenjas en nam toen die van pap aan. Hij volgde me naar de gangkast, maar in plaats van buiten te wachten en me de jassen aan te geven, drong hij met me mee naar binnen en liet ze op de grond vallen. Hij trok aan het touwtje om de lamp aan te doen. In het zwakke licht waren zijn ogen donker geworden, met slechts de dunste ring van blauw.

'Wat doe je?'

'Een amuse-bouche nemen.' Hij vermeed mijn lippenstift en kuste mijn nek af naar mijn sleutelbeen. 'Het geluid dat je maakte toen je vader de citroencake noemde…'

'Jij en je amuse-bouches.' Maar ik begroef mijn handen in zijn haar en hield me stevig vast, terwijl ik het verlangen in mijn binnenste tot een vlam liet ontbranden. Mateo's aanraking was zoveel beter dan zelfs het gebak van mijn vader.

Zijn hand streek over mijn borst en cirkelde loom over mijn

tepel. Hij kon het niet voelen door mijn oersterke werkbeha, maar mijn tepels werden hard van verlangen.

'Twee minuten?' mompelde hij in het kuiltje tussen mijn borsten.

'Mimi?' Mijn moeders stem klonk door de dunne kastdeur. 'Heb je hulp nodig?'

Ik klemde mijn vingers in zijn haar en trok hem met tegenzin weg.

'Nee, mam, Mateo helpt me.' Ik keek hem streng aan.

'Oké. Zal ik de wijn die we hebben meegenomen open-trekken?'

'Ja, graag. We zijn er zo.'

Ik gaf haar een paar seconden om weg te lopen en zei toen: 'Pak je die doos met kaarsen van de plank voor me, alsjeblieft?'

'Ah, mijn Mimi.' Mateo klakte met zijn tong. 'Zo serieus. Zo zakelijk.'

'Dat vind je geweldig aan me.'

Hij glimlachte. 'Dat klopt. Maar wat ik nog leuker vind, is je veranderen van serieus naar seksdronken.'

'Ik word niet seksdronken', loog ik.

'Nee?' Hij draaide zich om, en zijn spieren spanden zich onder zijn zwarte T-shirt toen hij zich uitstrekte om de doos van de plank te pakken. God, zijn kont was geweldig. En die was hele-maal van mij.

'Zie je wel?' Hij knipoogde naar me over zijn schouder.

Shit. Ik had het hardop gezegd. 'En wat dan nog als hij geweldig is? En van mij?' Ik gaf er voor de zekerheid een kneepje in.

'Pas op, anders maak je me onzedelijk.' Hij klemde de doos onder zijn arm en fatsoeneerde zijn spijkerbroek.

'Dat kunnen we niet hebben, hè?' Ik trok een mondhoek op. 'Ik zet de kaarsen klaar terwijl jij een minuutje neemt.'

Voordat hij me weer wezenloos kon kussen, griste ik de doos weg en glipte de kast uit.

Mam had mijn kandelaars gevonden en ze op mijn tafel gezet.

Ik zette de kaarsen erin en haalde diep adem, waarbij ik de gedachten aan Mateo, werk en mijn stressvolle etentjesgasten losliet. Ik streek de lucifer langs de zijkant van het doosje en keek hoe de vlam tot leven siste. Ik hield hem bij de kaarsen tot de vlam vatte en bleef branden, waarna ik de lucifer op het schaaltje legde, waar hij uitbrandde.

De tradities volgend die mam me had geleerd, wuifde ik met mijn handen over de kaarsen om de sjabbat te verwelkomen en bedekte daarna mijn ogen om het gebed op te zeggen. De kaarsen brandden helder toen ik klaar was, en hun warmte leek zich in mijn buik te nestelen.

Mam knuffelde me. 'Bedankt dat je ons hebt uitgenodigd vanavond. Denk je dat je de tradities zult behouden als je...?' Ze knikte naar Mateo toen hij uit de gang kwam, een glimlach die zich over zijn knappe gezicht verspreidde toen onze blikken elkaar kruisten.

'Als ik...?'

'Het lijkt erop dat jullie twee' – ze keek naar Mateo in de keuken en koos haar woorden zorgvuldig – 'serieus worden. En hij lijkt religieuzer dan Cooper.' Het gouden kruisje scheen aan zijn nek.

'O, maar we zijn niet...' Maar dat voelde als een leugen. We *waren* serieus. Dezelfde vredige warmte als wanneer ik de sjabbatkaarsen aanstak, vulde me als ik hem aan het einde van de dag zag. Mijn brein was hem gaan associëren met geluk. Veiligheid. Thuis.

Huh.

'Hij houdt van de sjabbattradities. En ik zou met hem naar de mis kunnen gaan.' Hoewel ik een zondagochtend verstrengeld met hem in bed maar moeilijk zou kunnen opgeven.

'Je vader en ik hebben het laten werken. Jullie kunnen dat ook.'

'Mimi, waar is een serveerschaal voor deze aardappels?' riep Ben.

'Een seconde', riep ik. Toen sloeg ik mijn arm om mam heen.

'Je hebt gelijk. Mateo is mijn man. Ik geef niet op wie ik ben. Ik voeg hem toe aan mijn leven. We komen er wel uit. Samen.'

Het kaarslicht schitterde in mams glinsterende bruine ogen. 'Een baan waar je van houdt en een goede man. Ik ben zo blij voor je, lieverd.'

Mateo kwam met de wijn uit de keuken en keek me aan. De warmte verspreidde zich door mijn binnenste als boter op warm brood. 'Ik ben ook blij voor mezelf.'

BONUS EPILOOG
SPEELTUINPORNO

MIMI
6 JAAR LATER

'HET LIJKT WEL het begin van een pornofilm.' Bree hield haar handen over de oren van haar zoon.

Godzijdank zongen mam en Lia het alfabet een paar meter verderop op de tuinbank. Mijn driejarige zat in de *waarom*-fase, en porno was niet iets wat ik al aan haar wilde uitleggen.

Maar ik kon er wel van genieten.

Ik leunde achterover in mijn stoel en bewonderde mijn man terwijl hij het frame dat ze hadden gebouwd, optilde van de stapel hout die we vorige week hadden laten bezorgen. Tyler, de man van Marlee, was er om het te stabiliseren, en Josh, de man van Bree, draaide de schroeven op hun plaats. Vlakbij stond Jackson over een tafelzaag gebogen om planken op maat te zagen.

'Josh,' riep Bree.

Hij onderbrak zijn werk. 'Ja?'

'Ik heb nog iets dat geboord moet worden.'

Ik sloeg een hand voor mijn ogen. 'Asher is nog geen jaar oud. Ben je niet uitgeput?'

'Constant. Maar ik kan Josh het meeste werk laten doen, als je begrijpt wat ik bedoel.'

Ik haalde mijn hand voor mijn ogen weg en zag mijn man het frame ondersteunen van wat Lia's speeltoestel zou worden. Het zou het grootste deel van de kleine achtertuin van de bungalow die we aan de overkant van de baai van mijn werk in de stad hadden gekocht in beslag nemen, maar Mateo had me overgehaald.

Als ik had geweten van de bonus-bouwvakkersporno, was ik weken geleden al akkoord gegaan.

Mateo nam bijna alle zorgtaken op zich en hij wilde een veilige plek voor Lia om te klimmen en te spelen. Na Lia's geboorte had Mateo zijn verantwoordelijkheden als hoofd beveiliging van Cooper teruggeschroefd, terwijl ik doorging als directeur van de stichting van Jackson.

Nu handelde Mateo de administratieve taken af, zoals planning en salarisadministratie, terwijl Lia een dutje deed. Hij werkte nog maar af en toe een weekend of een nachtdienst bij Rosa's. De meeste weekenden waren voor ons drieën om weer nader tot elkaar te komen en te spelen. We gingen naar de dierentuin, het park, het strand. Zijn zachte geduld met Lia deed me elke keer in katzwijm vallen als ik ze samen zag.

Van andere dingen die hij deed, viel ik ook in katzwijm. Ik wist precies waar Bree het over had.

'Ik ben er weer, ik ben er weer.' Marlee gaf een mimosa aan Bree en een glas bruiswater aan mij, en ging toen met haar eigen mimosa op de stoel naast me zitten. 'Wat heb ik gemist?'

'Nou,' zei Bree, 'Mateo veegde zijn gezicht af met zijn shirt, en je hebt een glimp van een paar eersteklas buikspieren gemist.'

'Mijn hemel! Misschien doet hij het nog een keer.'

'Moet jij zo naar mijn man zitten kijken?' Ik trok mijn wenkbrauwen op.

Ze negeerden me. 'Het wordt vandaag wel 26 graden,' zei Bree. 'Ik denk dat de shirtjes uitgaan.'

We leunden allemaal achterover in onze stoelen om naar de show te kijken. Mateo's spieren bolden op onder zijn T-shirt toen hij hoog boven zijn hoofd reikte om de plank te ondersteunen, terwijl Tyler er een ander stuk tegenaan zette. Zijn shirt kroop aan de onderkant omhoog, waardoor de driehoek van spieren op zijn onderrug tevoorschijn kwam. Ik stelde me voor hoe ik ze later zou masseren en dan mijn handen zou laten afglijden naar zijn lekkere, ronde...

'Mimi, je hebt een kleur. Heb je het te warm?'

Ik rukte mijn blik van mijn man los en keek naar Alicia, die had gesproken. Ze hield Bree's dochter, Ayla, bij de hand en droeg Marlee's peuter, Will, op haar heup. Doordeweeks was ze een gedreven ondernemer, maar haar weekenden wijdde ze aan haar familie, zowel haar biologische als haar zelfgekozen familie. Met haar man, Jackson, als mijn baas, maakte ik nu deel uit van haar kring, en ik bewonderde haar zelfs nog meer dan ik Jackson bewonderde. Ik had geprobeerd mijn werk-privébalans op die van haar af te stemmen. Ze was een veel beter voorbeeld dan Larissa was geweest.

Ik wapperde met mijn hand voor mijn gezicht. 'Nee, het gaat goed.'

'Misschien moet je naar binnen gaan, de airconditioning in.' Ze wierp een blik op de mannen. 'Mateo zou ons vermoorden als je flauwvalt.'

'Wat is er aan de hand?' Daar ging de kleinkindradar van mijn moeder weer. Ze tilde Lia op in haar armen en kwam boven me staan. 'Mimi, gaat het wel goed met je?'

'Het gaat prima. Kijk, ik drink mijn water.' Ik nam een grote slok, in de hoop dat het mijn lustblos zou verkoelen. 'Lia, wil je dat ik je voorlees?'

'Nee. Bubbe.' Ze klemde zich vast aan de nek van haar grootmoeder.

Nee was tegenwoordig een heel ding bij Lia. Ik probeerde het niet te persoonlijk op te vatten. Ze zei bijna nooit nee tegen een boek en een knuffel voor het slapengaan, alleen wij tweetjes. Met

Mateo als haar verzorger was het geen verrassing dat ze een vaderskindje was geworden.

En blijkbaar ook Bubbes meisje.

'Precies,' koerde mijn moeder, met een toegeeflijke glimlach op haar lippen. 'We gaan naar binnen om te kijken hoe het met Zadie en tante Rosa in de keuken gaat, en dan lezen we een verhaaltje.' Ze bukte om Lia op haar voeten te zetten, waarna ze samen het huis in liepen.

Coco kwam naar buiten gerend, blaffend, gevolgd door Ben en Cooper. Ben straalde en ik ging rechter in mijn stoel zitten. Ik stak een hand naar hem uit en hij pakte die vast, eruitziend alsof hij op barsten stond.

'Ging het goed?' vroeg ik.

'Het was geweldig. Ze is geweldig. Ze heeft zelfs deze norse oude man geknuffeld.' Hij wees met zijn duim naar Cooper.

Coopers gezicht zag er meer ontspannen uit dan ik het in een lange tijd had gezien. Het adoptieproces was een zware dobber voor hem geweest. Ik vermoedde dat hij wat ambivalente gevoelens had over het ouderschap, gezien zijn gewelddadige vader. Maar vandaag glimlachte hij. 'Ze is schattig. Al denk ik dat Coco de doorslag gaf.'

'Iedereen is gek op hem. Zelfs jij, schat.' Ben sloeg een arm om zijn man heen.

'Hoe snel denk je dat jullie haar mee naar huis kunnen nemen?' vroeg ik.

'Er is nog een hoop papierwerk te doen, maar misschien volgende maand?' Bens glimlach was oogverblindend.

'En ze is ongeveer van Ayla's leeftijd, toch?' vroeg Bree. 'We plannen wel wat speelafspraakjes.'

'Ik kan niet wachten.' Hij kneep in mijn hand. 'Hoe voel jij je, Mimi?'

O God. Daar gingen we weer. 'Goed.'

'Want Mateo…'

'Ik weet het, ik weet het. Het enige wat ik doe is hier zitten en braaf mijn water drinken. Hij doet al het werk.'

'Uitstekend. Kan ik een broodje voor je halen?'

'O mijn God, Benny. Het is tien uur 's ochtends.'

'Ik wil niet dat je chagrijnig wordt van de honger.' Hij knipoogde.

'Begin er niet eens over,' waarschuwde ik hem. 'Je mag dan wel langer zijn dan ik, maar je bent nog steeds mijn kleine broertje en ik zal...'

Alicia schraapte haar keel en ik herinnerde me de kleine oortjes die meeluisterden.

'...voor altijd van je houden,' zei ik poeslief, terwijl ik hem boos aankeek.

'Ik ga kijken wat ik kan doen om te helpen,' zei Cooper, terwijl hij naar zijn beste vriend liep die bij de tafelzaag werkte.

'Weet je dat zeker?' vroeg Bree.

'Ik kan hem niet weghouden. Hij is gefascineerd door de bouw,' zei Ben. 'Bovendien moet hij wat nerveuze energie kwijt. Het adoptieproces is nogal wat. We zullen zo blij zijn als we onze kleine mee naar huis kunnen nemen.' Hij stak zijn armen uit naar de kleine Asher, die gewillig in Bens armen ging.

Ze zagen er goed uit samen, hun donkere, krullende hoofden raakten elkaar bijna. Ben kon niet wachten om vader te worden, en Cooper begon ook bij te draaien. Lia zou opgewonden zijn om een neefje of nichtje te hebben, en haar nieuwe babybroertje of - zusje... Ik aaide mijn buik, die nog nooit plat was geweest, zeker niet sinds mijn eerste zwangerschap, en nu gerond was met een nieuw leven.

'Mi vida.'

Verdorie, hij had me door. Ik keek met toegeknepen ogen op naar mijn man, zijn gezicht een silhouet tegen de zomerzon. 'Ja, liefste?'

'Alles in orde?'

'Het gaat prima,' gromde ik.

'Heb je het niet te heet?'

'Jij bent degene die zwoegt in de zon.' Ik wuifde met een hand naar zijn heerlijk bezwete T-shirt, zijn met zaagsel bedekte spijkerbroek en zijn afgetrapte laarzen met stalen neuzen. 'Ik zit hier gewoon in de schaduw. Wil je wat water?'

Hij stak zijn handpalm op. 'Nee, drink jij je water maar op. Ik pak zelf wel. Heb je honger?'

Ik likte mijn lippen en staarde naar de strook gebruinde huid die zichtbaar was tussen zijn shirt en zijn laaghangende spijkerbroek, die naar beneden werd getrokken door zijn gereedschapsriem. 'Een beetje.'

'Ik zal… o.' Zijn glimlach vertelde me dat hij mijn bedoeling begreep. Toen hij vooroverboog en me kuste, proefde ik zout en zonneschijn. Net toen ik mijn mond voor hem opende, het kon me niet schelen dat onze vrienden en hun kinderen toekeken, trok hij zich terug om in mijn oor te fluisteren: 'Daar is je amuse-bouche, mi amor. Ik serveer je maaltijd later.'

Ik legde mijn hand om zijn kaak. 'Beloofd?'

'Beloofd.' Hij kwam overeind. 'Voor nu moet ik weer aan het werk voordat mijn primo die gouden handjes van hem bezeert. Weet je zeker dat het goed met je gaat? Voel je je niet duizelig?'

'Dat was *één keer*,' mopperde ik. Ik wist niet eens dat ik zwanger was toen ik een paar maanden geleden was flauwgevallen op mijn kantoor. Maar niemand zou me dat ooit laten vergeten. 'Het gaat prima. En ik heb genoeg mensen die op me letten.'

Hij keek naar Ben. 'Zorg dat ze binnen een uur of zo iets te eten krijgt. Iets met eiwitten. Ze is dol op pindakaas op crackers.'

'Begrepen.' Mijn broer salueerde. 'Ga nu maar weer aan het werk. Vanaf daar kan ze je beter begluren.'

Met een ondeugende knipoog jogde mijn man terug naar de werkplek, zijn hamer bungelend aan zijn riem.

Die avond, met de zomerzon laag aan de horizon, bekeken we samen het voltooide bouwwerk. Mateo en zijn ploeg hadden zichzelf overtroffen. Het speeltoestel had een hoge toren met een dak, een klimhelling bezaaid met kleurrijke grepen, een kronkelglijbaan en een paar schommels.

Nu Coco naar huis was, sloop Roger naar het toestel en snuffelde aan de onderkant van de glijbaan. Hij zette zich schrap en sprong behendig naar de toren, zijn zwarte vacht verdween in de schemering.

Ik klinkte mijn flesje bruiswater tegen Mateo's bierflesje. 'Goed gedaan, liefste.'

'Dank je. Het is goed gelukt.'

Lia, Ayla, Will en zelfs Jacksons zevenjarige dochter, Valentine, waren erdoor gebiologeerd geweest, en alleen de belofte dat ze morgen terug mochten komen, had hun uitgeputte ouders in staat gesteld ze mee naar huis te nemen. Zadie en Bubbe hadden Lia verleid tot een logeerpartij, waardoor Mateo en ik eindelijk alleen waren.

'Je zult wel moe zijn,' zei ik, terwijl ik zijn schouder kneedde.

'Het was een flinke training, dat is zeker.'

'Wil je dat ik je rug masseer?' Ik beet op mijn lip, me voorstellend hoe ik mijn handen over zijn huid liet glijden.

'Wat ik echt wil, is een douche. Hoe groot is de kans dat jij meedoet?'

'Hmm.' Ik rolde met mijn ogen alsof ik erover nadacht. 'Achtennegentig procent.'

Hij sloeg een arm om mijn middel en leidde me terug naar binnen. 'Slechts achtennegentig?'

'Er is een kans van twee procent dat we het niet zo ver redden.' Ik liet mijn vingers naar zijn kont glijden en kneep erin.

'Ik beloof dat ik het de moeite waard zal maken,' zei hij, terwijl hij me door het huis naar de badkamer leidde. 'Jij kunt op het bankje gaan zitten terwijl ik een show voor je opvoer.'

Het idee van het bankje was verleidelijk. Hij had de oorspronkelijke badkamer met roze tegels en een deel van een kast eruit gesloopt om een spa-achtige douche te bouwen met een bankje, plus een half dozijn douchekoppen en zelfs een klein steuntje voor het scheren van mijn benen.

'Ik heb geen show nodig om opgewonden te raken. Je hebt me de hele dag al geplaagd met die gereedschapsriem. Toen je je shirt uittrok, wilde ik je zo de slaapkamer in sleuren.' Bree had gelijk gehad over de striptease. Ik liet mijn vingers over zijn heup naar de voorkant van zijn spijkerbroek glijden.

'Ah-ah. Eerst douchen.' Hij boog voorover en zette het water aan. Toen tilde hij de zoom van mijn zomerjurk op. Ik stak mijn armen op om hem te helpen het over mijn hoofd te trekken. Hij deed een stap achteruit om mijn stevige witte beha en kanten slipje te bewonderen, terwijl hij met een ruwe vinger van mijn cup naar beneden cirkelde om mijn navel.

'En hoe gaat het vandaag met mi niñita?'

'Hoe weet je zo zeker dat het een meisje is?'

'Gewoon een gevoel,' zei hij, terwijl hij zijn T-shirt uittrok.

'En als het een jongen is?' Ik reikte achter mijn rug om de sluiting van mijn beha los te maken.

'Dan zal ik net zoveel van hem houden. Maar het is een meisje.'

'Zo zeker,' zei ik.

'Tja.' Hij haalde zijn schouders op. Toen liet hij zijn broek vallen en ik vergat waar we het over hadden.

Hij was nog niet hard, maar hij verstijfde zodra ik hem aanraakte.

'Klaar om die maaltijd te serveren?' Ik streelde hem.

Zachtjes haalde hij mijn hand van zijn lid. 'Laat me eerst het zaagsel afspoelen. Een minuutje.'

Terwijl hij de douche in stapte en zich inzeepte, wurmde ik me uit mijn slipje en zette mijn krullen vast met een klem. Toen voegde ik me bij hem in de stomende douche.

Hij draaide ons rond totdat het water mijn rug masseerde. Hij sopte zijn handen in met mijn douchegel en maakte lange streken over mijn huid. Toen kwam hij dichterbij en maakte met zijn vingertoppen cirkels rond mijn zware borsten.

'Oké?' vroeg hij.

'Ja,' kreunde ik. Mijn borsten waren altijd gevoelig tijdens de zwangerschap, maar hij had geleerd hoe hij ze moest aanraken zodat ik precies op het juiste niveau van genot zweefde.

Hij liet een hand tussen mijn benen glijden. 'Ja?'

'Ja, ja.' Wanhopig greep ik zijn pik vast en streek met mijn duimen over de eikel.

Hij siste tussen zijn tanden. 'Voorzichtig, mi vida, of...'

'Of wat?' Ik liet een hand naar zijn ballen glijden.

Zijn stem klonk verstikt. 'Of ik draai je om en neem je hier en nu.'

Ondanks de warme douche rilde ik. 'O nee, meneer de Klusser. Doe dat niet.' Ik streelde hem harder.

'Verleidster.' Hij draaide me rond en richtte de muurstraal op mijn kruis. 'Ik zou je rustig en kalm in bed nemen, en nu...'

Ik plaatste mijn handen op de tegels en nam een brede stand aan om het water me te laten masseren. Over mijn schouder kijkend, vroeg ik: 'Nu?'

Eén massieve hand greep mijn bil en hij beet zachtjes in mijn nek, waar die overging in mijn schouder. 'Nu geef ik je alles wat je wilt.'

'Ja, graag.' Ik wiebelde met mijn kont.

Ik hoefde het geen tweede keer te vragen. Hij boog door zijn knieën en stootte in me. We kreunden allebei toen we verenigd waren. Hij pauzeerde even, kuste mijn nek en streek met zijn handen over mijn borsten en buik.

Ik genoot ervan, van de warme waterstraal en zijn hete, ruste-loze handen die de plekken zochten die me het meeste genot gaven. Toen hij met zijn duim mijn clitoris beroerde, hapte ik naar adem.

Met één arm om mijn ribben geslagen en me plukkend als een vioolsnaar, stootte hij in me, wat vonken van genot veroorzaakte die langs mijn ruggengraat schoten en mijn benen lieten trillen.

'Ik heb je. Ontspan maar,' zei hij.

Dat deed ik. Hij hield me overeind terwijl ik mijn hand-palmen tegen de muur drukte en de gelukzaligheid liet opbou-wen. Ik klemde me om hem heen, mijn kegeloefeningen praktiserend.

Hij kreunde. 'Precies zo.'

Ik ging ermee door, hem klemmend terwijl hij me bespeelde

totdat mijn orgasme explodeerde en mijn spieren het overnamen, trillend.

Zijn vloek weerkaatste tegen de tegels toen zijn lichaam verstijfde en hij in me schokte. Zijn hand bevroor en hield een constante druk op me totdat ik opnieuw klaarkwam, en een kreet slaakte die ik normaal gesproken moest inhouden als Lia in de kamer ernaast sliep.

Hij rustte zijn hoofd op mijn schouder terwijl onze ademhaling tot rust kwam. Uiteindelijk, toen het gevoel was teruggekeerd in mijn benen, kuste ik zijn wang.

Hij hield me stabiel, trok zich terug en waste ons zachtjes opnieuw. Toen zette hij de douche uit en wikkelde me in een zachte handdoek. Ik gebruikte een andere om hem droog te deppen, eindigend met een woeling door zijn haar.

Hij griste de handdoek weg en haalde zijn hand door zijn vochtige golven. 'Als ik niet zo moe was, zou ik...'

'Zou je wat?' Ik hing mijn handdoek over de douchewand en stapte op de verwarmde vloer, nog een van Mateo's verbeteringen.

'Zou ik je over mijn knie leggen en...' Zijn blauwe ogen flitsten.

'Klinkt leuk. Misschien morgenochtend voordat mijn ouders Lia terugbrengen?'

'God, ja.'

'Of' – ik keek naar zijn stijver wordende pik – 'misschien eerder?'

'Negeer hem. Hij heeft niet de hele dag buiten gewerkt.'

'Mijn arme man. Maar ik denk dat ik precies weet hoe ik je in slaap kan laten ontspannen.'

'O ja?' Hij trok een wenkbrauw op.

Het bleek dat ik dat inderdaad wist. In ons bed reed ik hem naar een nieuw, torenhoog orgasme. Hij kromde zijn rug van de matras, klemde mijn heupen vast en riep mijn naam.

Verzadigd en ontspannen liet ik me op hem zakken en kuste

zijn lippen. 'Bedankt voor het bouwen van dat speeltoestel vandaag.'

'Natuurlijk. Alles voor mijn meiden. Alles voor jou.'

'Ik hou van je.'

'Ik ook van jou.' Ik was nog niet eens van hem af geklommen voordat hij zijn ogen sloot en zijn hijgende ademhaling vertraagde tot een diepe slaap.

Na een bezoekje aan het toilet, nestelde ik me naast mijn man en legde mijn arm over zijn brede borst.

Roger sprong op het bed en rolde zich op tegen zijn andere zijde. Ik streek over zijn gladde vacht en kuste toen de wang van mijn man.

In zijn slaap draaide Mateo zich naar me toe en trok me dicht tegen zich aan. Terwijl ik in slaap viel, dankte ik God en mijn man voor het gelukkige leven dat we samen hadden opgebouwd.

Hartelijk dank voor het lezen van *Vergeet me Niet!* Overweeg alstublieft een recensie te posten op uw favoriete webwinkel, BookBub of Goodreads. Recensies helpen andere lezers om nieuwe auteurs zoals ik te vinden.

Nieuwsgierig naar wat er met Jamila en Natalie aan de hand is? Hun boek is *Daag me Uit*, een romantische komedie over de beste vriendin van je broer, je baas / werknemer, en het is verkrijgbaar bij je favoriete webshop. Lees verder voor een voorproefje.

DE KRAALOOGJES VAN Larry leken op de zwarte pareloorbellen van mijn moeder: rond, glanzend en veroordelend.

'Kijk me niet zo aan,' fluisterde ik, en richtte mijn aandacht weer op chef Guillaume.

Met een talent voor multitasken dat hij in de beste restaurants van Frankrijk had aangescherpt, wierp de docent me een dreigende blik toe zonder de flow van zijn les over schaaldieren te onderbreken.

Larry knipperde met zijn ogen, wat raar was, want ik was er vrij zeker van dat kreeften geen oogleden hadden. Als dat wel zo was, dan had chef Guillaume ons wel geleerd hoe we ze moesten fileren.

Ik verplaatste mijn gewicht van de ene op de andere voet, die pijn deden van het staan in die ellendige klompen die meedogenloos over de bovenkant van mijn voet schuurden. Ik trok de keukenhanddoek van de band van mijn schort en gooide hem over Larry, die op de snijplank bij mijn werkstation lag. Nu kon ik me concentreren op chef Guillaume, die een uitweiding was begonnen over schaaldierallergieën.

Veel beter.

De handdoek bewoog en een van zijn vastgebonden scharen

zwaaide zwakjes naar me. Mijn hart kromp ineen. De chef legde uit dat onze lokale Californische langoesten voor exorbitante prijzen naar China werden verscheept.

Arme Larry.

Een paar dagen geleden hing hij nog rond met zijn kreeftenvriendjes in de Noord-Atlantische Oceaan. Vandaag stikte hij hier langzaam in mijn kookles op een openbare school in San Francisco, verblekend onder het onflatteuze tl-licht, wachtend om in de pan met water te duiken die bijna kookte.

Ik staarde naar zijn vastgebonden schaar. *Dan zijn we met z'n tweeën, maat.*

Ik trok de handdoek van zijn kop en stopte die onder zijn roodbruine lijf, zodat hij niet op de glibberige snijplank lag. Die moest ruiken naar de andere arme wezens die ik tijdens mijn slagersles had afgemaakt.

Hadden kreeften een neus?

Waarschijnlijk niet, godzijdank. Als hij die wel had, zou hij mijn angst ruiken.

We waren het semester begonnen met gevogelte. In tegenstelling tot Larry waren die al overleden en onthoofd bij ons aangekomen. Ik had bijna moeten overgeven bij het zien van de bleke, veerloze lichamen, maar in plaats daarvan stelde ik me voor wat moeder zou zeggen als ik ook van deze school af zou gaan. Ik had geslikt en was doorgegaan, en de delen goed genoeg verdeeld voor een voldoende van chef Guillaume.

Het volgende onderdeel was rundvlees geweest, maar ook dat was zonder gezicht bij ons binnengekomen. Ik had geleerd de ribben van de lende te scheiden en een gerolde runderribrollade gemaakt waar de chef niet minachtend over had gedaan. Hij had het 'niet slecht' genoemd, wat in elke andere les net zo goed was als een tien. Hoewel ik niet veel ervaring had met tienen op school, culinair of anderszins.

We waren overgestapt op vis, en hoewel die gezichten hadden, waren ze tenminste dood bij aankomst.

Tot Larry.

'Juffrouw Natalie Jones, let u wel op?' Hoe had chef Guillaume me zo kunnen besluipen? Hij keek me nors aan vanaf de andere kant van mijn werktafel met zijn handen in zijn zij.

'Ja, chef,' piepte ik. Ik durfde niet naar Larry te kijken.

'Waarom is uw kreeft dan ingebakerd als *un bébé* en kookt hij niet in de pan?'

O-o. Ik keek naar rechts, waar mijn buurman Gregory zijn werkstation schoonmaakte. Er steeg stoom op van het deksel van zijn soeppan.

'Ik wacht tot het water goed kookt, chef,' zei ik, en keek naar mijn pan, waar belletjes aan de oppervlakte begonnen te breken.

'Laat het me zien.' Zijn lip krulde op terwijl hij naar de kreeft staarde. 'Haal die handdoek weg.'

'Sorry.' Voorzichtig haalde ik mijn handdoek bij Larry weg. De arme kerel zag er niet zo goed uit.

De neusvleugels van de chef trilden. 'Demonstreer voor de klas hoe u een kreeft diervriendelijk doodt.'

'Ik… eh.' *Diervriendelijk doden* klonk voor mij als een contradictio in terminis. 'Kunt u de techniek nog eens voordoen?'

Hij reikte naar Larry.

Ik sprong op om het schaaldier met mijn lichaam te bedekken. 'Niet hij!' Ik verstijfde. 'Ik bedoel, ik doe het wel.' Dat was het minste wat ik Larry verschuldigd was.

De chef trok een wenkbrauw op. '*Bon*. Ik zal het demonstreren, dan herhaalt u het.'

Hij draaide zich om en griste de kreeft van de tafel van Chantal. Hij smeet hem op de snijplank naast Larry. In één soepele beweging pakte hij mijn mes en stak de punt in de hersenen van de kreeft. Toen die stuiptrok, krabbelde Larry zwakjes op de snijplank.

'Ziet u? Snel en diervriendelijk.' Hij liet de dode kreeft in de pan van Chantal vallen. Ze mompelde een bedankje en legde het deksel op de pan.

'Nu u.' Hij hield mijn mes naar me uit, met het handvat naar voren.

Ik keek naar mijn pan. Verdomde efficiënte gaspitten. Het water kookte volop. Ik nam het handvat aan en richtte mijn aandacht op Larry. Hij had zich bij zijn lot neergelegd en liet zijn voelsprieten hangen.

Mijn hart brak voor hem.

Hij zou vermengd met zijn vrienden eindigen in een kreeftenbisque die in de schoolkantine werd geserveerd of in een broodje kreeft om mee te nemen.

Waarom moest hij sterven voor een zompig broodje met te veel saus?

Het enige wat hij wilde was zijn beste kreeftenleven leiden. Wat maakte het uit dat hij nog niet had bepaald wat dat zou zijn? Hij verdiende een nieuwe kans om zijn leven uit te zoeken.

Wacht. Ging dit over Larry of over mij?

'Juffrouw Jones. Mag ik u eraan herinneren dat we nog maar dertig minuten lestijd hebben?'

Dertig minuten. Chef Guillaume accepteerde geen te laat ingeleverde opdrachten. Ik zou die arme Larry nu moeten vermoorden als ik enige hoop had om zijn karkas op tijd uit elkaar te halen. De zilveren kreeftenprikker schitterde in het tl-licht. Degene die de chef van me verwachtte te gebruiken om Larry's vlees uit zijn schaal te trekken.

Larry hief zijn schaar ten afscheid, en toonde me de blauwe band. Blauw als de oceaan. Blauw als de tere randjes van de schaal die zijn slanke knieën bedekten, die ik er geacht werd uit te trekken met het vorkje.

Ik slikte. *Niet vandaag, Larry.*

'Sorry, chef.'

Ik liet mijn mes vallen, gooide de handdoek weer over Larry en tilde hem op. Hij was niet zwaar, slechts een paar pond, maar zijn oversized scharen bungelden.

'Wat doet u, juffrouw Jones?'

Ik hield mijn hoofd gebogen. 'Ik ga weg, chef.'

Het was doodstil geworden in de klas.

'Als u door die deur loopt, zakt u voor mijn les. Het zal moeilijk zijn om zonder dit vak af te studeren.'

Zelfs met een voldoende voor zijn les zou het moeilijk zijn geweest om af te studeren. Ik duwde Larry onder mijn arm, trok mijn Louboutin-tas uit het vakje onder mijn werkstation en slingerde hem over mijn schouder. 'Dat begrijp ik, chef.'

'Begrijpt u dat, juffrouw Jones?' Zijn grijze wenkbrauw ging omhoog. Hij moet de druk hebben gevoeld die me dag na dag terugbracht naar een les waarvoor ik aan het zakken was.

Ik keek naar mijn messentas. Ik hield van het gewicht van het grote koksmes en de manier waarop het handvat in mijn hand lag. Het was zonde om het hier achter te laten. Maar dan zou ik Larry moeten neerleggen, en als ik dat deed, zou mijn opvliegende docent hem misschien in mijn pan gooien en levend koken.

Beter om het te laten liggen. Ik knikte naar Gregory. Hij had talent. Hij verdiende ze meer dan ik. De koksschool was aan mij verspild, net als de universiteit, de modeopleiding, de stage evenementenplanning en zelfs de bloemenwinkel die mijn stiefvader voor me had gekocht.

'Sorry, chef,' herhaalde ik, en met een stevige greep op Larry draaide ik me op mijn klompen om.

Ik wou dat ik kon zeggen dat ik naar buiten zweefde, maar mijn verdomde klomp bleef haken aan de vloer en werd van mijn voet gerukt. Ik had ze sowieso altijd al gehaat. Ik stapte uit de andere en schuifelde op mijn sokken de klas uit.

———

DE UBER-CHAUFFEUR SCHEURDE weg bij de stoeprand van Rincon Park. Ik was aan de vislucht gewend geraakt in de twee uur die we in de klas hadden doorgebracht, maar Larry in de kleine Mazda was behoorlijk overweldigend, vooral nadat hij een beetje wagenziek was geworden.

Ondanks de laaghangende bewolking was de lucht frisser in het park, en ik liep recht op de pier af.

'Maak je geen zorgen, Larry. Ik red je wel. De langoesten zien er misschien anders uit, maar ik weet zeker dat ze aardig zijn. Je gaat zo veel nieuwe vrienden maken.'

Hij rolde zijn oogstelen naar me toe.

'Serieus, gozer. Ik denk niet dat je het zou overleven als ik je terugstuurde naar Maine of waar je ook vandaan komt. Dit is veel beter dan geserveerd worden in de kantine. Als de baai je niet bevalt, kun je zo om het schiereiland heen zwemmen naar de oceaan.'

Bij nader inzien had ik hem waarschijnlijk beter naar de oceaankant van de stad kunnen brengen, maar daar was het nu te laat voor. Het water was hier diep en er werd niet commercieel gevist in de baai.

Toen ik de reling bereikte, zette ik Larry erop, nog steeds ingebakerd in mijn keukenhanddoek. Zijn oogstelen draaiden heen en weer tussen mij en het water beneden.

'Kijk, Larry. Ik weet dat dit een nieuwe plek is en dat je bang bent. Ik ben vaak aan nieuwe dingen begonnen, en dit is wat voor mij altijd werkte: zoek een manier om anderen te helpen. Dan hebben ze je nodig, of ze je nu mogen of niet.'

Larry trapte er niet in. Hij tikte met zijn schaar op de reling.

'Je hoeft mijn advies niet op te volgen. Wat weet ik er nou van? Geen van mijn scholen of banen zijn een succes geworden, en ik ga een helse tijd tegemoet om aan moeder en Charles uit te leggen wat er vandaag is gebeurd. Maar het juiste voor mij is daarbuiten, en het juiste voor jou is daaronder.'

We keken allebei in het water. Het was diep en blauw.

'Zoek een mooie rots en hou je gedeisd tot je weer op krachten bent. Doe je tegoed aan… Wat eten jullie eigenlijk? Plankton? Zeewier? Kleine visjes? Ik weet zeker dat het daaronder te vinden is. Misschien ontmoet je wel een leuke kreeftendame – of een kerel, wat jou ook gelukkig maakt – en strijken jullie neer in een mooi, diep deel van de oceaan, om samen wat kleintjes groot te brengen. Oké?' Ik veegde een beetje zeespray van mijn wang.

Hij bewoog zijn scharen zwakjes.

'Juist. Die moeten af.' Ik greep in mijn tas en vond het roze Zwitserse zakmes dat mijn broer Jackson me had gegeven toen ik twaalf was. Ik klapte het lange lemmet open en sneed de elastiek van zijn rechterschaar door, en daarna van zijn linker. Aarzelend opende en sloot hij zijn scharen.

'Beter? Oké, ik laat je erin vallen.'

Maar dat deed ik niet. Ik staarde in zijn troebele ogen.

'Dit is je tweede kans, gozer. Verspil hem niet.' Wie was ik om hem advies te geven? Hoeveel tweede, derde of vierde kansen had ik verspild? Hoe vaak had moeder me haar starende blik met samengeperste lippen gegeven, die me vertelde hoezeer ik haar had teleurgesteld? Hoe vaak had ze de woorden daadwerkelijk gezegd: *Natalie, wanneer ga je je eens settelen? Waarom kun je niet meer zoals je broers of je zus zijn?*

Ik zou nooit zo succesvol zijn als mijn broers en zussen. Ik zou moeten doen wat moeder had gedaan en met een man met potentieel trouwen. Ze had me aan genoeg zonen van haar rijke vrienden voorgesteld, ik had er nu toch wel een moeten vinden die ik leuk vond.

Larry tikte met zijn schaar op mijn hand.

'O ja, sorry. Dit gaat niet over mij. Het gaat over jou. Oké, één... twee... drie.' Ik kantelde hem en liet hem met zijn kop eerst in het water vallen, drie meter lager. Hij schoot er spetterloos in, als een Olympische duiker. Hij zweefde een seconde onder water en deinde mee met de golven die tegen de pier sloegen. Het leek bijna alsof hij naar me zwaaide. Toen, met een zwiep van zijn staart, dook hij onder, zijn bruine schaal verdween in het donkere water. Ik wachtte een minuut lang, de stinkende keukenhanddoek in mijn hand geklemd. Toen liet ik nog een minuut voorbijgaan. Maar Larry kwam niet meer boven.

Ik hoopte dat hij het beter zou doen met zijn tweede kans dan ik met de mijne had gedaan.

Ik draaide me weer om naar de stad. Ik kon nog een Uber naar huis nemen, me opfrissen en uitzoeken hoe ik mijn ouders moest uitleggen dat ik twee weken voor het einde van het semester van de koksschool was afgegaan. Of...

Mijn oog viel op het hoge gebouw dat het kortere gebouw van mijn broer in de schaduw zette.

Hij had zijn portie tweede kansen ook wel gehad. Misschien kon hij me wat advies geven. Of op zijn minst meer sympathie dan ik van onze moeder zou krijgen.

Daag me Uit is in paperback verkrijgbaar bij je favoriete verkoper.

OVER DE AUTEUR

Michelle McCraw houdt van het lezen van romantische boeken en werken in de technologie. Op een dag besloot ze haar twee interesses te combineren, en nu schrijft ze pikante, nerdy hedendaagse romance die je misschien wel aan het lachen maakt. Haar boeken bevatten personages die zonder schaamte houden van wetenschap, techniek en technologie.

Als Amerikaanse auteur en geboren Texaan heeft Michelle sneeuw geschept tijdens sneeuwstormen in New England en is ze overgestapt op een sneeuwblazer in het Midwesten. Ze woont nu in Georgia, waar ze de sneeuw HELEMAAL NIET mist. Ze houdt van lezen, reizen, bourbon drinken en haar buitengewoon slecht opgevoede maar schattige hond verwennen. Ze is finaliste geweest in de RWA Vivian Contest, de Contemporary Romance Writers' Stiletto Contest en de Windy City Romance Writers' Four Seasons Contest.

facebook.com/MichelleMcCrawAuthor

instagram.com/MMOWriter

amazon.com/author/michellemccraw

goodreads.com/MichelleMcCraw

bookbub.com/authors/michelle-mccraw

Synergy Series

Werk met Mij

Doe Alsof met Mij

Reis met Mij

Baas me

Vergeet me Niet

Daag me Uit

40 and Fabulous

Fashion and Passion

Frenemies and Lovers

Books and Hookups

Conspiracies and Chemistry

Advances and Retreats

Marriage and Trouble

Sugar and Spice